山西艺谭续编（下）

SHANXI YITAN XUBIAN

韩玉峰 著

山西出版传媒集团
山西人民出版社

艺术评论

YISHUPINGLUN

春雨秋阳总关情

——影片《暖秋》观后

  山西电影制片厂继 2003 年早春推出的《暖春》、2004 年初夏推出的《暖情》之后，又于 2005 年新春推出了彩色故事片《暖秋》，完成了《暖春》系列三部曲。这是建设山西文化强省、打造强势文化品牌、发展强势文化产业的重要成果。

  《暖秋》属于反腐败题材，讲了一个反腐倡廉的故事。出身农民家庭的年轻干部陈立生，在党的培养下，凭着自己的勤奋工作，被提拔为市交通局局长。但他在当上领导干部以后，经不起声色金钱的诱惑，对参加过抗美援朝、担任过农村党支部书记的老父亲的教育和劝告置若罔闻，一步步蜕变为谋私受贿的犯罪分子，受到了法律的制裁。陈立生被判刑后，发现身患晚期肝癌，保外就医，最后还是老父亲收留了他，送走了他。陈立生带着悔恨和遗憾走完了自己的人生道路。

  作为《暖春》系列之一的《暖秋》，与《暖春》、《暖情》一样，以一条"情"的红线贯穿全剧，充满了浓郁的感情色彩。《暖春》通过爷爷和小花的故事，赞美"人间真情"；《暖情》通过爸爸、妈妈和冬冬的故事，呼唤"家庭亲情"；《暖秋》则是通过一场正义与邪恶、清廉与腐败的激烈冲突，表现父子之间的"至情"和"大爱"。充满在影片中的这种"至情"和"大爱"，使人的心灵受到震撼，使人的灵魂受到拷问，使人的良知得到呼唤。对于人，对于共产党员，对于党员领导干部，什么是真正的爱，什么是真正的关怀和爱护，《暖秋》父亲给予儿子的这种伟大的"至情"和"大爱"，回答了这个严峻的问题。

作为《暖春》系列之一的《暖秋》，与《暖春》、《暖情》一样，写的都是发生在家庭里的故事。《暖春》是由于宝柱爹收留了一个从小失去父母、流落在外，渴望有一个家的孤儿——小花，而引起的家庭成员矛盾；《暖情》是由于冬冬的妈妈出走、冬冬跟随爸爸寻找妈妈、冬冬渴望有一个完整的家，而引发的家庭感情纠葛；《暖秋》则是由于陈立生的腐败变质而引起的父子、夫妻、亲家之间的全面的家庭冲突。这种冲突是发生在家庭里的，但反映的是整个社会。作为《暖春》系列三部曲之一的《暖秋》，它的故事切入点虽然仍然是家庭，但是它的题材选择、主题发掘却远远地超出了家庭的范围，而反映了转型期的整个社会，涉及官场、商场、情场的风云变幻、波谲云诡；描绘了城市、乡村各色人等的众生相。

《暖秋》的深刻的思想内涵在于它揭示了一个年轻有为、很有前途的党员领导干部是怎样腐化堕落、走向犯罪道路的。陈立生父亲是老党员、老支书，母亲在农村修路时光荣牺牲。良好的家庭环境和个人成长道路，使他在最初也有抵制腐败的自觉性，但他经不起外界的诱惑，而一步步陷入犯罪的深渊。他对妻子的非法敛财行为，由反对到默许；他由拒收礼品演变为收受金钱；他追求婚外情，终于掉进了情人和包工头所设置的陷阱……陈立生触犯了党纪国法，受到了应有的惩处。影片告诉人们，一切领导干部都要管好自己身边的人，守好自己的门。影片更告诉我们，作为一位党员领导干部，怎样筑牢拒腐防变的思想道德防线，怎样对待自己的权力、地位、利益，怎样牢记立党为公、执政为民的执政理念，怎样自尊、自重、慎独、慎终，等等，都是应该深长思之的。

《暖秋》在艺术上最为成功的是塑造了陈立生的老父亲的形象。他保持了一位老党员的优秀品质。儿子当了官，他不愿进城，仍然住在村里；他发现儿子出现了腐败苗头，不断地提出警告；当儿子和儿媳被判刑，孙子成了"孤儿"，他又承担起做父母的责任。最感动人的地方是，当发现儿子身患癌症保外就医时，他和孙子一起用小平车把儿子拉回村里，收留在家。爷孙俩给陈立生洗澡的镜头最为感人。他要用满木桶的热水为儿子洗刷"干净"。这时木桶里的水越涨越多，越流越满，在一桶流淌的清水中，伴随着悲怆的音乐，陈立生结束了一生，带走了由于他的努力曾经带给他的荣誉和地位，也带走了由于他的堕落最终带给他的责罚和惩处。在伟大的父爱中，他带着改过自新的干净的躯体和灵魂，静静地走了。

《暖秋》是以陈立生的腐败堕落为中心线构成整个故事情节、表现社会问题的。《暖秋》提出的在市场经济条件下，如何始终保持共产党员先进性这样一个重大主题，使它成为一部紧密配合保持共产党员先进性教育和反腐倡廉的形象化教材。这就使《暖秋》既具有感人肺腑、催人泪下，使观众感受人间真情的艺术审美价值，又具有震撼人心、发人深思，使人们引以为戒的警示作用，体现了文艺作品的社会意义。

春雨无声，滋润大地；秋阳和煦，温暖人间。影片中的陈立生的老父亲，虽然年在桑榆，但犹如秋天的太阳，照样能给人间，包括他的迷途的儿子，带来片片暖意。这也许是这部影片题为《暖秋》的缘由。

2005年3月3日

信任和爱心铸成的《生死托付》

在国家广电总局电影局举办的"纪念中国共产党建党85周年优秀国产影片展映活动"中，山西电影制片厂摄制的故事片《生死托付》入围其中，正在全国各大城市上映，在数百万医务工作者和广大观众中引起强烈反响。

《生死托付》是根据全国劳动模范、白求恩奖章获得者、广东省优秀共产党员、广东省第二人民医院血液科主任王玲博士的先进事迹改编创作的。由主演过《任长霞》、《家有九凤》等电视剧为观众所熟悉的著名演员刘佳，以王玲博士为生活原型扮演的剧中人李玲，成为新世纪医务工作者的艺术典型。

李玲是著名的骨髓移植专家，来她这里救诊的大多是徘徊于生与死边缘的白血病患者。影片围绕白血病患者皮皮、赖家明和叶小青的病情展开，讲述了女主人公李玲在救助生命的过程中引发的一系列感人故事，反映了李玲精湛的医术和高尚的医德，而贯穿其中的是她对患者的一片爱心。

骨髓移植需要相合的配型。有了相合的骨髓还需要支付高额的费用方能完成，而成功率并不是百分之百。这个严酷的事实，使不少渴望获得救治的住院病人希望破灭，无功而返。可爱的皮皮是一个患白血病的小患者。由于家里无法支付巨大的费用，又无相合配型，父亲出去找钱，他留在医院里成了一个可怜的病儿。邻床的一个小朋友弱小生命的逝去，使他倍感孤独，更加恐惧。影片中一个生动的细节深刻地揭示了皮皮的内心世界。皮皮把已经病逝的小伙伴留下的一个小鱼盆紧紧地抱在怀里，他时刻关心游动着的小鱼，显示了一种对生命的渴望。对这个小患者，李玲给他以母亲般的关爱和安抚。献身于事业至今单身的李玲把孩子接到自己的家里，让他感受家庭的温暖。相合的配型找到了，皮皮的父亲却无法承受巨额费用。李玲拿出了母亲给自己的两万元，科里的医护人员也自动捐助。她们的行动感动了一位企业家，愿意为皮皮支付一切费用，可是这时皮皮却被爸爸领着离开了医院要坐火车回家。李玲得知这一情况，赶紧同江河医生一起到火车站去追赶皮皮和他的爸爸。奔跑疲累的李玲摔倒在地，但是皮皮找回来了，李玲的脸上露出了微笑。李玲给了皮皮以生的希望，皮皮的得到救治也会给李玲的爱心以安慰。

赖家明是另一种类型的患者。他家里父母很有钱，在支付高额医疗费用进行治疗后未见好转，丧失了信心，无法承受身体在生与死的边缘挣扎的痛苦而决定放弃治疗。李玲坚持不懈的关慰要帮助他逐渐建立治疗的信心，却引起病人的误解，认为李玲是看上了他家的钱。即使这样，李玲也没有放弃一个医生的责任。她以赤忱的心灵、恳切的话语鼓励他勇敢地面对病痛带给身体和心灵的伤害。赖家明思想稳定下来同意治疗了，他的父亲却要给李玲送红包。李玲再三婉拒不得，又为了使患者家长放心，只好收下，再划入患者的住院账户中。

记者叶小青在体检中得知自己身患白血病，无法接受这残酷的事实，精神面临崩溃的边缘。叶小青到医院诊治，却遇到江河医生的冷淡。她一气之下离开了医院，更失去生活下去的勇气。李玲得知后，千方百计地找到叶小青，让她住了院，接受治疗。叶小青化疗后惊恐地发现自己美丽的青丝长发正在一绺绺地脱落，李玲告诉她干脆剃成光头，帮助她勇敢地面对现实，找到生活下去的勇气。

"生死托付"是处于生死边缘的患者把自己的生死托付给医生。他们渴望生命，把自己生的希望完全寄托在医生的身上，他们对医生充满了绝对的信任。世界上还会有什么样的托付比这更为宝贵，更为珍重。只有患者对医生的绝对信任和医生对患者的一片爱心，才能铸成这神圣的"生死托付"。影片中李玲对患者所做的一切就体现了这种"生死托付"。李玲说："患者信任医生，医生热爱患者，医生和患者是坐在同一条船上航行的。"目标是到达实现生命继续的彼岸。

李玲是骨髓移植专家，但她关心的不仅是寻找相合的配型和成功的手术，她更关心的是患者看病难、看病贵，以及医生看病收红包、销售药品吃回扣等不和谐的现象。李玲热爱工作，热爱病人。不管病人有钱还是没钱，不管病人有没有希望治好，她都是一视同仁，竭尽全力地去挽救生命，实现一位医生救死扶伤的誓言。她对患者知冷知热，尊重患者的人格。她不同意公布住院患者欠费的名单。收不回患者的欠费，科室医护人员就领不到奖金，因而引起大家的不满。她耐心地做工作，让大家都对患者充满爱心，帮助患者解决各种实际问题。青年医生江河在工作中受到李玲的感染，体会到病患的痛苦，认识到医生的责任。患者叶小青在住院期间感受到医生和患者之间的亲情，感受到在李玲身上所体现出来的高尚的医德医风，为医院写了大量的报道，成了她住院的另一收获。

查房、看病、手术……李玲的医生工作是平凡的；上班、下班、看望母亲……李玲的单身生活更是平凡的。但是在平凡中透露出伟大，表现出一种不平凡的精神。她以自己的一颗关爱患者的金子般的心，用自己尽心、尽力、尽职的工作作风，用自己无私奉献的闪光人生，诠释了医生这一神圣而伟大的称谓，为广大医务工作者在社会上赢得了崇高的荣誉。"如果你是一滴水，你是否滋润了一片土地；如果你是一缕阳光，你是否照亮了一片黑暗。"李玲就是这样的"一滴水"、"一缕阳光",滋润着那些在生命中遭到不幸、痛苦无助的患者的心田,让他们在病痛的黑暗中看到了光明,表达了一位医务工作者对生命的信仰和追求。由李玲和她的病人之间所构成的医患关系,是一种和谐关系,体现了一种和谐文化。和谐文化是和谐社会的重要特征。和谐文化在构建和谐社会中起着潜移默化的教育作用,影响着人们的思想和行为准则,具有明确的价值导向作用。这正是广大观众通过观看影片《生死托付》在丰富精神世界、增强精神力量方面所获得的思想动力。

2003年的"非典"记忆犹新。白衣战士的崇高形象矗立在广大群众的心中。不可回避的是在和谐社会中仍然存在着一些不和谐的音符,医疗战线自然也不例外。看病难、看病贵、乱收费的问题依然存在,医患关系的紧张关系并未消除,收红包、吃回扣等商业贿赂行为屡禁不绝。这些问题显然都不是短时间内可以解决的。《生死托付》的上映,无疑地具有极大的针对性。李玲这个形象所体现出来的共产党人的先进性,是我们最好的榜样。李玲这个形象所具有的艺术感染力,使之成为近年来出现在银幕上的难得的艺术典型。李玲和她的医疗集体,成为广大患者精神上的"生死托付",因为他们相信我们众多的医生是李玲这样的好医生或者会成为李玲这样的好医生的。这就是艺术作品的力量,是《生死托付》这部优秀影片的价值。

2006年7月3日

雪我民族耻的英雄战歌

——军事动作巨片《夜袭》观后

6月初夏，我同山西电影制片厂厂长李水合等同志赴沪参加第十届上海国际电影节。上海国际电影节与法国戛纳、德国柏林、意大利威尼斯等著名国际电影节同属世界九大A级电影节，它们是推动世界电影发展的中坚力量。让我感到意外和高兴的是，在上海国际电影节展映的数百部中外佳作中竟有山西电影制片厂出品的两部故事片——《夜袭》和《剃头匠》。山西电影制片厂不仅以《暖春》、《暖情》、《暖秋》、《走过严冬》、《声震长空》、《生死托付》等名片走遍祖国城乡大地，而且又以巨片新作走进了国际电影节。在上海我看了由山西电影制片厂和八一电影制片厂联合摄制的军事动作巨片《夜袭》，观众热烈的掌声是献给痛击侵华日寇的八路军英勇将士的赞歌，也是对新时期以来屡出精品电影，在全国电影制作发行战线上做出重要贡献的山西电影制片厂的奖赏。我不由得热泪盈眶，是激动，是喜悦，是由电影《夜袭》的成功和山西电影制片厂的成就所引起的激动和喜悦。

电影《夜袭》把我们带回到70年前"中华民族到了最危险的时候"，那个战火纷飞的年代。1937年7月7日，日本帝国主义发动全面侵华战争，中国人民全民抗战爆发。党中央、毛主席做出了建立敌后抗日根据地的伟大战略决策，首选地方在山西。根据国共两党协议，我工农红军改编为国民革命军第八路军，所属三大主力师：115师、120师、129师奉命从陕北东渡黄河，开赴山西前线，开展抗日游击战争，把抗战的红旗首先在山西高高举起，使抗战的烽火从太行山燃遍整个华北战场。

9月25日，平型关大捷，这是八路军出征抗战以后打的第一个大胜仗，也是抗战爆发以来中国军队打的第一个大胜仗，打破了"日军不可战胜"的神话，极大地鼓舞了中国人民抗击日寇的士气。

10月，忻口战役打响。八路军129师769团接受任务，北上敌后，插到雁门关，钳制、狙击向忻口进犯的日军增援部队，配合国民党军队正面战场歼敌。代县阳明堡机场，是敌空中力量的集结地。由阳明堡机场频频出动的敌机，肆无忌惮地对忻口阵地和我北上敌后的部队狂轰滥炸，给我们制造了很大的麻烦。

这就是影片《夜袭》故事所发生的时代背景。影片用简练的镜头语言和快捷的画面节奏，表现华北战场上特别是山西境内战争的风云变幻，充满了深沉的历史感。

影片《夜袭》是在历史真实的基础上对夜袭阳明堡机场战斗的艺术再现。它的主要人物和主要事件都是真实的。进抵滹沱河南岸苏龙口一带的129师先头部队陈锡联之769团经过严密侦查、精心部署，决计出其不意，偷袭北岸的阳明堡机场。10月19日凌晨，在团长陈锡联的带领下，六百余名勇士冲进机场，在机群中与日军展开白刃战，激战一小时，炸毁了机场上的全部24架作战飞机，歼灭日军二百多人，取得了重大胜利。在战斗中，我伤亡百余人，三营营长赵崇德（剧中人为赵大力）光荣殉国。夜袭阳明堡机场战斗的胜利，有力地配合了115师和120师在晋北战场上的作战，钳制了敌人的进攻，援助了忻口国民党守军，极大地鼓舞了全民抗战的激情，使山西真正成为"华北抗战的中心"、"收复华北失地的根据地"。影片《夜袭》以充满爱国主义的激情和威武、悲壮、惨烈的风格真实地表现了这一切，震撼着观众的心灵。这使我想起作家、诗人王东满的一首诗："夜袭阳明堡，抗日开头功。雪我民族耻，扬我八路雄"，简直可以成为《夜袭》的主题词。

影片《夜袭》是艺术片，不是文献片，虽然它的历史真实性具有文献纪录片的品格，但它是优秀的电影故事片。它塑造的英雄形象，如团长陈锡联、营长赵大力，以及战士小飞刀等，都是精心塑造的艺术形象，具有鲜明的个性，张扬着革命英雄主义的精神。影片虚构的国民党中央社记者黄小娟的形象，是剧中不可缺少的人物，通过她的眼睛表现了八路军将士的战斗风采，通过她的行动丰富了剧情的发展。影片《夜袭》以特有的电影造型手段，特别是数字特技制作，表现烈焰冲天、浓烟迷漫的战斗场面，表现以牙还牙、以眼还眼的肉搏情景，表现弹投机舱、射穿机身、敌机崩裂、灰飞烟灭的战场景象，还有大刀向鬼子们的头上砍去的特写，刺刀捅向敌人心脏的画面，这些惨烈的甚至充满血腥味的镜头，壮我军威，雪我国耻，使影片具有极大的视觉冲击力。

影片《夜袭》是充满阳刚之气的战争戏，但它有表现人性美的动人的情节和细节。在向阳明堡机场发起攻击之前，团长陈锡联面对整装待发的突击队的战士们一一询问，家里有没有弟兄，是不是独生子，如果是独生子，一律出列。有一个战士说自己还有一个弟弟，于是由出列又成为入列，实际上他也是一个独生子，为了打鬼子，他向团长说了谎话。在需要牺牲报国的关键时刻，我们的指挥员关心的是战士们的家庭。这个细节所表现的血浓于水的官兵关系和军民关系令人潸然泪下。国民党中央社记者黄小娟随队采访。她不理解忻口在南面，八路军为什么偏偏要往北走？夜袭阳明堡机场的战斗打响后，她理解了，而且暗暗地爱上了陈团长这位她心目中的雄鹰。22岁的团长也产生了青春的萌动，但是严酷的战争环境难以成就英雄和美人的梦想。就在"奇袭"的战斗中，黄小娟倒在敌人的枪口下。在浓烟滚滚的战场上，团长抱起这个美丽的姑娘。团长流着鲜血、沾满硝烟的脸庞和黄小娟恢复白净的面孔构成鲜明的色彩对比。陈团长目眦尽裂，黄小娟秀目紧闭，她长长的黑发飘洒在团长的身上，这是对侵略战争的控诉，是对美被毁灭掉的哀挽。我们不能说这是影片编导的过分煽情，因为它激起的是对敌人的憎恨，给人的感受是心灵的净化。

影片《夜袭》以气壮山河的镜头和画面再现了中国人民团结抗日、浴血奋战的一个片段，使我们清晰地感受到那个历史时刻的沉重和悲壮，回击了日本右翼势力歪曲、窜改和否定侵略历史的无耻行径。我们十分感激影片《夜袭》的创作者们用自己的良知和责任、热血和真情，精心拍摄了这部电影，为我们留下了这份珍贵的银幕记忆。战后，代表中国参加东京审判的一位法官曾经说过："忘记过去的苦难可能招致未来的灾祸。""前事不忘，后事之师。"勿忘，中国人民曾经遭受过的灾难与屈辱；勿忘，中国人民为了正义与和平所做出的巨大的民族牺牲。也应该让世界记住：中国人民不可侮。这正是影片《夜袭》告诉我们的。

2007 年 7 月 11 日

伟大母爱和孝行天下

——影片《儿子、媳妇和老娘》观后

　　《儿子、媳妇和老娘》是山西电影制片厂和山西圆天影视文化传播有限公司最近推出的一部情感片。从影片的片名可以得知这是一部家庭故事片，从影片的基本内容可以了解到这是一部围绕一笔煤矿赔偿金的分配问题所展开的金钱与道德的较量，从影片的主题表达可以感知到它表现的是伟大的母爱，以及子女应当具有的感恩情怀，即孝心。电影直白的片名，演员朴实的表演，以及流畅的叙述语言、生动的人物对话、直观的镜头画面、逼真的生活场景，构成了影片独特的平实风格。在这种平实风格中却充满了震撼人心、催人泪下的感情穿透力和深刻、犀利的道德批判力量，即让人感动的伟大母爱，令人痛恨的被金钱欲望扭曲了的丑恶人性，教人敬佩的助人为乐、不图回报的律师的高尚情操。它给观众的是感动，是思索，是灵魂的拷问，是思想的净化。

　　丁凤妹，一位普通的母亲，一个遇难矿工的妻子。她有一个亲生的儿子秦大山，有一个由煤矿工友的遗孤成为自己的养子秦小川。她深明大义，对待养子胜过亲生，因为她恪守传统道德观念，要对得起小川已经过世的父母。她省吃俭用，受尽艰辛，让亲生的儿子大山种地供养子小川上了大学。为了让小川读完大学找到称心的工作，她忍辱负重到城里齐律师家当保姆。成天纠缠她的是小儿子无休止的索取和大儿媳让她回去替自己看孩子、做家务的不断的强求，让她难以应对，不得安生，特别是在齐律师帮她讨回丈夫15万元的煤矿赔偿金后更使她面临困境，无法处置。她面对的是为了在女朋友面前装门面、摆阔气，不愿意在学校里认母亲，竟想独占赔偿金的养子秦小川；面对的是同样想多分赔偿金的儿媳刘艳艳的无理取闹和亲生儿子秦大山的误解，特别是儿媳在有没有赔偿金的前后对待婆婆由"孝顺贤惠"到恶言相对、判若两人的态度，深深地刺伤了这位善良母亲的心。即使如此，为了家庭和睦，她还是精心照料和丈夫闹离婚、负气出走、途中遭遇车祸的儿媳，终于使这个刁钻媳妇有所觉悟，叫了一声"妈"。就是这一声"妈"，让她感动得泪流满面，向儿子大喊："艳艳叫我妈了！"这就是做母亲所要求的最大的回报。当小川为了钱要把她告到法庭时，她不得不把一直埋藏在心底的秘密告诉了他，把他生母留给他的一封信给了他，使秦小川了解真相，幡然悔悟，投入河中，冲洗自己的灵魂，感悟母爱的伟大。他大声呼叫"妈妈"，跪倒在母亲的膝下。母亲用她的真心换回了子女们的孝心，在"妈妈"的呼叫声中彰显了伟大母爱这一永恒的文学主题。这个带有理想主义色彩的大团圆结尾，既是为了适应观众传统的审美习惯，同时也是对人间真情和大爱的强烈呼唤。

《儿子、媳妇和老娘》的主题是歌颂伟大的母爱。它所揭示的深层次的社会问题，是儿女们的感恩、回报和孝心问题。伟大的母爱虽然不要求子女们的回报，也不需要子女们的感恩，但从子女们来说对母亲的孝心却是必不可少的。孝行天下是中华民族的传统美德，回报社会、感恩世界是每一个有良知的人的义务和责任。对待父母，对待社会，对待国家，莫不如此。影片所表现的金钱和道德的冲突深刻地触及这一现代社会问题。金钱可以让人的灵魂扭曲，道德却可以使人的良知回归，影片所揭示的这一深刻的思想内涵，有着很强的现实意义。

影片所宣传的"人则孝，出则悌，谨而信，泛爱众"的传统美德，具有现实意义，可以融入社会主义荣辱观的范畴，成为建设社会主义核心价值体系的有机组成部分。在加强社会主义精神文明道德建设中，加强社会公德、职业道德、家庭美德和个人品德建设是一致的，引导人们自觉履行法定义务、社会责任和家庭责任是一致的。这一切在影片中都得到了形象化的艺术阐释。

《儿子、媳妇和老娘》作为一部故事片，从整体风格来讲，是一部戏剧式电影。它强调矛盾冲突，重视故事情节，突出人物性格，特别是讲究时空集中。时间就是母亲在秦律师家做保姆的前后几个月，空间主要是母亲在农村的家和在城里秦律师的家。故事直线叙述，没有时空交错，情节逐步推进，引向戏剧高潮。这样的戏剧式电影风格，不同于强调事件和时空展开、重视动作和叙事的小说式电影，更不同于强调节奏和抒情、充满诗情画意、淡化以至取消故事情节的纯电影，这也使它像戏剧一样重视宣传教育作用，强调社会教化的功能。

人物塑造是电影作品的灵魂。吕启凤扮演的母亲丁凤妹是作品中最为成功的艺术形象。她的深明大义、讲究诚信，她的委曲求全、忍辱负重，都是为了尽到一个做母亲的责任。她对待子女，对待他人，对待社会，都充满了一片爱心。母亲的爱心不是用语言来表达的，而是运用电影的手法表现在她的行动中，感染着广大观众。由丁嘉丽扮演的律师齐华是影片中另一个让观众感动的人物。她文静、干练，有一颗金子般的善良的心。她坚持正义，主持公道，同情弱者，乐于助人，办事不求回报，这是一位做律师的人应有的操守和品德，也是一切做人民公仆的公职人员应有的操守和品德。母亲丁凤妹和律师齐华形象塑造的成功，是影片最大的亮点，是表现大爱主题的灵魂。

《儿子、媳妇和老娘》作为山西电影制片厂最新推出的影片，它走着与山影厂的品牌电影《暖春》等同样的道路，即"小角度，小投入，大主题，高标准"。《儿子、媳妇和老娘》一片所表现的家庭财产纷争问题，同样是一个小角度，但它反映的却是如何发扬中华民族传统美德，建设和谐社会、和睦家庭，树立尊老爱幼、互爱互助的家庭新风这一当代重大主题。《儿子、媳妇和老娘》是小投入、小制作，但在影片拍摄上同样是极力坚持严要求、高标准。它的剧本几易其稿，二度创作同样用心，以求达到尽可能理想的要求。

《儿子、媳妇和老娘》在全国人民万众一心、众志成城的伟大抗震救灾斗争中推出，有一种特殊的意义。四川汶川特大地震中所表现出的大难中的大爱，同影片中所表现的伟大母亲的大爱，有着深刻的共同之处：彰显的是社会主义大家庭的人间真情，弘扬的是中华民族的传统美德。山西的电影工作者把这部影片献给所有对灾区充满爱心、心系灾区的人们，表达的同样是对母亲、对民族和祖国的大爱。

2008 年 6 月 28 日

浓浓的山乡情　淡淡的风情画

——影片《地气》观后

　　由长治市委市政府和山西省作家协会联合摄制的电影故事片《地气》给国产电影现实题材的创作增添了一朵芳菲的奇葩。这部根据葛水平同名小说改编的电影，是山西作家影视艺术制作有限公司出品的第一部电影，也是葛水平小说搬上银幕的第一部作品，形象鲜明，风格质朴，具有厚重的文学底蕴，这无疑是有赖于葛水平小说的"地气"。

　　《地气》场景单一，人物很少，没有激烈的戏剧冲突，更无跌宕起伏的故事情节，有的只是心灵的撞击、感情的纠葛，充满了浓浓的山乡情，好似一幅淡淡的风情画，让人动情，令人感喟。

　　《地气》描写的是发生在20世纪90年代中期太行山区一个叫十里岭的偏僻小村的故事。这个村子说小可真够小，全村只有两户人家，五口人。一户是住在当中院的队长德库和他的妻子翠花，一户是住井下院的村民来鱼和他的妻子李苗，还有他们上小学六年级的儿子狗蛋。十里岭全村只有一眼石井和清一色的石板屋、石板院、石板路，还有的是鸡栏猪舍和一所破败不堪的学校。这里没水没电，连路也不通，真正是静谧邃远，与世隔绝，封闭落后。他们唯一的高兴事就是爬上山顶去瞭望远处城里的灯火，在黑茫茫的山野和灯火阑珊的远城的色调对比中，寄托着自己的希望与憧憬。狗蛋对着空旷的远山喊："我要考到城里去!"这就是影片所展现的十里岭的人文和自然景观。

世界上哪里有人哪里就有故事，连这个只有两户人家的小山村也不例外。特别是村子里有两个俊女人。翠花的男人又不算个"男人"，翠花在"守活寡"，这就难免生出一些是是非非，弄得两家人见面不说话，使得这个大山里的小村庄更加寂寞和单调。就在这时候，联区学校给十里岭派来了一位校长兼老师的王福顺。这位老师只有一个学生，那就是来鱼的儿子狗蛋。于是十里岭有了人气，有了故事，随着镜头的流动让观众去领略这个行将消亡的山村景象，感受那里人们的纯朴感情。

《地气》作为一部现实主义电影是按照实际生活所固有的样式来再现和表现生活的，体现了形象的典型性、细节的真实性和描写的客观性。

《地气》描写的是人，是深山里几乎与世隔绝的人，写人的生存状态，写人性中最本真的东西，写他们的生理饥渴和感情需求，写一个陌生的人闯进这个两户人家的世界里所掀起的感情波澜。在这些原生态描写的背后隐藏着编导细致的构思和对生活的深刻的思考，体现着编导的思想倾向和爱憎感情。村里的男人和女人，他们的文化水平虽然不高，但他们同样需要别人的理解和尊重。他们欢迎老师王福顺的到来，这既使他们沉闷的生活有了生气，也使他们感受到学校和老师给他们带来的文化气息。老师刚进村，两户人家的女人同时做好了两大碗扯面，送给老师，这个用动作性极强的视觉形象描写的细节，包括切菜、和面、扯面、捞面等一系列快速动作表现了她们接待客人的热情和真诚。

王福顺到了十里岭看到只有一个学生时，他想下山，不想教了。可是当狗蛋说："王校长，你别走。我是你的学生狗蛋。你走了，我就没有老师了。"面对孩子企盼的眼睛，王福顺留下来了，上"欢迎狗蛋开学"的第一课，开始了一个校长兼老师和一个学生的教学生活。王福顺被村里人亲切地称为"狗蛋校长"，还把学校老师当作狗蛋的"家教"。当老师向狗蛋说，我们上课是师生、下课是朋友，问狗蛋什么是"朋友"时，狗蛋他爸抢着回答"朋友就是相好的"。老师问狗蛋，你平时和谁说话？狗蛋说："我每天只和猪、鸡、兔子说话。"这令人心酸的话语使我们感到孩子的心田是多么需要呵护和滋润。王福顺这个工作了20年才由民办转成公办的教师，把教书育人作为自己的神圣职责。即使是一个老师教一个学生，他也是认真负责，一丝不苟，所以狗蛋在联区学校考试中门门功课成绩优秀，考了个全乡第一。为了加强对狗蛋的爱国主义教育，他还自己做了一面国旗，每天早晨他用唢呐吹奏国歌，同狗蛋一起举行升旗仪式。

老师来了，山村有了声音。作为视听艺术的电影，音响构成的形象同样是剧作的元素，是烘托环境和渲染气氛的手段。王福顺的唢呐声，唤起情绪的记忆，既是抒发这个单身男人的孤寂心情，也使这个寂静的山村有了动听的声音。王福顺给狗蛋上音乐课，老师教的"一棵呀小白杨"被狗蛋唱成了"也棵呀小柏杨"，难改的方言土音也给这个单调的小山村带来了些许情趣。

王福顺不仅认真教学，而且协调村里两户人的关系。他买了白酒和红酒，把全村5口人都请来，让两家人坐在一起。三个男人喝白酒，两个女人和狗蛋喝红酒。他说："有什么解不开的事，抬头不见低头见，庄户人家闹什么意见。"他同大家干杯："咱是喝了六下了，这叫六六大顺。人活着应该顺顺当当。你呀，我呀，他呀，彼此之间也应该顺顺当当。十里岭现在连我一共是六个人。六个人在一起能不顺顺当当吗？能有啥过不去的？一点鸡毛蒜皮还值得疙疙瘩瘩？一起干！"收完秋，两个男人要外出打工。临行前，把两个女人托付给了王福顺，请他照看。两个男人刚走，两个女人就打扮得光光亮亮，拿了针头线脑到学校同狗蛋一起听课。她们这样做分散了狗蛋的注意力，也影响了老师的教学。于是王福顺在教室门上写了个告示："教学重地，女人莫入。"特别是十多年来一直"守活寡"的翠花更是对从外面来的老师充满了期待，她大胆主动地进行追求。王福顺也知道她们的心思，但他想到的是，讲道德操守是读书人的本分，自己虽不是圣人，但绝不能越出自己要求的道德底线，这就得自觉抵制。即使这样，他还是被罗列了三条罪名告到联校：一是让学生喝酒，二是私造国旗，三是占有了一岭的女人。王福顺的形象有它的典型性，因为它反映了生活的复杂性，深刻地揭示了生活的某些本质特征。

十里岭上的两户人家终于要下山了。来鱼说："都搬走了，一个学生也没了，十里岭的地气散了，也下山吧？"王福顺说："只要联区还有十里岭这个小学，就得有老师在，最起码得等到这个学期结束。""豆来大，豆来大，一间屋子盛不下。""猜猜，是啥？""灯！"王福顺想的是，有灯的地方就有人气，有人气的地方就有地气。灯、人气、地气，是王福顺面对寂寞的生活和纷扰的人事能够坚强地生活下去的动力，也是电影《地气》所要表达的主题。

《地气》是由同名小说改编的电影。在全球生产的影片中，由文学作品改编的电影占有相当大的比例。电影改编者用电影思维把文学形象转化为银幕形象，在中外电影史上不乏成功的范例。夏衍改编的《祝福》和《林家铺子》就是把文学名著搬上银幕的经典作品。由小说改编为电影，不仅电影受益于小说，有了一个很好的创作基础，而且小说也借助于电影得到更广泛的传播，拥有更多的受众。第四届鲁迅文学奖获得者的葛水平是山西的一位重要的青年女作家。她的小说作品除了她的成名作《地气》之外，还有《空地》、《摔鞭》、《天殇》、《喊山》等多部优秀作品。我们期待着葛水平的小说能够不断地搬上银屏，满足和丰富广大群众的文化需求。

2008年7月8日

《咆哮无声》：一首气吞山河的壮丽诗篇

在中华民族抗击日本帝国主义的侵略战争中，我们熟知八路军"狼牙山五壮士"跳崖的英雄壮举，我们也传诵着东北抗日联军"八女投江"的巾帼悲歌，但是，我们还很少听说"八百壮士投黄河"这一极其悲壮的故事。影片《咆哮无声》打开尘封的记忆，揭开历史的谜底，为我们讲述了这个充满伟大民族精神和英雄主义情怀、鲜为人知的动人故事。

山西省委宣传部、新晋商（北京）投资公司、北京龙海星光文化传媒公司、北京红绒花文化传媒公司和运城市委宣传部联合摄制的战争历史题材电影《咆哮无声》（编剧：王海平；导演：萧锋）使我们回望七十年前的过去，面对七十年后的今天，引起我们对战争与和平的反思，对抗日英雄的缅怀，对以爱国主义为核心的民族精神的尊崇。

《咆哮无声》的背景是1941年5月爆发的中条山战役。这一战役是抗日战争进入相持阶段后，中国军队在山西范围内唯一的一场大规模对日作战。中条山横广170公里、纵深50公里，像一条巨蚕横卧在运城盆地与黄河谷地之间，与太行、吕梁、太岳三山互为犄角，战略地位十分重要，是中原地区的天然屏障。日军向中条山地区发动大规模进攻，其意在占据黄河各个渡口，以便相机进犯中原、袭击西北。进犯中条山的日军有10万人，中国军队有20万人。在这场历时一个多月的会战中，中国军队伤亡惨重，日军以数千人的损失造成我军数万人的牺牲。蒋介石称此战役是

"抗战史上最大之耻辱"。

但是，中华民族不可侮，中国人民不可欺，"八百壮士投黄河"的壮举，展现了威武不屈、共抵外侮的民族精神，是用一种无声的方式，汇聚成那个特殊时代的最强音：咆哮无声。

作为一部战争题材的影片，《咆哮无声》不是传统的戏剧式结构，没有用一个有头有尾、线性发展的故事表现中条山战役始末，而是通过中日两个不同国籍的军人的经历和一个个悲壮、惨烈的情节表现战争中人的命运，从人性、人情的角度去透视战争、剖析战争，探索战争与人的关系，表现战争带给人民的苦难和经久难愈的心灵创伤，表达当代人对历史、对战争的思考，这就使它具有特殊的认识价值。

《咆哮无声》以倒叙追溯的表达方式，现代戏和战争戏交织在一起的叙事方法，体现了电影艺术的特点。影片以万静娴的日记和杨镇江老人的回忆写过去，以万云的"寻找"之路和内心独白写现在。用一种真实的情感联系，把过去与现在衔接起来，表现战争与和平不同时代人们不同的奋斗足迹和理想追求。

《咆哮无声》中代表和平年代的主人公是80后时尚、靓丽的城市女孩万云。她拿着姑奶奶万静娴生前所写的日记，前往万静娴当年留下青春、梦想和爱情的地方，寻找抗日英雄的事迹。起初，万云对于她所接触到的过去的事有许多不理解。她不理解她的姑奶奶，"执着地爱一个不知道生死的人，他们到底是什么样的人呢？"她认为"镇江爷爷他们那一代人特傻。他们就只认一个理，连命都可以不要"。随着这条"寻找"之旅，通过姑奶奶的日记和镇江爷爷的回忆，以及她的实地所见所闻，万云的认识发生了变化，对前辈的故事有了更深的了解，对人性的善与恶有了切身的感受，她开始客观地审视自己的生活理想和人生价值。她说："呐喊，咆哮，我从来没有这么深刻地理解过这些词语。原来这些词语并不是从喉咙里发出来的，不是一个个肤浅的音节。你眼前的这些孩子，他们穿着耐克鞋，背着阿迪包，他们对着网络，对着另一边的陌生人，声嘶力竭，做着英雄梦，却不会为自己的父母做一顿饭，不会为一个倒在路边的老人伸出一只手，在虚拟的社会里，他们以为自己拥有一切，但唯独不知他们是否拥有热血和担当。当年那些和我们同样年纪的战士们，他们不曾哭喊，不曾呼号，但他们无声的咆哮却存留在这片土地的每一个角落。"万云说："我终于找到了。"她从战士们的存在和牺牲中找到了生活的真谛，找到了人生的价值。

《咆哮无声》中代表战争年代的主人公是跳崖战士中唯一的幸存者、年已九十的杨镇江老人。他一家七口都死在日本鬼子的屠刀下。他的众多战友纵身跳河壮烈殉国。他对日本鬼子有着强烈的国仇家恨，但他人性善良，收养了日本人的遗腹子，做出了一件连日本人都想不到的事。杨镇江老人对牺牲的战友们，七十年来昼思夜想，梦寐萦怀。他唯一的心愿就是让他们"回家"。他按照士兵名册把这些年仅十八九岁的烈士们的姓名一一刻在石碑上，然后用这几百块石碑筑成一面烈士墙。当镇江老人把他刻好的最后一块石碑砌在烈士墙上时，他说："在烈士跳崖后的七十年，我刻完最后一块石碑，了却我的心愿了。大伙就把这里当成自己的家吧！大伙的灵魂可以在这里相聚了！"在镇江老人说这些话的时候，衬托在老人苍老面孔、瘦弱身躯后面的是一面高高的长长的烈士墙。烈士墙和老人融合在一起，就像一座巍峨的浮雕矗立在人们面前，给观众以巨大的视觉冲击力。

《咆哮无声》影片中另一个战争年代的人物是日本侵略军士兵中村次平。由于他对中国人民犯下的残暴罪行，使他在晚年深陷于饱受精神折磨的痛苦中。他派他的儿子中村一郎带着他写给杨镇江老人的一封谢罪信来到中国。中村一郎跪在杨家七口人的墓碑前，读他父亲的谢罪信："虽然我苟且从战争中苟活下来，但这么多年来，我一直无法忘却对您家人所施加的残暴恶行。随着年岁的增长，比较能看清楚了。那个疯狂的年代，效忠也好，被逼也好，都不能洗脱我们对手无寸铁的你一家大小所犯下的罪孽……必须诚心乞求原谅，乞求后生晚辈别再走同样的路，不要再犯同样的错误，祈求人类世界和平共存。罪人中村次平。"这个侵华日本兵的忏悔和认罪，同样是对过去的这场战争的反思。

来到中国替父亲谢罪的中村一郎更多的是感受到战争的阴影。中村是广岛人。战争期间原子弹的袭击给他留下了可怕的记忆。他的母亲、姨母和姥姥都是因为受到原子辐射而患癌症去世的。他认为自己身上埋藏着定时炸弹，他决定不结婚，不要孩子，不希望这样的事情再次发生。

《咆哮无声》作为一部战争片，写的最惨烈的战斗是马家崖血战。烽火连天、硝烟弥漫的战场；子弹打光了，刺刀劈弯了，就用石头砸，以血肉之躯同日寇搏斗的细节；战士们目眦尽裂、鲜血满面、放声怒吼的特写——这种大尺度的战争场景，加上紧张快速的节奏和悲愤壮烈的配乐，将一场真实而惨烈的战争展现在观众面前，具有惊天动地、震撼人心的艺术力量。《咆哮无声》被认为是中国战争片中"最残酷"也"最英勇"的影片。

在敌人把弹尽粮绝的我军战士逼到黄河岸边马家崖的悬崖峭壁时，为了民族的尊严，他们高呼："爹娘，孩儿不孝，先走一步了！"战士们在"死就死，一起跳啊"的呼喊声中，一个个、一排排纷纷跳下，淹没在滚滚的黄河浪涛中，投入到孕育我们这个伟大民族的母亲河！他们以年轻的生命践行了自己捍卫民族尊严的誓言。在英勇跳崖的中国战士面前，日本鬼子震惊了！事实告诉他们，中国人民用血肉筑成的钢铁长城永远是不可逾越的。

《咆哮无声》是一部体现崇高文化理想和艺术追求的优秀影片。它对激发中国当代青年勿忘国耻、振兴中华，具有重要的现实意义。

2012 年 10 月 28 日

《落经山》:
一部好看、有思想、感动人的抗战影片

一

在中国人民抗战胜利68周年纪念日和日本侵略军发动"九一八"事变82周年来临之际，由中共山西省委宣传部、山西广播电视台和中共朔州市委宣传部联合摄制，电影频道节目制作中心出品，著名导演冯小宁编导的抗日题材电影《落经山》同广大观众见面。回眸日本帝国主义的侵华历史，面对今日大刮历史翻案风的日本右翼势力的狂妄和嚣张，观看影片，令人感慨万千，集中到一点，就是历史不容篡改，中国人民不可侮，邪恶必然受到正义的惩罚，倒行逆施就是自取灭亡。

《落经山》是我国首部溶洞夺宝大片，在一个美丽的山村和巨大的天然溶洞中，描绘了一幅让人陶醉的美景，讲述了一个令人惊颤的故事。一个逃难的哑巴来到一个与世隔绝的小山村，被一位善良的老和尚收留，在清贫宁静的生活中逐渐融入了这个世外桃源，并与一个美丽清纯的女子产生了朦胧的感情。一天，他偶然进入了一个巨大而神秘的洞穴，意外地知道了一个尘封千年的惊天秘密。一个早晨，天上突然掉下一架冒火的飞机，一个被击落的日本入侵飞行员被善良的哑巴救起，却给这个世外桃源带来了灭顶之灾。山村的宁静被打破，拉开了一场夺宝与护宝的殊死搏斗。

《落经山》以美轮美奂的山村、溪流、溶洞的场景和围绕夺宝与护宝的殊死搏斗的故事，既让人震撼惊叹，又令人热血沸腾，把这两种不同的观影感受连接在一起的是日寇的侵略和企图夺取藏在大山溶洞里的经卷这一剧中的主要情节。这就使《落经山》成为一部表现正义与邪恶斗争的影片。战争破坏了和平，战火烧毁了田园，兽性毁灭了人性——这是日本侵略者带给中国人民的灾难；善有善报恶有恶报，以眼还眼以牙还牙——这是中国人民对付日本侵略者的办法。影片《落经山》艺术地反映了70年前的这一段我们永远都不会忘却的历史。

二

导演冯小宁说，《落经山》是一部好看、有思想、感动人的商业片。

《落经山》这部电影好看，因为它是一部充分发挥电影特性，用镜头语言讲述故事，同观众进行交流，完全按照电影的艺术规律制作的影片。影片引人赞赏的是人物少、台词少、场景少，情节也不复杂；吸引人眼球的是画面美、人物美、意境美。就是在这种节奏徐缓、美轮美奂的视觉享受中，导演用镜头吸引着观众把电影一点点地看下去。

在影片中，巍峨陡峭的大山，幽深莫测的溶洞，百步九折的天梯，蜿蜒伸向山巅的石阶，巉岩绝壁上的独木桥，危峰对峙间的一线天……无不给人一种神秘的敬畏感；而清澈明净的潺潺流水，落英缤纷的湖光山色，红黄相间的河边树叶，溶洞里不时飞出来的一群群白鸽……让人赏心悦目，陶醉其间。善良的老人、纯朴的哑巴和美丽的村姑与大自然的美景融合在一起，这是影片中最为观众感叹、赞赏的部分。

但是，这一切美好的东西都因为日寇的入侵而毁灭。老人被杀害，村姑自沉在溪流中，手无寸铁的老百姓被血腥屠杀……美的展现和美的毁灭是影片的深刻内涵。

《落经山》这部电影有思想，因为它是一部"弘扬主旋律，传播正能量"，增强人民精神力量的优秀作品。

日本人发现落经山的溶洞里藏着他们觊觎已久的无价之宝——唐代经卷。日本帝国主义不仅要占领中国的土地，奴役中国的人民，而且要掠夺中华民族的传世文化珍宝。那个被哑巴救了的日本飞行员领着一队日本兵闯进了深山，逼着村民交出珍宝，老和尚以死抗争，村民无一人带路，全被屠杀。而侥幸外出的哑巴成了唯一的幸存者，也成了向日本人讨还血债的唯一的战斗者。为了复仇，哑巴同日寇的生死绝杀是影片最为震撼人心的段落。

哑巴默默地带着一队寻宝的日本入侵者走进了那个深不见底、结构复杂的巨大洞穴。在洞穴中，义愤填膺、手持大刀的哑巴与惊恐万状、困兽犹斗的鬼子展开搏斗。我们仿佛听到了"风在吼，马在叫，黄河在咆哮"的怒吼声，听到了"我们都是神枪手，每一颗子弹消灭一个敌人"的拼杀声，听到了"大刀向鬼子们的头上砍去"的复仇声。刀光剑影的溶洞夺宝大战是影片最大的看点。进入洞穴的14个日本鬼子在神秘、恐怖的怪石和黑暗中，发出一声声惨叫，有的被大刀砍死，有的掉进深渊，有的被巨石砸死……恶魔们得到了报应。当那个蔑称中国人是"傻瓜"的日本飞行员最后一个逃出洞穴时，一把血染的钢刀横在他的面前。这个日本飞行员在他的那本日记最后一页写道："那个哑巴诱使我们用炮火轰塌了洞口，用最聪明的办法保护了真经。直到这时我才明白：我们才是一群最傻的傻瓜！"

中国人民是善良的。但是，中国人民是不能任意让人宰割的。"朋友来了有好酒，豺狼来了迎接它的有猎枪。"以眼还眼以牙还牙，人不犯我我不犯人，人若犯我我必犯人——这就是中国人民对待侵略者的态度。

《落经山》是一部弘扬以爱国主义为核心的民族精神的影片。精神产品同样有战斗力。 前事不忘，后事之师。影片《落经山》就是对日本右翼势力的有力控诉和严正警告。

三

冯小宁是一位善于用电影讲故事的导演。影片《落经山》是冯小宁拍摄的抗日题材系列电影的最新的一部。在抗日战争这个波澜壮阔的民族史诗中，他匠心独运，精心选材，以草根百姓为主角，通过一个普通人的英勇壮举，用洞穴大片的形式，创作了这部电影。洞穴片国外早已有之。将重要的情节、场景设置在洞穴中，对于国内观众来说是一次全新的体验。这是导演冯小宁的首创。

《落经山》作为一部抗战片，不专注于描写战争，没有大的战争场面，没有反映抗战中重大的战役或战斗，只是通过洞穴夺宝的殊死搏斗描写普通中国人的抗日行动。影片中哑巴为了保护国家的珍宝，为了替死难的乡亲们复仇，让日本侵略者葬身于溶洞中，就是影片塑造的普通的中国血性男儿的英雄形象，在中国人民抗日英雄的人物画廊中，有着特别的审美价值。

山西是重要的抗日根据地之一，是华北敌后抗日的主战场。八路军总部在山西。山西人民在抗日战争中做出了重大的贡献和牺牲。山西的影视工作者怀着神圣的历史使命感拍摄过多部反映抗战的有历史价值和艺术力量的作品。这些影视作品大都是反映抗战重大事件或重要战役、战斗的。如描写八路军八年抗战辉煌历程的史诗般的电视剧《八路军》，反映全民抗战的电视剧《吕梁英雄传》，表现炸毁阳明堡敌机场的电影《夜袭》，反映中条山战役的电影《咆哮无声》，以及表现雁门阻击战、摧毁日军运输线的电影《血溅雁门关》，还有彰显威武壮烈的电视剧《百团大战》、《忻口战役》等。这些表现重大事件、战役或战斗的抗战影视作品反映的都是中国人民保卫国家、反抗侵略的坚定决心、不屈意志和彪炳千古的抗敌历史。

在山西抗日题材影视剧中，也有表现草根百姓奋起抗日的作品。山西作家影视艺术制作公司出品的抗战电影《给我一支枪》，就是一部以普通人为主角的影片，讲述了一个偏僻小城的女子，在战争中觉醒，利用她熟悉的地形和智慧，用各种土办法把鬼子一一除掉的故事。

　　《落经山》同《给我一支枪》都是从普通人的角度来反映抗日战争的，同样受到广大观众的欢迎。这就从选材上和形式上为抗战题材的影视创作提供了新的路子和经验。

2013 年 9 月 3 日

《伏击》：一篇气势恢宏的抗日宣言

山西作家协会影视艺术制作有限公司、阳泉市委宣传部和阳泉市文联出品的电影《伏击》观后，觉得是一部成功的影片。这是一部正剧，一部战争片，省作协影视公司和阳泉市能拍出这样一部好电影，很不容易，可喜可贺。

影片描写抗日战争初期，挺进山西的八路军129师师长刘伯承指挥的平定七亘村伏击战，给日寇以毁灭性的打击，大大激励了根据地军民抗战斗志的故事，彰显了以爱国主义为核心的民族精神。

这部电影从一个侧面反映了中国共产党所领导的抗日游击战争在中国整个抗日战争的地位和作用。中国抗日战争包括国民党指挥的正面对敌战争和共产党领导的敌后抗日游击战争。这里就包括毛泽东同志关于山西抗战的战略部署和八路军奉命挺进山西抗日前线、建立敌后抗日根据地的战略决策。八路军129师刘伯承师长所指挥的平定县七亘村伏击战就是实现这一战略部署和战略决策的重大战斗。两次亘村伏击战的胜利，彻底粉碎了"七七"事变后，日寇要"一个月拿下山西，三个月灭亡全中国"的狂妄野心。

这部电影的拍摄，正当日本右翼势力猖狂复活日本军国主义的时候。日本右翼势力否认侵华战争，把侵略叫做"进入"；否认南京大屠杀，把血腥屠杀中国人民说成是"解救"中国人民，建立所谓的"大东亚共荣圈"。影片《伏击》揭露的日寇对七亘村村民的血腥屠杀、奸淫烧杀，就是对日本右翼势力的最好回击。电影《伏击》的拍摄和上映有着强烈的现实意义。《伏击》发出了中国人民回击日本右翼势力的声音，强大的具有震撼力的声音。

这部电影有许多成功之处值得肯定。

1. 人物塑造。电影作为一部艺术作品，必须是有故事，写人物的。作为电影，由于篇幅所限，同电视连续剧不同，不可能写很多的人物，所以人物以少为宜。《伏击》就符合这个要求，全剧人物不多，主要描写了一位师长、一位团长和一位班长。班长就是剧中的一号人物董明才，其他人物还有一位营长、一位连长和一名战士小四川，还有开明绅士穆久义和他的女儿穆秀岩，董明才的父母，老牧羊人，日军头目涩谷大佐、三兵少佐。全剧就是这些人，主要人物还就是师长、团长和班长。

全剧人物不多，但描写的师团干部、普通战士均性格鲜明。如师长的运筹帷幄，指挥若定，决胜掌中。师长写的就是刘伯承，但是未指其名，而是在剧中一次次出现的"129师指挥部"的牌子，那么具体所指就十分明白了；王团长的精明干练，身先士卒，关爱士兵；剧中的一号人物、班长董明才，对革命忠诚，对父母孝顺，同敌人血战到底，壮烈牺牲。其他人物如战士小四川，董明才的幼年玩伴、牺盟会干部穆秀岩，都是个性鲜明、身上有戏的形象。

2. 作为一部电影必须有故事情节，有戏剧冲突，《伏击》好看，就在于它有引人的故事情节，激烈的矛盾冲突。剧中两次七亘村伏击战，情节跌宕，故事动人，是它的主线，而董明才探望父母的情节，则是它的副线。这两条线交织在一起，表现的是中国人民抗日斗志和董明才"忠孝不能两全"的矛盾，暴露的是日寇的残暴和对中国人民犯下的不可饶恕的罪行。

　　两次七亘村伏击战是全剧的主体，电影能否成功就在于能不能写好这两次伏击战。现在看来写得是成功的。特别是作为一部战争片，炮火连天，硝烟弥漫，肉搏拼杀，表现得都很逼真，而不虚假。伏击战的前后写得都很到位，包括战前双方谋划，侦查和反侦查，正面交火，打扫战场等，写得都很真实。特别是写出了两次伏击战的不同处。包括战前形势的不同，两次侦查的地点都是测鱼镇，但是侦查的人员和目的不同。第一次是董明才和团长，化装成掌柜与伙计；第二次是董明才同穆秀岩装扮成一对小夫妻，给这部以打仗为主要内容戏增加了一些柔和的色彩。对于第二次在同一地点的打伏击，在决策中表现了师长与团长的不同看法和激烈争论，但当师长做出正确决策后，团长则是绝对服从，而敌方则表现出疑虑、警觉和凶残。从场面上来看，第二次伏击打得比第一次更精彩，更好看，敌人的伤亡和损失也更惨重。第二次伏击战中，董明才壮烈牺牲，也就完成了这一英雄形象的塑造。

　　对于董明才探望父母的副线，编织得很巧妙。董明才跟随部队东渡黄河回到了家乡平定县阻击日本军队。他急切看望父母，但一直没有机会。一天趁部队休整时他悄悄离开驻地回家，途中他发现敌情，报警立了功，但没有见到父母，反而被关了禁闭。团长答应他打完这一仗就批准他回家看看，但没有等到这一天。后来他同穆秀岩化妆成小夫妻去侦查，向往着有一天同去看望父母，但只是一种向往。后来他真的回到了村里，见到了父母，却是已被日寇杀害，更加激起了他要为父母和众乡亲报仇雪恨的怒火，最终化作一团烈火烧死敌人。这波澜起伏的情节，表达了董明才对父母的深沉大爱和对敌人的深仇大恨的感情。

　　从董明才父母的角度来说，先是儿子被抓了壮丁，七年没有消息，日夜思念，不知去向；老牧羊人见到董明才后，告诉两位老人，明才回到平定了，更是盼望儿子早日回家，但终未见儿归；直至被日寇杀害也未见到儿子。这条由生死情感构成的情节线更为动人心魄。

在影片的主要情节线和副线中，对侵华日军的描写不是脸谱化，而是从不同侧面深刻揭露了日寇烧杀抢掠的残暴本质。日寇为了报复在七亘村遭到的袭击，屠杀七亘村全村百姓，包括董明才的父母，这是日本侵略者残暴本质的大暴露。

3. 作为一部电影，镜头语言和电影手段是十分重要的，主要表现在伏击战中的各种景别，以及特写、慢镜头的运用，还有深沉、悲壮的电影音乐。电影的节奏把握得也很好，两次伏击战之间的军民联欢会，充满了抒情的色彩和欢乐的气氛。

影片最大的成功在于反映了山西抗战在全国抗日战争中的作用和地位。山西人民在抗日战争中做出了最大的贡献和巨大的牺牲。在山西境内的八路军主力部队和地方兵团进行的70次著名战役、战斗中，歼灭日军近7万人，占侵略华北日军总数22万人的31.8%。七亘村伏击战就是这70次著名战役、战斗中的一例。

2014年7月29日

心中的丰碑

——看电影《蒋筑英》

　　我含着眼泪看完了影片《蒋筑英》，又含着眼泪参加了座谈会。我深深地感到，我们需要蒋筑英这样的科学家，我们需要《蒋筑英》这样的好影片。建设社会主义的物质文明，没有一大批卓有成就的知识分子是不行的；建设社会主义精神文明，没有一大批优秀的文艺作品也是不行的。正因为如此，人们深深地怀念这位英年早逝的中年科学家，人们也真诚地赞赏这部具有很高思想价值和审美意义的优秀影片。

　　影片《蒋筑英》之所以成功，在于它塑造了蒋筑英的光辉形象，但它不是一部人物传记片，不全面表现蒋筑英平凡而伟大的一生。它用新闻纪实的形式，抓住蒋筑英出差成都、以身殉职的短短几天时间，运用电影时空交错的特有手段，表现蒋筑英的思想性格特征和丰富的内心世界，给人以强烈的真实感和震撼人心的艺术力量。

　　蒋筑英，典型的人到中年的知识分子。工作的重担，家庭的重负，沉重地压在他的身上。影片选用了若干感人至深的生活片断，来塑造这位中年科学家的形象。蒋筑英，作为科学家，影片所表现的他在光学研究方面所做出的突出贡献和为祖国科学事业献身的精神，引人自豪，令人感奋。蒋筑英，作为一个普通人，影片所表现的他对父亲、对妻子、对子女、对学生的丰富的感情，牵人肠肚，令人感动。蒋筑英的贡献是那样的大，蒋筑英的生活却是那样的累和苦。这种巨大的反差，给人一种沉甸甸的感觉。蒋筑英的形象在观众特别是在知识分子中激起的强烈的反响，来自这个艺术形象的生动的具体性和高度的典型性。蒋筑英是中国知识分子的骄傲，也是中国知识分子的代表。

这部影片动人的魅力，不仅来自于蒋筑英形象的塑造，也来自于蒋筑英的妻子路长琴形象的塑造。在单位，她是一位称职的女知识分子，与丈夫有着同样的献身于科学事业的精神。在家里，她是一位典型的东方式的贤妻良母，又是知识分子式的贤妻良母。她对自己的丈夫那样的理解，相濡以沫，清贫度日，同丈夫一起忍受公公被冤判二十多年的窘迫的家庭处境和沉重的社会压力。她同丈夫共同分担由于丈夫疾恶如仇、助人为乐的性格特点所带来的一切麻烦和困扰。路长琴对待丈夫不是委曲求全、夫唱妇随，而是志同道合、善解人意。她爱丈夫之所爱，恨丈夫之所恨，因为她同自己的丈夫一样是那样的光明磊落，情怀高尚。路长琴爱自己的丈夫，也爱自己的儿女，但不是娇宠溺爱。在这个清贫的小家庭里，充满了温暖、融和的气氛。

蒋筑英不幸病逝、以身殉职的事件发生后，影片对路长琴奔丧成都的描写更加突出了这位伟大女性的形象。她听到丈夫"病重"的消息后，焦虑牵挂，但未惊慌失态。一路上她疑惑不安，但冷静自持，不给陪同的人增添麻烦。她到达成都后意外地见到原说留在家里却先期来到这里的一对儿女，更增添了她的疑虑，但她极力抑制自己的情绪，没有表现出很大的感情波动。到了住地，她按捺不住万分焦急的心情，不顾陪同人员要她明天去医院探望的安排，独自一人跑到医院，但看到的是丈夫的遗体。她先是惊愕，后是悲痛，终于因为永远失去了自己的亲人而放声大哭。她带着给丈夫出差前理过一次发的工具，给丈夫理了最后一次发，剪下几缕青丝，珍存起来。她回到旅馆还要强忍悲痛，做等着让爸爸看作业的天真的儿子的工作。在大家都已知晓的情况下，她再也忍受不了这种巨大的精神压力，把给丈夫和儿子理发用的披巾撕成条条孝布扎在儿女的头上。她把满腔的悲痛倾泻在这个撕心裂肺的动作中……

　　影片《蒋筑英》写活了两个人物——蒋筑英和他的妻子路长琴。蒋筑英是我们心中的一座丰碑。路长琴，这位平凡而伟大的中国妇女，又何尝不是我们心中的一座丰碑。她是一位贤惠的妻子、慈爱的母亲、孝顺的儿媳、优秀的知识分子。她是中国妇女的代表。在她那瘦弱的双肩上撑起的是多么大的一片世界！

1993年6月

我看《红樱桃》

早就听说，《红樱桃》红遍北京，人人争看，既叫好又叫座，是近年来国产影片中的佼佼者。今日一看，果然名不虚传，无疑是思想性、艺术性和观赏性都非常高的一部影片。

这部影片为什么叫《红樱桃》？顾名思义，红樱桃是一种非常美丽好看而又容易破碎的东西。影片正是反映了世界上最纯洁、最美好的事物，像红樱桃般的孩子们被世界上最凶残、最丑陋的势力——德国法西斯所扼杀、所蹂躏的现实，充满了强烈的感情冲击力。

这部影片没有大腕级的名演员，而只是由一些名不见经传、初上银幕的孩子们演出的。扮演楚楚的郭柯宇和扮演罗小蛮的徐啸力都是只有17岁的孩子，但是他们的表演都非常成功，原因在于他们依靠自己的理解和悟性而全身心的投入。这部影片也没有大起大落的曲折离奇的故事情节，但是影片非常引人，非常好看，原因在于影片在世界反法西斯战争的大背景下，在苏联伊万诺沃国际儿童院这一小天地里，以血与火、灵与肉、爱与恨构成的一系列生动感人的情节和细节，来表现战争与和平的冲突，人性与兽性的搏斗，真善美与假恶丑的厮杀，强烈的对比，巨大的反差，造成了震撼人心的艺术力量。

影片塑造得最成功、最感人的艺术形象是楚楚和罗小蛮。他们是中国革命领导人的后代，但是在战争年代，他们却成了革命的"包袱"。他们像孤儿一样被送到苏联学习革命，但是在战争年代里却遭到了非人的折磨、饥饿、蹂躏、屈辱……但是，他们没有沉沦、退却，而是很快地成长起来，他们知道了应该恨什么、爱什么。

楚楚，烈士的女儿，是一个十分聪明可爱的孩子，但她却遭到了德国法西斯最残暴的侵害。她虽然没有被杀死，却遭到比死亡还要痛苦的折磨。德国法西斯强盗要把她制造成所谓的"艺术品"，在她的背上刺上德国法西斯的党徽，给她的身心造成了巨大的终身创伤。她要用烈火来去掉这耻辱的痕迹，同敌人抗争到底。

罗小蛮，这个戴眼镜的男孩子，文静善良，战火使他成为一个爱憎分明、十分懂事的孩子。他负责分送阵亡通知书，但他不愿意让死者的家属们再遭折磨，于是他用编造的在前线杀敌立功的信件，来安慰家属们的破碎心灵，使他们在梦幻中继续怀着等待的希望。他机智地寻找一切机会打击敌人。他用大火烧死了德国强盗，而他自己也葬身在熊熊烈火中。

《红樱桃》写活了楚楚和罗小蛮，也写活了其他孩子。混血儿张卡尔为了救同学逃出虎口而甘愿牺牲自己。父亲战亡、母亲战死的孤儿小娜佳认比她大不了几岁的罗小蛮为"爸爸"，小蛮和小娜佳相依为命，从事着他们自认为有益的群众工作。

伊万诺沃国际儿童院院长和女教师维拉是孩子们的护花神，虽然戏不多，却给观众留下极其深刻的印象。院长把学生看作是自己的孩子，因此自称是小娜佳的"爸爸的爸爸"。维拉为了保护孩子们不受德寇的欺凌，竟被枪杀，用自己的鲜血染红了俄罗斯冬天的白雪。在《红樱桃》里，一切美好、光明的东西都被扼杀了，包括孩子们的童贞、青春和所爱……这正是影片引人深思、令人动情之处。

《红樱桃》的成功使我们想到今天中国的电影市场。今年以来，中国的电影市场从几年的低谷走向复兴和繁荣，特别是十大名片的引进，把观众重新请回电影院来。十大名片，包括《红番区》、《亡命天涯》、《真实的谎言》、《阿甘正传》、《狮子王》等大投入、大制作的非常好看的电影，给观众以全新的感受，同时也对中国的电影市场形成巨大的冲击。在面临引进影片的挑战的形势下，中国的电影怎么办？只能是走提高质量、多出精品的道路，《红樱桃》就是可以与引进名片一争高低的好作品。对于一部影片的成败得失，市场同样是最好的检察官，观众是最好的评论家。平庸媚俗、粗制滥造的东西是不会赢得观众、占领市场的。《红樱桃》毫无疑问是主旋律的作品，但是它以品味上的上乘和艺术上的精湛，同样能够得到社会效益和经济效益的统一。

1995年10月25日

《廊桥遗梦》观后

　　美国影片《廊桥遗梦》是根据罗伯特·詹姆斯·沃勒的畅销小说《麦迪逊桥》改编摄制的。美国电影巨星克林特·伊斯特伍德担任导演和制片人并扮演片中的男主角——摄影记者罗伯特·金凯。两次夺取奥斯卡影后桂冠、演技派明星梅丽尔·斯特里普扮演片中的女主角——农妇弗朗西丝卡。这一黄金搭档，配合默契，把一出故事情节简单、主要是两个人的对手戏演得炉火纯青，有声有色，令无数观众为之倾倒，在世界影坛上引起了轰动。同时，就其思想内容和道德评价也引起了不小的争议，焦点是影片对待婚外恋的态度。

　　从《廊桥遗梦》影片本身来看，它确实是表现了婚外恋，但不好绝对地说它是宣扬了还是批判了婚外恋，应该说它是通过婚外恋的形式，深层次地表现了人的特别是女人的丰富复杂的感情世界，涉及爱情与家庭、情感与理智等多方面的社会问题。

　　出生在意大利、跟随在那不勒斯当兵的美国人理查德嫁到美国一个小镇上的农家妇女弗朗西丝卡，过的是一种温馨和睦、恬静安谧，但又平平淡淡、毫无生气的生活。她深藏起少女时代的梦幻和理想，把自己和丈夫、儿女、家庭紧紧地联系一起，担当起家庭主妇的角色。《地理杂志》摄影记者罗伯特·金凯的出现，打开了她闭紧的心扉，填补了她精神上的空白，圆了她的梦。而漂泊四方的罗伯特也渴望有一个温馨的家，享受一个宁静的夜，吃一顿家里做的饭菜。弗朗西丝卡的出现使他的期盼得以实现。

于是，从相遇、相知、相爱，短短的四天里，弗朗西丝卡同罗伯特结下了一段刻骨铭心、终生难忘的恋情，演出了这场婚外恋的戏。抛弃家庭随同罗伯特远走高飞，还是维护家庭同罗伯特忍痛分手，是弗朗西丝卡面临的两难选择。弗朗西丝卡对罗伯特的梦系魂牵的恋情是真诚的。弗朗西丝卡对孩子和家庭的责任感也是真诚的。虽然同罗伯特的一见钟情是弗朗西丝卡的感情追求，但是家庭责任感仍然是弗朗西丝卡的固有观念。她不能没有这个家庭，不能没有自己的孩子和丈夫。"发乎于情，止乎于礼"，激情过后她会有理智的思考。她感到同罗伯特走了，会想这个家；不同罗伯特走，又会想罗伯特。她陷入了极度的内心痛苦中。她在滂沱大雨中，坐在车里同罗伯特告别，紧紧地抓着并一点点地挪动车门把手的细节，表现了她想跑出去同罗伯特相会的内心冲动。但是理智战胜了感情，责任代替了恋情，弗朗西丝卡没有随罗伯特离去，而是在凄风苦雨中无言地分手。这种选择，对弗朗西丝卡来说是不情愿的，是极度痛苦的，但却是真诚的，绝不是那种"不求天长地久，只求一朝拥有"的浅薄的情欲满足。今生不了情，愿结再生缘。弗朗西丝卡说："我活着属于这个家庭，死了属于罗伯特。"她在遗嘱中要求在她死后把她的骨灰洒在廊桥之下的流水中，追随罗伯特而去。

《廊桥遗梦》无疑是世界级的优秀影片。除去两位巨星极其出色的表演外，影片的音像手段运用也达到了相当高的水平。在月色融融的林间散步中，在相拥共舞的旋转中，在同桌就餐的对饮中，音乐、动效、画面，都融入人物的思想感情中，为人物的活动营造氛围、创造环境，使人物的内心世界与外部世界达到高度的和谐统一。影片中的山村景色、小桥流水、田野小路，更似幅幅油画，情景交融，引人入胜。更令人赞叹的是，影片的叙事语言，没有时空交错，很少场景变化，从头说起，接下去说，一切都是那样的合乎生活逻辑，流畅自然。如二位主人公的相识，从问路，到指路，到带路……用简洁的平静的叙事镜头把观众带入一个复杂的不平静的感情世界。

《廊桥遗梦》是一部高格调、高品位的外国影片。它的真挚对于某些影片的虚假，它的深沉对于某些影片的浮泛，它的流畅对于某些影片的晦涩，都是一种无声的对比和评判。《廊桥遗梦》不愧为美国当代电影的优秀之作。看《廊桥遗梦》，看伊斯特伍德和斯特里普的表演，是一种很高的艺术享受，也是一次很好的哲理思考，包括思想的、艺术的、家庭的、社会的……

1996年6月11日

电视宣传的重要理论成果

——第二届《视屏纵横》征文评比述评

《视屏纵横》是山西电视台于2000年7月创办的机关刊物，是为广大电视工作者提供的一个展示成果、交流信息、进行理论探索的重要窗口。重视电视理论研究和电视评论，是该刊的一大特色。两年一届的征文评比活动就体现了这种特色，并带动了整个电视界特别是山西电视台理论空气的活跃。从台领导到各个制作中心主任，从频道、栏目负责人到广大编辑记者，大家都动手写文章，从丰富的实践活动中进行理论上的提升，已经蔚然成风，其中不少作品是发表在《视屏纵横》这块园地上的。

《视屏纵横》2001年成功地举办了"新时期的电视理论与实践"第一届征文评比；2003年岁末，又成功地举办了"十六大精神指导下的电视宣传"第二届征文评比。这是《视屏纵横》编辑部贯彻"三个代表"重要思想和十六大精神，扩大在全国全省电视界的影响，提高电视工作者理论素养的重要举措。

贯彻十六大精神是第二届征文的宗旨，也是进行评比的指导思想。这届征文评比在编辑部初评的基础上，有64篇作品进入终评。征文题材广泛，内容丰富，诸如频道、栏目、节目的资源整合和合理配置，编辑、记者、主持人素质、修养的提高和主持风格的研究，电视事业和电视产业的发展，等等，均有所涉及，且有不少见解独到之处。论文作者从台、部领导到编采人员，从本省到外省，包括北京、四川、河南、湖北、深圳等地，都有不少作者热情支持并积极参与这项活动。获奖的一等奖6名、二等奖11名、三等奖19名、优秀奖28名，可以说是好中选好，优中选优，其中不少论文观点新颖，行文流畅，充满思想的火花和实践的真知，体现了与时俱进的精神，具有先进文化的品格，是我们收获的一批重要的理论成果。

现代新闻理念的诠释

电视新闻是电视传播的主体，是广大观众最为关注的节目。电视新闻的研究，从来是电视工作者的重要理论课题。在这届征文中，有关电视新闻的论文，不仅数量较多，而且质量也较高，一些饱含现代新闻理念的论文，充满了时代的光彩。

获本届评比一等奖的王立亚的《现代新闻理念：电视专业新闻频道前进的方向》一文提出，新闻频道要按照现代理念来运作，就是要更加注重新闻效益、新闻价值，更加讲求报道原则，重视传播效果，体现新闻规律。现代新闻理念要求由过去的栏目运作理念转变到频道运作理念。现代新闻理念追求新闻的真实与深刻，不是简单地停留在事实的再现上，而是着力于通过新闻促进事物的发展。追求新闻真实的、最好的方式是现场直播，特别是对突发性事件的报道，要求有突出的主题和独家的视点。现代新闻理念以"信息、情感、个性"作为成功电视节目的标准，"画面把我们引向情感，又从情感引向思想"（爱森斯坦语），通过报道启迪人们的心灵，沟通人与人的思想情感，进而深化主题。作为北京广播学院电视系研究生的作者所阐述的这种现代新闻理念，无疑是表现了时代特征的。

另一篇获得一等奖的张芹的《试析电视新闻深度报道取材走向》的论文，可以说是对王立亚论文有关现代新闻理念的进一步阐释。作者认为，电视新闻深度报道就是对新闻事态做有分析、有解释、有预测的报道。从操作层面上讲，深度报道需要深入采访挖掘，重视"人"的因素，重视背景材料的运用，重视国外电视新闻界对成功电视节目所提出的"信息、情感、个性"三标准。从理性层面上讲，深度报道要求具有理性思辨色彩，这就要求记者树立现代新闻理念，把目光投向时代潮流的最前沿，以具有前瞻性、思辨性的眼光去观察、审视生活，通过多向思维，进入到有深度的个性化的认知层次。也就是说，电视新闻深度报道，既要用事实说话，也要以思想引路，才会给观众以全方位的信息感受。作者的这种期盼是很高的，但却是必要的，因为树立现代新闻理念已是现代电视人不可或缺的重要课题。

还有些从不同角度、不同侧面有关电视新闻的论文，均具有一定的认识价值和实践意义，丰富了电视新闻这一研究领域。

郭五林的《新闻传播的三点一线理论》，从理论和实践的结合上，证明了最理想的新闻传播状态是新闻事实的闪光点、传播媒体的视点、受众的兴奋点取得最大一致。新闻传播的三点一线理论要求媒体创新机制、提高记者素质、缩短新闻流程、继承和创新新闻形式，细分受众市场。这些要求在新闻传播中是具有理论引导意义的。

崔岩的《电视新闻连线报道：时效性与信息大容量的双赢》是一篇极具当下性和现实感的论文。作者通过有关伊拉克战争和抗击"非典"斗争的报道，认为连线报道这一新闻报道样式是2003年电视屏幕上最引人注目的亮点。所谓连线报道，就是通过主持人与现场记者的连线，通过电话、微波、卫星、网络等技术手段，作同一时间、不同空间的对接报道，也就是运用不同地点、不同空间的多点同时连线进行实时报道。作者举出中央电视台在第一套节目中推出的《伊拉克战争直播报道》，在第四套节目中推出的《关注伊拉克战争》直播报道，都是由主持人与嘉宾一起持续关注伊拉克战争的最新态势，并请专家进行现场讲解，同时由演播室的主持人与多位中国驻外记者连线，有的通过通信卫星传回信号，有的通过电话进行采访报道，及时向国内观众传递最新的来自不同现场的信息，让中国观众能够在第一时间了解到发生在新闻现场以及多个相关地点的最新消息，使中国观众的知情权得到了从未有过的尊重。由于连线报道在新闻时效性与资讯大容量上所具有的双重优势，符合当今电视新闻的发展潮流与方向，所以在电视新闻报道的众多样式中脱颖而出，显示出旺盛的生命力。

新闻作品与文学作品不同，一般强调客观真实的报道，而不强调感情的表述。段起霄、李明军的论文《情感与新闻》却从另一角度阐述了一个新的理念。作者认为，新闻报道中融入情感是现代传播理念的需要；新闻报道中融入情感是人文关怀精神的魅力所在；新闻报道中融入情感会使新闻价值增值。把情感融入新闻报道，正在由自发走向自觉，并在理论上有所探讨。实践证明，在新闻报道中强调情感因素会使新闻作品产生"看似无情却有情"的意想不到的效果。

电视新闻的舆论监督在反腐倡廉中有着重要的作用，向来为广大观众所关注。但是，电视新闻舆论监督的现实难点，却是客观存在。曹贵勇、官怀椿的论文就专门探讨了这一难题。他们有理有据地论述了电视新闻舆论监督中查证难、播出难、解决难的问题。一方面说明"难"的现象，一方面分析"难"的原因，同时还提出解决"难"的办法。这是一篇虽然较少作理论阐述却贴近现实、关注现实，具有实用价值的好文章。

其他还有陈青源、陈宏的谈成就性报道的艺术与技巧的文章；张荣青关于细节在电视报道中的作用的文章；董育华、杨立琴论述鲜活、凝练、新颖的标题也是电视新闻中不可缺少的组成部分的文章；苏云丽的从受众角度探讨电视新闻播音艺术发展走向的文章……都是从某一个侧面对电视新闻所做的具有独特见解的论述，对于丰富电视新闻的理论体系有一定的价值。

频道、栏目、节目和品牌经营

电视节目是电视传播的最基本单位。电视栏目是电视节目设置、编排的结构形式。电视节目栏目化是电视传播走向成熟阶段的必然产物，也是电视文化发展的必然趋势。由电视节目、电视栏目所构成的电视频道的专业化和个性化是频道竞争的基础。研究频道、栏目、节目的定位及其相互关系的论文是这届征文中另一引人注目的亮点。获得一等奖的邵若驹的《加强频道策划，搞好品牌经营》就是其中有见解、有分量的论文之一。

作者认为，形成频道特色，树立频道形象，实现频道个性化是频道竞争的基础，而频道策划是频道个性化的关键。频道策划包括频道定位策划、节目栏目策划、包装宣传策划、大型特别节目策划。作者认为，形成频道特色、提升频道形象的支撑点是在频道策划基础上进行的电视品牌经营。电视品牌经营主要是频道品牌经营和节目品牌经营。频道品牌经营是树立频道良好形象、提高频道竞争力的重要手段，而节目品牌经营是利用频道和节目的品牌进行有效经营，使之产生更大的效益。作者就搞好频道品牌、节目品牌的策划、创造、开拓、经营等问题条分缕析，做了比较深入的论述，为电视事业的超常规、跨越式、可持续发展提供了理论依据。

李青森的《论栏目创新与稳定的关系》一文，涉及各个电视台经常面临的一个理论和实践问题，即如何认识和处理栏目创新与稳定的辩证关系。作者认为，电视栏目一方面要不断推陈出新，以吸引观众；一方面要稳定发展，以稳定收视群体。创新是栏目稳定发展的前提和条件，而稳定则是栏目创新提升的结果和目的。在栏目创新的前提下，要重视栏目的周期性、稳定性和持续性，只有电视栏目的持续和稳定，电视栏目的创新才有意义，只有解决好栏目的创新和稳定的关系，才能创造出为观众所喜爱的名牌栏目。

郝刚的《论栏目的"动态化管理"》是从管理的角度论述有关栏目问题的文章。作者提出，管理同人力、物力、财力和信息一起构成社会的"五大生产要素"。所谓栏目的"动态化管理"，一是建立一套有效的激励机制，对栏目采编人员实行动态化管理；二是对栏目内节目的全程跟踪，实行全面、全方位、全过程的系统化管理，使整个栏目在有序的状态下完善运作。

电视事业产业化的探讨

随着我国社会主义市场经济体制的逐步建立，媒体企业集团化、电视频道专业化、电视产品产业化、电视主持人职业化，电视业走向市场已成为电视发展的必由之路。探讨电视事业产业化的论文在这次征文中占有很大的比重，李少平的《多媒体的电视经营》就是其中较有分量的一篇。作者认为，电视集团化改革之后，几乎所有的电视台都进入了专业化频道经营，包括节目个性经营——节目生命周期决定经营策略，因此节目要不断地进行改版和创新；频道整体经营——观众资源决定经营策略，因此要了解市场架构，进行资源分析和收视分析，做好频道定位、频道包装和频道企划；广告整合经营——广告市场决定经营策略，包括统一整合经营、加强广告策划、重视客户服务、提高广告质量。作者认为节目是电视经营的最基本的元素，提高节目的质量是电视经营的关键。频道经营和广告经营也要以提高节目质量为前提。在提高节目质量的前提下，频道经营和广告经营联动，再上升到产业化经营的层面，电视台的电视经营就会有大的发展。

王志强的《"办"电视与"经营"电视之思考》也是一篇现实感和针对性都很强的文章。作者认为"办"电视是把电视当作单一的媒体，发挥的是单一的功能——宣传功能，而"经营"电视是把电视既作为宣传媒体又作为文化产业，既要发挥宣传功能又要挖掘产业功能，在节目上力求产生双重价值（宣传价值和市场价值），在效益上获得双重效益（社会效益和经济效益）。作者还提到"经营"电视，必须做到十个转变，包括转变观念、转变机制、转变管理，等等，从实践出发，很有针对性。这就涉及一个发展公益性文化事业和经营性文化产业的关系问题，二者都是社会主义文化建设的重要组成部分，都应引起足够的重视。

在社会主义市场经济逐渐成熟的今天，电视台的产业属性日益显现，电视台实行产业化经营已成必然之势。杨芳的《电视节目编排与广告增效策略浅探》就是适应这种形势撰写的一篇好文章。作者指出，电视产业经营的终极目标是提高社会效益和经济效益，扩大自我生存领域。电视广告是目前电视台实现经济效益增长的主要途径。扩展广告渠道，增加经济收入，一个必要条件是节目要有较高的或不断增长的收视率。节目收视率的稳定和提高，不仅要有好的节目质量，即节目的感染力和可视性，而且还应该讲求节目播出的编排策略。如何科学合理地编排节目、插播广告，强化节目和广告的编排艺术，有效拉动广告收入，提高电视台的经济效益，就成为电视产业经营的重大课题。对此，作者提出要了解观众构成，掌握观众收视习惯，研究观众收视心理，实行针对性节目编排，合理插播广告，才能达到节目收视率提高和广告增效的电视产业化经营的目的。

其他如深圳作者朱晓云的论文，介绍深圳电视台成立综合节目中心，通过电视节目"制播分离"的市场化运作，打开全国电视节目市场和海外电视节目市场，走迪士尼多元化发展的道路的经验；河南作者李德普的论文提出意识定位，包括危机意识、市场意识、品牌意识、营销意识、服务意识，是地市电视媒体走出困境的思想支点的论断……都是就电视事业产业化这一重大问题进行理论探讨的富有学理性的文章。

主持人的追求

陈宏、陈青源的《浅谈主持人与栏目的互动》是一篇获一等奖的论文，主要论述主持人与栏目的互动，对于创办品牌栏目的重要意义。栏目选择主持人，主持人也选择栏目，二者的契合则表现为主持人与栏目的互动。文章论述了主持人与栏目互动的外部和内在的联系，论述了主持人的因素在实现主持人与栏目互动中的地位和作用，包括主持风格要与栏目风格乃至频道风格相一致，主持人应具备统领、驾驭栏目的组织、协调能力；栏目运作机制要有利于主持人发挥其积极的主导作用。文章还论述了实现主持人与栏目互动的途径和措施。

陈华的《用职业素养与专业精神提升自我》一文写得生动活泼、自然流畅。作者从凤凰卫视吴小莉来山西做节目说起，结合对山西台原有栏目的分析，论述加强职业素养、刻苦学习、提升自我的重要性。作者指出，电视是一个永远追新逐异的行业，对于有着一定工作经历和体验的人而言，依靠经验是很容易出现"亚知识"状态的——创新能力弱化，技术更新缓慢，知识结构陈旧，这对当今时代空前激烈的媒体竞争是无论如何都难以适应的。"刻苦和自律"是吴小莉们通向成功的平台，因此要学习她们"不懈钻研、敬业努力"的精神。

不同类型电视节目的评析

1. 纪录片

黑太明的《谈谈纪录片"人的主题"》是这届评奖中受到所有评委一致称赞的获得一等奖的论文。作者从"以人为本的创作理念"、"纪录片主题的演变历程"、"人物选择和形象塑造"三个方面，论述纪录片要体现"以人为本"的创作理念，要以反映普通人的生存状态和生存方式、关注人的力量和命运为主题，从理论上提出了搞好纪录片的创作，提升纪录片的品位，体现纪录片的人文内涵、人文空间和人文精神的重要问题。文章广征博引，论述深刻，富有学理性，是本届评奖中涌现出来的较有分量的优秀论文之一。

王亮君、王亮的《纪录片中的再现与真实》是从另一侧面论述纪录片创作问题的文章。作者指出，纪录片的灵魂是纪实，但纪实不等于真实。纪录片是真实的艺术，但没有绝对真实，纪录片的真实是再现的真实。作者从纪实镜头的再现与真实、当事人的再现与真实、遗址遗物的再现与真实、造型的再现与真实、表演的再现与真实等方面，深入地论述了纪录片中的再现与真实。这篇文章对于理解和把握纪录片的真实性，有一定的理论认识价值。

2. 少儿电视节目

高巍、毕来林、卫杰民撰写的论文《少儿电视节目的现状与对策》，以对少儿电视节目的热情关注和深入研究获得本届征文评比一等奖。他们分析了少儿电视节目的现状：量不大、质不优，不能满足少儿观众娱乐、求知和审美的需求。他们从改善管理机制、营造发展空间、实施精品战略、形成独特风格等方面，提出了发展少儿电视节目的对策。他们特别举出山西电视台利用连环画的直观特点，运用全新的电视手段制作的《电视连环画故事》这一品牌栏目。《电视连环画故事》通过看画讲故事的方式，将古今中外的历史故事、革命英雄故事、成语典故、寓言故事，以及文学名著拍摄制作成电视节目，借助连环画生动有趣的画面，形象生动、潜移默化地对少年儿童进行革命英雄主义、爱国主义和真善美的教育。《电视连环画故事》体现了少儿电视节目可视性与教育性、知识性与趣味性统一的美学特征，也是中国少儿电视节目的制作摆脱困境、找到出路的一个范例。

3. 道德、法制节目

张萍的《道德节目应发挥好舆论引导作用》一文，把做道德节目应该掌握的原则，讲得十分清楚。如道德节目的选题应有道德内涵，应蕴含矛盾冲突；道德节目的叙事评论应做到情理交融、情景交融；道德节目在采访时应充分体现人文关怀，等等。作者以黄河电视台的栏目《真情纪录》、《社会观察》为例，具体分析了一些制作成功、反响强烈的道德节目。这些显然都是从实践中产生、在理论上得到提升的认识。

赵海冰、段瑞忠、傅江涛的论文《试析"策划"在电视法制节目创作中的作用》，概括了"策划"的四大作用：筛选信息、抓住时效、凸现新闻价值、提升文化品位，也是具有针对性的。

4. 电视戏曲及其他电视文艺节目

电视戏曲是中国传统戏曲艺术同现代传播媒体——电视的联姻。电视传媒为古老的戏曲艺术插上了一双翱翔的翅膀，也为戏曲艺术提供了接近观众的最有效的平台，因而受到广大电视观众的欢迎。在本届评奖中有不少作者就是围绕电视戏曲这一内容从不同角度撰写论文的。

潘宝珍的《电视戏曲的独特魅力》结合中央电视台和部分省、市电视台有关电视戏曲的栏目较详细地论述了电视戏曲的四种形式，即：1.播出原汁原味的戏曲舞台表演节目，如中央电视台的《九州大戏台》、山西电视台的《戏曲欣赏》、陕西电视台的《长安大戏院》等栏目；2.在保持欣赏性的同时，增加了知识性、趣味性和参与性，拉近了戏曲与现代生活及观众的距离，满足了新一代戏曲爱好者的欣赏要求，如河南电视台的《梨园春》、山西电视台的《走进大戏台》栏目；3.戏曲电视剧是戏曲与电视结合得最密切、电视化程度最高的形式之一，深受观众喜爱；4.综艺类的电视戏曲节目，如戏歌、戏曲MTV、戏曲小品、戏曲歌舞、戏曲晚会节目。多种形式的电视戏曲节目，都具有一种特殊的魅力，拥有一批相当数量的观众，值得我们重视。

《走进大戏台》是山西电视台的品牌栏目。周爱玲的《把握先进文化前进方向，弘扬优良民族精神》一文，实际上是《走进大戏台》这一栏目创办近三年的回顾和总结。文中提到的《走近大戏台》的指导方针是践行

"三个代表"重要思想，落实"三贴近"原则，而贯彻这一指导思想的具体做法是在经营栏目中搞市场化运作。这种概括虽然简明，但十分精到。实践证明这一指导方针和具体做法使《走进大戏台》取得了巨大成功，在观众中产生了广泛的影响。特别是在一大批戏迷中，《走进大戏台》成为逢人必说、逢播必看的名牌栏目。作者对栏目未来发展的几点思考，也是言之有据、切实可行的，如深化改革、改善经营、创造精品栏目等。

其他论文如丁忠伟的《戏曲电视剧创作在艺术与技术上的难点》、董莉的《电视综艺晚会应当回归艺术之路》，以及李德普、李星的《超越艺术的魅力——关于电视连续剧〈刘老根〉的社会学思考》等，都是站在更高的角度，以更开阔的视野，对电视文艺节目，包括电视剧、电视综艺晚会进行的有独到见解的思考和论述。

这里还应该提到的一篇不好归类的论文——北京广播学院贾奎林撰写的《文化的电视还是娱乐的电视》，给我们提供了一篇对电视文艺进行思考的参照读物。作者指出，电视文化属于大众文化，娱乐性是它的主要特征。但是，电视文化的核心是它的社会责任感。作为一种文化，就应以塑造新的民族精神和当代国人的性格为宗旨。论文从多个侧面——文化、电视文化、电视文化形成的机制等论述了电视文化的特征。它告诉我们既要把握电视文化的主要特征——娱乐性，又要把握电视文化的核心——责任感。这对于我们进行电视文化节目的创作和制作无疑是有益的。

2004 年 1 月 12 日

对电视的理论思考和实践总结
——王家贤《荧屏求真》读后

王家贤同志的新著《荧屏求真》继 1997 年出版的《荧屏探微》之后，最近由中国广播电视出版社出版了。《荧屏探微》收的是作者 1997 年之前的作品，《荧屏求真》收的是作者 1998 年至 2004 年前后 7 年多时间的作品。难能可贵的是，《荧屏求真》所收的作品全部是家贤同志 1993 年离休之后所写的。从中可以看出，家贤同志作为一位老电视艺术工作者对电视事业始终如一的关注和热爱，对电视工作坚持不懈的钻研和思考。在《荧屏探微》中，作者结合自己从事电视工作 30 多年的实践与思考，论述的是新闻是电视的主体、文艺和专题是电视的两翼这一电视的根本性的课题，使我们跟随作者的脚步走近山西电视和山西电视人。《荧屏求真》是作者离开工作岗位之后，以更加客观的角度、更加从容的姿态，对山西电视台跨世纪的七八年的工作，进行实事求是的评价。这种评价是实践经验的总结和理性层面的思考，对山西电视事业的可持续发展具有指导性的意义。

一

《荧屏求真》一书虽然包括"理论研究"、"经验总结"、"会议讲话"、"书信交流"等篇章，但我并不认为这是一本论文、讲话的汇集，而是一部内容充实、观点鲜明的专著，因为有一条贯穿全书的红线，那就是从理论和实践的结合上对山西的电视工作进行系统的回顾，从中获取规律性的认识，表现了作者对山西的电视事业的一往情深、一贯关注。

家贤同志并不是专门从事电视理论研究工作的，而是长期担任电视管理部门的领导干部。由于他多年从事新闻采编工作和领导管理工作的实践，长期深入的调查研究，勤奋的学习精神，长期养成的面对丰富的实践经验喜欢进行理性思考的习惯，而使他的文章往往具有一定的理论性。

家贤同志的理论研究，涉及新闻节目、"三农"节目、少儿节目、文艺节目、生活服务类节目等各个领域。对这些领域里电视节目的现状、问题及未来走向、发展趋势的研究，都不是学院式的研究，而是来自于实践的、在工作中进行的思考研究。所以，这些理论研究方面的文章，既充满了生活的气息，又具有理性的色彩。

电视新闻是电视的主体，是电视台最重要的节目之一。家贤同志多年从事电视新闻工作，有着丰富的实践经验，也时刻关注着电视新闻的发展趋势。作者在《试析电视新闻未来竞争的趋向》一文中就从理论上探讨了这种发展趋向。作者认为：第一，重大新闻事件的现场同步报道是电视新闻时效竞争的主要手段。第二，电视新闻的深度报道，即有新闻分析和新闻背景的报道，特别是这种深度报道同现场报道的有机结合，主体新闻与相关报道的有机结合，使重要新闻报道立体化，从而大大增强新闻传播的深度和力度、时效和质量。第三，倡导新闻主播的新形式，加强传播者与受众之间的交流，增加新闻节目的贴近性，提升节目的知名度。第四，设置新闻评论性节目，有助于开阔观众视野，提升新闻报道质量。作者认为，电视新闻的竞争，实质上是人才的竞争，人才是节目的灵魂。作者热情地期待着一批电视新闻名记者、名编辑、名主持人的出现，把山西的电视新闻推向一个新的高度。

"三农"节目，即反映农业、农村题材和为农民服务的电视节目，是作者一贯关心的问题。在《"三农"节目：中国电视不可或缺的重头戏》一文中，作者以详尽的数据分析和认真的实地考察，深感我们现在的电视节目同农民观众的需求有很大的距离。作者对中央电视台从1960年到现在所办的农村节目、栏目、频道做了统计分析，认为有节目、有栏目，但数量不多。现在，中央电视台已拥有11个频道，但面向农村、农业、农民的第七套节目还包括军事节目和少儿节目，实际上不到半个频道。这当然很难满足农民的要求。作者在文章中重点介绍了山西电视台1995年专门为农民推出的《黄土地》栏目，至今已经办了10年，成为深受农民欢迎的名牌栏目，成为农民的知心朋友。10年来，《黄土地》不断革新，常办常新。栏目内容不断更新，为农民提供最新的科技信息、多样的致富门路和丰富的娱乐节目。栏目形式也不断更新，由报道式、竞赛式，发展到现在的由板块组成的杂志化的形式。作者坚信为农村的稳定、农业的发展和农民的富裕服务的《黄土地》栏目，一定会越办越好。

《关于少儿电视节目的思考》一文反映了作者的另一关注重点。作者就我国儿童看电视的现状分析了儿童与电视之间的密切关系。我国有4亿多少年儿童，其中有73%的少年儿童每天看电视，每人每天平均看1.43小时，可见少儿节目影响之大。目前的少儿节目存在不少问题，不能满足少儿观众的需求。如节目题材狭窄、形式单调，镜头视角单一、呆板，对少儿的内心世界了解不多，以及少儿节目编导、主持人、制片人等人才的严重缺乏等。作者在《我们应该为少儿观众做些什么》一文中进一步从少儿电视节目缺少什么、少儿观众需要什么样的电视节目，以及我们应该为少年儿童提供些什么电视节目，这三个方面论述了少儿电视工作者的社会责任和少儿电视的社会功能，反映了作者关心少儿电视节目制作、关怀少年儿童健康成长的殷切之心。作者还以山西电视台2001年3月创办的少儿电视栏目《电视连环画故事》为例，认为编导在制作少儿电视节目时，要真正理解童意、表达童真、启发童思、满足童趣，在节目的内容和形式上都要符合孩子们的特点，针对性地适应孩子们的需求，从而达到启发、教育和引导孩子们健康成长的目的。

《关于山西电视台文艺节目的思考》一文反映了作者对制作电视文艺节目的基本看法。作者认为电视文艺节目不能仅仅是花样翻新，而应该是真正的出新。山西台的电视文艺节目应该是扎根于山西这块黄土地，立足于山西的历史文明，制作出具有鲜明的黄土风情特色和"山药蛋"味的电视文艺节目。作者从山西电视台有影响的几个文化栏目，如《一方水土》、《明星在线》、《走进大戏台》等进行分析，认为这是电视文艺节目发展的必由之路。作者特别对山西电视台2001年创办的《走进大戏台》这个名牌栏目，从"深厚的戏曲渊源和广泛的群众基础"、"生活的丰富性和文化的多元性"、"广泛的群众参与和突出的互动效应"、"高雅的文化品位和浓郁的娱乐情趣"、"精心的组织策划和高超的编辑手法"等5个方面做了简明扼要、深刻独到的分析，对认识这个栏目、提高这个栏目，提供了有益的启迪。

对于如何办好生活服务类电视节目，作者也专门著文谈自己的看法。在《增强服务意识，办好生活服务类节目》一文中，就专门论述了这个问题。作者从电视的四大功能：宣传、教育、娱乐、服务论述生活服务类节目在电视中的地位和作用。人们通过电视在获取新闻信息、文化科技知识和实现娱乐消费的同时，还希望为他们提供丰富的生活服务。作者指出，生活服务类节目的任务是帮助人们形成文明、健康、科学的生活方式，提高生活质量。办好生活服务类节目，要提高服务意识，体现"以人为本"的精神，心中常想着观众，切实体现"服务"的宗旨。在节目的形式上要鲜、活、新、奇，使观众爱看。作者还以山西电视台1988年7月推出的《电视桥》为例，说明生活服务类节目一定要体现"服务"的精神。《电视桥》在全国电视台来说，是第一家把征婚搬上屏幕的栏目，同时提供各种满足观众日常生活需求的信息，受到广大观众的欢迎，被誉为"连心桥"、"贴心桥"、"友谊桥"、"鹊桥"，创造了很高的收视率。

家贤同志对电视纪录片一贯重视，有多篇论文收在这个集子中，《关于电视纪录片的思考》就是其中有代表性的一篇。作者认为，电视纪录片是一种"介乎于电视新闻和电视艺术片之间"的电视文化形态，既具有新闻的真实性，又具有艺术的审美性。电视纪录片在电视中有独立的品格，已成为一门独立的艺术。对于电视台来说，电视纪录片可以显示一个台的宣传指向、专业水平和审美理想。所以，电视纪录片正越来越引起各级电视台的重视。

作者从电视纪录片与电视剧、电视纪录片与电视专题片的区别，论述了电视纪录片的定位，即电视纪录片审美的双重性：真实性和艺术性的统一、形象和想象的统一、再现和表现的统一；论述了电视纪录片的分类：文献性纪录片、政论性纪录片、新闻性纪录片、风光性纪录片等；还论述了电视纪录片的语言和电视纪录片的意境等。作者对从20世纪70年代至今山西电视台制作的电视纪录片进行了回顾和分析，包括《太行丰碑》、《在毛主席走过的路上》、《塞上绿洲》、《禹都园林曲》、《中国网架第一人》、《兄弟情》、《西藏的故事》、《太行报坛壮歌》、《走近申纪兰》、《"百姓书记"梁雨润》等优秀作品。作者以山西电视台的《中国网架第一人》和《"百姓书记"梁雨润》为例，说明拍摄电视纪录片要倾注编导者的真情实感；以太原电视台的《背棍与敲打的艺术》为例，说明电视纪录片的解说词要有文学性；以山西电视台的《太行丰碑》为例，说明同期声、背景声、音乐声、解说声在电视纪录片中的成功运用；以晋中电视台的《桃花红，杏花白》和晋城电视台的《走向辉煌》为例，说明拍摄电视纪录片要突出画面的造型力量。这些从作品中提升的理论思考无疑地对进一步搞好电视纪录片的制作具有一定的价值。

二

《荧屏求真》的另一部分文章反映了家贤同志对山西电视台的关注。这种关注是一贯的，包括作者在1993年离休之后。读家贤的文章，我深深地感到，我还没有发现有哪一位离开了领导工作岗位的厅局级干部对原来工作单位的工作是那样的熟悉，是那样的关注，又是那样的一往情深。这种关注是认真的，包括认真地看片、认真地审读、认真地评议、认真地提出自己的各种意见和建议。家贤参加电视剧研讨会或频道座谈会，都是有所准备，写好稿子，打印出来，在会上讲，从来不随便表表态，应付一下场面。如参加电视连续剧《水落石出Ⅱ》、京剧音乐电视剧《哥哥你走西口》研讨会时，都是带着写好的文章。他担任评委参加电视方面的各种评奖会后，往往要对评奖进行评述，从中找出特点，做出简明扼要的概括。如参加2003年度山西电视新闻奖评比对参评的消息类节目，就撰文总结出这类节目具有的"三贴近"新闻多、"三农"新闻多、短消息多等八大特点，给人深刻印象。从2001年至2003年，家贤连续三年参加了山西播音与主持论文评奖。每一年度评奖后，他都要撰写文章进行评述，热情鼓励，畅言得失。这反映的是一位老电视工作者的高尚的情怀和求真的精神。

《荧屏求真》书如其人，我们从中可以看到家贤同志的足迹、身影和追求。正如他在一次研讨会上所说的："作为一名在山西电视台摸爬滚打了几十年的老新闻工作者，我特别钟情于山西电视事业的建设和发展，我十分关注山西电视台所迈出的一个又一个前进的步伐，我非常欣慰地看到山西电视台所取得的一个又一个新成绩、新胜利！"

作者在1999年7月写的《开创一流的省级电视台》一文中，回顾了山西电视台从1960年5月25日开播到1998年5月23日上星以后近40年的发展历程，划分为1960年至1966年的艰苦创业时期、1967年至1978年的曲折前进时期、1979年至1997年的飞速发展时期、1998年至今的卫星电视发展时期。作者论述了山西电视台在走过的近40年的道路中所取得的辉煌成绩，对于今后的进一步发展也提出了自己的看法。概括起来是：一要努力办好更多的一流节目；二要增加更多的一流设备；三要重视和吸纳更多的一流人才。只有解决好这几个"一流"才能把山西电视台建成全国一流的省级电视台。

在《"与时俱进，开拓创新"思想的成功实践》一文中，作者更是深刻地论述了山西电视台是如何由一个省级小台成为在全国有一定影响的宣传大台的。截至作者2002年写这篇文章时，山西电视台已办有4个频道，每天播出74小时，自办节目10小时，所办栏目和节目屡获国家各类大奖。作者对山西电视台由省级小台成为全国宣传大台所走过的道路，从理论上进行了思考和提升。

其一，年年都有主攻方向明确、重点突出的全台总体工作纲领，有全台的工作重心或侧重面。如1998年全台的工作定位是"改革年"、1999年是"管理年"、2000年是"效益年"、2001年是"质量年"、2002年是"创新年"、2003年是"提高年"，使全台工作一年上一个新台阶，不断推向前进。

其二，理论创新引导下的频道创新和节目（栏目）创新创优。2001年，为了推动依法治国和以德治国方略的实施，黄河台定位为法治道德频道，成为全国电视台第一家也是唯一的一家法治道德频道，在全国电视台开了法治道德宣传教育的先河。频道开办之前，台领导董育中撰写了多篇理论文章，阐述了开办法治道德频道的历史背景和重大意义。同年，山西电视台又推出了一档名为《电视连环画故事》的少儿栏目。台领导又撰文论述开办这一栏目的宗旨、内容、形式，为办好栏目提供了思想理论基础。《电视连环画故事》栏目受到少年儿童的普遍欢迎，成为山西电视台的一档名牌栏目。山西电视台的理论创新带动了理念创新、频道创新和节目（栏目）创新创优，正是说明了理论的引导作用。

其三，坚持节目改革，实施频道资源整合、构建电视精品的战略。改革是山西电视台的立身之本。山两电视台之所以在宣传方面为全国电视台所瞩目，最根本的一条经验就是坚持改革，使节目常办常新。节目改革的原则是人无我有，人有我优，推出了一批具有浓郁的山西地方特色、深厚的黄河文化底蕴和鲜明的时代精神的名牌栏目。1998年10月18日、1999年5月1日、2000年3月20日、2001年3月1日，在不到三年的时间里山西电视台的节目就进行了4次大的改革调整。2005年5月1日，有线、无线台合并，又多次进行频道资源整合、节目改革，实施创名牌、出精品的战略要求。面向全国以质取胜，以精品取胜，是山西电视台由省级小台成为宣传大台的重要途径。

家贤同志关心山西电视台的建设和发展，是全面的，也是具体的。他既关心山西电视台的整体建设，也关心山西电视台的节目改版、频道设置和栏目定位，还关心山西电视台的队伍建设。频道、栏目、节目，是电视台的基本组成部分，而队伍建设更是办好电视台的根本保证。

山西视台多年来不断进行节目改版，实现了"舆论引导再创新水平，电视宣传再上新台阶，节目质量再上新档次，屏幕形象再铸新辉煌"的预期目标。作者面对节目改版的成功，在冷静思考：我们在哪些方面取得了成功，成功靠的是什么，如何争取新的更大的成功？据此，作者先后写了《节目创新的又一次跨越》、《再铸辉煌启示录》等文章，从理论上深入地回答了这些问题。作者特别从山西电视台有关"建党80周年"的宣传报道所取得的成功中得出重要的启示，包括科学、正确的战略构想，理论创新带动了理念创新和管理制度、激励机制的创新等。

　　对2002年5月1日有线、无线台合并后开播的山西电视台经济频道和影视频道，作者赋予热情关注和准确评价，撰写文章，进行论述。作者认为这两个专业频道的共同之点是："紧扣专业频道定位宗旨，全力打造精品栏目，努力凸现频道鲜明特色。"作者还分别就两个专业频道的建设提出不同的要求。对"以经济新闻和生活服务类节目为主打节目，以精品栏目打造经视品牌，以精到服务树立经视形象"为频道定位的山西电视台经济频道，作者概括为"新频道、新窗口、新经济、新生活"，并就所包括的"经视新闻"、"经济接触"、"商情时代"等栏目进行了细致的分析。对拥有《影视大舞台》、《文化平台》、《音乐杂志》等多档栏目的山西电视台影视频道，作者概括为"以影视剧精品为主干，以大文化专栏和娱乐节目为两翼"的频道定位，"个性化、都市化"的频道风格，"专业化"的频道格局和"具有独特创意"的频道包装。作者分析影视频道不断扩大知名度、提升影响力，在激烈的媒体竞争中占有一席之地的原因在于理念和思维的创新、节目和编排的创新，包括低成本运作，高效益产出；突出文化品位，精心打造"文化平台"；努力追求理性编排特色；频道包装形成亮点等成功经验。

　　公共频道是山西电视台2001年建立的一个面向百姓和市县电视台的新的频道。家贤关心公共频道的建立，充分肯定公共频道的地域文化特色。对于公共频道设置的《五千年文明看山西》这一栏目以及所包含的《晋韵古风》、《三晋典藏》、《数风流人物》和《纵论千年》等4个小栏目，作者认为这些栏目具有深厚的历史和文化内涵，成为以独特的视角去解读山西作为"华夏文明的主题公园"、"中国社会变革和发展的思想库"、"古代东方艺术的博物馆"的电视艺术窗口。对于公共频道设置的《戏剧大观园》、《戏剧人生》、《周末名段欣赏》等反映山西丰富的戏剧文化资源的3个栏目，作者也给予很高的评价，认为真正反映了"山西是中国戏曲的摇篮"的这一历史文化。作者对于公共频道设置的《公共视线》、《公共时空》等栏目也进行了深入的论述，认为这是凸现频道特点、实施品牌频道战略的栏目。特别是对以"荟萃市县荧屏佳作，展现多彩地域风情"为栏目宗旨的《公共时空》栏目予以充分肯定，认为它既为市县电视台提供了展示自身形象的平台，也为广大观众开辟了扩大视野、接触全省的窗口。对于《公共视线》这个融社会、经济、科技、文化为一体，由省内新闻、国内新闻和国际新闻三大块组成的综合性新闻节目，作者提议应该扬长避短，形成特色，办成大众化的社会新闻栏目，可谓独具慧眼、中肯准确的见解。

法治道德频道中的《黄河热线》也在作者的视野之内。由于《黄河热线》是"借助法律武器，伸出援助之手，第一时间参与，感悟法律关怀"，最接近平民百姓的栏目，受到广大观众的欢迎，也为作者所关注。作者分析了《黄河热线》突出一个"热"字、围绕一个"热"字的特点，并对继续办好《黄河热线》栏目提出了自己的看法和希望。

家贤同志作为一位老电视工作者，几十年来一贯重视人才培养和队伍建设。这在《荧屏求真》一书中也有多篇文章谈到这个问题。作者在《感受办班二十载》一文中就回顾了自己多年来办班的经历和体会。家贤同志20世纪70年代进入山西电视台工作30多年来，常抓不懈的一项工作就是建设一支政治强、业务精、作风硬的电视队伍。抓队伍建设，他用的最得心应手的办法是办培训班。他把办班称为"蓄水养鱼"、"引水养鱼"。他认为人才的引进是重要的，但更重要的是提高现有人员的业务水平，这是当务之急。由于家贤热心办班，人们就称他为"办班专家"，办班也就成了山西电视台的"老传统"。

家贤在担任山西电视台新闻部主任时，就多次举办业务培训班。其中重要的有1980年山西电视台和中央电视台联合举办的为期50天的全国性的新闻采编培训班，来自19家省级电视台的近百名电视记者、编辑参加。1986年家贤担任山西电视台台长后，更是大兴办班之风，先后办了电视节目制作培训班、电视专题采编培训班、电视文艺节目制作培训班、电视技术培训班、电视节目主持人培训班等多期业务性培训班。家贤1993年离休后主持省视协工作，仍然把办班作为视协工作的重头戏，先后举办了电视剧导演进修班、电视剧化装培训班、电视编辑记者培训班等。

通过办班，山西电视台培养出了被全国记者协会授予"优秀记者"称号的记者张根昌、现任香港凤凰电视台中文台副总裁的周军、中国电视剧制作中心著名导演张绍林、省广播电视局副局长董育中、多次荣获中宣部"五个一工程"等全国大奖的导演孙亚舒等优秀人才。

家贤同志在他的回顾中深深地感到，"举办电视业务培训班，今天听起来好像是个老办法、笨办法，但我认为仍然是个好办法、巧办法"，因为电视事业的发展关键在于人，电视人是电视台的灵魂，只有造就一支高素质的电视队伍，才能促进电视事业的繁荣。

2005 年 12 月 2 日

莫道桑榆晚　为霞尚满天

——《荧屏如歌》序

王家贤同志继1997年出版的《荧屏探微》、2005年出版的《荧屏求真》之后，年内《荧屏如歌》又要出版了。从1997到2007年十年的时间，家贤出版了三本书，完成了他的"荧屏"三部曲，可谓夙愿已偿，可喜可贺。

"荧屏"三部曲是属于作者王家贤的，但也是属于整个社会的，属于山西电视台的，属于山西电视界的。这是我通读三部曲之后留下的最深刻的印象。因为"荧屏"三部曲是作者从事电视工作40年人生历程的历史记忆，也是从一个侧面对山西电视台40年发展道路的形象展示。家贤的"荧屏"三部曲作为对山西电视事业的贡献，弥足珍贵。

家贤是我的好友，特别是20世纪90年代以来，由于工作关系交往频繁，感情更深，友谊更笃，一时不见都十分想念，总得打个电话，互致问候。家贤的《荧屏探微》和《荧屏求真》出版后，我都认真拜读，并写了文章，以抒发读后所感并表达敬佩之情。这次读过《荧屏如歌》书稿，使我对家贤有了进一步的了解，也有倾诉读后心得的写作冲动。

《荧屏如歌》如他此前出版的《荧屏探微》和《荧屏求真》一样，充满了一位老电视艺术家对山西电视事业的钟情和关爱。他关心山西电视台和黄河电视台的每一个频道、每一个栏目，甚至每一个节目。他对频道和栏目的定位和宗旨有准确的把握，对节目的优劣得失有独到的评价，因此，他的分析往往是准确到位的，他的建议也是切实可行的，为大家所重视。

电视新闻是作者一贯关注的重点栏目。他对 2004 年度全省县（市）电视新闻节目评奖论文进行了讲评。他肯定参评节目无论从内容上还是从形式上审视，都具有比较深刻的内涵、较独特的视角和较新颖的表现手法，给人以耳目一新的感觉。他强调电视新闻节目是体现党和政府的喉舌意识，最直接、最快捷、最有力的主打节目。他指出电视新闻要"新"，讲究时效性；电视新闻要"深"，具有启迪性。作者在对播音和主持作品、论文评奖的讲评中，强调首先要弄清主持人和播音员的区别，再提出不同的要求。作者在对全省市、县级电视台电视专题节目评奖的综述中，提出专题片要注意题材的专一和主题的突出，纪录片要强调内容的真实性和形式的多样性。至于栏目，作者在充分肯定《一方水土》、《走进大戏台》等精品栏目，予以高度评价的同时，指出当前普遍存在的问题是，模仿克隆，缺乏新意，定位模糊，创新不足，可谓一针见血，切中要害。对山西电视台这两年创办的几个新栏目，作者给予热情的关注，并为办好这些栏目出谋划策。作者通过《郭兰英：黄河的记忆》、《史掌元：唱得幸福落满坡》等节目，分析了《魅力人生》表现人物的生命历程、思想轨迹和情感世界，给观众以启迪和感悟的栏目宗旨，肯定栏目变"教化人"为"影响人"的指导思想。对于以平民的视角、平民的语言表现平民的话题的栏目《老西儿谝吧》和有山西特色的"脱口秀"式的栏目《开心吧》，作者也提出了自己的看法。对于《老西儿谝吧》作者提出如何处理好普通话与方言的关系、处理好贴近性与导向性的关系，特别是提出做强做大栏目，延伸《老西儿谝吧》产业链的问题。对于收视率较高而影响力还不够大的栏目《开心吧》，作者提出内抓节目质量、外塑节目形象的工作方向。这些独到的见解体现了作者观察的细致和思想的睿智，以及对工作力度、向度的准确把握。

黄河电视台是作者一贯关注的重要媒体。作者参加黄河台每周一次节目回头看及评选最佳栏目的评审会，多有体会。他高度评价黄河电视台"频道品牌化，栏目个性化，节目精品化"的定位原则，鲜明的本土文化特色，精心认真的节目制作。他对黄河电视台的几个栏目《黄河新闻》、《黄河全记录》、《倾诉》、《对话青春》、《政风行风面对面》、《非常视界》、《说法30分》等都进行了十分专业的分析、点评，提出了自己的改进意见。

《荧屏如歌》中所收录的作者自述式的文章《如歌岁月的记忆》和卫杰民、任稳宝等同志的文章，使我走近家贤同志，感受他的青春风采，领略他的人生辉煌，分享他的成功喜悦，赞叹他的如歌岁月。这使我想起1970年至1983年家贤担任山西电视台新闻部主任的十三年。这十三年，他锐意改革，开拓进取，推出了创山西电视台最高收视率的名牌栏目《山西新闻》，还每年为中央电视台提供上千条新闻，每年上央视一套《新闻联播》的新闻条数和档次在全国省级电视台中一直名列前茅。1983年至1986年，家贤在主持太原市广播电视局工作期间，筹建太原广播电视中心，创建太原电视台，推出了一大批深受观众喜爱的优秀节目和名牌栏目，特别是他亲自策划、组织摄制的电视连续剧《新星》轰动全国，大大提升了太原电视台和山西电视台在全国的知名度。1986年至1993年，家贤在担任山西省广播电视厅副厅长和山西电视台台长期间，大胆进行事业管理、栏目设置、节目制作和电视宣传多方面的改革，创办了《山西新闻联播》、《电视桥》、《五彩缤纷》、《农民家庭演唱会》等名牌栏目，开创了全国电视新闻栏目、社教栏目和文艺栏目实行直播的先河，推出了《有这样一个民警》、《好人燕居谦》和《杨家将》等一批优秀电视剧。特

别是山西电视台报送的新闻节目在中央电视台《新闻联播》中播出的数量
1989年至1991年三年年年名列全国第一，实现了"三连冠"，为全国省级
电视台所羡慕和称道。山西电视台不仅出新闻、出电视剧，还出人才，涌
现出周军、董育中、张绍林、张根昌、高丽萍等在中国电视界具有相当知
名度的领军人物。这一切构成了为全国电视界所瞩目的"山西电视现
象"。这里熔铸了家贤同志为山西电视事业付出的多少心血和劳动。这些
都反映在即将呈现在读者面前的《荧屏如歌》一书中。

家贤同志很欣赏曹操的几句诗："老骥伏枥，志在千里；烈士暮年，
壮心不已"，作为座右铭时时激励自己。这表达了家贤的信念、操守和行
为的准则。他确实是这样想的，也是这样做的。他把自己的汗水洒遍山西
这片黄土地，把自己的智慧献给了山西的电视事业，记载在他先后出版的
《荧屏探微》、《荧屏求真》和《荧屏如歌》这三部著作中。我和家贤都是
山西人，我们同样热爱山西这片热土，同样对山西电视事业的发展充满信
心，寄予厚望。我们寄希望于后生，也期待前贤，当然包括家贤同志。家
贤，"老骥"不老，从他的事业精神上来说，还正年轻。"莫道桑榆晚，
为霞尚满天"，我期待着家贤同志在山西"荧屏"这块沃土上耕耘不辍，
再著华章。

2007年10月15日

我以我血荐轩辕

——《太行报坛壮歌》观后

一

在《华北新华日报》创刊 60 周年之际，由我省新闻界老领导刘江、鲁兮、王家贤等策划，山西电视台、晋中电视台、太行新闻史学会联合摄制的 3 集文献纪录片《太行报坛壮歌》，已同观众见面，并在最近举行的山西省第七届电视文艺评奖中荣获纪录片一等奖。

由"墨舞太行吐血花"、"光热长存育后人"、"血染战旗旗更红"上中下三集组成的《太行报坛壮歌》，作为一部文献纪录片，反映了从 1939 年 1 月《华北新华日报》创刊到 1943 年 9 月终刊革命新闻战士在坚持敌后办报艰难困苦的岁月里与日本侵略军浴血奋战的一段鲜为人知的历史。作为这段历史的真实写照，《太行报坛壮歌》以无可争辩、令人信服的真实性和来自生活的特有的艺术魅力，引导我们走向血与火的战争年代，走向熔铸着民族魂魄的太行山区，走向把年轻的生命献给民族解放事业的新闻战士，使观众从中认识生活、了解历史、走近英雄，重温中国新闻史上这气壮山河的一页。

二

《太行报坛壮歌》，作为一部文献纪录片，有着强烈的真实性。真实是文献纪录片的基本要求，也是它的本质特征和魅力所在，是使观众觉得可信和赢得观众的基本条件。《太行报坛壮歌》主要是运用历史进程中当时拍摄的影片资料，借助当时留下的文献资料、照片，以及有关的历史文物、历史遗迹拍摄的，还包括当时在报社工作仍健在的老同志的口述。这就比较真实地展现了《华北新华日报》近五年的办报历史和奋斗足迹，再现了当时的真人真事和真实的环境氛围。

《华北新华日报》办报时期，正是日军发动了全面的侵华战争，并对华北抗日根据地实施最疯狂的"大扫荡"时期，也是国民党统治集团，以进攻华北我党我军为主要目标，发动反共高潮的时期。在这种特定的历史条件下，报纸立足太行，面向华北，在积极宣传党的抗日政策，组织群众抗日救国和建立革命根据地中，做出了重大贡献，成为飘扬在华北敌后的一面战旗。

《太行报坛壮歌》从宏观把握着眼，把《华北新华日报》的创办，放在当时特定的历史环境中，放在抗日救国的大形势下加以表现，使作品具有深沉的历史感。《太行报坛壮歌》又从具体表现入手，把镜头对准报社指战员们生活和战斗的地方——沁县后沟村、辽县（左权）麻田村、辽县庄子岭，对准这些地方的深山大沟和窑洞油灯，使作品具有强烈的真实性。我们从作品宏观和微观相结合的镜头叙述语言中得知，办了4年零9个月的《华北新华日报》，共出版了864期，发表了大量的报道、通讯、文章，反映了从战略相持阶段到战略反攻阶段的重大事件；看到朱德、杨尚昆、彭德怀、陆定一等领导人在报纸上发表的震撼敌后的讲话、文章；看到对聂荣臻、徐向前、吕正操等将领的采访。这众多的报道、讲话、文章，是党发出的团结抗战的时代最强音。这个强大的声音，不仅响彻太行，而且传遍太岳、冀南、冀鲁豫等抗日根据地，在宣传抗战、组织抗战、引导抗战中，发挥了巨大的战斗作用。正像朱德总司令当时所说的："一张新华日报顶一颗炮弹，而且新华日报天天在作战，向敌人发射出千万颗炮弹。"

《华北新华日报》是战斗的旗帜，是时代的产物。《太行报坛壮歌》用它特有的真实性表现了作品的这一主题。

三

《太行报坛壮歌》作为一部文献纪录片，有着强烈的震撼力。这种震撼力来自于数十位新闻战士的英勇献身。这是这部作品的精髓和灵魂。

《太行报坛壮歌》一开始就在左权县麻田村西山脚下，推出了一座巍峨的丰碑，上面刻有杨尚昆同志的题词："太行新闻战士永垂不朽。"太行报坛的壮歌就是烈士们用他们的鲜血和生命谱写的。太行山在抗日战争中有57位新闻战士献出了他们宝贵而年轻的生命。其中仅在1942年5月日军的一次"大扫荡"中，《华北新华日报》的编辑、记者就有46人壮烈牺牲。当时，日军为了解决华北战局，调集了几十万兵力，梳篦式地对太行根据地进行了最残酷、最疯狂的"大扫荡"，妄图一举消灭我八路军总部，彻底摧毁我《华北新华日报》。这些以笔作刀枪的新闻战士，同全副武装的敌人进行了英勇搏斗，大部分同志以身殉职，写下了一个个悲壮的故事。

从《太行报坛壮歌》满腔悲愤的倾诉中，我们走近了几位英雄。华北新华日报社社长兼总编辑何云，在与敌人搏斗中，不幸中弹身亡，年仅38岁。女新闻战士黄君珏，突破敌人重重包围，飞身跳下深崖，芳龄三十。还有22岁的记者陈宗平，在敌人面前威武不屈，壮烈牺牲……

文献纪录片，也是写人的，写在历史进程中具有重要价值的人的活动，也应该反映真人真事，把人放到中心地位，而不满足于记录个别事件和生活的表象。以何云、黄君珏、陈宗平为代表的太行报坛精英，在《太行报坛壮歌》中占据着重要的地位，正是突出了文献纪录片表现真人真事的这一特点。

《太行报坛壮歌》运用充分的电视化的手段来表现人物，歌颂人物。它通过难得的英雄生前的照片（有的连照片也没有留下）来展示英雄的形象，使观众得以重睹这些年轻的新闻战士们的青春风采。它通过话筒把当年办报的新闻界的老前辈，推到观众面前，请他们讲述英雄们的故事，带领观众回到半个多世纪前新闻战士们叱咤风云的年代。它通过深沉有力的解说词，海棠山的作证，浊漳河的记忆，来讲述气贯长虹的英雄业绩。它通过战火纷飞、乱云滚滚的画面，来烘托英雄们的壮举。《太行报坛壮歌》是英雄的歌。它表现了英雄，赞颂了英雄，使我们感受到战争年代的新闻工作者的特有的精神和风采。

四

《太行报坛壮歌》，作为一部文献纪录片，有着很高的艺术性。这种艺术性来自于电视艺术的声画一体的独立品格。《太行报坛壮歌》兼有文献性、专题性和艺术性的特点。它充分地把握电视艺术的规律，发挥电视艺术的优势，用文献纪录片的形式艺术化地反映生活真实，揭示生活的底蕴，强化观众的审美意识。

《太行报坛壮歌》作为一部有一定艺术品位和审美价值的文献纪录片，它通过画面造型、解说、美工、音乐、音响等多种艺术手段，把文学、美术、音乐等各种因素融成一个艺术整体，从而最大限度地反映时代的光彩、时代的气息、时代的节奏，使作品具有可视性。

千山万壑、峰峦叠嶂的巍巍太行，是《太行报坛壮歌》以浓墨重彩绘就的厚实苍茫的画面，隐喻着太行新闻战士的性格和他们赖以生存、战斗的大山母亲。挺拔苍翠的青松、绚丽夺目的朝霞和欢腾流淌的漳河水，是《太行报坛壮歌》以深沉浓烈的感情谱写的激越动情的旋律，隐喻着太行新闻战士的生命活力和他们倾注了全部深情、寄寓着无限希望的美好人间。特别是以左权民歌为主体谱写的背景音乐和主题歌，把观众带到英雄们战斗和流血的那个地方——太行山区。"毛头头麻纸一面面光，手摇摇印刷日夜夜忙，一张张报纸一支支枪，一颗颗子弹穿入敌胸膛"，"麻油灯纸捻捻吱吱响，白纸上亮起一道道光，句句都说的是心窝窝话，打走那小鬼子保卫咱家乡"，"毛驴驴驮来扁担担挑，一摞摞报纸运出太行，打日寇保国家靠谁人，一心一意跟着咱共产党"。这就是太行山区的新闻战士们唱的具有鲜明的时代风采和浓郁的地方风韵的歌。

1999 年 5 月 10 日

门文化的形象解读

——电视纪录片《中国门》欣赏

山西广播电视总台编导田春雨摄制的上下集纪录片《中国门》（穆春文焱撰稿）在山西省第十三届电视艺术评奖中获得电视纪录片一等奖第一名。《中国门》以叙事的手法、充满哲理的解说、丰富多彩的画面，展现了中国"门文化"这个厚重的历史主题，从中不仅可以了解到中国古老建筑中门的历史文化和民俗风情，还可以欣赏到由门折射出来的中华文明源远流长的绚丽风景。

门是我们经常见到并且非常熟悉的。各类建筑物，包括古代的现代的、宫廷的民居的、城市的乡村的建筑，都会有门，以供出入，以备启闭。我们会惊叹古代宫廷大门的威严，我们也会感叹富贵人家大门的华彩，我们更熟悉平民百姓宅门的朴实，但毫无疑问地都有一个门，以便自成一体，形成一片属于自己的天地。但是，门，竟然包含着这么丰富的历史传统、文化积淀和民情风俗，却是《中国门》这部优秀纪录片告诉我们的。

一

门，反映着历史，折射着社会，我们叩击门的声音，抚摸门的形制，可以倾听到人类社会前进的步伐。《中国门》给我们打开了一条历史的通道，使我们穿越时空去领略由门所形成的辉煌灿烂的中华文明。我们可以了解到古人高超的建筑工艺、独特的建筑风格、贯穿"天人合一"的建筑思想和等级森严的封建礼制观念。

我们在《中国门》中首先看到的是北京故宫建筑的皇宫大门。这里有在一条中轴线上串起的诸多的门，包括天安门、端门、午门、太和门和乾清门。天安门是皇宫的大门，是国家的象征。午门体现着封建礼制观念，出入午门有着严格的讲究。午门有专供皇帝出入的中间大门，供文武百官出入的左侧大门，供皇族王公出入的右侧大门，等级森严，不可僭越。太和门是太和殿的大门，太和殿是封建王朝处理政务的地方，所以太和门是封建社会规格最高的门。

皇宫里的门多种多样，几乎包括了中国古代建筑门的所有形式。皇宫中分割院落之间的门，有屋宇式大门、牌坊式大门，还有垂花门、隔扇门，等等。这些门有的复杂华丽，有的简单雅致，但均不失皇家的高贵气派。

在《中国门》中，从宫门到宫阙再到牌坊，扩大着我们的视野，是门的延伸。午门的建筑除正面高大的五凤楼之外，还在两侧建有突起的门阙，从而形成围合的空间，成为宫门前威严雄伟的宫阙。宫阙作为宫门的延伸，往往成为国家的象征。岳飞的《满江红》词："待从头收拾旧山河，朝天阙"，"天阙"也就是"宫阙"。

宫阙的建筑到了民间，便成了牌坊，或叫牌楼。牌坊（牌楼）建在园林、庙宇、官府、祠堂的前面，作为重要建筑的装饰物；建在城市街道的路口，成为街巷里坊的标志物。牌坊有木牌坊、石牌坊和琉璃牌坊。牌坊作为一种门的延伸形式，已经淡化了显示尊贵的含义，而成为一种荣誉的标志。"忠孝节义"、"乐善好施"的牌坊反映着人们不同的追求和理想，而"贞洁"牌坊又浸透了多少"节妇烈女"的血泪和青春。编导带着我们来到素有"牌坊之乡"之称的安徽歙县，那一座座按照"忠孝节义"

顺序对称排列的牌坊，让我们叹为观止，而它所包含的封建道德观念又像一座座沉重的大山迎面而来，压得我们喘不过气来。

在《中国门》中，由门钉到门的颜色，使我们从门了解封建的等级制度。在故宫的宫殿建筑的红色大门上都有镀金的门钉。这种看似装饰性的门钉其实都体现着严格的等级观念。清代规定，九路门钉只有宫殿可以饰用，亲王府用七路，世子府用五路，数目是明确规定好的，不可乱用。北京故宫大门上的门钉，横九纵九共81颗，唯独东华门例外，只有72颗，于是就引出了后人的许多说法。

至于门的颜色，又有许多不同的讲究。住宅大门的颜色也是社会不同等级的标志，代表着不同居所主人的省份和地位。朱门，红色的大门，是皇宫大门的专用色，也是一般达官贵人府第大门的颜色。杜甫有诗："朱门酒肉臭，路有冻死骨"，就是当时社会等级森严、贫富悬殊的写照。明代规定，公侯之家用金漆，一二品官员用绿油，三至五品官员用黑油，一般富贵人家也可用黑油大门，至于普通人家的宅门则是不涂油漆的原木色。刘长卿诗："日暮苍山远，天寒白屋贫。柴门闻犬吠，风雪夜归人"，这里的"柴门"连普通人家的木门也比不上了，恰恰和"朱门"形成鲜明的对比。

作为房屋出入必经之地的大门，出于住宅安全需要，在门的构件中，门闩和门锁最为重要。门前上锁，门后插闩，以确保门户安全。今日的年轻观众对门锁是无人不知的，而对门闩可能了解的就不多了。纪录片从"闩"字的构造到实物的展示，使人们了解门闩的意义和作用，十分形象生动。至于门锁自古至今，样式繁多，应有尽有。而古人造门锁时，常常把它制成鱼的形状。据宋人解释："门锁必以鱼者，取其不瞑目守夜之义"，可以起到昼夜守卫的作用。

门的附着物还有安装在门扇上的拉手，过去称门环。门环是为了开启门户方便，既能作为拉手以开门，又能敲击发声，即叩门。门环古称辅首，多为兽面铜制，也有铁制的，取镇宅之义。普通人家大门上辅首的兽面多被简化为圆形、六边形或八角形状，其名称也改为门钹。普通民居大门上的门环，不仅样式五花八门，而且内涵丰富，寓意深远。六合形状门环，取其"六合（鹿鹤）"谐音，寓意健康长寿；花瓶形状门环，取其"瓶（平）"字谐音，寓意岁岁平安；蝙蝠形状的门环，取其"蝠（福）"字谐音，寓意福星高照——可谓造型有术，皆寄托着住所主人美好的愿望。

作为门的外延，在一般官宦人家门前往往还立着一对抱鼓石，即门鼓。而没有功名的房主人门前不许立鼓，如果若要装点门面，显示富有，只能把门枕石起得像抱鼓石一般高，叫门墩。在以车马轿子代步的时代，官宦和大户人家的门前都设有上马石、拴马桩。在上马石和拴马桩上往往雕刻着精美的造型图案，以显示主人的富贵和权势。

在皇宫、官府、庙宇的门前往往还立着一对石狮子，皇宫前多为镀金铜狮。门前的一对石狮，通常雄狮居左、雌狮在右，以示阴阳平衡。连狮头上毛发卷起的疙瘩被称为螺髻的数量也有讲究，以显地位尊卑。

有些宅门前的辅助建筑还有影壁，也叫照壁、萧墙。自古以来，人们常用"祸起萧墙"一语来形容一个国家或一个家族内部的动乱。影壁建筑有一字形和八字形。八字形的影壁一般建在大门两侧，以增强大门的气势，使门前显得更加宽广。一字形影壁不仅可以设在门外，也可以设在门内或院子中央，既增添了房屋建筑的装饰美，更增强了居所的隐蔽性，以避免进门后一览无余的弊端。

从宫门到宫阙再到牌坊，是门的延伸；从门钉到门的颜色，是门的饰物；从门闩、门锁到门环，是门的构件；从门鼓、石狮到影壁，是门的外延。《中国门》的编导用一系列生动的镜头和深沉的述说，层次清晰地向观众展示这一切，使我们走进中国门及其内涵和外延。

门从开设的方位上有前门、后门、正门、侧门、旁门等，本为出入方便和礼仪需要，后演变为进行幕后交易为"走后门"，还有"旁门左道"、"邪门歪道"，更是等而下之了。此外，还有引申出古代办公场所的"衙门"、关押犯人的"牢门"等，皆是门的概念的泛化和抽象，已经失去了门的本义了。《中国门》的这些闲笔，同样生动有趣，充满哲理。

二

门，联系着民俗，积淀着文化，我们观赏门的装饰，倾听门的述说，可以感受到人民群众生生不息的生活。《中国门》给我们展示了一幅幅生活的画面，使我们徜徉其间去欣赏由门所呈现的绚丽夺目的民俗文化。古人"于形式中立意"的装饰理念在《中国门》中得到了充分的体现。

门上贴福字，寓意福到；贴门神，以求避邪消灾；贴春联，以求祈福纳祥——这些都是始自远古、延续至今的民间习俗，寄托了一代代人的理想和期盼。门上的福字，后来又演变成"福禄寿"三星形象，人们盼望着三星高照，一生平安。

纪录片通过许多生动的历史故事介绍了门神的演变。唐宋以来，以民间传说中打鬼捉鬼的钟馗为门神。到了明代，在民间流传最广的门神是秦琼和尉迟恭。这里包含着"二将军宫门镇鬼，唐太宗地府还魂"的故事，表现了他们的忠诚和神勇。历史上被人们选择门神的人物还有许多，如春秋战国时期的孙膑和庞涓，汉代的萧何与韩信，三国时期的关公与周仓，宋代的岳飞、杨家将，甚至还有女中豪杰穆桂英，等等。可见门神的标准要么神通广大，要么忠勇无畏，是人们心目中的英雄。除夕之夜贴门神，给人们带来心理上的慰藉，也美化着家家户户的大门，烘托着新年的气氛。

古人除了在大门上张贴门神画以避邪外，还有在门上挂铜镜、挂葫芦、挂桃符避邪的传统。桃符最初是采用削刻的桃木人，后来演变成在桃木板上刻画或直接书写门神的名字，起着同贴门神画同样的作用。王安石《春日》一诗就反映了这种习俗："千门万户瞳瞳日，总把新桃换旧符。老夫怕看新历日，退归拟学旧桃符。"后来由书写桃符演变成写春联，到了清代，春联取代了桃符，过春节贴春联就成了世世代代中国人过年的习俗。人们将写在大红纸上表达纳祥祈福含义的春联贴在门上，增添了节日的喜气，成为一道过年的风景。

在门上张贴的除春联外的对联称为楹联，或叫门联。楹联把中国传统文化的内容和形式完美地结合在一起。从社会道德、伦理规范、理想追求到审美情趣都是书写楹联所选择的内容，而骈文偶句、书写字体，直到朗诵效果，则是它的形式要求，其中渗透了无尽的闲情雅趣。

在传统的古建筑中，和楹联相呼应的还有门上的匾额。匾额是中国书法的载体，也是历代文辞的展示，使房屋建筑大增光彩，还成为今天的人们了解历代社会政治文化背景的最好途径。匾额往往也是家族姓氏的堂号。纪录片中所展示的明清时代太谷富商曹家的堂号"三多堂"，即多福、多禄、多寿，内含丰富，寓意明确。随着时代的进步、商业的发达，商家们还把门上的匾额演变成自家商店的招牌。我们在片子中看到的晋商老字号"大盛魁"，票号"日升昌"、"蔚泰厚"等招牌，显示了称雄商界数百年的晋商风采。

从门神到桃符，从桃符到春联，从春联到楹联，从楹联到匾额，从匾额到堂号……纪录片《中国门》用极具张力的镜头语言和充满文采的画外解说所表现的门的装饰，是一种文化的开掘和审美的创造，对我们了解中国民俗文化的演变，有着重要的价值。

《中国门》不仅引导我们从古到今赏识了无限丰富的门文化，还带领我们去领略少数民族地区独具异彩的门文化。我们可以看到顺应天成、融合自然、依山建屋、临水筑楼的众多少数民族民居建筑所反映的不同的民族习俗和地域特色。傣族民居是竹楼竹门，是那样的精致；布依族民居是石屋木门，又是那样的敦实。苗寨大门称寨门，不仅是村寨的象征，而且是迎客的地方。摩梭族民居还有专供"走婚"习俗的后门。

西藏的房屋建筑，门的造型和装饰都十分讲究，充满着浓厚的民族特色和宗教色彩。西藏最有特色的门是寺庙的大门。门上的装饰图案以八宝吉祥图案为主，门环上一般系有五彩的哈达，进出大门时就能够得到菩萨的保佑。西藏的普通民居建筑，最醒目的是家家户户都要在门框上涂上重重的黑色，据说是为了驱鬼。每家的房顶上还扯满了花花绿绿的经幡，在门的上方挂上牛头或者羊头，作为驱魔避邪、保佑平安的镇物。《中国门》的编导在制作这部作品时，把镜头对准各民族建筑的门，体现了民族文化的多样性。中华民族洋洋大观的门文化就是由各个民族共同构成的。这反映了编导思想的深刻和视野的开阔。

《中国门》是一部关于中国古代建筑门的纪录片，更是一部反映中国特有的"门文化"的文化片。通过中国古代建筑的各式各样的门，使我们了解悠久的民族历史、深厚的哲学理念、传统的民情风俗，以及不同时代的审美情趣和社会时尚。《中国门》是关于门的百科全书。《中国门》不仅仅是欣赏中国古代建筑门的历史的窗口，更是一部反映中国古代文化史和社会发展史的不可多得的影视作品。

我们欣赏《中国门》，可以感受到编导不仅以各种各样的门作为拍摄对象，而且有着创作主体的参与和渗入，赋予门以历史的承载和生命的流动，进行文化的开掘和审美的创造，这是纪录片《中国门》成功的主要原因。

2005 年 12 月 30 日

以理想和信念引领受众

——大型红色文化电视访谈节目《红客集结号》观后

看了山西广播电视台纪录片制作中心摄制的五集大型红色文化电视访谈节目《红客集结号》深受震撼，觉得这是一部具有创新意义的成功之作，是山西电视纪录片的新收获。正像中宣部新闻局在《新闻阅评》中所说的："（2012年）7月2日至7月6日山西卫视连续播出五集大型访谈节目《红客集结号》，通过红色人物的感人故事、家国情怀，来诠释他们的理想信念和崇高精神，很有教育意义。"

一

《红色集结号》创意好，选材独特，通过献身于中国革命和建设事业的外国友人，白求恩式的国际主义战士崇高的道德情操、坚定的理想信念和无私的奉献精神，提升观众的思想境界和精神追求，对于我们倡导的建设社会主义核心价值体系，有着强烈的感召力和巨大的现实意义。

《红客集结号》所选的五位外国友人，为广大观众所熟知，在与观众的交流中容易产生共鸣，激起观众对这些国际主义战士的崇敬和怀念之情。《跨越国界的爱恋》中的汉斯·米勒是德国人，《红星照我去战斗》中的马海德是美国人，《从〈翻身〉到〈深翻〉》中的韩丁是美国人，《路易·艾黎和他的孩子们》中的路易·艾黎是新西兰人，《幸福何在》中的阳早和寒春是美国人。这些人中，汉斯·米勒和马海德加入了中国国籍，是中国共产党党员。韩丁和阳早、寒春都到过延安。中国吸引着这些红色客人，他们把中国作为自己的第二故乡，为中国的解放和建设事业献出了自己的一切，包括青春和生命。访谈节目通过讲述他们同中国人民血肉相连的故事，表现以理想和信念引领受众的主题。

二

《红色集结号》作为大型访谈节目，在内容、形式和风格上都有可圈可点之处。节目重视主题画面的应用，发掘珍贵的文献档案、影像资料，反映人物所处的时代背景，而不是历史画面的凌乱拼凑；重视主体本源声音，即主要人物的视频和现场同期声的音响效果，而不用配乐去烘托气氛，体现了作为纪实性视听艺术的基本特点。在节目中，我们可以看到朱德总司令为汉斯·米勒亲笔书写的回国证明信；可以看到1984年采访寒春的影像，说她为什么想来中国；看到2002年阳早口述他在延安光华农场养牛时的情景；看到2004年寒春83岁生日时的影像资料，听到寒春的同班同学杨振宁回忆他们在一个实验室里做研究工作时的同期声。这些极其珍贵的影像资料出现在访谈现场，同嘉宾口述历史相结合，具有强烈的历史真实感。

访谈节目的主持人常江和嘉宾主持人梦妮，体现了节目主持人是核心创造者的要求。常江形象靓丽，反应敏锐，具有比较广博的知识储备和轻松自然的主持风格，为观众所喜爱。梦妮是作家马烽的女儿，在节目中善于同嘉宾沟通，引导观众，特别是利用她独特的生活经历和体验，使她作为嘉宾主持人，更显亲切自然。"文化大革命"期间，梦妮跟随父亲马烽在平顺西沟落户时，见过韩丁和他的儿子麦克，还见过路易·艾黎。当时她虽然年幼，但这些出现在西沟的外国人让她觉得稀奇，给她留下了深刻的印象。她见过韩丁端着大海碗，吃着煮疙瘩，同农民们一起在"饭场"（户外大树下）吃饭的情景，讲述得生动有趣。

三

《红客集结号》表现的以理想和信仰引领受众的主题，不是通过主持人和嘉宾的讲述，而是通过感人的故事、生动的情节和细节，特别是抓住几位外国友人的独特经历和不同个性自然而然地表现出来的。抓住人物的特点，就成为节目中最大的看点和亮点。

一个跨越国界的婚恋故事，讲的是一个三代十一口人有着六个国籍组成的联合国式的家庭：汉斯·米勒是德国人，妻子中村京子是日本人，儿子米德华是美国人，儿媳是中国人，女儿是瑞士人，孙子是英国人。六个国籍家庭的故事，是节目中最大的看点，而表现这个由多个国籍共同组成的家庭几代人对中国无法割舍的眷恋，则是节目中最为耀眼的亮点。

美国医学博士马海德，他在延安是中央领导的保健医生，新中国成立后担任卫生部顾问，直接参与性病和麻风病的防治工作，使中国在 20 世纪 60 年代初就取得了基本上消灭了性病和麻风病的震惊世界的成就。马海德的理想就是"希望能为中国革命多做点事，能使中国人民生活得更美好"。

美国人韩丁的贡献是深入中国农村，以土地改革为素材，创作了长篇纪实文学《翻身——中国一个农村的革命纪实》和反映 20 世纪 50 年代至 80 年代中国农村发展变革的纪实文学《深翻》。《翻身》和《深翻》这两部纪实文学作品构成了中国农村五十年变迁的巨幅画卷。韩丁说："不了解土地问题就不能了解中国革命，而不了解中国革命也就不能了解今日的世界。"他到过西沟、大寨，还几十次深入长治张庄，调查研究，了解民情，还在张庄推行农业机械化。周总理先后五次接见过韩丁，说韩丁是"与中国人民患难与共的好朋友"。2004 年 5 月 15 日，85 岁的韩丁在美国家乡去世，他的墓地遥向东方，因为他不能忘记的是中国。韩丁在美国有自己的土地，他为什么要不远万里来到中国吃苦？用他儿子麦克的话说："父亲是正儿八经地相信社会主义，相信毛主席，他有自己的理想。"韩丁热爱中国，他的儿子麦克同样热爱中国。麦克在中国学中医，娶了中国媳妇，夫妻俩在美国开了个中医诊所，传播中医药文化。

新西兰人路易·艾黎，办了可在中国停留6个月的签证，却将生命的60年投入中国人民的解放和建设事业中。他原本要到上海去探访一下所谓的"东方的巴黎"，结果看到的是苦难深重的中国。于是他成为一个革命者，创办了培黎学校，收养和培养了许多孤儿和难童。他创办工合组织，要为中国培养工业技术人才。他写书53本，译著13部，包括把《唐诗三百首》译成英文，向世界介绍中国文化。他在80多岁的时候，每天戴着一副老花镜，弓着身子在那里滴滴答滴滴答地打字。他的养子的女儿段海英说："我有时候看着他那个背影，心里头就特别的感动。你想一个80多岁的老人终身矢志不渝地为自己所喜爱的事业奋斗，像我们60多岁退休了，觉得好像一下子就无所事事了。"路易·艾黎在中国60年终身未婚，留下的是他的养子和他帮助过的孤儿。他同这些孩子没有血缘关系，却有着胜过血缘的亲缘。

美国农牧专家阳早和核物理学家寒春，来到中国办奶牛场。在战争年代，他带着奶牛转战陕北。而他的妻子、韩丁的妹妹寒春之所以跟着阳早来到中国，是想要了解"为什么这个小米加步枪的威力比原子弹还大"。2003年的圣诞节，阳早病逝了，在新华社发的讣告中，寒春执意要求加上一句"为全人类的解放事业而奋斗"。寒春说这是表明她和阳早的信仰，"因为我们在中国待了一辈子，不是为了养牛来中国，而是为了信仰"。他们的儿子阳和平说，他们离开重庆、离开上海，去延安，是毛泽东时代吸引了他们，他们就是为了信仰。阳早在北京享受副部级待遇，本来他身后可以埋葬在八宝山公墓，但是寒春知道丈夫离不开他的奶牛场，就把他的骨灰埋在北京大兴县红星公社奶牛场院里的一棵小树下。7年后，89岁的寒春也随阳早而去了。儿女们根据她和阳早的遗愿，把他们的骨灰撒在他们61年前曾工作和生活过的陕北三边牧场的土地上。叶落归根，他们长眠在这块他们眷恋的中国土地上。他们的儿子阳和平，2007年定居中国，一方面整理父母的资料，一方面研究毛泽东时代的中国。他们一家，逝者、生者都和中国融合在一起。寒春生前有一篇自述性质的文章《幸福何在》。她说："个人奋斗的幸福，解放全人类的幸福，就是到中国参加中国革命，跟中国人民一起建造一个新世界。"这就是寒春、阳早，以及许多把青春和生命献给中国人民的国际主义战士们的幸福观。这就是《红客集结号》通过无数感人故事所表达的这些热爱中国的外国友人们的理想和信念。

四

《红客集结号》引人入胜的开场和耐人寻味的结尾，使这一访谈节目充满了思想和艺术魅力。

访谈节目精心挑选和邀请了外国友人的亲人和后代，有汉斯·米勒的妻子、83岁的中村京子，儿子米德华、女儿米蜜；马海德的儿子周幼马；韩丁的儿子麦克；路易·艾黎的养子段士谋的女儿段海英；阳早和寒春的长子阳和平——这些外国友人的亲人和后代的出现引起了观众的极大兴趣，满足了观众的热切期待，使观众很快就进入同红色后代们交流的特定氛围中。

访谈节目第一集结尾部分是汉斯·米勒的孙女、两岁八个月的小女孩唱起了她只会唱的一首歌："五星红旗，你是我的骄傲。五星红旗，我为你自豪、为你欢呼，我为你祝福。你的名字比我生命更重要……"由童声逐渐成为响彻全场的混声合唱，把访谈节目推向了高潮。这个唱《红旗飘飘》的小女孩，爷爷是德国人，奶奶是日本人，爸爸是美国人，妈妈是中国人，姑姑是瑞士人，哥哥是英国人，而她唱的第一首歌就是《红旗飘飘》。第二集的结尾是马海德走了，他的妻子周苏菲在客厅里摆了一排造型各异的唐三彩马，她说，这些马代表着马海德。第四集是以字幕结尾，现场大屏幕上在静音中出现的是路易·艾黎收养的长长的孩子的名单，在视觉上十分震撼。这不同的结尾有着共同的效果，那就是让观众感受到中国人民的感恩之心和中国文化在这些外国友人的亲人和后代中所产生的巨大影响。

2012 年 7 月 31 日

人民作家的荧屏传记

——五集电视纪录片《赵树理》观后

　　2006年金秋九月，人民作家赵树理诞辰百年之际，山西卫视《一方水土》栏目推出了五集电视纪录片《赵树理》。总导演兼撰稿尚晓东，编导姬丽红、张海燕，摄像张磊，他们大都是在赵树理去世时还没有出生的年轻人。想不到他们对赵树理的生平竟是这样的熟悉，对赵树理的作品竟是这样的了解，他们用一颗年轻的心，以先进的电视理念和独具特色的电视语言，以自己对赵树理的理解和认识，把文学大师赵树理搬上了屏幕，播出后受到社会普遍关注，获得观众广泛好评。

　　纪录片《赵树理》通过"萍草生涯"、"赵树理方向"、"京华岁月"、"多事之秋"和"归去来兮"五个篇章表现了这位人民作家"贴近生活，反映现实，为普通人写作"的人生道路和创作历程。它以新闻性的纪实风格、电影化的表现手段和诗化的叙述语言，使之成为一部具有纪实性、富有文学性、充满美感的电视艺术作品。

　　纪录片有新闻的品格，真实是纪录片的灵魂。只有纪实而不是虚构，才能保证纪录片的真实性。纪实性是纪录片《赵树理》的最基本的特征。作品第一章"萍草生涯"，取自1930年6月2日赵树理在长治与山西第四师范同学合影的题诗："萍草一样的漂泊，或许是我们的前程……"这个充满诗意的标题反映的是赵树理从1906年9月出生、1925年考入长治省立四师、1927年10月参加学潮运动、1929年被捕入太原反省院、1934年5月因患"迫害狂症"跳入文瀛湖，这种编年体式的叙述，一切都是那样的真实，不为贤者忌，不为尊者讳，忠于历史，秉笔直书，但反映的20世纪二三十年代的赵树理，从接受启蒙、投入学潮、颠沛流离到彷徨迷茫、无奈困顿，这是早期的赵树理，真实的赵树理；这是赵树理接触的广阔社会，是赵树理走过的苦难人生，对赵树理日后的创作何尝不是源头活水、肥田沃土。

确切的时间，准确的地点，可信的实物，以及对有关人士的访谈，无疑是纪录片纪实性的重要元素。这些纪实性的元素在作品中几乎随处可见。展现在纪录片中的照片、文件、报刊、书信、著作、手稿等珍贵史料，记载着大师艰难跋涉的足迹，都是历史的佐证。山西沁水县尉迟村的故居，长治省立四师的旧址，太原南华门15号的旧居，晋东南农村的饭场、戏台，北京大佛寺西街住所、前门箭楼、天桥小剧场……在这些穿越时空隧道的纪实画面里仿佛闪现着赵树理的身影。特别是编导找到了中央新闻电影制片厂1952年4月在平顺县川底村拍摄的纪录片片段，其中有赵树理的镜头，那时赵树理正在川底帮助郭玉恩办社。这些极其珍贵的镜头是纪录片编导从五十多年前浩如烟海的电影资料中找到的，真是难得的一片苦心。

充分发挥影视艺术的特点，运用声音和画面的手段，是纪录片《赵树理》成功的重要原因。"萍草生涯"并非从头说起的赵树理的编年纪事，而一开始就是1947年1月赵树理在河北武安接受美国记者贝尔登的采访，这时的赵树理已经完成了成名三部曲——《小二黑结婚》、《李有才板话》和《李家庄的变迁》。在贝尔登的印象中赵树理可能是在共产党地区中除了毛泽东、朱德之外最出名的人了。赵树理是怎么成功的，他又有着怎样的经历，这是当时的贝尔登，也是今天的观众想要知道的，于是就有了片子中的第一次闪回：1934年5月的一个清晨，波光潋滟的文瀛湖竟要吞噬掉一个年轻的生命——对未知前途无法把握、患有"迫害狂症"的赵树理，这又是为了什么？于是又有了片子中的第二次闪回，从赵树理的出生谈起。

镜头语言的叙述和对专家学者以及赵树理亲友的采访相结合，是纪录片运用的重要影视手段。画面的功能是叙述，而访谈的功能则是对叙述的证实、补充和评论。赵树理儿子赵二湖关于赵树理家事家风的叙述，赵树理的女儿赵广建关于赵树理写的《愿你做一个劳动者》一信的回忆，赵树理研究专家董大中等关于赵树理生平和创作的评述，起到了与镜头语言互为补充、相得益彰的作用。特别是围绕一个问题，把几位专家的访谈编录在一起，同时出现在画面上，更是起到了深化主题、加深印象的效果。

纪录片《赵树理》是一部很好的艺术片，因为它具有很高的文学性。刻画赵树理的形象显然是这部作品在艺术上的成功之处。作为主人公赵树理的形象很少用现成的影像资料，仅有一些情景再现，但更主要的是运用各种影视手段，通过赵树理的言行和作品来塑造赵树理的形象，反映他倡导文艺大众化的主张、为人民写作的精神，表现他坚持实事求是的原则，敢于讲真话、办实事、为民请命的勇气，以及同农民群众血肉相连的感情。重视细节描写是文学创作的重要特点。纪录片《赵树理》多有动人的细节，引人入胜。"生于《万象楼》，死于《十里店》"是赵树理的自况。1942年完成的戏曲《万象楼》是赵树理"问题文学"的开端之作，而1964年创作的戏曲《十里店》从争论到批判到禁演，结束了大师艺术创作的生命。这两部戏作为细节在纪录片中多次出现，因为作品与政治联系在一起，影响着作家的命运。表现黄土风情的电视画面、充满山西情调的电视音乐、富有文采的解说语言构成了纪录片《赵树理》的整体美感，使之成为一部思想性、艺术性和观赏性相结合的优秀作品。人民作家赵树理是山西这一方水土的光荣和骄傲，纪录片《赵树理》是山西卫视《一方水土》栏目的新收获，也是对人民作家赵树理百年诞辰的最好的纪念。

2006 年 10 月 18 日

人民作家风雨人生的艺术再现

——电视连续剧《赵树理》观后

在纪念毛泽东同志《在延安文艺座谈会上的讲话》发表64周年之际，山西省委宣传部、晋城市委市政府、山西省作家协会、沁水县委县政府和中国国际电视总公司等单位联合摄制的17集电视连续剧《赵树理》在央视一套黄金时间隆重推出。这部以朴实凝重的手法拍摄的人物传记片，艺术地再现了这位人民作家"贴近生活，反映现实，为普通人写作"的人生道路和创作历程，展现了作家高尚的道德情操和崇高的精神境界，是人物电视剧的新收获。

赵树理，是一位出身贫苦农民家庭、饱尝生活艰辛、一生多灾多难的作家，一位深深扎根于人民群众，与人民群众始终保持血肉联系的做家，一位坚持"二为"方向，使文艺同人民相结合，忠实践行毛泽东同志《在延安文艺座谈会上的讲话》精神的作家，一位在中国现当代文学史上做出独特贡献的作家。赵树理一生，跨越了大半个世纪，经历了土地革命、抗日战争、解放战争和新中国成立以后几个不同的历史时期，人生阅历极其丰富，生活道路又极其坎坷。通过电视连续剧的形式展现这位人民作家的人生道路和创作生涯，不仅是对赵树理百年诞辰的最好纪念，而且对于当今时代有着强烈的现实意义。

电视连续剧《赵树理》作为一部人物传记片，是属于历史范畴的。历史是一面镜子，可以鉴往而知今，有着巨大的现实意义和审美价值。人物传记片中的历史意识是带有反思性质的，是对历史进行的审视与思考，从中捕捉历史人物的思想和感情。正是从这种认识出发，电视剧不囿于史实，不罗列照搬，而是有所取舍，有所虚构，抓住赵树理人生历程的主要脉络和发展阶段，突出作家的思想变化，突出作家的精神风貌。它既没有采用从赵树理出生到逝世的编年体式的叙事体例，也没有采用以作品贯穿作家一生的传记模式，而是以作家一生最重要的生活片断为叙述主线，穿插不同时代作品的出现，使作家的人生道路与创作生涯融为一体，在生平叙述中展现作品，在作品展现中叙述生平，这是符合赵树理独特的人生经历和创作道路的。由著名表演艺术家李雪健扮演的主角赵树理很好地把握了人物的内心世界，表现了赵树理的幽默风趣、痛苦无奈，塑造了真实可信的赵树理艺术形象。

电视剧从1928年赵树理22岁回到故乡写起，到1970年9月被迫害致死前。在剧中描写的40多年的岁月里，有作家20世纪20年代的接受启蒙、30年代的投身革命、40年代的辉煌成就、50年代的回归农村、60年代的扛旗抗风，由无数动人的情节和丰富的细节构成了作家历经沧桑的人生历程。在电视剧中，我们随着时代的变迁的作家的脚步，走进赵树理创造的《小二黑结婚》、《李有才板话》、《李家庄的变迁》、《三里湾》等一系列经典名著所构筑的文学天地，走进赵树理醉心的八音会、秧歌戏、上党梆子等所构成的艺术世界，走进赵树理生长的尉迟村、办社的河底村以及晋东南地区的广大农村。电视剧让我们感受最深的是作家对农业生产的关注，对农村生活的熟悉和对农民群众的深厚感情。

赵树理熟悉旧的农村生活，参与新的农村变革，对中国的农业、农村和农民有着极其深刻的了解，特别是对农民充满了深广博大的爱。他以自己的作品塑造了小二黑、小芹、三仙姑、二诸葛、李有才等一系列生动的农民形象，深刻反映农村的伟大变革，给农民群众提供了丰富的精神食粮。塑造历史变革中的农民形象是赵树理对中国文学的独特贡献。创造农民喜闻乐见的通俗化、大众化的艺术形式是赵树理的毕生追求。这一切在电视连续剧《赵树理》中都得到了充分的展示。

对农民文化生活的关心，对大众文化的倡导，几乎体现在赵树理各个阶段的工作中，这在电视剧中也有所反映。1942年1月，赵树理在太行区文化界座谈会上，极力主张文艺的通俗化、大众化。他以所携带的旧书、旧唱本说明根据地农村的文化阵地，仍然充斥着大量的封建迷信小本本，毒害着我们的农民。我们只有创作更多的通俗化、大众化的文艺作品，才能赶走那些封建迷信的东西，占领农村的思想文化阵地。他决心不做"文坛文学家"，只想写些小本本夹在卖小唱本的摊子里去赶庙会，去夺取那些封建小唱本的阵地，做一个"文摊文学家"。他积极参与"左联"倡导"文学的大众化"的讨论，组建山西的"大众文化研究社"，在担任《黄河日报》、《抗战生活》、《中国人》等报刊编辑时，写了许多通俗的小说、诗歌、戏剧、曲艺作品，实践自己的通俗化、大众化的文学主张，深受群众的欢迎。特别是《小二黑结婚》、《李有才板话》等作品出版后，不仅轰动了整个解放区，而且传播到大后方，得到郭沫若、茅盾等文学大师的高度评价。1947年8月，在晋冀鲁豫边区文联召开的文艺工作座谈会上，赵树理的创作道路被誉为"赵树理方向"。

电视剧围绕赵树理和老舍一起从事文艺大众化的倡导活动，编写了许多富有生活情趣的生动故事，成为电视剧中引人入胜、十分好看的部分。新中国成立后，赵树理从太行山来到北京，老舍从美国旧金山回到北京，两位作家心仪已久，一见如故。老舍对赵树理说："见到你，我知道了共产党。讲实际，重情意，有肚量，不自私。我心服口服。"赵树理创办曲艺杂志《说说唱唱》，老舍出谋划策。赵树理写了《登记》，改编成评剧《罗汉钱》搬上舞台，老舍赞不绝口。老舍为新凤霞和吴祖光操办婚事，请赵树理写请帖送给周总理。赵树理请老舍看上党梆子，老舍说："上党梆子高亢激昂，充满了杀气，只是锣鼓太响，唱词听不清楚。"赵树理接受了老舍的意见，让剧团把武场的高音锣换成低音锣。为了买到低音锣，他跑遍了北京城。赵树理和老舍在共同倡导文艺的通俗化、大众化的事业中成为文坛上的知音、知己。

赵树理是作家，更是一位始终关注农业、农村和农民的党员干部。农业是他终身关注的根本问题，农村是他长期坚守的生活基地，农民是他永世不忘的最好朋友。关心农业生产和农村发展，维护农民利益，是电视剧描写赵树理生平道路的最重要的篇章。

1951年赵树理回到河底村，帮助郭玉恩试办初级社，满腔热情地给农民做工作，讲小农经济走集体化的好处。他自己掏钱为村里买了新式犁铧和喷雾器。赵树理还多次回到他的故乡尉迟村，帮助村里制定农田水利基本建设方案。村里建水库，大家推选他担任工程总指挥。他还捐出2000元稿费给村里买工具和炸药。他同孩子们一起玩沙子，要在尉迟村建个大水库，还要建个大广场，叫北京广场，广场上要盖图书馆、俱乐部……这是赵树理心目中理想的农业社会。后来农村工作暴露出不少问题，赵树理觉得自己"这一段对合作化运动吃不大准"。他感到十分苦恼。他要继续深入了解真实情况，进行思考，提出建议，帮助党、国家和人民。1958年，赵树理回到故乡，发现夏秋两季村里打粮虚报得多，上面征购得也多，弄得群众没粮食吃，饿肚子，连年也过不了。赵树理不得已带着社员顶风冒雪到邻县找熟人借粮。后来"大跃进"、"放卫星"，浮夸风愈演愈烈。赵树理出于责任感，就写了一个《公社应如何领导农业生产之我见》，反映党的某些政策与农村实际生活的矛盾，反映某些干部侵害农民的基本权利和农村的真实情况，寄给《红旗》杂志，希望上面能够了解下情，结果被当作"右倾言论"遭到批判，但是他并不认为自己有什么错误。电视剧很好地表现了赵树理在这一个个特定时候的特定的心理活动，既要为国家的利益着想，也要为农民的生存考虑，激愤与矛盾，无奈与期盼，使他陷入深深的痛苦中。

赵树理一生俭朴，他往往把自己的生活同农民对比。他戴的是一块花了40万元（旧币，合新币40元）的旧表，但是给跟随了自己几十年的妻子关连中用120万元买了一块叫"奥米伽"的新表。他总觉得很贵，因为在农村用24万元可以买一头毛驴，120万元正好买5头毛驴，所以他就把这块表称为"五驴牌"。中国作协党组给赵树理定为行政8级，但他要求降为行政10级。他说行政10级每月工资是240元，顶得上农民10亩地一年打的粮卖下的钱。他还提出，自己作为作家不能享受双重待遇，领工资就不拿稿费，拿稿费就不领工资，从此他就再也不领工资，也不报销差旅费和医药费。电视剧中描写赵树理的这些生活片段，同样表现了他对农村和农民的感情。

"文化大革命"开始，赵树理惨遭批斗。尉迟村的乡亲们来看他，给他带来了一筐子画着各种人物的鸡蛋，有小芹、小二黑、三仙姑等小说人物，有狗剩、圪圙等村里人，使作家又回到了他的乡亲和小说人物之中，伴随他忍受这难熬的岁月。他强打精神，同乡亲们唱起了一首老歌："清早起出门来屁股朝后，喝着风顶着土脸朝前走，自古来吃小米不如吃肉，双脚走顶不上骑个牲口。"这充满泥土味的歌声给赵树理带来了些许的安慰。

电视剧的结尾，编导设计了一个寓意深远的镜头。赵树理拖着病体和老伴儿、女儿一起在汾河滩上看孩子们放风筝。他望着蓝天、白云和飘舞的风筝，低低地说："七九河开，八九雁来……今年春早啊，万物就要复苏了。"遗憾的是我们的作家并没有能够等上这个万物复苏的春天。他留给观众的最后的一句话是："我什么时候能再见见我的农民朋友啊！我想念我的那些农民朋友啊！"电视剧低沉的音乐声伴随着我们的人民作家陷入深深的幻觉和无望的期待中。

"苦乐一支笔，生死一台戏，天下有谁不知道个你"，电视连续剧《赵树理》主题歌以具有山西地方特色的民歌式的语言赞颂这位"说的都是平常的事，讲的都是老百姓的理"的人民作家，表达"乡亲们真拿你当知己"，"咱心里永远都念着你"的感情。优美抒情、余音缭绕的主题歌成为贯穿全剧的主旋律。

"人民是文艺工作者的母亲"，"人民需要艺术，艺术更需要人民"。电视剧《赵树理》就是对这几句名言的形象化的诠释。建设社会主义新农村的重大历史任务，对文艺工作者提出了新的期待和要求。毕生关注农村，情系农民，努力倡导与实践文艺的通俗化、大众化的赵树理，无疑地对每一位关注社会主义新农村建设的作家、艺术家都会有所启示。这是电视连续剧《赵树理》的时代价值和现实意义。

2006 年 5 月 8 日

《吕梁英雄传》：抗日战争的民族记忆

——从小说到电视剧的文本转换

由中央电视台中国电视剧制作中心，吕梁市委、市政府，山西广播电视总台联合摄制的22集电视连续剧《吕梁英雄传》于近日在中央电视台一套黄金时段播出。这是为纪念中国人民抗日战争暨世界反法西斯战争胜利60周年，继电视连续剧《八路军》之后，在央视一套黄金时段，山西推出的又一部电视精品。

一

电视连续剧《吕梁英雄传》是根据人民作家马烽、西戎的同名小说改编搬上屏幕的，成功地完成了《吕梁英雄传》从长篇小说到电视连续剧的文本转换，为文学名著改编影视作品提供了新鲜经验和有益启示。

马烽、西戎的《吕梁英雄传》是第一部反映中国共产党领导的全民族抗日的长篇小说，也是抗日战争尚未结束在"第一时间"发表的抗日题材的文学作品。1942年，抗日战争处于最艰苦的时期。在山西，日军发动了对我晋绥抗日根据地的疯狂"扫荡"。八路军为了集中兵力进行反击，主动撤离吕梁地区，而英勇不屈的吕梁人民在中国共产党的领导下，抗击日寇侵略，同敌人进行了艰苦卓绝的斗争：小说《吕梁英雄传》真实地再现了吕梁人民不畏强暴、不怕牺牲、前仆后继的英雄壮举。

《吕梁英雄传》的创作起源于1944年12月晋绥边区召开的第四次劳模

大会。马烽、西戎被派去做报道工作。在会上他们采访了许多劳动模范和民兵英雄，特别是了解了农村武工队的一些情况。群英会后，《晋绥大众报》领导人要求在报纸上介绍民兵英雄的先进事迹。大家研究以民兵和武工队"挤敌人"为中心，把民兵英雄的先进事迹综合起来写成章回体的通俗故事。这个任务就落在了马烽、西戎的头上。马烽、西戎对战争年代的生活有着切身的体验，对民兵英雄的事迹又十分熟悉，他们以强烈的责任感、时代的激情和生活的感悟投入紧张的写作中。

从1945年6月5日至1946年8月20日的《晋绥大众报》设专栏连载，标题为《民兵英雄传》。发表后受到晋绥边区广大读者的欢迎，在农村、部队、机关、学校各行各业都引起了很大的反响。人们争相传阅，看了上期等下期。报社和作者都收到了大量的读者来信，表达对这部作品的喜爱。《晋绥大众报》发行量急剧增长，由每期发行五千余份增加到近万份。由于当时是边写边发，没有更充足的时间酝酿思考、加工打磨，以及作者在文学修养和写作实践上的欠缺，所以作品存在着艺术上的不足，如总体结构比较散乱、人物性格单一、语言不够精炼等。对此，年轻的马烽、西戎也有清醒的认识。据杨占平先生在其所著《马烽评传》中介绍，《吕梁英雄传》从发表到出版，作者先后作过三次大的修改。

第一次，1946年4月，作者把已发表的前37回经过整理修改作为《吕梁英雄传》上册，近10万字，由吕梁文化教育出版社出版。同年，重庆《新华日报》连载，成为解放区传到国统区的第一部长篇小说，受到郭沫若、茅盾先生的好评。

第二次，1949年10月，北京新华书店把《吕梁英雄传》收入"中国人民文艺丛书"全书出版。出版前作者认真地进行了加工整理，不少章节重新改写，人物关系作了调整，语言文字加强了文采，整体结构更加合理，并把原来的95回改为80回，成为真正意义上的长篇小说。此后，通俗读物出版社和作家出版社也多次出版。

第三次，1977年，经过作者的再次认真校阅和修改，由人民文学出版社重新出版。2000年，由大众文艺出版社出版，收入《马烽文集》中。《吕梁英雄传》累计印数达到200万册，并翻译成日、俄、朝、德、捷、越、波兰等多种外文向国外发行，成为在中国文学史上占有一定地位的经典名作。60年之后，小说《吕梁英雄传》被改编为同名电视剧，搬上了屏幕，同广大观众见面。这是中国现当代文学史上的一段佳话，也是马烽、西戎文学生命的延续和超越。

<h2 style="text-align:center">二</h2>

马烽、西戎一直想把《吕梁英雄传》由小说改编为影视作品，希望通过新的艺术形式使他们的作品与更多的观众见面，使更多的人了解那段历史，但是由于一直没有找到合适的改编人选和拍摄单位，所以始终未能如愿。后来西戎仙逝，实现二人夙愿的事情落到了晚年马烽一人的头上。马烽十分看重这件事情，让《吕梁英雄传》走向屏幕，成为他人生最后时光的最大愿望。

周宗奇先生在《栎树年轮——马烽自传·口述实录·宙之诠释》一书中讲到，2004年1月，马烽住院期间，他去看望，马老说："像这样，我再活三四年也就行了。"宗奇猜测马老所说的那句"再活三四年"，是想派何用处呢？宗奇认为只能是马老想把《吕梁英雄传》搬上屏幕，同更多的观众见面的事。这是马老多年未了的一桩心愿。马老亲自点将，把改编的任务交给熟悉农村生活的著名小说家张石山，并同意授权吕梁市委、市政府。他要等着看写好的剧本，等着看拍好的片子，等着听到电视剧播出后观众的反映。但是，马老没有能够等到这一天。2004年1月31日，马老与世长辞。时过一年半多，在纪念抗日战争胜利60周年的日子里，2005年8月30日起，电视连续剧《吕梁英雄传》在中央电视台一套黄金时段播出。这是对人民作家马烽、西戎的最好的告慰。

张石山和梦妮根据马老的心愿，对原著进行了较大的改动。他们考虑在文学剧本上，包括布局结构、故事整合、人物关系的梳理和关键情节的设置要进行再创作。同时考虑到60年后对抗日战争认识的深化，以及由小说改编为电视剧的媒体形式的转换，因此在改编中既要忠实于小说原著的基本内容和基本精神，也应该赋予新的时代精神，体现电视剧艺术的特点。电视剧的编剧张石山、梦妮正是遵循这一基本原则，编写了文学剧本大纲，完成了剧本写作。故事大纲多次听取了马老的意见，马老还亲自动笔修改。这就为电视剧的拍摄提供了一个很好的基础。我读过张石山、梦妮的电视文学剧本的部分章节，确有不少精彩之笔、出新之处和催人泪下的地方。

文学剧本对康顺风、康锡雪、二先生这几个人物做了重新定位和塑造，特别是对康顺风形象的塑造比小说原著有了大的改变。文学剧本中的康顺风是一个周旋于八路军、民兵与日寇之间的维持会长，体现当时斗争环境的复杂和人物性格的发展演变。现在的电视剧在康锡雪和二先生的形象塑造上基本体现了文学剧本的要求，人物更显丰满，而康顺风的形象则更靠近了小说原著，电视剧编导认为对汉奸走狗给予严惩的结局，也是出了尊重原著的考虑，或许更符合老一代作家当时的创作情绪和观众的愿望。当然，在拍摄过程中，由文字媒体转换为电视媒体，编导在艺术上作了些不同于文学剧本的处理也是正常的现象。

三

电视连续剧《吕梁英雄传》由编剧张石山、梦妮、张挺，总导演何群，制片人张纪中，组成了强大的创作班子。加上于震、杨树泉、邢佳栋、李梦男、林永健、赵小锐、杨念生、冯谦、林林等众多实力派演员加盟，真正实现了强强联手，推出精品。浓郁的乡土气息、传奇式的叙事语言、凝重的斗争氛围和鲜活的人物形象，延续了"山药蛋派"的文学风格。

根据小说原著改编的电视连续剧《吕梁英雄传》全景式地再现了吕梁儿女在中国共产党的领导下英勇抗击日本侵略军的一段可歌可泣的历史。讲述的是吕梁山中康家寨的村民在日寇的烧杀抢掠中，在武工队队长武得民的领导下，成立了以共产党员雷石柱、康明理、孟二愣为骨干的民兵组织，同日本鬼子和伪军进行殊死搏斗，同村里的地主老财、汉奸走狗做斗争的故事。他们拿起大刀、长矛、斧头、步枪、火枪、土炮同装备精良的敌人进行战斗，还自己制造了石雷、手榴弹等各种武器一次次沉重地打击了日伪军和汉奸们的嚣张气焰，夺回了被日寇抢去的粮食和牲口，粉碎了敌人的"三光政策"、"蚕食政策"以及各种阴谋，镇压了铁杆汉奸康顺风和反动地主康锡雪，击毙了日军翻译官、大汉奸王怀当，策划伪军大队长邱得世起义，在民兵的包围中，占领汉家山的日军犬养部队缴械投降。吕梁民兵在对敌斗争中取得了最后胜利。

电视连续剧《吕梁英雄传》中的康家寨是一个小山村，但它反映的是整个晋绥边区乃至整个山西敌后抗日根据地人民的反抗日本侵略军的斗争，折射出中国人民巨大的民族觉醒、空前的民族团结和英勇的民族抗争，这是中国人民抗日战争胜利的决定性因素。电视连续剧《吕梁英雄传》表现的是普通的民兵和老百姓，也是歌颂了在波澜壮阔的全民族抗战中中华儿女万众一心、众志成城、同仇敌忾、共赴国难的伟大的民族精神。

对文学名著的改编是一种以影视思维，即视听形象塑造思维进行的再创造。影视与小说同属于叙事性文学作品。二者在塑造人物形象、结构故事情节以及环境描写方面有共同性，但在叙事方法和表现手法上又有各自不同的特点。在由小说向电视剧的转换过程中，需要将小说的文字叙事语言转换为电视剧的视听造型语言，将小说中的人物形象转换为电视剧的屏幕形象，将小说中的故事情节转换为通过直观的视听形象来表现的情节，将小说中的环境描写转换为用画面表现的具体环境，从而真正实现从小说到电视剧的文本转换。电视剧编导以特有的影视思维和影视语言把《吕梁英雄传》这一文学名著成功地搬上了屏幕，受到广大观众的欢迎。

电视剧力求在"真"字上下功夫，保留了原著中极具特色的吕梁山村的"土腥味"，具有鲜明的山西吕梁的地域特色。编导强调的是场景设置的真实，民情风俗的真实，表演的真实，服装、化装、道具的真实，人物情感的真实，要求的是电视剧各个艺术门类的整体真实。剧组把拍摄的外景地选在山西汾阳栗家庄乡南桓寨村这个具有典型吕梁山村特色的地方。那里的黄土坡、土窑洞、土锅台、石条凳、石碾子、石马厩等场景，破瓷碗、煤油灯、旱烟袋等小道具，以及与全剧深沉基调相统一的凝重、浑厚、有力的影调，无一不在延续着60多年前吕梁山区原始质朴的风貌，带领观众回到那个战火纷飞的年代，感受那段悲壮惨烈的历史。

在电视剧的场景中，我们看到的是在乌云笼罩、浓烟滚滚、火光冲天的山村里日寇烧杀抢掠的血腥场面；我们感受到的是一片黑压压的人群同全副武装的日寇对峙的让人透不过气来的紧张氛围；我们看到的是手无寸铁的村民们在敌人的刺刀面前没有低头、没有后退，挺身而立的群雕式的英雄群像；我们看到的是在夜幕的掩护下，在蜿蜒曲折的山路上快步急行准备给敌人以出其不意的打击的民兵队伍；我们看到的是怀着满腔怒火、流着满面鲜血同敌人进行生死搏斗的民兵英雄，在吕梁大山里到处燃起的复仇的火焰……这是电视剧以造型、画面、灯光、音响的特有手段给观众的强烈的视觉冲击，是对吕梁儿女以鲜血和生命建立的丰碑的赞颂，是对"生我养我的地方，我魂牵梦萦的吕梁大山"的回报。

电视剧还以其特有的真实、形象的艺术手段塑造了一系列质朴鲜活的人物，构成了一组吕梁民兵的英雄群像。雷石柱的沉稳机智、武得民的镇定自若、孟二楞的勇敢憨直、张有义的活泼俏皮、周丑孩的憨厚朴实、康有富的软弱糊涂，以及康明理、刘石头、李有红、武二娃等各具个性的形象均极其生动鲜明。嗜血成性的犬养、两面三刀的康锡雪、投机钻营的康顺风、阴险毒辣的王怀当等也都是通过他们的行为、动作、语言和影像造型等电视艺术手段进行了真实的刻画，构成了同正面人物的尖锐对立。从晋西北群众口语中提炼出来的富有特别韵味的、体现了农民智慧和幽默的人物语言，成为增强电视剧吕梁特色的重要的艺术元素、吸引观众的艺术手段。

电视剧保留了小说原著大众化、通俗化的特色和传奇色彩，有许多悬念迭起、引人入胜的传奇故事。在老虎沟战斗中，由于孟二楞的暴躁和鲁莽，不听武得民的指挥，带领康家寨民兵盲目出击，被敌人包围，造成了两人牺牲、三人跳崖、四人被捕的重大损失。其间，惨烈的战斗场面，壮烈的英雄献身，不屈的牢狱斗争，惊险的救援行动，构成了一系列充满悲剧色彩的故事。皇协军大队长邱得世进驻康家寨看上了二先生的女儿梅英，强逼梅英嫁给他。雷石柱带领民兵巧妙安排，设法相救。邱得世在婆亲途中遭到民兵袭击。当婆亲队伍到达峪谷时，民兵们掀起的遮天蔽日的黄土扑向邱得世，他不仅没有婆到亲，而且搞了个灰头灰脸，损兵折将，狼狈不堪，构成了一系列充满喜剧色彩的故事。其他像孟二楞杀死日军洋狗，王怀当吃了洋狗肉，犬养让他抵命；日军"扫荡"康家寨，民兵大摆地雷阵，炸得鬼子人仰马翻；武工队夜闯汉家山，巧妙利用内线，抢夺日军军马等，电视剧运用影视手段叙述这些好看的故事，更能表现出原作所具有的叙事张力，引起观众的观赏兴趣。

全剧结束时，善有善报，恶有恶报，汉奸走狗受到应有的惩罚，日寇缴械投降，人民群众取得最后胜利，这一结局既是表达了原作的感情指向，也符合广大观众的审美习惯。剧中人物的名字也隐含着中国百姓的幽默，对敌人的戏谑。康锡雪是吸血的地主，王怀当是坏蛋翻译官，邱得世是跟着鬼子得势的汉奸，犬养太郎毫无疑问是狗养的吃人狼。汉语的谐音为我们鞭挞丑类提供了一种有趣的讽刺手段。

电视连续剧《吕梁英雄传》利用宝贵的文学资源，发挥电视艺术的特点，完成了载体形式的转换，在小说原著发表60年之后，搬上了屏幕，获得了成功。它既具有浓重的历史质感和历史深度，又充满强烈的时代精神，这就在于经典作品的生命力以及电视剧编导的艺术眼光和责任感。

在纪念抗日战争胜利60周年的日子里，山西连续推出了4部抗日题材的影视作品同全国观众见面。先是山西电影制片厂和八一电影制片厂联合摄制的反映八路军副参谋长左权将军光辉一生的20集电视连续剧《抗日名将左权》在中央电视台电视剧频道播出。同时，山西电影制片厂拍摄的电影故事片《狼袭平原》作为十大抗日题材故事片之一在全国各地上映。还是在8月份，山西省委宣传部、山西广播电视总台和八一电影制片厂等单位联合摄制的再现八路军八年抗战辉煌历程的25集电视连续剧《八路军》在中央电视台一套黄金时段隆重推出。紧接着由吕梁市委市政府、山西广播电视总台等单位联合摄制的反映吕梁山区民兵抗日故事的22集电视连续剧《吕梁英雄传》又在央视一套黄金时段播出。为抗日战争的胜利做出巨大牺牲和重要贡献的山西人民在这个唤起民族记忆的8月连续推出了4部抗日题材的影视作品，既有表现八路军将士抗战历史的，也有描绘民兵英雄抗日故事的，汇成了全民族团结抗日的大主题。这对于我们弘扬以爱国主义为核心的伟大的民族精神，"牢记历史，不忘过去，珍爱和平，开创未来"，有着重要的意义。

2005年9月25日

风情种种《走西口》

　　作为中央电视台 2009 年的开年大戏，51 集长篇电视连续剧《走西口》已在央视一套黄金时段播出，全国多个地方电视台正在进行第二轮热播。这部由山西省委宣传部和中央电视台影视部联合出品的描写一代晋商血泪传奇的电视剧，引起了全国亿万观众的浓厚兴趣。看《走西口》戏，听《走西口》歌，说走西口事，论晋人晋事，赏晋情晋韵，成为最近一个时期特有的文化现象。山西人的仁义、诚信，山西人的忠孝、善良，荧屏上传递出的这一强烈信息确实为山西和山西人增光添彩。这使我们想起中央电视台 2006 年的开年大戏播出的也是山西的 45 集电视连续剧《乔家大院》，曾轰动全国，带动了整个山西旅游业的发展。这就有力地说明，作为当代受众最广、传播手段最先进的电视艺术，一部优秀的电视剧会在观众中产生多么巨大的影响，特别是央视的开年大戏。

　　以晋商为题材的这两部优秀电视剧，《走西口》和《乔家大院》堪称姊妹篇。两者演绎的都是晋商诚信的主题，但是在思想内涵、表现对象和艺术风格上却有明显的不同。《乔家大院》表现的是以乔致庸为代表的一代海内最富的晋商巨子的发家史，而《走西口》则表现的是晋中一带连年遭受自然灾害，被生活所迫，背井离乡、外出求生创业的贫苦农民群体。它反映的是一个动荡变革的大时代，表现的是一个家国兴亡的大主题。《走西口》以 1895 至 1924 年间清末民初中国革命的历史进程和田家大院的兴衰为大的故事框架，在错综复杂、惊心动魄的斗争中彰显一代晋商的民族大义和开拓精神。他们为了中华民族的生存发展而不怕牺牲、顽强拼搏，把民族大义放在首位。他们在创业道路上，不畏险阻，开拓进取，勤奋敬业，诚信为本，团结协作，体现了晋商的灵魂。《走西口》从振兴家族到振兴民族，从关注家园兴衰到关注国家兴亡，是晋商题材的新拓展。导演李三林说：《走西口》"是一部山西人用血泪、坚韧、诚信写就的奋斗史，是一部讲述中华民族为了生存顽强拼搏的作品"。

《走西口》故事精彩，充满浓厚的传奇色彩，剧情跌宕起伏，矛盾冲突不断，悬念迭出，引人入胜。它通过一个接一个好看动人的故事塑造了一系列栩栩如生的人物，描绘了一个个西口古道、商贸战场生死搏击的场景，展现了一幅幅社会动荡不安、革命力量风起云涌的景象。它带领着观众同他们一起走上西口路，分享他们的成功和喜悦，感受他们的悲凉和凄苦，和他们一起经风霜、历艰险、见世面，沉浸在作品创造的特定的艺术氛围中。

《走西口》人物鲜活，各个都具有独特的个性特点。剧中的中心人物田青是清末民初新一代晋商的代表。他长相儒雅，命运多舛，气质沉稳、硬朗。他遵循"仁义礼智信"的祖训，坚守诚信的晋商传统，又接受了新的思想影响，关注民族大义，支持革命运动，特别是他的坚强与勇气，遭到失败从头再来的品格，使他成为历经艰难险阻而不倒的硬汉。剧中田青这个挑大梁的人物与其姐夫、走西口的同伴梁满囤的爱恨纠葛始终贯穿全剧，成为故事发展的基本情节。其他如田耀祖、徐木匠、诺颜王子等都是推动情节发展、极具个性特点的人物形象。

《走西口》不仅塑造了走口外的男人们的形象，而且描写了众多为男人们看家守院的女人。这些女人们有着不同的人生经历，不同的个性色彩，她们共同的是忍受着与丈夫长期分离的痛苦。豆花是《走西口》中塑造最为成功的女性形象。她是一个个性独立、有事业心的先进女子。她有北方女孩的特征，既坚强刚烈，又温婉妩媚，敢爱敢恨，帮助丈夫田青振兴了家业。淑贞是田青的母亲，田家大院的大少奶奶，虽然家庭败落，但她始终端庄慈祥，明晓大义，保持着大院女人的尊严和大气。翠翠、丹丹和巧巧都是《走西口》中充满悲剧色彩的女性。"男人走口外，女人挖野菜"，对丈夫长期的苦苦思念给她们造成巨大的心灵创伤。翠翠是田青的未婚妻，她女装男扮走西口千里寻夫，反而陷入牢狱之灾，最后为了保护田青死于土匪的枪弹下。丹丹从小在梁家做童养媳，把梁满囤伺候大，圆了房，最后却被梁满囤一纸休书赶出了家门，病死在娘家。巧巧虽然招梁满囤做了上门女婿，但她也没有得到真正的幸福，随着梁满囤的死去成了可怜的寡妇。

《走西口》好看好听，动人的视听形象显示了电视艺术的独特魅力。剧中所展现的山西的地理风貌、风土人情，充满了浓郁的生活气息和鲜明的地域特色。电视剧中，车来人往的杀虎口，晋商店铺林立的包头城，边贸繁荣的恰克图，以及大漠古道的驼铃声声，蒙汉一家的民族团结……都给观众留下了深刻的印象。

《走西口》本来就是一首流传了几百年的凄苦的歌。全剧《走西口》旋律的电视剧音乐，充满了浓浓的地域文化色彩，渲染了一种悲怆苍凉的情绪。由谭晶演唱的片尾曲《跟你走》更是把这种情绪推向了极致。"妹妹在家里头，我心跟着哥哥走，我这辈子的泪蛋蛋只为哥哥流……走西口哪里是个头，走西口不知命里有没有，走西口人憔悴了心没瘦，走西口流着眼泪放歌喉"，这由凄婉到激愤的歌声是对"什么人留下个走口外"的无奈的诘问。

作家张平说："倘若不是走西口，何来万首动人歌！"有了两百多年的走西口，才产生了千万首动人心魄的走西口民歌，以及由此而产生的一系列以走西口为题材的作品。包括传统的二人台《走西口》，1982 年山西电视台摄制的音乐电视剧《走西口》，1993 年山西电视台摄制的音乐片《走西口》；新世纪以来由山西省京剧院和中国京剧院等单位联合推出的新编京剧《走西口》，由黄河电视台和忻州市委宣传部推出的电视片《西口在望》，以及山西广播电视总台正在拍摄的大型电视连续剧《西口长歌》等。山西人割不断的走西口情结催生了一部部回肠荡气的走西口作品。这些作品所体现的"西口文化"和"走西口精神"是中华民族文化和精神的重要组成部分，核心是代代相袭、生生不息的伟大的生命力。生命、人民、民族，期望、奋斗、开拓，是它的灵魂和精髓。这就是电视剧《走西口》和其他一系列走西口题材作品给我们的激励和启迪。

2009 年 2 月 3 日

为天地立心　为生民立命

——电视连续剧《天地民心》观后

　　山西多俊杰，荧屏有好戏。2006年早春央视一套播出的45集电视连续剧《乔家大院》轰动全国；2010年盛夏央视八套推出的40集电视连续剧《天地民心》又震撼神州。《乔家大院》讲"商道"，《天地民心》说"官道"。人世间，商道不易，崎岖坎坷，风雨人生，绝无动辄富可敌国的康庄大道；官道更难，仕途凶险，危机四伏，哪有青云直上之坦途。艺术上，以影视手段表现商道并非驾轻就熟之事，表现官道亦无现成的创作模式可循，需要的是艺术家过人的胆识和独创的精神。难能可贵的是，山西在这两方面皆有所获，而且出现了会在中国电视艺术史上占有一席之地的质量上乘的经典作品。

　　山西挖掘本土题材优势，招延全国艺术精英，精心制作，锐意创新，先有朱秀海编剧、胡玫导演的《乔家大院》，后有朱秀海编剧、杨阳导演的《天地民心》，可谓荧屏双璧，璀璨夺目。《乔家大院》中的祁县乔致庸，《天地民心》中的寿阳祁寯藻，一是天下富商，一是朝廷重臣，均为影视作品中塑造得十分成功的艺术形象，丰富了电视艺术的人物画廊。

一

　　中共山西省委宣传部、寿阳县委县政府和山西广播电视总台联合摄制的40集电视连续剧《天地民心》，是一部气势恢宏，内涵丰富，风格独特，有深刻的思想意义和高度的审美价值的艺术作品。

《天地民心》主题鲜明，立意新颖，贯穿全剧的"以民为本，民重君轻"，"何为天地，何为民心"，"何以为君，何以为臣"，"致君尧舜，使民小康"的思想，具有超越时代的震撼力和感召力。

《天地民心》人物众多，形象鲜活，上自皇帝朝臣、王公贵族、封疆大吏，下至士子百姓、山野小民，各色人等，无不独具个性，栩栩如生，特别是剧中精心塑造的充满悲剧色彩和传奇人生的祁寯藻的形象，更是山西电视剧创作的新收获。

其他如祁寯藻的父亲、乾隆进士祁韵心，祁寯藻的老师、平定大儒张观藜，祁寯藻的挚友、朝廷重臣林则徐、邓廷桢、黄爵滋，祁寯藻的政敌、皇帝宠臣穆彰阿，以及祁寯藻的母亲刘氏、恋人库仑真、妻子曹玉儿等，这些艺术形象或是贯穿全剧的重要角色，或是着墨不多的过场人物，但在剧中都有自己的个性和戏份。

《天地民心》指点江山，激扬兴废，剧中所反映的从嘉庆二十二年（1817年），经道光、咸丰，到同治初期长达近半个世纪的时代变迁，展现了一幅中国社会从古代进入近代充满民族屈辱的历史画卷。

《天地民心》故事好看，情节曲折，既有朝廷内斗、鱼死网破的忠奸之争，又有抵御外敌、金戈铁马的战场拼搏，也有相看泪眼、相顾无言的生死恋情，构成了一出出好看、动人的戏。

《天地民心》以现代人的视角、眼光和审美价值取向，关照历史变迁，演绎人物命运，艺术地表现了清朝中晚期波翻浪涌的历史风云，引人入胜，发人深思，点燃着观众内心的烈火，具有强烈的视觉冲击力。

《天地民心》既不同于以权谋文化为主的帝王戏，也不是整蛊历史的戏说剧，而是一部充满正义与邪恶斗争的正剧，展现了中国传统历史文化宝库中的民本思想、人文精神和治国理念、政治情怀。这正是《天地民心》的认识价值和现实意义之所在。

二

《天地民心》的感人和成功在于浓墨重彩地塑造了山西寿阳一代大儒祁寯藻的形象。剧中作为四代文臣、三代帝师的祁寯藻，并非历史真实人物的简单再现，而是反映了创作者对这位历史人物的当下评价，寄托着创作者的审美理想。

祁寯藻以其出色的道德文章，成为山西历史名人中最为耀眼的人物之一。电视剧以丰富的故事情节和激烈的戏剧冲突表现了祁寯藻读书为天下、学以致用的积极入世态度，表达了他延续和弘扬中国文人士大夫"修身，齐家，治国，平天下"的政治理想，抒写了他"为天地立心，为生民立命，为先圣继绝学，为万世开太平"的宏阔胸襟和人生抱负。

祁寯藻是吸纳中国传统优秀文化，具有民本思想的大儒。祁寯藻自幼博学多思，在诸子百家中独钟《孟子》，因为他特别推崇孟子的"民为贵，社稷次之，君为轻"的思想。他不仅熟读经史子集、儒家经典，而且读被朝廷列为禁书的著作，如《唐末文选》和《皮子文薮》。特别是皮日休的《原谤》对不为尧舜的帝王，言辞极其激烈的指斥，为祁寯藻所认同。皮日休提出的"古之取天下也，以民心；今之取天下也，以民命"的论断，祁寯藻更是赞同。祁寯藻还推崇同样被列为禁书的五台大学者徐继畬的《瀛寰志略》，要人们冲破思想牢笼，睁眼看世界。

祁寯藻是中国传统知识分子为实现自己的政治理想而奋斗终生的人物。他志趣高远，特立独行，充满理想主义的色彩。他面对恩师张观藜"当今大清，人口暴涨，土地兼并，流民无数，上下无官不贪，如同在干柴之上浇油，只要一点点火星，一场大火就会迅速地燃烧起来"的警世危言，深深感到："我若继续装聋作哑，充耳不闻，我还算得上什么读书人！"他痛感百姓的苦难，朝廷之危机，大厦之将倾，为民请命，殚精竭虑，披肝沥胆，将生死置之度外。他以以卵击石的大无畏精神同掌握着生死大权的皇上据理力争，结果只能是出生入死，几起几落，出仕致仕，在入朝做官与返乡务农之间奔突。他明知不可为而为之的言行，带来的是皇帝的疑虑、疏远，朝臣的猜忌、诬陷，被认为是"疯子"、"傻子"；带来的是家属的颠沛流离和担惊受怕；带来的是他几次被打入天牢，性命危在旦夕。但他心系万民之安危，胸怀报国之壮志，盼皇帝做"尧舜之君"，自己做"尧舜之臣"的抱负始终不变。祁寯藻活了74岁，为官46年，他的"致君尧舜，使民小康"的理想终不能实现。他只能度过"出生入死，有去无回"的悲剧性的一生。

从剧中祁寯藻的身上，能够映射出无数中国古代文人的风骨和正气。屈原"既莫足与为善政兮，吾将从彭咸之所居"的悲愤之死；司马迁"行莫丑于辱先，诟莫大于宫刑"的奇辱之痛；杜甫"致君尧舜上，再使风俗淳"的政治抱负不得实现的落魄人生；海瑞上书嘉靖皇帝，直言"吏贪官横，民不聊生，水旱无时，盗贼滋炽。陛下试思今日天下，为何如乎"的刚直不阿，等等，这些古代前贤的品格、精神和言行，对祁寯藻来说都是刻骨铭心，没齿难泯。从他的身上可以看到这些文人志士的魂魄和身影。

祁寯藻的形象是在一个特定的历史背景下塑造的。作品描写的大背景是一个风雨飘摇、日薄西山的即将覆亡的大清王朝。朝廷腐败，贪官遍地，盗贼横行，民不聊生，期间发生的鸦片战争、太平军起义，英法联军入侵北京，以及丧失土地的流民北上，等等，无不动摇着中国这最后一个封建王朝的根基。这是剧中主人公生活的时代，是他与命运搏斗的舞台。导演杨阳说："不要以为读书人，貌似羸弱，手无缚鸡之力，在仕途上，他们面对的障碍不亚于刀山火海。"祁寯藻充满理想主义的政治理念与他所处的严酷现实的激烈碰撞，使他只能成为一个悲剧性的人物。恩格斯认为悲剧是"历史的必然要求和这个要求的实际上不可能实现之间的悲剧性的冲突"。这种悲剧性在本质上是崇高性和英雄性的表现。这就更赋予了祁寯藻悲剧形象的美学品质。

三

《天地民心》作为一种运用声音和图像造型的综合性艺术，编导动用了一切艺术造型手段来表达主题、渲染情绪、塑造人物、推动情节。跌宕起伏的故事情节，层层递进的叙事策略，流畅自然的镜头语言，唯新唯美的荧屏画面，使这部电视剧充满了艺术魅力。剧中既有大气磅礴的场面，也有生动形象的细节；既有现实主义的主调，又有浪漫主义的手法；既有大写意式的挥毫泼墨，也有工笔画式的精致线描——构成了动静有致、张弛有度的戏剧节奏，营造了充满想象力的环境空间，形成了凝重、悲怆的艺术风格，给观众以大恸、大悲、大善、大美的艺术感受。

1.细腻的描写为《天地民心》煽情

《天地民心》是一部男人戏，但剧中精心刻画的几个女性形象，为全剧粗犷、豪放的氛围增加了婉约、柔美的色彩，表现了导演杨阳一贯喜爱的细腻风格。祁寯藻和库仑真的生死恋情是剧中最为动人的篇章。编导在这部悲壮的历史剧中揉入温婉细腻的情感要素。在祁寯藻和库仑真"梁山伯与祝英台"式的生死之恋中，有风筝传书的痴情，有库仑真突现女儿装时的惊喜，有相拥奔跑的激情，有生死诀别的伤痛，有库仑真"祁寯藻，你误我一生"的悲愤，无不是编导用激情和泪水谱写的动人乐章，而凄楚哀婉是它的主调。飘舞的风筝，奔腾的骏马，随风的旋转，传递着爱的信息，诉说着爱的情怀，编导用如诗如画的镜头来表现这行将被毁灭的美好风景。

曹玉儿是另一位同样是具有悲剧色彩的女性。这位寄居在姑母家中的知府女儿，虽然在姑母的主婚下成为祁寯藻的妻子，但她知道祁寯藻心里装的是库仑真。她出生入死始终陪伴在祁寯藻的身边。直到祁寯藻要假传圣旨，冒死解决流民问题，怕全家连坐被满门抄斩，连累妻子玉儿和儿子世长时，与丈夫相濡以沫、生死不渝的玉儿接到的竟是丈夫的一纸休书。这时的玉儿却说："你若闯下大祸，我和世长愿和你一同上路。我们一家三口生生死死在一起！"

2. 个性化的语言为《天地民心》增色

祁寯藻给六岁的小皇帝同治讲课是一个表现主人公一生志趣和最后命运的生动情节。祁寯藻回答小皇帝问的"如何才能做一个好皇帝"时说，"皇上必须以天下生民之心为心，以天下生民之命为命……"小皇帝听得不耐烦了，说："罢了，载淳不想当这个皇上了！"这时慈禧说："看来祁师傅真的是老了，以后就不要来当值了，在家好好地将息吧！"从此，祁寯藻结束了自己的宦海生涯。

满天飘飞的芦花，满头灰白的须发，苍老、悲伤的声音，低沉、回旋的音乐，在这音画交织的艺术世界里，剧中主人公祁寯藻在家乡芦苇荡里的内心独白，是电视剧故事的开始，也是祁寯藻故事的终结。祁寯藻用苍老的声音，述说着自己一生的困惑："我的寿阳老家，山，树，河滩，芦苇荡。祁寯藻出生的时候，世道已经没有了康熙帝和乾隆帝那阵子的辉煌。盛世是他们的，我什么也没赶上。苦读多年之后，反而越来越困惑了。我常常在冬天，来到这冰冻的芦苇荡，仿佛只有站在这里，头脑方能清醒，去弄明白许多日思夜想也不解的惑。其中最大的疑惑就是，人为什么要读书。"他亲眼看到无数个相貌羸弱的书生，起早贪黑，终日苦读，头悬梁，锥刺股，数十年寒窗苦，可就为那一篇文章、一句忠言，便遭杀戮、砍头、凌迟、五马分尸，甚至满门抄斩……"这是为什么？"大厦将倾，独木难支，一生苦读，一心以读书入仕、报效朝廷的祁寯藻真是困惑了。

3. 光影和音乐使《天下民心》出彩

剧中多次出现的落日光影映照下的帝王宫阙处处透露出一种破败的景象，充满一种压抑、孤寂、荒凉、冷落的氛围，象征着乱象丛生的封建王朝的没落。

剧中片尾出现的谭晶演唱的主题歌《大梦无痕》："远去了，荒原古渡，家乡明月三千里，我身在何处？黄河有浪，一吞一吐，就让你我同呼唤，愿天下不苦……进退不由人，沉浮可自主，苍茫凌绝顶，望尽天涯路。爱恨千年事，春秋一本书。"仿佛是来自远方的天籁之音，悠扬深沉的旋律飘荡在太行山的上空，咏唱这位"为天地立心，为生民立命"的旷代大儒。

2010年7月10日

一部"晋"味浓郁的轻喜剧

——牛建荣和他的《幸福生活万年长》

牛建荣编剧并导演的 28 集电视连续剧《幸福生活万年长》近日在中央电视台电视剧频道播出，同观众见面了。《幸》剧题材重大，故事好看，人物性格鲜明，时代感强，语言生动，有地方特色，是一部具有喜剧特色的好作品。这是山西影视集团成立以来推出的第一部成功之作，可谓一炮打响，一鸣惊人，可喜可贺。

一

《幸福生活万年长》是一部农村轻喜剧。这部反映农村的戏，题材重大："植树造林，清洁垃圾，保护母亲河，建设新农村"，但是视角独特，它的切入点是人们想象不到的。那就是由汾水镇人大常委会主任万跃进担任了清洁垃圾组的组长，在重重困难和阻力中开展清洁垃圾工作，通过清洁垃圾提高村民的环保意识，建设社会主义新农村。正像剧中钱老爷爷所说的："干干净净过日子，谁不高兴！全中国干干净净，全中国人民高兴！全世界干干净净，全世界人民高兴！"

牛建荣编导的《喜耕田的故事》Ⅰ、Ⅱ，都在央视一套黄金时段播放过，创造了很高的收视率。《喜》剧Ⅰ是表现中央免除农业税后农民的思想、农业的格局和农村的面貌所发生的巨大变化。《喜》剧Ⅱ是反映喜家庄在两个文明建设中取得的新成就和发生的新变化。《幸》剧同样是表现农村题材的，但是它同《喜》剧有了很大的不同。它由写农民工和农村干部转为写乡镇干部；它由表现农业经济发展转为写农村环境保护和农民环保意识的变化；它由表现农村生活转为表现推动城乡发展一体化的大趋势。这就使《幸》剧有了新的视野和高度。

二

《幸福生活万年长》最大特点是故事编得好，吸引人。全剧是以万跃进一家为中心辐射四周而编织的故事。

剧中所有的故事都同万跃进以及他的家庭有关。万跃进和范跃进是夫妇，他们的儿女是开开和改改。而开开代表着开放，改改代表着改革。他们一家人有"跃进"，有"开放"，有"改革"，都是政治概念，就是在这种政治化的家庭中演绎了许多好看的故事。由万跃进同老朋友乔锁兰的重逢，引起了万跃进同范跃进的矛盾，有了故事。由儿子万开开同曾淑平的女儿莉莉的婚恋，又引出了曾淑平与吴敏自的关系，有了故事。由女儿改改同要发财、李务清的感情冲突，以及后来昷州富二代王天平的介入，引发了一系列的冲突，也有了故事。其他如环保局局长与他的女儿和夏夏的故事是由关停万开开的漂染厂引起的；县政协主席罗长青和他的侄子格调装潢公司经理罗小卫的故事是由万跃进的垃圾清洁工作引起的。杜家坎村支书叶黄牛的老婆米海琴，杨大爷的半聋孙子，昷州商人同万跃进发生的矛盾又是围绕万跃进发明的焚烧炉水循环过滤系统的专利而产生的。剧中所发生的一系列故事都是围绕万跃进的垃圾清洁站和他家庭成员的行为展开的。这就使故事多线发展而不散乱，情节跌宕起伏而都有本源。这种独具特色的故事结构成了全剧最大的看点。

三

《幸》剧人物极具个性化的色彩，都是生活中活生生的人物。邵峰扮演的万跃进，李菁菁扮演的范跃进，是剧中塑造得最为成功的形象。万跃进的正直宽厚、狡黠幽默，范跃进的风趣泼辣、心地善良，以及儿子开开的一根筋，女儿改改的聪慧，儿媳莉莉的贤惠，亲家曾淑平的多疑，以及镇党委书记马彦芳的豁达端庄，苗圃老板乔锁兰的秀丽大气，等等，都演得很真实，很生活，给人印象深刻，过目难忘。

四

《幸》剧具有浓郁的地方色彩，是一部典型的"晋"味电视剧。它有众多的山西文化元素，包括人文地理、民俗民风、民间艺术。故事发生地"汾水镇"，是由山西的汾河起名的。剧中音乐和万跃进高兴时唱的民歌《人说山西好风光》是地道的山西特色。演员略带山西口音的普通话，是使人感到亲切的山西味道。山西民间歌手高保利演唱的主题歌"生活是本流水账，一年一年不一样"，旋律优美，粗犷豪放，同样是山西的情调。歌中夹白"拿起镰刀，脱下袄袄，赤脚板板，猫下腰腰；白胳膊膊，银手镯镯，红指甲甲，玛瑙珠珠"的口语如述家常，说的都是山西老百姓的话。

五

《幸福生活万年长》作为一部幽默性的轻喜剧充满了牛建荣式的幽默。这种幽默是来自生活的，是来自群众的。他设计的"二十五和五十二"（说万跃进从25岁到52岁当了27年的正科级乡镇干部）、"鲜花插在牛粪上"（比喻不般配的婚姻，但在剧中有新解，牛粪坨大鲜花插得稳当也更具营养）等充满机智的俗语；他编写的具有万荣笑话"挣气"特色的人物对话；万跃进全家演出的宣传清洁垃圾的小品，均让人忍俊不禁，开怀大笑，特别是剧中万跃进召开家庭会议的戏格外好看。万跃进当惯了领导，在家里仍然要以领导自居。当别人不服气时，他说："家长也是领导，凡是带'长'字的都是领导。"万家家里的大事，如焚烧炉水循环过滤系统的专利问题，女儿改改的婚姻问题等都要上会。万跃进主持家庭会议，以政治语言、领导腔调提出议题，会上有支持派，也有反对派，彼此争论不休，最后统一认识，做出决定。家庭会议次次议题不同，次次都十分精彩，巨大的内容与形式的反差起到强烈的喜剧效果。

牛建荣给剧中人物起的名字也具有幽默的色彩。"万跃进"和"范跃进"，就是因为"万""范"姓氏韵母相同、名字又相同引起了一系列的误会，而结成了夫妻。家里成员开开、改改，大学生要发财、村民钱奋斗，都代表了那个时代的社会思潮。杜家坎村支书叶黄牛，村民牛吃草等虽然俗气但是带着几分芳香泥土气的名字同样体现了牛建荣式的幽默。

六

牛建荣的《幸福生活万年长》是一部接地气之作，是一部表现编导勇气的创新之作。牛建荣的作品常常是独出心裁、独具匠心的。他拒绝穿越和戏说，拒绝复制和粘贴。他从生活中发掘题材，在生活中汲取营养，不跟风，不媚俗，坚定地走自己的路。他过去创造的喜耕田的形象成为中国电视艺术史上的艺术典型。他现在创造的万跃进的形象同样会成为建设新农村的乡镇干部的艺术典型。牛建荣的创作和经验，在守望中国电视剧文艺现实主义的精神家园中有重要的意义和价值。这是值得关注和研究的"牛建荣现象"。

2013 年 3 月 25 日

一部现实题材的原创作品

——《矿山人家》观后

　　山西作家影视艺术制作公司摄制的26集电视连续剧《矿山人家》，今年5月，在中央电视台八套电视剧频道播出，受到广泛好评，为山西建设文化强省增添了新的精品力作。

　　电视剧上中央电视台一套综合频道黄金时段当然难，八套电视剧频道黄金时段亦不易。难就难在全国一年生产的电视剧过多，而央视的这两个频道能够安排电视剧播出的时段有限，这就形成竞争相当激烈的局面。上央视，对作品的题材、质量和长度都有严格的要求，在审片上又有复杂的程序。据说央视一套黄金时段一年只能播出20多部电视剧，而全国生产的电视剧年产量早已超过1万集。电视剧无论是上央视的一套还是八套都可以说是凤毛麟角、出类拔萃了。

　　就是在这种竞争异常激烈的情况下，山西作家影视艺术制作公司摄制的17集电视连续剧《赵树理》在2006年5月在央视一套黄金时段播出，获得全国和山西省精神文明建设"五个一工程"优秀作品奖。时隔5年，又是一个红五月，山西作家影视艺术制作公司摄制的26集电视连续剧《矿山人家》上了央视八套电视剧频道，在黄金时段播出。一个是赵树理，闻名全国的著名作家；一个是矿山，造福全国的煤炭之乡。山西的艺术家们把这两大题材搬上了屏幕，体现了他们的责任心和使命感，把它们推上了央视，献给全国观众，则反映了他们在艺术创作上的登攀精神和创新能力所达到的高度。

煤炭生产，是山西的优势和强项，但它在为山西带来巨大财富的同时，也带来了无数的灾难和辛酸。严重的环境污染，不时发生的矿难事故和众多的破碎家庭，使我们的政府有关部门思考怎么样去保护、开发、利用这不可再生的宝贵资源。我们的社会科学工作者在思考和研究这个问题，我们的文艺工作者也在思考和反映这个问题，并以各种艺术形式把它表现出来。煤矿工人、煤炭生产、煤矿建设——"三煤"，成为山西作家、艺术家笔下写不完的主旋律题材。我们已经说不清在这方面有过多少作品，包括小说、诗歌、报告文学、戏剧、曲艺、舞蹈、歌曲，还有电影、电视剧，一部一部，历历在目，多得不可胜数。即便如此，26集电视连续剧《矿山人家》还是使我眼睛一亮，精神一振，最使我震撼的是它的强烈的时代气息和深刻的现实意义。它的主题好，反映现代化煤矿建设；故事好，情节曲折，引人入胜；人物形象突出，塑造了几代矿工的生动形象；语言个性化，风趣幽默，有地域特色。

《矿山人家》属于反映国有煤矿改革创新、再铸辉煌的主旋律影视作品，是一部深入表现煤矿题材、真实反映国有煤矿现代化建设的时代大戏。制作方的目标是打造"中国煤矿题材第一剧"。

《矿山人家》以安全生产为主题，以煤炭企业改革为主线，以国有煤矿现代化建设为背景，通过炎岭矿靳、刘两户人家两代人之间观念冲突、感情纠葛、命运遭际的展现，以及他们与矿山同呼吸、共命运的精神，塑造了一批为了煤矿建设默默奉献、努力进取的新世纪的矿工形象，生动真实地反映了国有煤矿工人生产、生活的原貌和精神状态。

《矿山人家》主要描写炎岭矿由设备落后、限量生产、效益低、矿工生活穷困，通过艰难的改革创新、兼并重组，逐步发展成为一个新型的现代化煤矿。炎岭矿的变化体现了"以人为本，安全为天"的理念，上最新的综采设备和现代化的全程安全监控系统，对工人进行安全生产教育，大大提高了煤炭生产的安全系数，改善了井下生产条件，开发煤炭的延伸加工，提高煤炭生产的附加值。炎岭矿领导重视煤矿工人素质的提高，建培训大楼，办职工培训班，连矿长也得接受高级进修班教育；还注意同电视台结合，运用先进的传媒手段展示现代矿工的风采，彻底改变所谓"煤黑子"的形象。炎岭矿领导具有创新思维和开放观念，立足煤矿，又走出煤矿，在社会上寻求合作伙伴，实现强强联合，资源合理配置和煤炭企业重组，打造煤业"航母"。他们打开视野，超越煤矿，与银龙公司、炎岭村联手合作，开辟了"上下五千年——太行新天地"的旅游路线，包括炎帝神农庙、炎岭绿色矿山游和井下探秘游、西崖沟生态游，与此相配套的还有炎岭村开发的农耕风情展示和农家乐旅游。这种体现时代精神、充满现代化气息的煤矿新景象，在剧中处处可见。当然这一切都是通过艺术化的手段表现出来的。一部优秀的影视作品往往包含着很大的信息量，有很高的认识价值，《矿山人家》正是如此。

《矿山人家》是一部人物鲜活、故事性强、好看的电视剧，成功地塑造了一系列个性鲜明的人物形象。这里有具有创新理念、开拓精神的新型煤矿管理干部，如炎岭矿矿长靳川和矿务局副局长王峰；有视矿山为生命的老矿工靳丑木和刘柱子；有知识分子型的女性形象，如安检科长刘云婷、医生杨秀娟、银龙公司副总靳水；有新型企业家吴银浩；有掌握现代科技知识的年轻煤矿工人靳宝宝等；其他如老矿长李长寿、副矿长王永辉、炎岭村村长杨有富、炎岭镇周镇长等均是个性突出的人物。《矿山人家》所塑造的这些具有时代色彩的个性化的人物，具有重要的认识价值。

电视剧在一个很好的故事框架和众多的人物塑造中，戏剧化的家庭构成和人物关系，增强了可视性。靳丑木和刘柱子这一对老矿友，既是朋友，又是亲家。两人见面就抬杠，但谁也离不开谁。刘家的两个女儿云霞和云婷分别嫁给了靳家的两个儿子靳山和靳川。刘家和靳家各自为老矿友吴大全抚养的女儿拽拽和儿子宝宝本来是一对双胞胎，不知情的他们却谈起了恋爱。从南方来炎岭投资的银龙公司董事长吴银浩，原来和拽拽、宝宝三人是亲兄妹。吴银浩娶的又是靳家的姑娘靳水。刘云婷和杨秀娟都在追求靳川，二人表演着一场激烈的感情争夺戏。靳山因为病残家庭生活产生了矛盾，好心的农村姑娘小茹进入这个家庭，陷入了感情纠葛。这种种戏剧冲突使故事高潮迭起，分外好看。而这些家庭矛盾、感情冲突的戏又是同整个矿山的变革息息相关的。

电视剧从某种意义上来讲是对话的艺术。区别于电影的镜头语言，对话在电视剧塑造人物、推动情节中起着重要的作用。《矿山人家》中的人物对话有着很强的个性化色彩。靳丑木和老伴相依为命，但成天斗嘴吵架。老伴说："你这一辈子呀就会干两件事，一件是下井挖煤，在省里都挂上号了"，"再就是和我吵，吵来吵去也没见谁给你发过奖状，可你还要吵"。靳丑木和老伴争着看电视，他要看新闻，老伴要看"大戏台"。丑木说老伴"没水平"，而且"没水平就是不行"。女儿靳水说："他们两个就是靠吵架解闷儿的水平。"这些话风趣幽默，都很好地表现了人物的个性。

《矿山人家》属于原创性的现实题材作品。在当前影视剧翻拍、改编之风愈演愈烈的情况下，呼唤原创，尊重原创，尤为重要。现实题材的原创作品，应该是使电视剧能够成为一门独立的艺术门类的主要标志之一。原创性的剧本，直接来源于生活，它所塑造的人物往往更为真实、鲜活，更能体现时代特征，也更能拉近作品与观众的距离。《矿山人家》的编剧许元上等就是多次深入矿山，熟悉矿工的生活，熟悉煤矿生产，这就使他们笔下的矿山人物栩栩如生，笔下的矿山生活生动真实，也就更容易同观众产生思想与情感的共鸣。

现实主义的作品，往往具有批判的力量，能够起到警醒社会的作用。剧中对小煤窑事故的大胆揭露，就是具有批判力量的重场戏之一。周镇长的外甥庞哥在望树沟开的小煤窑，由于不顾安全，胡挖滥采，导致发生塌方事故。小煤窑背后隐藏的是腐败，因为庞哥的背后是把煤矿的购地款占为己有、投资开小煤窑的周镇长；小煤窑背后表现的是和国有煤矿争夺资源，潜伏着隐患和险情，就是因为小煤窑的胡滥开采，导致炎岭矿二号采区发生透水事故。这一切都说明了打击煤矿领域贪腐行为、坚决制止私挖滥采的必要性，提出了煤矿改制重组的迫切性。《矿山人家》所反映的"安全第一，命比天大"的思想，呼唤对生命的重视，正是说明一部坚持现实主义创作原则的电视剧确实可以起到重要的启迪、引领作用。

《矿山人家》是一部堪称"十年磨一剑"的作品。从2005年4月的《卧虎人家》，到2007年8月的《炎岭人家》，再到2008年11月开机时更名的《矿山人家》，直到2011年5月同观众见面，编剧经过多次深入生活，打磨修改，成为今天我们看到的这部戏。这再一次地说明了剧本的重要性——抓戏就要抓一剧之本。这也反映了山西作家影视艺术制作公司在抓精品生产上的战略眼光和得力举措。

2011年5月25日

西口文化的艺术书写：
电视连续剧《西口情歌》

一

山西商人，在明清两代十大商帮中独领风骚，称雄一时。太谷、平遥鳞次栉比的商行票号，被称为"中国的华尔街"，曾左右中国经济命脉的商贸、金融业使山西成为历史记忆中的"海内最富"，而走西口就是山西商人们远离家乡、走向世界的首选大道。

晋商，是山西文艺创作的重要题材。山西的作家、艺术家们用不同的艺术形式表现晋商的发迹和兴衰，反映走口外的汉子们对生活的向往和期待，在同命运的搏斗中所走过的艰辛道路。于是就有了长篇小说、报告文学和影视剧作品。单就电视剧而言，20世纪90年代就有多部作品问世，包括《昌晋源票号》、《驼道》、《龙票》、《白银谷》等。而主要以走西口为故事切入点的电视剧，则以中央电视台2006年的开年大戏《乔家大院》和中央电视台2009年的开年大戏《走西口》最受观众欢迎和为业界称道。《乔家大院》表现的是以乔致庸为代表的一代晋商巨子从商贸到金融的发家史，而《走西口》则是以清末民初中国革命的历史进程和田家大院的兴衰为大的故事框架，在错综复杂、惊心动魄的斗争中彰显一代晋商的民族大义和开拓精神。今秋，由山西作家影视艺术制作公司摄制的，燕治国编剧、肖齐导演的30集原生态民歌音乐电视连续剧《西口情歌》是在故事切入点和思想内容上同《乔家大院》、《走西口》既有相似处又有不同点的一部原创电视剧。

二

走西口是晋西北一带贫苦百姓继明代洪洞大槐树移民之后规模最大、绵延时间最长的民众大迁徙。"河曲保德州，十年九不收。男人走口外，女人挖苦菜。"既然是十年九不收，每年都会有人走西口，于是就有了成千上万的庄稼汉为了生存，为了过上个安稳日子，离开了土地贫瘠、十年九旱的故土家园，告别了守着破窑烂院的妻儿老小，过黄河，穿沙漠，到广袤的蒙古高原垦荒开渠，创造了感天动地的辉煌业绩。河曲人在口外种了几百年庄稼，留下了几十万至今讲着晋西北方言的子孙后代，还留下了两岸田畴绿野、村落点点，可灌溉数千公顷土地的杨家河灌区。我们可以说，走西口是一部赞颂土地和生命、彰显人性和人情的移民史，也是一部内陆农民同命运抗争、勇于开拓的创业史，还是一部蒙汉民族在政治、经济、文化各个领域相互影响渗透的交融史。电视剧《西口情歌》艺术地书写了这一凝重的历史和厚重的文化。

电视剧《西口情歌》以民国初年政府大量放垦蒙地、军阀涂炭民生的历史为背景，描写以河曲火山村人杨满山为代表的走西口汉子们在与天灾人祸抗争过程中，顽强的生存意识和坚韧的拼搏精神。剧中塑造的杨满山的形象是走西口人的艺术典型。杨满山，河曲火山村人，杨家将的后代。父亲杨二能走西口修渠种地死在河套川。病瘫的老母多少年等不回丈夫，嘱咐儿子到口外去寻找父亲。杨满山带着母亲的嘱托，背着生存的希望，同早年丧父的刘马驹、父母双亡的"没人疼"结拜为兄弟，三个苦命人背井离乡踏上了漫漫西口路。"人亲那个土亲兄弟亲，打断那个骨头连着筋。兄弟那个三人手拉手，咱们一起走西口。"凄厉粗犷的男声伴随着三兄弟走在沙漠里的沉重的步伐。电视剧以大量的生动的情节和细节表现他们在西口路上的凶险、艰辛和苦难，应验了那句"要吃口外饭，就得舍命换"的老话。

杨满山途中遭遇土匪抢劫、恶棍拐骗、财主欺辱、军阀虐待，被风沙掩埋，任暴雨敲击，天灾人祸，九死一生，但他硬是凭着坚强不屈的意志、百折不挠的精神、善良诚信的人格，度过重重难关，谱写传奇人生。杨满山子承父业，到河套开渠种田，用了十年的时间修成杨家河灌区。他们一辈接一辈用血汗修筑的杨家河水利工程，至今还造福于内蒙古河套蒙汉百姓。

作者把历史上确有其事的杨满仓、杨米仓兄弟历经13年完成128公里的杨家河灌区工程的史实移植在剧中人杨满山的身上，表现了口内农民带来了农业水利技术，对融合游牧文化和农耕文化、密切蒙汉民族兄弟情谊所做出的重要贡献的主题。

杨满山垦荒种田，拉船赶脚，干遍了各种吃苦受罪的营生，也收获了爱情，赢得了泼辣纯情的蒙古族少女棰棰的爱恋。但是，人算不如天算，有情人难成眷属。马驹心里有蒲棒儿，蒲棒儿心里有满山，满山心里有棰棰。阴差阳错，同满山结合的不是棰棰而是另外一个钟情于他的美丽的蒲棒儿。"杨满山是好汉，娶了个媳妇真好看"，是当地的童谣。但这引起了蒲棒儿的表哥刘马驹的嫉恨，于是引发了一系列爱恨情仇的故事，悬念迭起，冲突不断，使全剧更加好看。

在这场爱与恨的拼搏中，杨满山的宽宏大度，刘马驹的倔强偏执，蒲棒儿的纯真善良，红柳的温柔贤惠，剧中都有充分的表现。最后是满山和马驹兄弟和好如初，马驹也同红柳结成了夫妻，有了自己的家。

剧中塑造了留守村里的蒲棒儿、红柳和生活在草原上的蒙古格格棰棰，以及满山娘、蒲棒儿娘等两代妇女形象，她们的个性和命运各不相同，都有着自己的向往和期盼，但决定她们命运的始终是一个走西口。

多少年来在渡口望夫归来终未归的满山娘魂断码头。成家19年送了丈夫19次，日夜盼着丈夫回来的蒲棒儿娘在临终前总算盼回了丈夫。她的丈夫，一位走口外的流浪艺人，用他的长歌短曲抚慰着出门在外的汉子们痛苦的心灵。但是当他回到日日盼、夜夜想的妻子身边时，妻子却含恨而殁。年轻的小媳妇桃花苦等苦盼，望眼欲穿，但在渡口等回来的不是活生生的亲人，而是丈夫的灵柩，她痛不欲生，疯了，跳了黄河。剧中这些着墨不多的人和事，同样催人泪下，让观众唏嘘感叹，真是"唱不完的走西口，剪不断的相思愁"。

三

《西口情歌》作为一部原生态民歌音乐电视连续剧穿插了100多首优美动人、富有山野风味的民歌。这些原生态民歌大都是由河曲当地民歌手演唱的。他们那既粗犷高亢、又凄美悲凉的天籁般的声音震撼着观众。

男人们走西口牵挂着女人们的心，一声撕心裂肺的吼叫："哥哥你走西口，小妹妹泪长流"，任凭铁石心肠的汉子也难免热泪盈眶，回头张望。男人们走了，女人们过着"大青山上卧白云，难活不过人想人"，"你走口外我在家，你打光棍我守寡"，"深沟沟担水爬不上坡，尘世上苦命人就是我"，"山在水在石头在，人家都在你不在"，"一把拽住哥哥的手，为什么你要走西口"的凄苦日月。她们在哀怨中饱含着对丈夫的无穷思念："还说妹妹不想你，泪蛋蛋好比连阴雨；还说妹妹不想你，半碗捞饭泪泡起。"这些随着剧情出现的哀婉揪心的情歌，让观众同剧中人一起心潮起伏，体验她们动人的感情。

由谭晶演唱的片头曲《泪蛋蛋流成一首首曲》："走西口的路上多坎坷，想起那亲亲我唱一首歌。人常说难活不过人想人，怎晓得生离死别难割舍。"由张琳、王二妮演唱的片尾曲《剪不断的相思愁》："汗珠珠洒满天涯路，泪蛋蛋漫过古渡口。梦里我握紧妹妹的手，醒来抓个空袖袖……"这一首首情真意切、动人心魄的歌，围绕几百年走西口的历史，围绕千万人走西口的命运，吟唱日月的艰难，抒发感情的熬煎，成为贯穿全剧情节线的灵魂和血脉，让人惆怅感慨，心灵为之震撼。

剧中既有本乡本土的山乡小曲，又有由河曲民歌和蒙古民歌融合滋生出来的漫瀚调（蒙汉调）；既有河曲民歌，也有蒙古长调；既有河曲二人台，也有陕北信天游。款款短歌长调是连接剧情发展的一条红线，也是连接蒙汉民族情谊的艺术纽带。河曲民歌《想亲亲》、《挂红灯》、《五哥放羊》、《难活不过人想人》，二人台《走西口》、《害娃娃》，蒙古长调《我美丽的家乡》，漫瀚调《鄂尔多斯敬酒歌》，信天游《这么好的老婆留不住个你》……剧中这么多的好听的歌让观众大饱耳福，如醉如痴。

电视剧的音乐创作刘铁铸是河曲人。黄河水和黄土地使他在这块滋生民间艺术的肥土沃野中吸收了丰富的营养。他从上千首河曲民歌中精选出上百首脍炙人口的歌来表达剧中不同人物在不同情境中的不同感情。一首首撩人魂魄的山野小曲，一曲曲委婉动人的蒙古长调，刘铁铸选入的106首民歌和创作的67段音乐，为观众提供了一场前所未有的丰富的视听盛宴。

四

《西口情歌》以绚丽多彩的镜头表现蒙汉历史，边塞风光，蓝天、白云、羊群，充满了诗性，洋溢着诗情，宛如一幅幅辽阔的塞外图、一张张浓郁的风俗画。晋西北的荒凉贫瘠，鄂尔多斯的广袤荒原，沙漠地带的浩瀚无垠，大河套的肥土沃野，以及在这块土地上记忆着历史的古长城、烽火台，表现百姓生活的小村镇、土窑洞，一一出现在屏幕上。沙漠里的驼队，草原上的敖包，黄河上的木船，窑洞顶上的炊烟，小村镇上的饭铺，一一展现在画面里。黄河岸边的出生、死亡；草原上的婚礼、葬礼，演绎着人生的轨迹。在这富有原生态质感的生存环境中，是走西口的男人，留守窑洞的女人，剽悍豪爽的蒙古人，讲述着他们悲欢离合、爱恨情仇的故事。沙尘暴的肆虐，古道上的饥渴，西口路上的凶险，荒野里的白骨，在考验着一代代的走西口的人。但是，他们为了生存，为了活命，为了让留在家里的妻儿过上个好光景，他们只能是走下去，一代接着一代地走下去。他们有的回来了，有的却再也没有回来，死在口外的成了孤魂野鬼，留在家里的只能是孤儿寡母。

五

走西口是晋西北穷汉子们外出谋生的道路，《走西口》是河曲二人台的经典剧目。因为有口外的汉子和口里的媳妇，远隔千里，不能相见，难活不过人想人，心里难活就想唱，于是就有了成千上万首诉说相思、倾吐苦楚的山曲小调。男人走口外，女人在家只能是纺线线、唱小曲。这线线有多长，这曲曲就有多长，于是就留下了这千首万首河曲民歌小调。倘若不是走西口，何来万首动人歌。这就是西口文化。

走西口还创造了一种叫"二人台"的小戏。悠扬动听的曲调，嬉笑酸楚的内容，载歌载舞的形式，成为一种独特的大众文化，养育了一大批蒙汉民间艺术家，滋润着晋冀陕蒙普通百姓的平淡生活。剧作家汪曾祺说："《走西口》是中国小戏剧目中的极品。"学者余秋雨在《抱愧山西》一文，由二人台《走西口》说到晋商："何谓山西商人？我的回答是：走西口的哥哥回来了，回来在一个十分强健的人格水平上。"

至今在山西作家文朋诗友的聚会上，酒酣耳热之际，总会有人站起来吼上两嗓子：

> 对面的圪梁梁上那是一个谁，
> 那就是要命的二小妹妹！
> 妹在那圪梁梁上哟哥在沟，

亲不上那个嘴嘴哟你就招招手！

外地的朋友们听了大为赞赏，连声说这才是真正的文学作品。这是作家韩石山在《山曲曲得吼》一文中所描绘的一个生动场面。

走西口养活了千百万内地穷汉，走西口也留下了上万首悲凉凄怆的歌。作家燕治国说："上万首民歌围绕一段历史、围绕一个主题，吟唱日月的艰难，吟唱感情的煎熬，用山曲儿来讲述一对对青年男女从嬉戏、对歌、相识到成亲、离别、思念、情伤、盼归、受苦直至西口归来的全过程，且能一代代流传下来，实在是一种十分奇特、十分令人震撼的文化现象。"

六

《西口情歌》编剧燕治国，是一位出生在北方民歌之乡——河曲的作家。他生于斯，长于斯，熟悉河曲的历史沿革、社会变迁、人情风俗。这位质朴豪爽的河曲汉子，爷爷病死在河套川，父亲也走过西口路。世世相袭，代代相传，燕治国有讲不完的河曲人走西口的故事，有唱不完的凄美柔婉的河曲民歌。他的浓得化不开的河曲情结，外化为他的一部部有关河曲和西口的著作。燕治国近年出版的"西口三部曲"就包括了《西口情歌》（情歌卷）、《西口随笔》（散文卷）和《西口情歌》（电视剧卷）。现在他正在创作的还有长篇小说《西口情事》。燕治国作品多多，但是代表作离不开这个魂牵梦绕的"走西口"。

燕治国创作电视剧《西口情歌》是从2003年动手的，历时七年，八易其稿。他为了写这个戏，曾踏着先人的足迹，重走西口路，艰难地行走在库布其沙漠上，耳边反复响着"哥哥你走西口"的旋律，他深思凝想，在构思着自己的创作。因为燕治国是一位有充分准备的作家，才有了这个用心血写成的成熟的文学剧本，也才有了今天这部成功的电视剧《西口情歌》。剧本是影视作品的源头、根本和基础，编剧是影视生产链条的第一环节，剧作家是影视生产的第一生产力，这从燕治国和他的《西口情歌》电视剧创作再一次得到了很好的验证。这是题外话。

2011 年 11 月 6 日

诗酒天下的传奇故事

——好一个《当家大掌柜》

一

　　山西平遥杏花村，中国名酒之乡。一千五百多年，清冽甘醇、晶莹透亮的汾酒陶醉了一代又一代的人，有帝王将相，有戎马将军，有文人墨客，有黎民百姓，留下了多少动人的故事和华美的诗篇，留下了多少价值不菲的丹青墨宝，赞其"尽善尽美"，颂其"得造花香"。杜牧的一首《清明》诗更是家喻户晓、传诵至今。新中国成立后，杏花村进入文艺工作者的视野，把这里的故事搬上了舞台、银屏，使杏花村汾酒更是不胫而走，誉满天下。

　　由中国文化传媒集团、山西省委宣传部、山西电影制片厂和山西影视集团公司联合摄制的33集电视连续剧《当家大掌柜》近日在山西、黑龙江、浙江、安徽、贵州、辽宁、杭州等多个省市电视台火热播出，深受观众好评。这部电视剧是迄今为止以影视手段演绎汾酒故事的最新的，也是最好的一部。

　　《当家大掌柜》讲的是清末民初发生在山西汾阳尽善村的故事。尽善村就是杏花村。相传明末农民起义军领袖李自成在摧毁朱明王朝的进军途中，路经杏花村，当地群众把汾酒献给李闯王和起义军。闯王饮后盛赞汾酒"尽善尽美"，于是人们就把杏花村改称尽善村。

电视剧以尽善村宝泉益大掌柜肖子富的行动为主线，把从宝泉益、义泉涌到晋裕公司的演变历史，艺术地呈现在观众面前，震撼观众心灵，揪动观众感情，让观众知晓杏花村"历尽沧桑酒更香"的变迁，更重要的是感受晋商的诚、信、义，品尝晋酒的醇、厚、绵，领悟晋人的真、善、美，真正是美美与共、酒香人更美。这说的是杏花村的汾酒，也说的是《当家大掌柜》这部成功的大戏。

二

《当家大掌柜》的故事发生在清末民初。期间，辛亥革命的爆发，讨袁护国战争的发生，国共合作和北伐战争的实现，以及大革命的失败，成为牵动剧中人物命运和事态演变的背景。在这种波谲云诡、变幻莫测的复杂的政治、军事斗争中，演绎的晋商故事就具有强烈的历史感和浓郁的时代氛围。

20世纪初叶，中国近代工业有了一定的发展。民国初年出现了前所未有的兴办实业的热潮，特别是1912年至1922年的十年间，民族资本发展的势头持续高涨，成为中国民族资本主义发展史上的一个黄金时代。这是《当家大掌柜》这部电视剧的大背景。

《当家大掌柜》讲述的故事发生在北方千年酿酒重镇尽善村。这是个一村一品的酿酒专业村。一个尽善村竟有上百家酿酒作坊，其中史、霍、卫三家均拥有多个酒坊，成鼎足之势。三家中规模、产量又以史家为首。三家既姻亲相连、互相帮扶，又明争暗斗、互相制约，影响着尽善村酿酒业的发展。剧中发生的史家作坊突遭蹊跷大火后，以三家陈酿勾兑"贡酒"，完成了朝廷交办的圣命；又以三家陈酿勾兑的"老白清酒"在巴拿马万国博览会上夺得金质奖章，创造了中国白酒的民族品牌；最后以三家资本合组义泉涌走向尽善村一统生产的融合之路，也就是逐步实现了从手工业作坊向民族现代工业转型的发展之路，体现了晋商"在角逐中共生，在融合中壮大"的经营之道。

《当家大掌柜》编导高瞻远瞩，高屋建瓴，正是以这样一种符合历史发展规律的观念进行创作，突破传统晋商电视剧以表现金融贸易为主要内容的创作老路，首次以开创民族现代工业、追求实业救国的思想来演绎晋商，从而使其具有崭新的主题思想和认识价值，成为一部有筋骨、有道德、有温度的优秀作品。

三

作为一部长篇电视剧，《当家大掌柜》讲述了一个引人入胜的故事，塑造了几个鲜活真实的人物，在激烈的戏剧冲突中刻画人物性格，是这部戏获得成功的根本原因。

《当家大掌柜》主要是写尽善村史家的故事。史家从老东家史寿昌到女东家史纵清面临一大堆纵横交错、异常复杂的矛盾；在尽善村有与史家钩心斗角的乡谊霍家的矛盾，有与必欲置史家于死地的姻亲卫家的矛盾；在史家内部有史纵清与大哥史承安、大嫂小彩云的矛盾；在省里，先是受巡抚大人和傅师爷的威逼，后是受督军府官僚资本的压榨。这一系列的矛盾冲突构成了许多悬念迭起、动人心魄的好看的戏。

马少骅扮演的大掌柜肖子富是剧中塑造最为成功的人物。他操劳一生，忠于东家，先是为老东家史寿昌当家，后是为女东家史纵清当家，最后还要扶持少东家史霆。作为当家大掌柜，肖子富帮助史家渡过了一次次的惊涛骇浪，迎来了一个个明媚的春天。他面对云字号失火事件，处变不惊，转危为安，完成了朝廷交办的酿造"贡酒"圣命。他取得晋商乔家大户的支持，解决了碛口募银、筹集资金的难题。他同季宗齐一道冒着生命危险，闯碛成功，突破了督军府的陆路封锁，打开了"老白清酒"的销路。他巧施计谋，使"老白清酒"夺得巴拿马国际金质奖章，把山西名酒推向了世界。他积极支持季宗齐的创新改革，但劝阻他不能急于求成。肖子富敢为人先的闯关精神，不畏强暴的斗争意志，绝招频出，化险为夷，在史家和尽善村演绎了一系列传奇故事。肖子富作为当家大掌柜，他对东家和股东的忠诚，不是一味地俯首帖耳，百依百顺，而是顺应时代潮流，在生产和经营的根本问题上对东家和股东负责，把产业做强做大，为东家和股东创造最大的利益。肖子富的形象体现了中国早期民族工业职业经理人的特点和品质。剧中对肖子富这一灵魂人物的成功塑造，无疑地是在晋商人物塑造上的新突破。

童蕾扮演的史纵清是剧中最为动人的形象。这是一个冲决传统、违背"祖制"的晋商第一位女东家创业守成的悲剧式人物。她为人知书达理、贤惠善良，处事机敏睿智、冷静果断，识大体，顾大局，一个柔弱女子承担起维护从宝泉益到义泉涌这样一份大家业的重任，实属奇崛而难得。而她面对的是霍、卫两家的密谋算计，面对的是无赖的大哥和泼妇式的大嫂的无理取闹，还有官府衙门无休止的欺诈、威逼，真可谓"风刀霜剑严相逼"，但她从容应对，处置得当，保住了祖业，发展了产业。当霍、卫两家对史家的算计失败后，她不是落井下石，将昔日的竞争对手置于死地，打垮击败，而是留有余地，甚至让他们入股分红。她作为史家第一个女东家，背离了"祖制"，又要维护"祖制"，她要维护史家的产业仍然由史姓的人来继承的旧制。为此，她不嫁给自己真心相爱的男人霍祥甫，而是嫁给了要搞"产业救国"的留日学生季宗齐。婚后，她常年服药，为的是自己终身不孕，以免生儿育女后出现的继承问题。为了维护"祖制"，她牺牲了自己的幸福和健康。父亲的遗命，只是把她作为一个代替不肖儿子的过渡式的人物，他选定的真正的新东家是他的嫡孙史霆，因为"女子不能过问商场事务"是史家不可更易的铁律。史纵清为史家献出了一切，但最后却成为"祖制"的牺牲品。她虽然有固守成规、跟不上时代潮流的一面，但她由做东家到被罢黜，最后死去的悲惨命运赢得了观众的同情。面对史纳清的遗像，大掌柜一声"三丫头"的呼唤，更让观众潜然泪下。爱恨情仇，万千风云，史纳清，一个美丽形象的毁灭，留给观众的是更多的遗恨。这是剧作塑造成功的艺术形象的独特魅力。

剧中两个留学归国的青年形象同样给观众留下深刻的印象。尤其是由青年演员赵峥扮演的季宗齐在剧中有不俗的表现。季宗齐成为时代风气的先觉者、先行者、先倡者形象的塑造有着特殊的时代意义。

季宗齐留日回国后，抱着"实业救国"的理想，满腔热情地投身于宝泉益的酿酒产业中。他吸收国外的先进技术和管理经验，从薪金、生产、销售三个方面对宝泉益进行大刀阔斧式的改革，特别是在全国各地广设代办处，开拓市场，打开销路的做法，为宝泉益赢得了巨大的利润。他的改革实验虽然取得若干成效，但由于强大的传统观念和势力的阻挠，以及他自己的急于求成，使他的"实业救国"的理想终归破灭。这是一个改革者在改革征途中的失败。但是，他没有颓唐、逃避。他悄然离开了尽善村，再次去寻找新的救国救民之路。

另一个留日归国的青年是尽善村大户霍万年的儿子霍祥甫。他不愿继承家业做东家，而是怀抱"军事救国"的理想弃商从军，投身北伐，最后走上革命道路。与霍祥甫走同样道路的还有史寿昌的嫡孙、史家家产的继承人史霆。他留英回国，不愿意接受祖父的遗命掌管史家的产业，不肯当东家，而是顺应时代潮流，坚定地走自己的道路。

电视剧在成功塑造大掌柜肖子富、女东家史纳清，以及老一代晋商人物史寿昌、霍万年、卫庆仁形象的同时，塑造了季宗齐、霍祥甫、史霆这三个学习了外来文化，具有创新思维，要突破传统观念的新人形象，具有划时代的意义。他们顺应时代潮流，感受时代脉搏，做时代的弄潮儿，走自己选择的道路。他们的道路既不会是一帆风顺，更不可能一举成功，但是他们的价值在于代表着晋商的希望和未来。

四

《当家大掌柜》的成功还在于它吸收了丰富的地方文化元素，增强了作品的地域特色。荧屏上如火如荼的杏花怒放，如云如霞的酒旗飘扬，鳞次栉比的酒肆作坊，"宝泉益"车水马龙，"醉仙居"人来人往，晋善村一派充满酒镇特色的风光，吸引着观众的眼球。

剧中酒坊开炉、出酒等完整的酿酒工艺，庄重的饮酒礼仪，经营酒业"忠义当先"的"十不可"的宣誓场面，以及宗堂祭祀、婚丧嫁娶等许多表现民情民俗的仪式性的内容，对观众有着巨大的视觉冲击力。剧中最喜庆的场面是由宝泉益、德厚成、贻井坊合组"义泉涌"的挂牌仪式，张灯结彩，锣鼓喧天，体现的是晋商竞争对手的融合共生、做强做大的理念；最悲痛的场面是义泉涌女东家史纳清的葬礼，雪花纷飞，纸幡飘扬，是为晋商第一位女东家吟唱的一曲悲歌。

剧中三幅字画在剧情发展中起着关键性的作用。杜牧的《清明》诗手书，李自成的"尽善尽美"条幅，傅山的"得造花香"题词，都在剧情变化的关键时刻起到为史家逆转困境的决定性作用。姑且不说这三件史家的镇宅之宝是否真实存在，但剧作家把传统文化和家族兴衰、实业成败联系在一起的构想，是值得赞赏的。给作品赋予更多的文化内涵无疑地增强了作品的分量和底气。

电视连续剧《当家大掌柜》是一部书写晋商精神的好戏，是一部用鲜活形象、生动手法、感人故事，歌颂真善美，鞭挞假恶丑，启迪思想、温润心灵、陶冶人生的好作品。研究和借鉴《当家大掌柜》的创作经验，对于我们学习习近平总书记在文艺工作座谈会上的重要讲话，继承中华优秀传统文化，传播当代中国价值观念，坚持以人民为中心的创作导向，努力创作更多无愧于民族和时代的优秀作品，有一定的现实意义。

2014年10月18日

山西电视剧的新期待

——《老醋坊》等应征获奖作品读后

    电视是现代科技高度发展的产物，是当今世界最重要、最受欢迎的大众传播媒介。电视艺术是电视节目中的艺术类节目，它以审美、娱乐的形式给人以情感上的满足。而电视剧又是电视艺术中最核心、最精致的部分，作为当代最受大众喜爱、影响力最大的文艺形式，已经融入广大群众的日常生活之中，在弘扬民族精神和时代精神、构建社会主义核心价值体系、提高人民群众的精神文化素质方面，发挥着不可替代的作用。正因为如此，电视剧同戏剧、电影一起成为省委宣传部举办的全国征文中的一部分。我有机会阅读了60部1100多集电视剧征文剧本，不时发现让人眼前一亮的好本子，为这些作品独特的题材、好看的故事、鲜活的人物、深刻的内涵，以及生动的语言而振奋。

    内容丰富、形式多样、时代感强，是这批应征电视剧文学剧本的显著特征。从应征作品的题材来看，农业的发展、农村的变化和农民的命运，仍然是作者关注的重点，包括发展现代农业、农民工、农村教育、农村民主选举等建设社会主义新农村的各个方面都在应征作品中有所反映。工矿商贸和城市生活题材的作品也为数不少。诸如国企改制、城市白领、私营企业、下岗工人、子女教育、家庭伦理、都市情感等领域的生活都有所涉及。革命历史、地域文化和山西历史名人如荀子、晋文公、介子推、司马光等都是应征作品的表现对象。诸如此类，涉及领域十分广阔，可谓真正的题材广泛。从应征作品的体裁来说，长、中、短篇俱备，以长篇电视剧为主，此外还有戏曲电视剧和电视系列剧。从应征作者来说，有专业作家，也有业余作者；有本省作者，也有来自全国20多个省市的作者——这说明山西作为电视剧创作、生产的重要省份对全国各地的电视剧作者有着很大的吸引力。近几年来接连不断亮相央视一套黄金时段的《八路军》、《吕梁英雄传》、《乔家大院》、《赵树理》、《喜耕田的故事》等优秀作品为山西电视剧赢得了声誉和地位，在全国电视界产生了深远的影响。"家有梧桐树，招得凤凰来"，这也就吸引了全国众多的电视剧作家愿意把自己的作品送到山西。

在应征的电视剧作品中，涌现出一些思想性、艺术性和观赏性都比较好的作品。这次获奖的30集电视连续剧《老醋坊》、20集电视连续剧《喜家庄的故事》和24集电视连续剧《爸爸你要爱妈妈》就是其中的优秀之作。这些获奖作品的鲜明的艺术特点和成功的创作经验对我们进一步发展和繁荣山西的电视剧创作也是有益的借鉴和启迪。

电视剧作为叙事作品，选材是第一位的，也就是要表现什么和如何表现。几部获奖的优秀作品都较好地解决了这一问题。《老醋坊》的选材是表现山西的醋文化。它描写的是发生在康熙年间，太原府东湖王老实和王来福父子两代人创造和保护名牌"王家老醋"的故事。在一系列跌宕起伏的故事里塑造了个性鲜明的人物。其中包括王老实的艰苦创业，王来福的离奇身世，以及梨园名伶、戏班老板、阳曲县令、太原知府、山西巡抚、商界人士、邻居、徒弟等各色人等。剧中还出现了一代宗师傅山和康熙皇帝的形象，傅山的医术和康熙的英明，都是推动故事发展的重要情节。

《老醋坊》不仅戏好看，而且思想深刻，体现了晋商的诚信精神，表现了"王家老醋"品牌的价值，揭示了"老醋配饺子"的内涵哲理。苏发财的"喜客来饺子馆"生意兴隆，就是因为有王家的老醋。康熙皇帝更是把"老醋配饺子"的含义加以引申，如君臣之间合众心为一心，可成"绝配"，其他如臣臣之间、臣民之间莫不如此。康熙皇帝还为"王家老醋"赐匾"老醋坊"，成为"王家老醋"的历史佳话和无上光荣。

王家老醋、傅山、康熙皇帝，以及山西的民情风俗、城乡街坊，这一系列来自现实生活的丰富的题材，经过作者的艺术加工构成电视剧引人入胜的好看的故事和悬念迭起的曲折的情节，富有传奇性的色彩，具有山西地域文化的特色。

《喜家庄的故事》是深受观众欢迎的《喜耕田的故事》的续集，讲述喜耕田的新故事，反映喜家庄的新发展和新变化。它的时代背景涉及党的十七大的召开，落实科学发展观，建设社会主义新农村，纪念改革开放30年，迎奥运等重大事情。在喜家庄主要是把贯彻落实科学发展观同发展新型农业结合起来，把迎奥运同讲文明、树新风，建设社会主义新农村结合起来。剧中通过喜青山担任经济合作社董事长，建立加工场，搞蔬菜深加工，开拓产品市场，扩大生产经营规模；喜耕田担任村委会副主任，抓乡风文明，建设和谐农村等一系列生动的故事，表达主题，体现时代精神，塑造了喜耕田、喜青山等新型农民形象。

《喜家庄的故事》创作所体现的"贴近现实、贴近生活、贴近群众"的"三贴近"原则，所塑造的新型农民的典型形象，所具有的故事好看、语言幽默、诙谐风趣的轻喜剧风格，都为电视剧农村题材作品创作提供了有益的经验。

令人耳目一新的《爸爸你要爱妈妈》是一部家庭伦理剧。作品以一对十几岁的孪生兄妹的视角直面当代最热点的离婚话题，用看似童真、谐趣的语言和行动探索深刻的两性之间的爱情真谛，让人感叹好孩子是爸爸妈妈的守护天使，引出深刻的思索和无穷的回味。作品最成功的是塑造了两个率真善良、聪颖机智的天使般的孩子——东东菜和水果娃，是他们使一对由于事业和家庭的矛盾引发的冲突升级、导致要离婚的知识分子夫妇——东博方和水泠眉重新看到了彼此心里的真爱；是他们以自己的敏慧和对成人世界的独特理解，瓦解了父亲与其他女子可能或猜测可能的恋情，维护了家庭的完整。

《爸爸你要爱妈妈》以少见的题材，积极的主题，涉及家庭、学校、社会的丰富的生活内容，以及具有强烈视觉冲击力的镜头语言，使之成为一部有一定基础和市场价值的电视文学作品。

电视剧文学剧本是电视剧创作的基础和前提，是未来作品的蓝图，体现了文学特质和影视特质的结合，即阅读与视听的结合。《老醋坊》等电视剧编剧所具有的用画面思考、用画面表现的习惯和造型意识是电视剧创作成功的重要因素。剧本所塑造的鲜明生动的艺术形象，所提供的丰富细致的故事情节，所确定的真实可信和具有表现力的环境和场景，剧本在构思和表达时的形象化、具象化，都为电视剧的二度创作创造了条件。这些都在这几部获奖作品中得到了证实。

电视剧不同于电影，从某种意义上讲它是一种对话的艺术。对话在电视剧中几乎是塑造人物形象、推动情节发展的最重要的手段。《老醋坊》对话的成熟老到，《喜家庄的故事》对话的诙谐幽默，《爸爸你要爱妈妈》对话的情真意切，都各具特色，给人以审美的愉悦。

《老醋坊》等获奖作品，体现了作者坚持自觉的美学追求。他们关注现实，贴近群众，深入生活，在生活中发现题材，汲取灵感，激发创作的激情和愿望。他们自觉的创新意识和开拓的思维空间，使他们能够从不同的生活侧面、不同的思维角度，以不同的艺术手法，创作出最能体现时代特征和民族精神的、具有不同风格的优秀作品。

有了好的电视剧本，就能够在屏幕上出现好的电视剧。通过这次全国性的征文活动，进一步推动山西的电视剧创作，有众多的电视剧文学剧本做基础，山西的电视剧艺术就一定会有新的大发展大繁荣。我们热切地期待着。

2008年6月29日

我在阳泉当评委

——兼谈阳泉电视文艺的三大品牌

金秋九月，阳泉市首届少儿艺术电视大赛进行总决赛。我应阳泉广播电视总台的邀请，来到阳泉当评委。美丽的阳泉让我陶醉，而更让我陶醉的是参赛的孩子们在"我秀他艺"、"快乐少年（童年）"、"同心快乐"几个环节中所表现的金子般的心和出众的才艺。据大赛组织者介绍，在总决赛之前已经进行了48场直播，加上总决赛的两场直播总共有50场。这在阳泉来说是史无前例，在全省来说也可能是绝无仅有。

高幸和梁静分别获得了"快乐童年"和"快乐少年"称号。从高幸、梁静以及所有参赛的孩子们的身上，我感悟到阳泉举办少儿艺术电视大赛的意义。孩子们对于大赛的态度是："我参与，我快乐，我成长。"这话说得好。大赛有助于培养孩子们的真善美意识和提高孩子们的全面素质。通过大赛引导孩子们要有一颗真诚的心，讲求信誉，遵守诚信；要有一颗善良的心，对人有同情心，有宽容心；要有审美意识，以审美的眼光塑造自己，做到心灵美、语言美、行为美、形体美，以审美的眼光观察生活、认识生活，发现、体验和感受生活中的美，从而提高孩子们识别和抵制假恶丑现象的能力。孩子们真善美意识的培养可以通过多种渠道进行，但是艺术的途径却最为直接和有效，因为艺术是诉诸情感的，而情感的影响和熏陶是最有利于培养孩子们的真善美意识和提升孩子们的全面素质的。

大赛中孩子们在他们自己制作的VCR和表演中充分显示了他们助人为乐的精神和感恩的心。孩子们帮助老人，照顾幼小，关心环保，等等，都是出自他们的内心。他们以感恩的心对待父母，对待师长，对待整个社会，令人感动。感恩是中华民族优秀文化和道德观念中的重要组成部分。我们常说"滴水之恩当涌泉相报"，还说"饮水思源"、"感恩图报"、"乌鸦反哺"、"羊羔跪乳"，等等，讲的就是感恩。与感恩相悖的是"忘恩负义"、"恩将仇报"，向来为人所不齿。"恩"与"仇"相对立，文学艺术领域里有不少以"恩仇记"为题的传奇故事流传于世惕励着人们。通过大赛中孩子们自编自演的节目宣扬感恩，对于孩子们的健康成长至关重要。

阳泉市少儿艺术电视大赛得到全市观众极大的关注和好评，满城争说少儿赛，创造了很高的收视率。我相信阳泉少儿艺术电视大赛一定会成为阳泉电视台的一个品牌。

说起品牌，使我想起阳泉电视台历年举办的春节文艺晚会和创作、播出的多部优秀电视剧。阳泉春节文艺晚会在全省电视艺术评比中多年来名列前茅。在1993到2010年共十八届的全省电视艺术评奖中，阳泉的电视文艺晚会获得25个等级奖，其中春节文艺晚会就获得13个一等奖，而且大都是连续五六届届届都获一等奖。阳泉电视台的"春晚"已经成为阳泉人民不可或缺的春节活动内容。

原创电视剧同样是阳泉电视台的强项，屡出佳作，在全省各地市级电视台中成绩十分突出。电视连续剧《百团大战》在全国和全省评奖中夺得多个大奖。电视剧《社火》、《承诺》、《彩铃》和《枣园纪事》先后获得山西省精神文明建设"五个一工程"优秀作品奖，阳泉市委宣传部从首届到第五届连续五届获省"五个一工程"组织工作奖，特别是阳泉电视台青年导演张跃平执导的电视剧《承诺》、《的哥》和《彩铃》从2001到2003

年连续三年在全省电视艺术评奖中获奖，其中《承诺》、《的哥》获二等奖，《彩铃》获一等奖；2007年张跃平执导的《枣园纪事》又获一等奖。

阳泉电视台在抓春节文艺晚会和电视剧创作方面积累了许多宝贵经验，如贴近生活，重视本土题材；建设队伍，培养本地人才；紧跟时代，把握观众审美走向，等等，都很有借鉴意义。

我相信，已经在阳泉观众中产生了很大影响的少儿艺术电视大赛一定会同阳泉每年必办的春节文艺晚会，同阳泉原创的电视剧，成为阳泉广播电视总台电视文艺的三大品牌。我祝愿阳泉这三大电视文艺品牌越办越好，为正在腾飞的阳泉增光添彩，为阳泉人民提供更多更好的精神食粮。

2010年9月12日

促销产品　勿忘审美

——对当前电视商品广告的一点看法

随着改革开放的深入，中国也进入了广告时代。其实，作为"广而告之"意义上的广告，中国古已有之。从实物陈列、吆喝叫卖的原始广告，酒旗幌子、招牌牌匾的店铺广告，路牌灯饰的户外广告，到仿单包装广告、招贴广告、报纸广告、杂志广告、橱窗广告、广播广告，等等，几乎可以说是应有尽有。唯现代意义上的广告，在中国则发展缓慢，这可能同长期以来的计划经济体制有关，"皇帝的女儿不愁嫁"，谁还去做广告？在中国广告事业逐步兴旺发达，还是近几年来的事。特别是电视广告的兴起，广告媒介的日趋多样化，广告代理商的风起云涌和激烈竞争，使中国进入了一个五彩斑斓、光怪陆离的广告时代。

广告业作为一种知识密集、技术密集、人才密集的高新技术产业，是市场经济的先导。作为沟通生产与消费的中介，广告具有辅佐企业、开拓市场和引导消费的特殊功能。一个国家广告业的发展水平，体现其市场繁荣程度、科技进步、综合经济实力和社会文化素质。正在由传统的计划经济体制向社会主义市场经济体制转化的中国，发展广告事业势在必行，且前景广阔。

广告具有多种功能。公共服务性广告，是一种非营利性广告，如宣传交通安全、计划生育、绿化祖国、环境保护、安全用电、防火、防盗、禁烟、养成良好卫生习惯，等等，旨在提高国民素质，加强社会主义精神文明建设。而商业性广告，即经营性广告，它的功能主要是提供产品信息，促进产品销售，激发消费者的购买欲望。同时，商业性广告，也要有助于丰富消费者的文化生活，增加消费者的生活知识，改变消费者的生活习惯，帮助消费者建立新的生活方式，提高消费者的艺术修养和欣赏水平，甚至还要起到美化城市、繁荣文化的作用。可见，商品广告的本体功能是为商品销售服务，但它同样也是建设社会主义精神文明的重要手段。

当前，中国的商业广告总体上说是健康的、丰富的，逐渐得到广大群众的认同，改变了过去那种一见广告就厌烦的心态。如中央电视台体育频道的栏目《广告与娱乐》就很受观众喜爱。但也有一些广告不受人们的欢迎，这在电视广告这一最先进的媒体中表现尤为突出。对于拥有2亿多台电视机、8亿以上的电视观众，居于各类媒介之首的中国电视广告市场来说，如何适应中国电视观众的审美需求和感情认同，改进商业广告的创意设计尤为重要。因为广告是一种文化，文化就有一个出情、求美的问题。所以，我们对电视商品广告最基本的要求就是：促销产品，勿忘审美。

电视广告媒介是诸多媒介中唯一能够进行动态演示，以视听结合的诱惑力刺激人的感官和心理，从而产生一种特殊感染力的媒介。它那鲜活生动的画面，动感强劲的音响，再加上绚丽夺目的色彩，使它充满了强烈的视觉冲击力和穿透力。电视广告着重诉求于情感而不是逻辑，形象而不是理念，这就使它不仅在发挥着推销产品的功能，而且也起着丰富荧屏、满足观众审美需要的作用。所以，促销产品，勿忘审美，应是电视广告题中之意。当前，我们在电视屏幕上也不时出现可以达到这样要求的比较好的广告，但也有不少电视广告，特别是药品广告，过于直露而不具美感。中国电视观众虽然大都喜欢具象、直接，而不喜欢抽象、隐晦，但具体到令人感到不快的地步也就值得考虑了。在清洁卫生用品的电视广告中，也有违背审美心理的画面。人们拒绝画面满是病牙的药物牙膏广告，就是因为它缺乏美感。近来药品广告多见打字幕的说明体，少见有情节的展示病痛的声像画面，也许是为了解决给观众带来生理和心理刺激的令人尴尬的问题，这应该说是一个改进。

广告是一种文化。广告文化属于俗文化范畴，是一种拥有大众、流行广泛的文化现象。通俗，是广告文化的一个标志；通俗化，则是广告适应群体多数人水平与需要、便于群体多数人理解和接受的基础。也正是在通俗化的基点上，广告与流行音乐、流行色、服装、时尚等亚文化结下了不解之缘。这些群众文化生活中的不同内容，都有一个审美问题。喜爱、追求美，厌恶、拒绝丑，是人们的共性。更何况人们坐在电视机前，本身就是为了求知、求乐、求美，获得各种有益的信息。不要忘了观众，不要忘了审美，观众也就会接受你的广告，认同你的宣传，推销商品的功能也就会得到满意的实现。最后重复一句：电视商品广告的制作者们，促销产品，勿忘审美。

1999 年 5 月

一位文化官员的戏剧情结

——曲润海和他的《传统戏改编剧本集》

一

曲润海先生是我交往多年的老友、好友，是我敬重的戏剧家、文艺评论家。曲润海1975年8月到山西省委宣传部文艺处工作，我也在文艺处，我们是同事。1983年润海直接从文艺处干事提升为山西省文化厅厅长，我也从文艺处干事被任命为文艺处处长。省委宣传部文艺处和省文化厅有工作关系，我们仍然有着密切的交往。1990年9月，润海调到文化部任艺术局局长，后任中国艺术研究院党委书记、常务副院长，我们也没有断了联系。所以，我同润海同道、同行、同事，一直是往来密切的知己好友，这种交往和友谊将近40年了。就像润海在给我的一首诗中所言："西楼岁月四十春，物事至今仍觉新"，"西楼"指太原市府东街原省委大院的七号楼，因坐西朝东，故称"西楼"。往事如烟，友谊长存，思想起来，弥足珍贵。

前些日子，润海告诉我，他准备出一个传统戏改编剧本的集子，让我写序，虽然我觉得为这样的一位戏剧家写序有些力不从心，但是我慨然应允，只因为润海是我的好友，而且我也喜欢戏。

为了写这篇序言，我翻阅了润海多年来送给我的著作，居然有九种之多。九种书中有两本是文学评论集：评论山西中青年作家的《思考　探索前进》和《山药蛋派作家作品论》；两本是剧作选：《晋风戏稿》和《旅燕戏稿》；两本是文化工作论述、戏剧赏析评论集：《赏戏随兴言谈录·沙滩戏语》和《赏戏随兴言谈录·王府学步》，从书名可知前者是作者在文化部任职时所写，因为当时的文化部位于北京沙滩，而后者是在中国艺术研究院任职时所著，因为艺术研究院位于北京恭王府；一本《剧坛杂咏》是有关戏的诗歌作品；还有一本是论表演艺术改革与建设的，一本是论戏曲综合治理的。可见，润海的著作九九归一，离不开一个"戏"字。加上这部即将出版的《传统戏改编剧本集》，润海正式出版的著作就有10部了。我知道他写的东西绝不仅仅是这些，还要多，只是他没有整理、出版而已。从一位历任省文化厅厅长、文化部艺术局局长、中国艺术研究院常务副院长的文化官员来说，在繁忙的公务之余，能写出这么多的东西，实在是难能可贵，值得敬佩。

曲润海说，我从在娘子关内上了戏曲"贼船"到出关，文化部艺术局打杂到出局，中国艺术研究院维持到赋闲，前后共写过或改过20来个本子。收入这部书中的改编传统戏有12部，包括晋剧、蒲剧、北路梆子、豫剧、评剧等剧种。润海创作的历史剧（他多称为"古代故事戏"）有《桐叶记》、《娘子关》、《佛光寺》、《金谷园》、《过桥亭》、《宋丑子》6部，还有3部现代戏《小梅兰》、《闹房记》和《刘胡兰》（合作）。可见，他的新编历史剧大都是取于传统题材，表现了他对传统文化的热爱、熟悉和尊崇。

二

从曲润海的传统戏改编剧本和他有关戏剧工作、戏剧创作的言论，我觉得润海在改编传统戏方面已经形成了他自己完整的艺术主张。这个主张的核心是为何改编传统戏和如何改编传统戏。

曲润海为什么要改编传统戏？主要是出于现实的需要。中国的戏曲剧目浩繁，仅以山西梆子来说，有文字记载的就有4000多个，而至今能够上演的也就是百余个，而且多以折子戏的形式演出，本戏演得很少，形成了"老演老戏，老戏老演，越演越小，越演越少"的惨淡局面。身为文化行政部门官员的曲润海不能不面对这一现实，并为戏曲艺术的生存、发展、繁荣，呼吁呐喊，寻找出路。整理改编传统戏，丰富舞台剧目，满足观众需求，无疑地就是其中重要的一条道路。

曲润海改编传统戏的思想依据主要来自三个方面：

第一，遵循国家关于戏曲改革的有关政策，坚持"百花齐放，推陈出新"和改编传统戏、新编历史剧、创作现代戏的"三并举"方针。

"三并举"中，曲润海可以说是样样皆"举"，他既有改编的传统戏，也有新编的历史剧和创作的现代戏，不过他"举"的最高的，创作成就最突出的还是改编的传统戏。

中国戏曲有着悠久的历史，但主要产生于封建时代和近代，作为一种精神产品同样带有时代的印记，主要是精华与糟粕共存，所以新中国成立初期，党和政府就提出戏曲改革的方针政策，开始了对旧戏的改革，出现了一批改得好的戏曲剧目，也出现了一批新创作的好戏。我国进入改革开放的新时代后，曲润海认为当今戏曲舞台上大量演出的仍然是不重视思想内容只注重艺术形式的折子戏，这就与观众的需求相距甚远，旧戏曲必须顺应时代和人民的需求，继续走改革的道路。他说："传统戏曲的推陈出新、整理改编，是贯彻'三并举'剧目方针不可缺少的一举。""当前戏改任务依然很重，戏改方针必须坚持。"因此，他就极力倡导并身体力行改编传统戏，取得了显著的成绩。

第二，遵循并吸纳古代前贤和当代学者有关戏剧理论方面的论述。

在前人的戏曲论著中，曲润海最重视的是清人李渔在《闲情偶寄》这一经典名著中有关传奇创作的论述。李渔在《闲情偶寄》"立主脑"这一节中说："古人作文一篇，定有一篇之主脑。主脑非他，即作者立言之本意也。"他借作文要立主脑，说明传奇也要立主脑，也就是说要明确主题思想、主要内容。为此，在戏里就要确定主要人物、主要事件，其他的人和事要围绕主要人物和主要事件来写，"此一人一事，即作传奇之主脑也"。在"立主脑"的前提下，要"减头绪"，"头绪忌繁"，即故事情节不可过多过繁，"事多则关目亦多"，令观众"应接不暇"。曲润海在改编传统戏时，遵循李渔"立主脑"、"减头绪"、"密针线"、"审虚实"、"戒浮泛"之说，而成为置之案头可阅、搬上舞台可演的好戏。

曲润海在改编传统戏的理论依据方面最重要的是我国著名戏剧家张庚先生的戏曲学术理论。张庚先生在确立中国戏曲学术理论方面有着巨大的贡献。他主持编撰的《中国大百科全书·戏曲曲艺志》、《中国戏曲通史》、《中国戏曲通论》、《中国戏曲志》、《当代中国戏曲》，以及七卷本《张庚文存》，构成了系统而独特的张庚戏曲学术理论。张庚先生的一系列戏曲学术观点对曲润海的传统戏改编有很大的影响。

张庚认为，传统戏在今天的"三并举"中有三个意义：一是保存传统艺术，二是丰富上演剧目，三是希望古典名著能在今天的舞台上演出。所以，应当把整理传统剧目当作现在剧目工作中的一个重要方面。

张庚先生说，传统戏全部是精华没有一点糟粕的剧目很少，全部是糟粕没有一点精华的剧目也很少，大量的是精华糟粕杂糅，给今天的观众看，确实有个能不能接受的问题。能不能解决这个问题？能，就是推陈出新，整理改编，去其糟粕，取其精华。即使是经典的元杂剧、明清传奇，今天的观众也没有闲工夫坐下来连续几天把几十出戏都看完。因此需要把几十出浓缩到两个多小时，或者浓缩为两三个连台本戏。

整理改编传统剧目对剧团来说，在于丰富上演剧目，满足大众的需要，但如何把经典剧目和精华糟粕杂糅的传统剧目整理为适合于现代人生活的形式，张庚先生觉得非常不容易，"不亚于创作一个剧目的难度"。若为剧团计，为人民大众计，整理改编则是一桩功德无量的善事。张庚先生有一段话说得很精彩："对于广大的观众来说，剧目还必须多样多彩，要有反映当前生活的戏，也要有传统的优秀剧目。天天吃一样菜，就是珍馐美味也会吃腻了的。戏也一样，天天看一类题材的戏也会看腻，如果那些戏的故事又只是大同小异的话，就更是如此。所以在创作现代生活戏的同时，还必须加强整理传统剧目的工作。"

张庚先生对《蝴蝶杯》这部传统戏中的精华与糟粕进行了仔细的分析，并从突出人民性和表现现实主义精神出发，对这部戏的整理改编提出了十分精辟到位的意见，使曲润海在改编这部传统戏时有所遵循。

第三，重视剧团、演员和广大观众的需求。

曲润海说："整理改编不仅仅是剧本问题，更是综合的艺术表现；改戏要为剧团、为演员、为观众，要改成完整的本戏。"他改戏的出发点就是为剧团增加演出剧目，为广大人民群众服务。润海写戏、改戏大都想到了剧团，特别是演员，使本子有人能演。他认为，整理改编的传统戏要有剧团愿意演，有观众愿意看，才是改出来的好戏，才真正是为最广大的基层观众服务。

润海有诗说道：

我是乡村土包子，从小爱看梆子戏。

年过半百性不改，竟然动笔写起戏。

富贵图，日月图，崔秀英，宋丑子，

还要写本桐叶记，晋祠故事颇有趣。

不图剧本变拳头，只求戏能下乡去。

中国戏剧大家郭汉城先生在为曲润海的《旅燕戏稿》一书所作的序言中说："传统剧目虽有其芜杂的一面，但其中确乎也存在大量的值得我们十分宝贵的精华，包括演员表演的精华。戏存艺存，戏失艺不传，对戏曲艺术的发展是极其不利的，必须通过对传统剧目的改编，保存精华，并发扬光大之，也就成为曲润海改编工作的一条原则。"润海也确实是遵循这一原则从事传统戏整理改编的。

三

曲润海认为，整理改编传统戏，实际上是一种重新创作，绝不是简单的修修补补、抄抄写写。曲润海改编传统戏，根据他的创作理念，似可概括为"改戏六法"：

1. 对传统戏要区别对待，吸取精华，剔除糟粕，突出人民性和现实主义。

《富贵图》是蒲剧、晋剧的一出著名传统戏，原名也叫《小富贵图》或《双莲配》，在山西蒲剧、晋剧和北路梆子中都流行，但其中也有宣传封建道德的部分。蒲剧原本有20场之多，但只有《烤火》一折在演出。蒲剧著名表演艺术家王秀兰把《小富贵图》改成了《少华山》，包括《劫山》、《烤火》、《落店》，特别是把《烤火》一场演到了炉火纯青的地步。润海在改编时，既重视区别精华与糟粕，又遵循"立主脑，减头绪"的原则，把《富贵图》改编成观众认可、市场需要的整本戏。他只完整地保留了《烤火》一场，《劫山》、《落店》两场也进行了改写，重新写了七场戏，构成了现在多个剧团上演的一部10场的本戏。他的改编主要是对人物和情节做了大的调整，编顺故事，保住传统折子戏《烤火》的精华，剔除封建妇道思想糟粕，编成一部表现一对青年纯真爱情的新戏。

《富贵图》原来戏的结局是倪俊娶了两个女人——傅金莲和尹碧莲。戏中有情有义的是尹碧莲，而傅金莲只是一个封建伦理道德的化身，但是她拥有富贵图。为了去除宣扬封建道德的内容，突出人民性，润海在改编时就把傅金莲这个人物及与她有关的情节全部去掉，而把个别好的情节移给尹碧莲，把傅金莲掌握的富贵图也给了尹碧莲。这样一改，减少了人物，突出了尹碧莲，也使倪俊对她的爱情坚定不移更有了依据。

文化部原副部长陈昌本先生在《由简到繁繁又简》一文中，以曲润海的《富贵图》改编为例，对戏曲创作中如何把握繁与简的关系作了精辟的分析。他认为曲润海的改编本"由繁到简，思想升华，戏文言简意赅，剧本干净凝练，实现了繁简适度，浓淡相宜，简而不陋，繁而不杂的艺术境界"。陈昌本先生特别赞赏剧中的"烤火"一场戏，"通篇是写意、抒情，用形体动作表达人物情怀，成为这部戏中最能引起人们审美兴致的辉煌章节"。

《富贵图》在曲润海改编的传统戏里是最受各个剧种欢迎的戏。《富贵图》除去作为山西省晋剧院和晋剧院青年团经常上演的保留剧目外，蒲剧、北路梆子、京剧、昆剧、豫剧、黄梅戏、祁剧等剧种都把这部戏搬上了舞台。晋剧著名表演艺术家田桂兰、王宝钗首先排演了这台戏，扮演尹碧莲和倪俊；青年演员王晓萍、张智也排演了这个戏，受到观众欢迎，获得了"文华奖"。

在改编《蝴蝶杯》时，作者去掉了卢凤英，把"洞房"里的戏给了胡凤莲。这样减少了人物，也就减掉了一些情节，减少了一些场次，压缩了篇幅，更适合当代剧场艺术的要求。临汾蒲剧院青年演员崔彩彩在夺取戏剧"梅花奖"时，就是扮演了曲润海改编本《蝴蝶杯》中的胡凤莲，取得了成功。

曲润海说："这样改戏，'杀'掉了两个年轻女子，岂不手太狠了？我就是主张手要狠，否则永远改不成。卢凤英在戏里没有多少思想价值，反而有损于田玉川。至于傅金莲在原本中不但不像倪母那样要倪俊珍惜家庭妻室，反而说倪俊在外可以娶妾，它所表现的恰恰是封建糟粕，留她何用？"这才是真正的"推陈出新"，达到了戏改的要求。

2. 添头续尾，构成完整的故事。

曲润海说，整理改编必须首先识货，辨别精华与糟粕，弃掉糟粕后，如果出现了空隙，还要想办法弥补起来，成为一个完整的新作品。这种"弥补"就是他所说的"添头续尾"。这样改出来的戏，正像李瑞环所说的那样，内行人看了知道改了，而且改得是地方，外行人看了，以为原本就是这样。曲润海在改编传统戏时，除去保留了一些观众喜闻乐见的内容和精彩的表演，其余部分则要凭剧作家的想象与虚构，进行创作，或添头，或续尾，使之成为完整的一本新戏。

晋剧传统戏《假金牌》原来全剧十五出，后来是越演越少，演的只剩下《三上轿》一出了。但是，观众却不满足于只看一个折子戏，而要看完整的故事。于是，曲润海就根据张宴杰、杨秋实整理的，由著名晋剧表演艺术家花艳君演出的《三上轿》改编为《崔秀英》，用的就是"添头法"和"续尾法"，在保留"哭灵"、"上轿"的前提下，删掉了头尾大部分，顺着"上轿"的脉络，前后延伸，新写了"冲喜"、"闺趣"、"饮鸩"头三场戏和最后一场戏"报仇"，成为现在的六场戏。根据蒲剧《小富贵图》和《少华山》改编的《富贵图》是在保留"烤火"、"下山（赠图）"的前提下，既"添头"又"续尾"，使之成为一本完整的新戏。

3. 保留精华，传承技艺。

在传统戏中，一些折子戏或片段能够传承下来，受到观众的喜爱，其中最重要的是一些百看不厌的表演技艺。润海改编的戏中，都保留了一些精彩的表演，如《崔秀英》保留了"上轿"，《富贵图》保留了"烤火"、"下山"，而且在表演上几乎原封不动地保留下来，成为久演不衰、百看不厌的折子戏。

4. 雅俗共赏，俗中见雅。

戏曲尚通俗，因为戏曲本来就是给大多数基层群众看的。李渔就主张戏贵浅显，应该"雅人俗子同闻共见"，就是我们今天所说的为老百姓所喜闻乐见。曲润海的传统戏改编剧本的语言就具有雅俗共赏、俗中见雅的特点。

5. 缩长为短，或搞成活版式结构。

润海改戏，前面说了有"添头"、"续尾"法，是扩大的篇幅，把经过去粗取精不完整的旧戏改成完整的新戏，而他的"缩长为短"又是把原有的大本戏或动辄几十出的连台本戏，缩短为适合在剧场演出的本戏。润海改戏既从城市观众考虑，更为农村观众着想。为城市观众考虑，在剧场看戏一般就是两个小时，可以看"缩长为短"的本戏，而要适应农村演出，不妨搞成活版式的结构，就是一块一块既可以随意抽动，演其中的几场，也可以接起来，多演几场，完整地演下去。但这又不同于未经改革的连台本戏，因为它的每一个版块都是经过重新创作的。润海改编的四个大戏，除《崔秀英》外，《富贵图》、《日月图》、《蝴蝶杯》都是这种活版式的结构。《富贵图》有十场戏，虽然比原来本戏的场次少了一半，但一个晚上仍然演不完，就要根据不同的剧团和不同的演出场所各有取舍。

6. 尊重导演，重视作曲，体现综合艺术的特点。

曲润海既编戏，更抓戏，他深知戏曲作为综合艺术的特点，特别重视同导演的合作，发挥作曲的作用，并在创作中给演员表演、舞美设计留下余地。

润海认为戏曲和话剧一样，二度创作应以导演为中心。他改编的本子大凡成功的，能在舞台上立起来的，都有导演的创作成分，体现了导演的意图。《蝴蝶杯》中"洞房"一场的女主人公由卢凤英改为胡凤莲，就是临汾蒲剧院导演赵乙和省晋剧院导演温明轩的主意。

润海改戏，根据戏曲的特点，特别重视要写好几段精彩的唱段，这就需要塑造完整的音乐形象，特别是搞好针对不同演员的音乐唱腔设计。曲润海的四个晋剧剧目《崔秀英》、《桐叶记》、《富贵图》和《刘胡兰》都有鲜明的音乐特色。为此，润海与省晋剧院的晋剧音乐家刘和仁有着密切的合作。

润海还特别重视老艺术家原来演出传统戏时的表演。他把折子戏《三上轿》改编为本戏《崔秀英》，依据的是晋剧老演员花艳君的演出本；把《少华山》改编为《富贵图》，依据的是王秀兰的演出本。这就使他的改编本能够吸纳老艺术家的表演精髓，取得更好的演出效果。曲润海在排练这几个戏的时候，也重视听取青年演员的演出感受和意见，使他们演起来更加顺手，成为他们的保留剧目。

这使我想起中国戏曲学会2011年12月10日在晋城召开的一次学术研讨会上润海致的闭幕词。在这次会上，晋城市上党梆子剧院创作、演出的《千秋长平》获得"中国戏曲学会奖"。润海用韵文写的闭幕词赢得大家的满堂喝彩。他说："一戏成功，调动诸方才俊，编导音美，表演荟萃精英。四大头牌（指剧院演员张保平、张爱珍、吴国华、郭孝明），携手联袂，风采超过当年；远来和尚，住持名僧，打坐念出真经。好事办好，靠得好事者，好戏唱好，还需爱戏人。领导有方，官员开明，基础宽厚，欣看塔楼入云！"

曲润海的这段话和他在山西省文化厅厅长任上提出的戏曲艺术要"综合治理"的口号，以及连续几年组织的山西四大梆子振兴调演活动，都体现了他改编传统戏要从综合艺术这一角度来考虑的主张。

郭汉城先生对于曲润海的戏剧创作工作给予了很高的评价。他在《旅燕戏稿·序》中说："他的现代戏朴质厚重，不事藻饰，浅中见真，俗中见趣，非生活根基扎实不能办；他的历史题材作品取材、立意也颇具新意；但改编传统剧目的成就似乎就更为突出。"郭汉城先生对曲润海改编传统戏用"区分美恶，理顺线索，因势利导，别出心裁"十六个字加以概括，并用他改编的《蝴蝶杯》和《富贵图》两个剧目加以说明，充分肯定了曲润海在整理改编传统戏方面的特点和成就。

四

曲润海文化底蕴深厚，说话幽默风趣，处处都显示出他的睿智和才情。他自我调侃："我从出了省（山西），出了局（文化部艺术局），到出了院（中国艺术研究院），是'省外、局外、院外'了，成了'三外闲人'，却又入了会，在中华炎黄文化研究会、中国戏曲学会、中国戏曲现代戏研究会、中国昆剧研究会挂上了闲职。"润海虽然自言是"挂着闲职"的"三外闲人"，其实他一点也闲不下来，写戏、看戏、评戏、研究戏，在全国不少地方都能看到他飘着满头银发的身影，不过他最上心的还是对传统戏的改编，不断地推出思想性、艺术性、观赏性统一的新戏、好戏。就在我写这篇稿子的时候，润海又给我送来了他为忻州北路梆子剧团改编的新戏《宁武关》。这位在职时倡导设立中国舞台艺术政府最高奖"文华奖"并坚持至今，力主把中国艺术节放到全国各地举办并成为制度延续下来，提出编修《二十世纪艺术总志》项目的文化官员，至今念念不忘的还是中国艺术，特别是戏曲艺术。他还在看戏、改戏、关注戏。这就是曲润海先生割舍不掉的戏剧情结。

2014 年 5 月 18 日

深山出俊鸟　沃野绽奇葩

——《太行奶娘》礼赞

　　左权县开花调艺术团演出的大型左权花戏歌舞剧《太行奶娘》，今年春暖花开之时登上山西大剧院，秋高气爽之日又登上中国最高的艺术殿堂——国家大剧院，引起轰动，广获赞誉。一个县级剧团，一个小剧种，在山西的舞台演出史上竟创造了如此辉煌的奇迹，既令人欣慰，又引人思考，其中的道理何在？

　　当我含着热泪、怀着激动的心情看完这台戏，仿佛找到了答案，那就是表现军民鱼水情的内容感人，左权小花戏的形式动人，左权人唱左权戏讲左权地方的故事感动，赢得了观众，给我们以思想的艺术的启迪，其中最重要的是思想内容上的创意和艺术形式上的创新。

　　太行山是中国人民抗日战争时期的根据地，是八路军总部和129师司令部所在地。《太行奶娘》讲述的是抗战时期一对年轻的八路军夫妇——张团长和他的妻子向红，接到紧急任务后，将刚刚出生一个月的女儿杏花托付给当地的老乡巧梅和石娃一家奶养。八路军转移后，日寇在汉奸告密下进村扫荡搜杀八路军后代。奶娘巧梅和丈夫为救杏花，牺牲了自己的女儿桃花和儿子小圪蛋。16年后，为报答老区人民的养育之恩，丈夫已经牺牲的向红带领一支解放军医疗队重返太行山，为群众治病，寻找女儿。亲人相见，母女重逢，意外的惊喜让人百感交集，然而，巧梅双目失明，杏花又陷入跟随奶娘还是亲娘的两难选择之中，因为亲娘和奶娘都是自己的娘。

《太行奶娘》题材重大，选材独特，表现的是抗日战争中军民鱼水情的重大主题，讲述的是军民关系中奶娘亲情的动人故事。毛主席说过"兵民是胜利之本"。在战争年代中国的老百姓为了支援自己的子弟兵，参军入伍，纳粮捐款，抬担架，上前线，抢救伤员……用鲜血和生命谱写了多少可歌可泣的壮丽诗篇。在这一系列的动人故事中，最为感人的莫过于无数伟大的母亲用自己的奶水喂养八路军将士的孩子，以女人柔弱的肩头挺立起民族的脊梁。作为艺术形象的典型化，歌舞剧把无数奶娘的故事集中在向红和巧梅这两个家庭里，表现这种感天动地的天下大爱和可歌可泣的人间真情。

向红、巧梅和她们的女儿杏花形象的塑造是有大量现实生活依据的。抗战期间太行老区的妇女不顾家庭窘困，冒着生命危险，含辛茹苦，日夜操劳，把托付给自己的孩子喂养大，哺育了多少八路军将士的后代。其中邓小平政委之子邓朴方，刘伯承元帅之子刘太行，罗瑞卿大将之女罗峪田，滕代远将军之子滕久明，杨国宇将军之女杨兆蓉，晋冀豫边区区委书记李雪峰之女李晓林等就是太行奶娘的奶儿奶女。剧中的杏花就是这众多奶儿奶女的艺术典型。

在这种大爱和真情里，蕴含的道德观是"承诺"和"报恩"。道德是社会的基石，是需要传承和呼唤的中国人民的传统美德。巧梅奶养了向红的女儿杏花，她"白天黑夜不离开，喂大你个亲乖乖"。她没有多少文化，但是"太行山见证俺说的话，只要有俺在就有她"。直到为了保住八路军的后代牺牲了自己一对儿女，演出了一场现代版的《赵氏孤儿》大悲剧。《太行奶娘》体现了以"信"为做人之本，以"义"为行事之规的一诺千金、崇信尚义的"信义"精神，演绎出一出动人心魄、催人泪下的人间正剧。

太行山的奶娘八路军的孩。太行奶娘用甘甜的乳汁、辛勤的汗水、无私的母爱，甚至是生命呵护、哺育了八路军将士后代的成长。但是，孩子长大了，她们的头发却变白了，身子佝偻了，脸上爬满了皱纹，她们仍在苦苦地等待着孩子的亲生爹娘来认领他们的子女。

"树高万丈根往下长，天下的娃娃谁不想娘。魂里梦里念的是你呀，我的亲娘在太行。"山巍峨，人善良，我们不能忘记承载着军民鱼水深情的百里太行，不能忘记那些奉献出自己青春年华、对中国革命做出过特殊贡献的太行奶娘！明礼诚信，知恩报恩，这就是《太行奶娘》所展现的思想精髓。

左权县是以左权将军命名的著名的革命县，也是被誉为"中国民间文化艺术之乡"、"比户弦歌，文风颇盛"的著名的文化县。左权民歌、小花戏是山西民间艺术的瑰宝。左权开花调被列为国家非物资文化遗产。民间艺术具有民族性、地域性、传承性、创新性的特点。作为民间艺术的小花戏如何在继承传统的基础上创新发展，是一个重大的课题。《太行奶娘》以左权花戏歌舞剧的形式搬上舞台，就是一次成功的创新，是对小花戏很好的保护和展示。

由序幕、社火、燃烧、重逢、深情和尾声构成的大型左权花戏歌舞剧《太行奶娘》大幕拉开，"桃花那个红来杏花那个白"的音乐骤起，一股巍巍太行特有的质朴、清新的山野之风扑面而来，紧紧地抓住了观众。

小花戏具有鲜明的地域特色和广泛的群众性，是熔歌、舞、乐于一炉的民间艺术形式，以歌表情，以舞传神，以扇达意，以戏引人，呈现出载歌载舞、歌舞相间、以歌伴舞的特点。《太行奶娘》在继承传统小花戏艺术的基础上，大胆创新，勇于改革，推出了这台让观众既感熟悉又觉新颖的左权花戏歌舞剧。

  《太行奶娘》在剧本、唱词上传承了传统"小花戏"和"开花调"原汁原味的演唱特色。扮演向红、巧梅和杏花的歌唱演员，充分发挥出作为北方山歌的开花调热烈奔放、豪放粗犷、自由质朴的特点。在歌唱中地方方言和虚字、衬词如"亲呀咯呆"的运用，更增强了地域特色，给观众以乡情浓郁、倍感亲切的审美愉悦。

  《太行奶娘》在舞台表演上保留了"三颠步"、"蝴蝶扇"等基本舞蹈动作，特别是载歌载舞、节奏鲜明的民间歌舞形式间或呈现出中国民族舞剧的特点，而更具观赏性。

  《太行奶娘》在音乐创作上采用大型交响乐队与山西地方特色乐器晋胡、唢呐、竹笛、锣鼓镲、四块瓦的融合交互方式呈现，并将左权民歌用现代交响化方式演绎，丰富了音乐的表现力。

  《太行奶娘》在演唱、舞蹈、音乐等方面的继承和创新，弘扬了传统小花戏的艺术魅力。加上现代舞美、灯光、道具的综合运用，使整个舞台场面恢宏，效果震撼，具有浓郁的山野风和强烈的时代感。

  大型左权花戏歌舞剧《太行奶娘》被省委宣传部列入我省党的群众路线教育实践活动的推荐剧目。这部戏是弘扬主旋律、传播正能量的优秀之作。《太行奶娘》同我省新世纪以来涌现出来的系列艺术精品，如话剧《立秋》、舞剧《一把酸枣》、晋剧《傅山进京》、电视剧《乔家大院》等，对"丰富人民精神世界，增强人民精神力量，满足人民精神需求"做出了重要贡献。我们遨游我省艺术世界，礼赞这些艺术佳品，对于提高文化自信和文化自觉，坚持巩固壮大主流思想舆论，弘扬社会主义核心价值体系，有着积极的意义。

2013 年 10 月 18 日

尊老爱老的艺术呼唤

——大型晋剧现代戏《守护夕阳》观后

一

太原市文化艺术学校创作、演出的大型晋剧现代戏《守护夕阳》近日同观众见面，在社会上引起强烈反响，获得广泛好评。一所中等艺术专业学校编创一台大戏已属不易，而且是以社会普遍关注的养老题材创演的一台大型晋剧现代戏就更属不易。

中国是世界上人口最多的国家，当然也是世界上老年人口最多的国家。面对迅速发展的人口老龄化趋势，如何办好老年服务事业和解决养老问题是一个重大的经济和社会问题。党和政府高度重视和解决人口老龄化问题，积极发展老龄事业，建立养老保障制度，颁布了《中华人民共和国老年人权益保障法》，把老龄事业纳入经济社会发展的总体规划和可持续发展战略，特别是逐步建立和健全了养老保障制度，包括老年经济供养体系、老年医疗保障体系和老年社区照料服务网络体系。养老成为全社会普遍关注的大问题。《守护夕阳》作为一部戏曲作品，不是也不可能面对和回答复杂的人口老龄化和养老问题，它的主题是期待引起全社会对老年人的关注，在公民道德建设中加强尊老、爱老、敬老的传统教育和宣传，在全社会形成尊敬老年人的良好道德风尚。大型晋剧现代戏《守护夕阳》通过对老年生活场景、老年工作者的艰辛和现代都市人际关系的展现，艺术地表现了这个主题，起到了它应有的社会作用。

二

《守护夕阳》取材于太原精神病医院老年科主任李丽珠同志的感人事迹。剧中老年科主任张瑛的形象塑造有着特殊的意义。她面对的是一群有着不同经历、不同身份、不同性格，因为不同原因住进养老院的老人；面对的是一些不安心工作，或要求辞职或要求调动的医护人员；面对的是对"医养结合"做法不理解的领导——她面临的困难之大、责任之重可想而知。但是她以"医者仁心"的大爱精神，以对待老人如同亲生父母的伟大孝心，通过耐心细致的、针对不同对象采用不同的工作方法化解了发生在养老院里的各种矛盾，使老人们生活在一个和谐美好的大家庭里，使老年事业得到健康发展。

办养老院是"老有所养"的重要方式之一。住养老院，对于没有"居家养老"条件的老人来说更是唯一的选择。剧中张瑛走"医养结合"的道路，在医院办的老年科就是这样的一所养老院。住在这里的老人有头脑清晰但身体瘫痪、生活不能自理的高教授，有父子矛盾极其尖锐、遭到遗弃的老人刘长发，有婆媳不和、在家难以生存、患有失忆症的老人黄桂兰，还有一身正气但说话太偏执的退休干部傅书记，有长期赞助失学儿童但不肯暴露真实身份的煤矿退休职工陈大爷，有幽默诙谐、有点智障的张健康，有99岁不言老的郑奶奶……这些老人们，对于张瑛来说，既需要解决生活照料问题，更需要解决精神慰藉问题，因为"老人怕孤独，老人盼温暖，老人需关怀，老人待承欢"，"面对那一双双信任的眼，怎叫他们再心寒"。张瑛的处境是："风搅雪、扑人面、心底苦、对谁言，多少委屈多少怨，面对飞雪心茫然"，但是她不退缩、不逃避、不放弃，背负重担，迎难而上。她忘记了儿子的生日，却以刘长发大爷孩子的名义，在刘长发生日时给他买了蛋糕和新衣。在刘长发产生幻觉弥留之际，她以老人日思夜想的老伴"小云"的身份出现在老人面前，使他在离世之前得到心灵上的安慰。张瑛把她全部的爱都献给了老年人。老年人也把他们的全部的爱回报给张瑛，回报给他们的这个家。

《守护夕阳》作为一部大型晋剧现代戏，从音乐、唱词、道白到场景都融入了大量的地域文化元素，有着浓厚的地方气息。

剧中张健康说健康的一段音韵和谐、风趣幽默，极具地方语言特色的戏曲道白赢得了观众的哄笑和喝彩："天有三宝日月星，地有三宝水土风，人有三宝精气神。老年朋友们，你们听端详，细听我张健康说健康。老年朋友们可一定要注意，千万不敢生闷气……不要攀，不要比，自己不要气自己……一定要摆正心态享受人生，心态好就活到老，心态好病就少。病少了，自己不受罪，儿女不连累，节省医药费，有利全社会。"更绝的是他由说转唱："再过二十年，我们来相会，送到火葬场，全部烧成灰，你一堆，我一堆，你一堆，我一堆……"这种调侃式的略带苦涩的幽默反映的是对待生活的乐观态度和豁达胸怀。

作为剧中人物女一号的张瑛的几个大唱段，无疑是最受观众欢迎、最为观众欣赏的唱段。当失忆老人黄桂兰突然像个孩子"扑通"一下跪在张瑛面前，失口叫声"妈"时，张瑛迅即与黄桂兰跪着相拥，紧接唱道："一声妈、她喊出多少心底话，一声妈、我热泪盈眶能说啥？休说她失忆精神错乱，犹记慈母亲生妈！世上只有妈妈好，天高地厚爱无涯。儿女有难依靠娘啊，阿姨渴望我保护她！她内心孤独盼温暖，她把这儿当成了自己的家。一声妈，喊得我顿觉责任大，再苦再累再艰难，我也要当好这个家！"这声声泪、字字血的唱段表达了一位老年工作者对老人的深厚感情，感人肺腑，催人泪下。

剧中尾声写得好："冬去春来又一年，花落花开艳阳天。日新月异天地变，养老院里笑声甜。"张瑛的一段独白："这个养老院啊，我是离不开你啦，我更离不开这些老人们，迎来送往的每一位老人……是你们让我成长，让我感到了这份工作的意义！我要谢谢这个养老院里住过的每一位老人!"这是对全剧主题的诠释，也是老年工作者内心情感的表白。

尾声里的一段女声伴唱："你是爸，她是妈，一辈子辛苦为了家；岁月如梭催人老，莫拖累儿女早把心放下。哭着来人世，走时也潇洒；病床上数钱那是个傻，活它个轻松愉快有尊严，夕阳映晚霞"，更使这部正剧融进了喜剧的色彩，因为我们的生活，即使老人们的晚年生活也同样是充满了期待和阳光。

三

《守护夕阳》这部关爱老人的戏，扮演老人们的演员都是年逾花甲的老艺术家。他们不计报酬、不怕辛劳，把自己对老年人的情感倾注在自己的角色里。他们把"为霞尚满天"的"夕阳"献给社会的"夕阳"事业，赢得了观众的尊敬和赞扬。扮演张瑛的主演是国家一级演员、著名晋剧表演艺术家吴爱卿。她扮相俊秀，声音甜美，表演大气，很好地表现了张瑛这个人物的气质和风采。这是吴爱卿在艺术生涯中扮演过的众多古代和现代形象中的一个全新的艺术形象。

2014年的《守护夕阳》是继2004年的反映青少年关爱大自然的儿童剧《褐马鸡和少年》和2008年的颂扬中年人坚守传统美德的大型晋剧《花落花开》之后的第三部戏，构成了太原市艺校创作、演出的"三部曲"。市艺校的"三部曲"是对该校教学成果的检验，是产学研相结合、教学改革的成果，是对社会的奉献，可喜、可贺、可赞。

在这《三部曲》创演中，市艺校的王小东同志做出了巨大的贡献。王小东既是校领导，又是编剧、导演、出品人。作为领导，他以开阔的视野和敏锐的观察力，从生活中选取题材，提炼主题，组织创作团队，实践他的创作构想；作为专家，他以崇高的美学理想和精确的美学主张，在生活中发现美，在作品中表现美，运用美的形式，塑造美的形象，编织好看的故事，给观众以美的熏陶和感染。

王小东和市艺校的"三部曲"在创演过程中为我们积累了许多宝贵的经验，给我们以教益和启迪：第一，接地气，反映老百姓的身边事，编演老百姓爱看的戏，体现戏曲艺术和广大观众的亲近性；第二，循规律，走艺术创新的道路，不模拟别人，不重复自己，强调原创，坚持唯一；第三，重节俭，少花钱办大事，提倡奉献精神，鼓励"志愿者"行动，团结一致，开创艺术教育的新局面，增强和扩大太原市艺校这所有着悠久历史和优良传统的艺术教育重镇的美誉度和影响力。

2014 年 7 月 11 日

一台震撼人心的抗战戏

——大型晋剧《红高粱》观后

省城五月的舞台嫣红似火。山西省晋剧院演出的大型晋剧《红高粱》更为这个火热的演出季增添了无限光彩。晋剧《红高粱》震撼了省城舞台，点燃了观众心中的火焰，激奋、愤懑和悲怆。省晋剧院为什么要把诺贝尔文学奖获得者莫言的经典小说《红高粱》搬上舞台？最根本的是为了纪念中国人民抗日战争暨世界反法西斯战争胜利 70 周年。表现"抗战精神，民族气节，人间大义"是这台戏的宗旨，是制作者的初衷。

莫言的《红高粱》家族系列小说红遍了中国，红遍了世界。根据小说原著改编的电影、电视剧、舞剧《红高粱》，以及多个戏曲剧种《红高粱》同样赢得了观众，在社会上产生了广泛影响。张艺谋导演的电影《红高粱》，郑晓龙导演的电视剧《红高粱》，许锐、王舸导演的舞剧《红高粱》，他们在不同年代分别从各自的视角对《红高粱家族》进行改编。他们以不同的审美维度和审美样式讲述《红高粱》的故事。山西省晋剧院是用戏曲的形式来讲述这个动人、悲怆的故事，有着自己独特的审美维度和艺术价值。

小说《红高粱》是莫言的代表作，讲述发生在他的故乡山东高密东北乡的抗日故事，描写日寇侵华期间，中国乡民余占鳌、刘罗汉与民女戴凤莲（九儿）婉转凄恻的爱情经历，抒写了以他们为代表的广大民众奋起反抗、英勇悲壮的抗战故事。晋剧《红高粱》在充分保留原著精神气质的基础上，依据晋剧艺术的特征，对主要情节进行凝炼、浓缩，对人物关系作了合理转化，把九儿、余占鳌、刘罗汉三个人改编为青梅竹马的发小，使人物之间的矛盾更为集中，故事情节更为曲折。全剧由"颠轿"、"洞房"、"祭酒"、"复仇"等8个场次构成，通过塑造鲜活的人物形象，展示在民族危亡之际，底层民众从无意识到有意识的觉醒，从普通乡民到抗日志士的成长，从儿女情长到民族大义的情感升华，面对入侵的敌寇，不畏生死，进行抗争，表现了中华儿女捍卫民族尊严的英雄气概。

晋剧《红高粱》是对一部经典小说的舞台展现，是对古老的晋剧艺术的创新和突破。它最大的特点是把小说戏曲化和对山西元素的吸纳，以及对晋剧艺术各个方面的改革、创新和时尚化。它用音乐和声腔、舞蹈和绝活、人物和行当来演绎小说讲述的故事，直观、形象，更为感人肺腑、动人心魄。

其一，晋剧《红高粱》作为戏曲艺术，最大的成功在于它的音乐和唱腔是全新的创造。在保持晋剧音乐基本元素的基础上，吸收了带有浓郁地方色彩的山西民间音乐，如左权民歌、祁太秧歌、伞头秧歌等，使晋剧音乐和唱腔更加丰富多彩，呈现出一种全新的音乐形象。

剧中九儿在娶亲途中的颠轿音乐、回门途中的跑驴音乐均具有山西民间音乐的特色。

晋剧《红高粱》中的独唱、对唱、三重唱使这台戏曲更具有歌剧色彩。"拜堂"一场中，九儿、余占鳌、刘罗汉的三重唱抒发三人此时此境中的不同心情，委婉、激愤、凄怆，声情并茂。

剧中主角九儿的唱段最多也最为动人。特别是在"刑场"一场，当刘罗汉惨死在鬼子手里时，九儿以大段唱腔怒斥鬼子："割不完的高粱灭不尽的种。一茬收了，一茬又红。这些杀千刀的小鬼子，为什么到我家来行凶。黄河水从此再无太平日，高粱地从此四季都寒冬。数不尽的怨恨心头涌，我我我，恨不能杀光鬼子惩元凶。"九儿内心的仇恨奔涌而出，她掏出剪刀刺向鬼子的军旗，把鬼子的太阳旗踏在脚下。鬼子的枪声响起，我们的女英雄、人民的好女儿慢慢地倒下！在强烈、激愤的音乐声中，余占鳌带领众乡民怒火填膺，齐声高歌："高粱红了，鬼子来了。国破了，家亡了，我们一起上路了。"在"我爷爷信奉血债血偿"的旁白声中，大刀向鬼子的头上砍去！在与鬼子搏斗的爆炸声和枪声中，一台红光，满幕高粱，红得耀眼，红得悲壮！这段表现复仇主题的唱段和情节是全剧最为震撼人心的部分。

伴唱在传统晋剧中是不多见的。晋剧《红高粱》借鉴现代歌剧的形式，每逢剧中的关键节点出现的伴唱，起着塑造人物性格、推动剧情发展的作用。民歌式的伴唱，似梆非梆，引人入胜，余味无穷。

晋剧"四大件"与交响乐的结合，更觉入耳动听。委婉、低沉、亢奋的交响，恰到好处地烘托了剧中不同的气氛。

其二，晋剧《红高粱》以戏曲中不同行当的演员扮演小说中的不同人物，使人物"敢爱敢恨敢生敢死"的形象更加鲜明。主工小旦的师学丽饰演的九儿，俏丽活泼，大胆泼辣，敢爱敢恨，充满了奔放热烈的生命意识。著名须生孙昌饰演的刘罗汉，性格内敛，敢作敢当，在生死关头能够挺身而出。饰演余占鳌的被誉为"三晋第一架子花"的金小毅，以他高昂粗犷的唱腔和充满野性活力的表演，刻画了一个彪悍强壮、情感奔放的硬汉子形象。三位主演都以自己扎实的基本功和不懈的创新精神，"癫狂"入戏，取得成功，是对小说人物"无所拘束的传奇性经历"的最好诠释。

其三，晋剧《红高粱》的地域性极为鲜明。它把小说的山东高密的地域背景移到黄河岸边。波涛汹涌的黄河更多地见证了民族的苦难和奋斗、人民的生存和抗争，见证了把鲜血洒在高粱地里的中华儿女。

剧中"颠轿"一场大幕开启，最初响起的是唢呐独奏山西民歌《桃花红来杏花白》，一下子就拉近了观众与戏剧的距离。被外国人称为"东方芭蕾舞"的跷功是晋剧的传统绝活，在师学丽的脚下运用自如。剧中"洞房"一场九儿表演的上椅子，单腿三起三落，展示了师学丽高超的表演技巧。其他如"颠轿"、"野合"、"祭酒"中的双人舞、群舞都是美不胜收的舞台呈现。特别是"野合"一场在"高粱地，土泥巴，长了一茬又一茬。生了死，死了生，有水有土就发芽"的伴唱声中的双人舞，缠绵和合，精巧美妙，表现了九儿对爱的渴望和大胆、真挚和狂野，既有生活的意趣，又有生命的意趣。戏剧尾声部分，是余占鳌带领众兄弟同日本兵打斗的场面，在激越强烈的锣鼓声中，一个个腾空小翻和跌打、擒拿的武打戏，更使观众心情激荡。

其四，晋剧《红高粱》在舞台美术上运用现代声光电技术，采用 LED 背景，用三维虚拟影像技术丰富了舞台表现，使现代多媒体与传统晋剧艺术完美结合。观众在 7 块 LED 大屏上，可以看到变幻不同的景象，时而是漫天飞舞的桃花，时而是奔腾不息的黄河水，时而是密不透风的青纱帐。当随着茂密的红高粱在舞台上大起大合、穿梭移动时，更使观众沉浸在迷人的艺术境界中。整台戏既保持了晋剧艺术的基本品质，又增添了新颖别致的时尚特色，更符合当代观众特别是青年观众的审美需求。

晋剧是古老的，是民族文化中的瑰宝，是山西人民文化生活中的最爱。但是，晋剧作为戏曲艺术也面临着市场萎缩、观众流失的困境。省晋剧院抓住契机，在纪念抗战胜利 70 周年之际，以传统晋剧演绎抗战故事，表现时代精神，营造戏曲与当代生活、当代观众审美需求相互交融的文化生态，保持戏曲的生命力，是一件具有开创性意义的，值得赞赏、受到广大观众欢迎的好事。

2015 年 5 月 25 日

文章炳蔚　笔墨潇洒

——《王东满诗词书艺》读后

《王东满诗词书艺》近日由北岳文艺出版社出版。书法大师沈鹏先生题写书名。书内前有名师大家姚奠中、力群、张颔、林鹏、陈巨锁，后有胡正、谭谈、林凡、李才旺、王朝瑞、田树苌等先生的题赠，赞赏王东满的"文人书风，作家情怀"。

《王东满诗词书艺》出自才子之手，读后让人艳羡，可谓真情流露，才情满纸，可以作为诗集吟诵，可以作为书艺欣赏，也可以作为格言阅读，读字、品诗、赏画，开卷有益，养眼夺目。

说是《王东满诗词书艺》，其实主要是书艺，至于诗词只是书写的内容而已。王东满的诗词创作，作品甚多，《王东满文集》十卷，其中第九卷是"诗词"专卷，收诗词百余首，还有一部《高扬斋诗草》，一部《怀萱堂诗稿》，加起来东满的诗词作品足有数百首之多，而选入《王东满诗词书艺》一书中的诗词，除去诗联也不过是数十首而已，所以，不好以《王东满诗词书艺》一书来评说王东满的诗词创作，主要是欣赏他的书法艺术。在这部《王东满诗词书艺》出版之前，已有一部《王东满诗词书法集》面世，引起业界的极大兴趣，而这次出版的《王东满诗词书艺》装帧讲究，印制精美，更是满册精品，赢得广泛赞赏。

对于王东满先生，在他的十卷本文集出版后，2006年9月，我曾写过一篇题为《自是多才多艺手》的评论文章，开篇说道："王东满，当代著名作家、诗人、书法家。风流倜傥，玉树临风，人称'太行奇才'。""东满文有特色，人有个性，不随波逐流，更不趋炎附势，心直口快，有话直说，不管你是什么领导高官，不管你对我会产生什么看法，我是一个普通作家，能奈我何，颇有几分魏晋风骨。东满性格豪爽，活得潇洒，文朋诗友，交游甚广，但他不爱张扬，一切都是那样的平和自然。"这段话是我在同东满的多年交往中得出的印象。在这本《王东满诗词书艺》前言中编者以"业界评说"的行文引用了这段话。从我2006年写那篇评论文章到现在将近八年过去了，东满虽然从往日的黑发飘曳到而今的满头华发，但他风度依旧，朱颜未改，仍然是活得那么坚定自信，潇洒自在，而且创作日丰，学养日深，一切都更加成熟，成为诗、书、画皆善的知名的艺术大家。

率性由心著华章

我多次同东满在一起，见他写诗。2013年10月我们一起到北戴河中国作协的"创作之家"度假。或在车上，或在海边，他一有所感，就会随手找一块小纸写上几句，真是心想诗成，情至诗来。在北戴河海边，东满灵感突发，吟出两句诗："梦里涛声胸中海岳，眼底风云笔下雷霆"，气势雄浑，音韵和谐，我十分喜爱，东满就写成一个条幅送我。

一次途经某大道时，遇禁行，说是有什么大领导来了，东满出于对特权的憎恶，唤起诗兴，马上来了一首七律《过东经大道遇禁行偶作》，其中后四句"仰望雄关吊古将，遥思钓岛问今贤：东经大道禁行令，敢否一改此特权？"

还是在这次北戴河聚会时，时值中秋佳节，当晚我、东满同河北师范大学文学院崔志远教授及夫人一起到海边赏月。但见皓月当空，波光粼粼，花灯璀璨，仿佛进入一个童话般的世界，顿觉心旷神怡，似梦似幻，十分惬意，心有所感，但不知如何表达。这时东满诗兴大发，脱口而出七律一首《海边赏月赠崔韩二兄》：

> 夏都度假适中秋，赏月海边如梦游。
> 皓魄经天人共仰，浮光掠影涛声柔。
> 今宵幸会赖缘分，他日何方忆旧侪。
> 浪迹人生无定数，以诗代酒祝君寿。

在我的眼里，东满几乎无事不可入诗，无景不可吟诵，无情不可咏叹，对他来说，真可以说是世界万象无处非诗也。

东满作诗填词，并非无病呻吟、闭门造车，而是依托于生活，扎根于土地，触景生情，缘情而发。王东满以他诗人、书法家的身份，往往应邀到全国各地探访、采风，都深受欢迎。他曾应南海舰队的邀请乘坐军舰远赴祖国南疆西沙，感受大海波涛的汹涌；他曾应中国空军某部的邀请有大西北之行，领略大漠长河之壮美；他曾千里走黄河，感受母亲河的博大胸怀。至于六朝锦绣的南京城，浙江绍兴的古兰亭，福建厦门的鼓浪屿……处处都留下了诗人的足迹，也留下了诗人无数的锦绣文章、动人诗篇。还是印证了"读万卷书，行万里路"的老话，生活是成就诗人的最根本的源泉。

在这本《王东满诗词书艺》里就展现了他"行万里路"的丰硕的创作成果。既有咏唱黄河、太行、吕梁、黄山、常州、西沙的五七律绝，又有五言十六句的《过五台山记》，五言二十六句的《太行行吟——集美王莽岭》，五言百五十句的四条屏《再走大西北》，还有长达七十句的五言古诗《仰瞻五台山镇山之宝〈华严经字塔〉》，特别是七律《为太行山大峡谷之黑龙潭题诗》，镌刻在大峡谷的悬崖峭壁上，巍峨壮观，游人过此处莫不抬头仰望，叹为观止。

东满有《自述》一诗："少年一梦韵乡长，壮岁登堂山药邦。花甲重圆骚客梦，诗书不让少年狂。"可见其少小学诗、终生不渝的勤奋与执着。

东满的旧体诗词创作显示了他深厚的学养和文化功底。他曾苦读王力先生的《诗词格律》，深研一套四本的《词律》。他自觉颇有几分"李杜才气，稼轩情怀"，虽然不敢自比前贤，但认为其诗词作品"或豪放，或婉约，或清新，或自然，多多少少总还沾那么点味儿"。

东满写诗严守格律，但绝不拘泥程式，以律害意。他主张，"书贵硬且瘦，诗贵传神笔"，"不为平仄囚，信笔走千骑"。他说："无论作诗填词，我一向也是不怎么肯老老实实'循规蹈矩'，这是因为鄙人不愿意因文害意，一如做人一般，'安能折腰事权贵'，绝难'屈就'！"真可谓"率性由心著华章"。

翰墨赖由学养润

王东满最早以小说家闻名，一部《大梦醒来迟》登上文坛，是20世纪80年代代表"晋军崛起"的中青年主力作家之一；后又以电影问世，一部《点燃朝霞的人》是我省作家涉足银幕的重要之作；更以一台现代戏《风流父子》唱响城乡舞台，被誉为"现代戏晋军崛起"的标志。他大量诗词作品的发表，使他在旧体诗词创作方面取得了不俗的成就。而登上书坛，以书法闻名，使书法家这一桂冠似乎掩盖了他在其他艺术领域里所取得的成就的光辉。王东满的书法作品以书写自作诗为主，诗歌赋予书法以灵魂，而诗歌亦因以书法为载体而传播久远，二者相得益彰。诗人气质，大家风范，成为王东满书艺的特质。

王东满的书法作品至今流传于世的有多少，恐怕他自己也说不清楚。东满写字，大都不计报酬，不管价码，有求者必应，未求者也送，只要是喜爱他的作品，大都慷慨相赠。东满是省老文艺家协会主席。我记得有一次开主席办公会议，他带来了一卷内文各不相同的书法作品，让与会者任意挑选，喜欢哪一张就拿哪一张。

山西同时代的书法家很多，成就也大都很高。但是，王东满有与其他书法家不同的特点，就是他的书法作品内容针对性很强，往往是他首先为你写了诗，再写成书法作品相赠，这在大多数书法家来说，好像是不容易做到的。你如果想求某一书法家的墨宝，他会书写传世的唐诗名句或励志格言相送，而很少能像东满这样送你的书法作品是写你的，是为你而写的。

东满的书体多变，以行书为主，亦多行草，偶为篆隶，甚至写甲骨文。在他的行书作品中，或有汉隶笔意，或见唐楷书风，变与不变，皆从内容出发，性情使然。

东满的字从笔法、结字到章法，皆挥洒自如，规范大气，可认可读，一目了然，唯美而不失法度，绝无狂草与读者的阻隔。在东满的草书中，草体书写都合规范，只要稍通草书者，并无识别的困难，不需借助释文而能通读下来。东满书体不尊一家，自成一体。然亦有例外。如他恭录的《郑板桥自序》，在这件书法作品中就有明显的板桥体特征。这是他有意为之，慕其人，亦慕其字。

从东满书法作品的形式来看，大型作品有六条屏、八条屏、十条屏等，小型作品有条幅、横幅、斗方、扇面等，各尽其妙，各得其趣。而大幅书法作品，从线条、结构、布局都呈现出一种整体的美感。读书法作品，一要认得字，二要感觉美，我想这是王东满书法作品广受读者、藏家欢迎之所在。

书法家陈巨锁在评论王东满的书法时说："尝见作字，物我两忘，不为法缚，故其书，以不拘法度，又不离法度，天趣超妙，质朴自然，诚文人之书法。"

东满有"早年习字书自作五言自述"的《高扬斋自述》，可见其用功之勤。而他的书法作品多大幅巨制，动辄数百言，如果没有耐心，静不下心来，忍不住寂寞，又怎能完成？我们不能只看到书家今日之风光，更应该知道他们长年累月砚池深耕的艰辛。

东满有七绝《论作画》一首："泼墨敷彩率由心，功到深时笔会吟。新意出自法度外，丹青难描是精神。"可见东满赋诗、作书、作画，强调的就是率性、由心，不受法度的束缚，追求创新和作品的精神内涵。他在七律《论艺答文友》一诗中有言："自然有道谁规范，大圣无私任去来"，又是何等不拘法度的气派。以飘逸奔放的行草书写的七绝《论书法》一首更是气势雄浑，充满自信和理想。这也许是王东满今日能成为独具个性的书法大家的内心驱动力。其诗曰：

敢令前贤逊后生，从来山外有奇峰。
慢言清品至兰极，不信墨池绝卧龙。

书画同源。王东满在书法艺术上取得巨大成就的基础上开始涉猎绘画。不过他不以画家自居，所有绘画作品皆曰"习画"。但从他的绘画作品中也能看出他的美学理想。他画鸡，如《儿子们跟我来》，展现鸡的雄风；画荷，如《梦荷》、《荷塘掠景》、《偶兴习荷》，表达荷的高洁；画菊，如《山菊图》，反映菊的傲骨；画牡丹，如《惊蛰乡居习牡丹》，颂牡丹之富贵；画山水，如《太行春早》、《回太行》，状太行之险峻崔巍。作画，他不是随意为之，表现自己的雅趣，而是有意为之，表现自己的理想。正如他在《山菊图》上所题的诗："正是菊黄秋浓时，乡居高扬多雅思。习画献丑初试菊，落得自赏莫笑痴。"

王东满在诗、书、画方面的成就，既得自生活的赐予，也有赖于他的勤奋苦读和深厚学养。他曾撰书诗联："名画法书游艺三唐两宋，文韬武略追踪诸子百家。"虽然此联他自己说是"率性挥毫自娱"之作，其实是反映他在做学问方面涉猎之广。王东满在《赠书法家陈巨锁兄》一诗中说："翰墨赖由学养润，功夫岂止砚磨痂"，也是表达他对书法与学养关系的重视。

毫素情韵写性灵

《王东满诗词书艺》所收书法作品，从形制上有大幅巨制，有条幅横幅，有匾额扇面，有精美小品；从内容上有对国家的热爱，对民族优秀文化的崇仰，对友朋的深情厚谊，对人生的理想追求。

1. 抒写爱国情怀

王东满是条血性汉子，性情中人，忧国忧民，怀有深厚的爱国情感。2007年7月，他策划、主办了"《永远的纪念——抗战在山西》暨纪念'七七'卢沟桥事变、日寇南京大屠杀七十周年大型书画诗展览"，编印、出版了大型画册，并撰联"纵览百年近代史，列强亡我何其惨"，表达了他炽热的爱国主义感情。2005年，日寇投降60周年时，东满书写了陈寅恪先生的诗《闻日本乞降喜赋》。他还撰书七律《纪念抗战胜利60周年》，诗中曰："屠刀血迹斑斑在，狼子谎言累累旋。慢饮升平盛世酒，观今鉴史今何安。"面对今日日本右翼势力的疯狂挑衅，读东满9年前所写的诗更觉具有现实感。东满还有《水调歌头·登狮垴山缅怀百团大战烈士》，纪念"利剑指长空"、"破袭端点驱寇"的伟大战事，抒发中华儿女团结抗敌的凌云壮志。

2. 恭录传统经典

王东满对我国悠久的历史、传世的经典尤为敬畏。他书写的六尺对开八条屏大型行书、隶书《中华历代王朝兴亡四字歌》，从"中华民族，历史悠久，三皇五帝，传位禅让，夏建王朝，始立家邦"到"自夏至清，年计四千"，概括地介绍了中华历代王朝的历史演变及兴亡规律，可作为中国历史的少儿启蒙读物。

　　他拜谒兰亭古迹，以敬畏的心情习临《兰亭序》六条屏是王东满书艺精品之一。他苦读诗书，恭录名作，书写的六尺对开十条屏大型行草作品白居易的《长恨歌》和《琵琶行》，表达了对这位伟大现实主义诗人的崇仰和对这两篇中国古代叙事长诗的膜拜。他书写的辛弃疾的《破阵子》"醉里挑灯看剑，梦回吹角连营"，杨慎的《临江仙》"滚滚长江东逝水，浪花淘尽英雄"，金戈铁马，慷慨悲歌，感慨历史沧桑。他书写的毛泽东的《沁园春·雪》，表达的是思接千载、视通万里、豪情满怀的伟人情感。此外，东满还书录林则徐语录，表达人生顿悟；书录王昌龄七绝《出塞》，抒发守边将士爱国之情；书录王安石词《桂枝香》，感叹世事的演变。所有这些无不是发思古之幽情，表达诗人、书家自己的理想。

　　作为继承和弘扬传统文化的举措，东满为多处寺庙祠堂题写匾额、撰写楹联。他写的大字"佛"勒石于贵州遵义等景点，唤起游人向善、虔诚之心。他写的大字还有"龙"、"寿"无不大气辉煌，夺人眼球。他为乔家大院题写的匾额"鹤饶朱轩"，为炎帝碑林撰书"集万家书艺精品弘扬国粹，成稀世碑林气象开创新风"，为王家始祖子乔祠题写牌匾"望族再新"，为某家庙书碑"绵延世泽"，为南宋18米高的石牌坊题写的大字"迎瑞"和"瞻志"，皆浑厚敦实、质朴沧桑。他为历史文化名城山西代州翰香楼撰联并书：

　　　承三教继忠烈武略文韬月笼名城白峪翰香楼
　　　依五台仰恒宗襟山带水日暾代州韩街集萃苑

　　更是荦荦大端、庄严圣洁。

他书写的横幅、斗方"观今鉴史"、"履正天佑"、"远俗近禅"、"法天贵真"、"一苇可航"、"怀仁惠德"、"惠风和畅"、"厚德载物"、"人寿年丰"、"苗出兰芽"、"学无止境"、"天道酬勤"、"知人易知己难"、"澄怀观变，读书悟道"等寓意深厚，耐人寻味；在形制上或翻白，或凸起，或铜制，更显古朴雅致。

3. 表达人生哲理

在《王东满诗词书艺》中，有不少作品是表现作者的人生哲理的。

他撰写的充满诗情画意的条幅，如"三绝诗书画，一堂松竹梅"，"明月一壶酒，清风万卷书"，"神游天地外，道悟书山中"，"琴清鹤自舞，花笑鸟当歌"，"艺林妙品诗书画，黄岳奇观松石云"，"静处看山山色远，闲时读书书味长"，"提笔兴来诗下酒，墨香两岸韵扬波"，"槛外行云善观自在，檐前深树秀出天然"，"交满四海乐道人善，胸罗万卷不矜其才"，"酒酿黄花情联凤唱，诗题红叶梦绕雁翔"，"青松枝头白鹤为偶，紫竹园里翠鸟成双"，把人带进一个个诗情画意、鸟语花香、恬静悟道的世界。

他书写的充满人生哲理的诗联是激励众生的很好的教材。如"无功受禄众望轻，惠民以德德政久"；"功崇唯志，业广唯勤；笃行不倦，事必大成"；"群居守口，独坐防心。休饰长短，勿讳有无"；"人澹如菊，品逸似梅，言如九鼎，诺比千金"，等等。

他为德孝文化节撰书：

德以孝为先不孝不悌何以言德

仁乃爱之本有爱有情皆源于仁

极言德、孝、仁、爱在传统伦理道德文化中的重要性。

他的七律《论活人》更可谓道尽做人的真谛：

立身世上幸矣哉，祸福吉凶皆自栽。

愚为金钱迷慧眼，智将权势养虚怀。

清心未必福单至，纵欲谨防祸双来。

人生活法知多少，横竖心安即快哉。

东满又有书写"人生于世"四字格言十八行的八尺横幅，开篇曰："人生于世，德业立身。德何所依，惟言惟行。"言简意赅，音调和谐，言为人处世之道，倍值珍视。

东满论职业和品格的长联，语言通俗，言辞犀利，而内涵深刻，直指要害：

职业无分贵贱，只要安心务正，就是他剃头唱戏缝衣裳不算低下；

品格应分高下，若是任意胡来，哪怕你做官为宦当皇帝照样肮脏。

王东满同师友多诗词酬答唱和，他有多首"敬贺"、"敬谢"、"敬酬"之类的诗作，表达对师长之尊，对友朋之谊。这类作品多为七律。如《敬贺力群老师寿登期颐》、《敬谢沈鹏先生寄赠墨宝》、《敬酬张颔先生》等。"敬酬"的诗作甚多，还有致马烽、胡正、刘江、林鹏、马作楫、陈巨锁、李夜冰、赵梅生等的诗篇，所致大家皆文坛艺苑的俊杰之士，可见东满择友、交友之一斑。

2014 年 4 月 10 日

散文 随笔

SANWEN SUIBI

党的永葆青春的生命力
来自党的实事求是和与时俱进
—— 写在党的 90 诞辰

2011 年 7 月 1 日，我们迎来了中国共产党成立 90 周年。这是一个值得大庆的日子。党成立了 90 年，我可以说是跟着党走了 60 年。我是 1950 年参军的。我入伍的部队是解放军 111 师。111 师是参加绥远"九·一九"起义的部队。我当时只有 17 岁，被分配在师政治部做宣传员。政治部主任赵绍昌问我，政治部是共产党的机关，你害怕吗？我说，不怕。因为我接触到的从各个解放区调到政治部的干部都非常和蔼、亲切，使我这个从小失去父母的孤儿真正有了自己的家。赵绍昌主任常同我们政治部的几个小青年聊天，还向我推荐当时全国级别最高的文学刊物——《人民文学》，向我介绍"中国人民文艺丛书"所收的众多解放区作家的作品，使我开始接触到人民自己的文艺。

此后的几十年，从部队到地方，我大部分时间是在党委部门工作的。1970 年调到省委宣传部，更是在党的省级领导机关里工作了 18 年。1988 年调到省文联，担任党组副书记和常务副主席，做的还是党的工作。所以说我的一生是生活在党的怀抱里，在党的培养下度过的。

1951 年是中国共产党成立 30 周年。当时部队专门组织我们学习胡乔木著的《中国共产党三十年》。这是我读到的第一部专门写党的历史的书。1991中共党史出版社出版了胡绳主编的《中国共产党的七十年》，这是我读到的第二部写党的历史的书。为迎接建党90周年，中共党史出版社新近出版了《中国共产党历史》第一、二卷。这是党史著作的重要成果。读党的历史著作，使我更加深了对党的认识和对党的历史的了解。

中国共产党领导中国革命和建设取得了震撼世界的伟大成就，改写了中国自1840年以来的170多年的屈辱历史，迎来了中华民族的伟大复兴。90年来党所走过的道路并不是一帆风顺的，而是崎岖坎坷的。其中的宝贵经验和历史教训都有党在各个历史阶段的总结和专家学者的论著加以阐述。我结合自己的经历说两点最切身的感受。

从"大跃进"到"八字方针"

"1958年下半年发动的以钢为纲、钢产量翻番，以粮为纲、粮产量翻番为中心内容的'大跃进'运动，超越了客观的可能，违背了有计划按比例发展的规律，结果事与愿违，钢、粮产量不但没有翻上去，反而使社会生产力遭到很大破坏，群众的积极性受到严重挫伤，造成工农业生产和整个国民经济的大滑坡。"这是薄一波同志在《若干重大决策与事件的回顾》一书中所讲的。结果在"大跃进"的最后一年即1960年，我国的经济陷入极度困难的境地。这三年困难时期是我亲身经历过的，印象最深的是吃不饱，饿肚子，得浮肿病。我们党发现了问题，大兴调查研究之风，积极地进行调整，出台了符合实际的经济政策。1961年1月，党的八届九中全会批准了对国民经济实行"调整、巩固、充实、提高"的"八字方针"。这一方针经过1962年"七千人大会"统一了全党认识之后，才真正得到落实，开始扎扎实实地进行全面调整，国民经济很快得到了恢复。

1962年，我已经从山西大学中文系毕业，留校读研究生。就是在这一年的春节系里召开教师座谈会。座谈会在一间大教室里举行，黑板上写着"一年更比一年好"的大字。座谈会上给每一位教师发了一袋干果食品，有核桃和枣。这在当时来说，实在是难得，这些食物很久都没见过。我记得我们中文系教授姚奠中先生也参加了。他非常高兴，赋诗《春节联欢二首》："嘉会新春好，开怀纵谈深。风云观世界，济世有同心。""日丽山河秀，阳回大地春。前途花似锦，思想贵时新。"姚奠中先生的喜悦之情充满在诗行里。

1962年党的"调整、巩固、充实、提高"的"八字方针"，我至今难以忘怀。因为"八字方针"恢复了我们党的实事求是的传统，促进了社会稳定和经济发展。

从"以阶级斗争为纲"到建设和谐社会

党的十一届三中全会确立了把全党的工作中心转入社会主义现代化建设的轨道。党的十一届六中全会通过的《关于建国以来党的若干历史问题的决议》，在党的指导思想上完成了拨乱反正的历史任务。中国进入了改革开放的新时期，在政治、经济、思想、文化各方面都取得了为世界瞩目的巨大成就。这一切都由于党在关键时刻的重要决策，引导中国发展的航船朝着正确的方向前进。

这一时期党的路线、政策给我印象最深的是贯彻落实科学发展观，构建社会主义和谐社会。在三中全会之前，特别是"文化大革命"期间，我们一直处在"以阶级斗争为纲"的政治生活中。三中全会以来，思想活跃，观念更新，以人为本，科学发展，倡导和谐，我们在政治思想上进入了历史上最好的时期。思想上的解放，学术上的民主，言论上的自由，包括网络、微博等多种媒体的传播，是从未有过的。提倡构建和谐社会，意味着过去的那种上纲上线、斗争哲学、动辄得咎的局面再也不会出现了。所以，广大干部群众特别是知识分子，心情舒畅，对党在三中全会以来的思想路线、党的知识分子政策是最满意、最拥护的。知识分子在社会上有了过去不可想象的地位。我的老师姚奠中先生担任了省政协副主席，成为倍受社会尊重的国学大师，就是一个最好的例证。

我参加过省社科联组织的几届全省社会科学优秀成果评奖。每一届都有一大批优秀的社会科学研究成果涌现出来，有些有着很高的学术价值。这些成果的涌现同党的发展、繁荣科学文化的政策，同为知识分子提供的宽松、和谐、民主的学术环境是分不开的。

一句话，庆祝党的90华诞，我觉得党的伟大，党的永葆青春的生命力，就在于党的实事求是、与时俱进，不断地调整和制定自己的政策，以适应时代的发展和社会的需要。

2011年6月16日

独具特色的《中国新闻周刊》

一

省外宣办的申志纯同志向我推荐了一份装帧别致、印刷精美的刊物——中国新闻社主办的《中国新闻周刊》，2000年1月1日出版的创刊号。《周刊》一函三册，A版新闻，B版娱乐生活，C版专题；包装三册为一函的是一张2000年年历。

《中国新闻周刊》有着自己独特的个性。它申明《中国新闻周刊》是中国的，它是中国人在中国创办的中文周刊，因此它有一个鲜明的与生俱来的中国立场：中华文明传承、中华民族前途、中国国家利益；《中国新闻周刊》是新闻的，它有着不同于报纸、电视和网络的新闻，它强调的是独到的发现、精当的选择、系统的概括、完整的背景、理性的评价、典雅的形式，它认为没有创造性的新闻，就没有存在的必要。一句话，《中国新闻周刊》是中国的、新闻的周刊，是信息时代的"信息管家"，是中国人写给新世纪的情书，是人类倾诉世间情愫、追求真理的物证。

二

A版新闻可见刊物独到的发现和选择。所报道的新闻的热点和焦点皆与时代合拍、与读者共鸣。通过《周刊》可尽知天下大事，而且是经过条分缕析、系统概括，并予以理性评价的天下大事。

新闻重视言论。言论当鲜明、准确，且紧密结合实际，达到"以正确的舆论引导人"的要求。《中国新闻周刊》的"本刊述评"《新世纪·老问题》一文，提纲挈领，高屋建瓴，令人耳目一新。文章说："2000年来了。相当一部分人急于将这一年定为新世纪，似乎一进入新世纪，就是阳光灿烂，就是一帆风顺，旧世纪成堆的老问题就会迎刃而解。真是这样吗？否！新世纪不能解决老问题。"有哪些老问题呢？中国加入WTO，开发西部战略的实施，"十五"计划的制定，国企改革攻坚之年，政治体制改革和经济体制改革的双推进。这些老问题都是新世纪面临的最大的新问题。"进入新世纪，解决老问题，无捷径可循，只有务实再务实，落实再落实。"这就是《周刊》的观点。

新闻讲究时效、快捷、直观，《周刊》中的"第一现场"（图片新闻）、"数字新闻"、"话中有画"、"新闻人物"等栏目就体现了这些特点。其中有一条新闻短到几十个字："'白天文明不精神，夜里精神不文明。'市民们指责某些公职人员在其位不谋其'正'。"

当然，在《周刊》新闻版中分量最重的还是它们的"独家报道"——《反腐未结案》。报道列举了1999年尚未了结的10宗腐败大案。其中收受、索取巨额贿赂多达544万余元的原江西省副省长胡长清最近已被判处死刑。在未了结的10宗大案中，有在不到两个月时间内突击"批发"官帽278顶的原山西长治市委常委王虎林。报道还列了一个"贪死的人"名单，从1989年至1999年十年间因贪污受贿被判处死刑的22人（不完全统计）；一个18人的"封贪榜"，榜上有名的均属省部级及以上的领导干部。《周刊》关注这些尚未了结的案件，是希望借此提醒所有的人，"革命尚未成功，反腐任重道远"。

在"社会新闻"栏目中，《周刊》推出的《改革重锤今年抡谁？》一文观点鲜明，文风犀利，掷地有声。文章说，中国的改革重锤已经砸遍了企业，砸完了中央机关，"现在正敲打着省、市、县，有1/3的干部下岗。今年这只重锤又砸向'闲人'最多的事业单位"。"政府的理由是：像国企和政府机关一样，事业单位（主要是科教文卫系统）也存在着惊人的重复建设和人浮于事，这一点最招朱总理恨。"为此，报纸减肥，记者下岗；大学消肿，教授考级；大量科技人员分流……都成为不争的事实。

《周刊》关注的是《网络新世纪》，网络生金，网络业已经成为富翁的速成基地；关注的是《基因总动员》，基因研究可能为人类提供更多的健康关怀，或许让你好梦成真，成为不老的寿星。《周刊》新闻关注着科技的前沿。

《周刊》"特别企划"栏目推出的是《新面孔影响新世纪》。文章说："在新世纪开始的头一年，将诞生两张新面孔，不管他们是谁，都会对这个世界产生重要的影响：他们是美国和俄罗斯的新总统。"另外，中国"不可分割的一部分台湾也在进行着'大选'。这张新面孔不但要影响到台海关系，也会间接影响到中国在新世纪中的态度。因为，关心台湾问题的，实在不仅只中国。"这样的述评真可以说是一针见血，一语中的。

三

B版娱乐生活，可见《中国新闻周刊》的审美趋向和对大众文化的关怀。B版重点介绍的是中国跨世纪重点文化工程，将于今年4月开工的中国国家大剧院。由法国建筑师保罗·安德鲁设计的中国国家大剧院——这座将矗立在北京人民大会堂西侧的，总建筑面积12万平方米的建筑，被《周刊》形容为"水面上的世纪巨蛋"。由玻璃和钛材建成的日夜都闪烁着光芒的半透明的卵型外壳之中，有容纳2500人的歌剧院、容纳2000人的音乐厅、容纳1200人的小剧院及另外的小型实验剧场。整个大剧院由水面和绿地环绕。来剧院的观众由水下的玻璃通道通过。据悉，大剧院将于2003年建成。这座耗资巨大的超现代建筑，被认为是中国未来的符号。

《周刊》讲电影，主要介绍中国独立制片电影的运作，这是打破电影制片全部国有化的垄断，出现的个人或公司投资拍电影的"新生"现象。在这种现象中，涌现出从事独立制片电影的新导演何建军、张元、王小帅等，产生了《男男女女》、《洗澡》、《月蚀》等具有自由无拘、任达畅意、不容尘封和羁勒的品质的中国新电影。据统计，截至1999年底这类影片已拍了近30部。这批影片"不仅赢得了一大批国际影展奖项，而且对海外观众形成相当强有力的冲击，成为他们观看中国的一扇又一扇玻璃之窗"。

《周刊》讲戏剧，更是予以超前关注。《周刊》认为，科技的飞速发展，可能泽被戏剧，展现出一幅我们目前的想象力还难以达到的面貌。新世纪的剧场化所充分展示的戏剧魅力，就是其中之一。这种剧场化，不完全是指过去由舞台、灯光、音效等构成的"剧场艺术"，而是进一步利用声、光、电的优势，拓展想象力的极限，创造出无边的戏剧空间，剧场将是一个巨大的音箱，一幅360度的画面，五光十色，无所不能。《周刊》认为，20世纪90年代末，话剧人与戏曲创作者为了各自的发展，不约而同地进行了一定程度的相互借鉴，使得戏剧整体有了一种向上的态势。话剧因借鉴了戏曲的写意性戏剧观而更加收放自如；戏曲则因融入了话剧的因素而更加厚重、大气。所以，新世纪的戏剧，将是话剧与戏曲平分秋色。《周刊》还认为，新世纪的戏剧将趋向平民化，即戏剧的深入浅出——将哲理与思考蕴入平实的幽默和世俗的噱头中，让观众看得乐不可支却又绝不粗俗。戏剧的市民属性决定了戏剧只有回归民间，才能生存得更加有声有色。

《周刊》在阅读栏目里发表了《知识分子怎么啦？》一文，介绍1988年在伦敦问世，后在英国和美国一版再版的畅销书《知识分子》。这是一本要让人看到知识分子另一面的书。书中主要围绕那些人文偶像们对金钱、性、名声这三项内容的态度，揭露这些知识分子个性中的弱点和他们所犯过的错误。他们生活中种种可恶、可耻、可笑、可悲的方面，把这些已经被人们遗忘或淡忘的东西组合在一起，毫不留情地抖落给读者。随着《知识分子》中译本的面世，在国内引起了不小的反响，一些出版商紧随其后出版了《十作家批判书》、《丑陋的学术人》、《余秋雨现象批判》等对知识分子持批判姿态的书籍。"这类书籍蜂拥而来，给人一种兴奋的感觉：有人要打架了。更令人激动的是，被打的都是以前打人的人，或是站在高处看我们这些芸芸众生打架的人。"与这类书籍相印证的是，《周刊》"盘点"小栏目引用《北京晚报》所认定的1999年遭到媒体批评最多的9位文化名人，他（她）们是：王朔、金庸、张艺谋、陈凯歌、冯小刚、梁晓声、余秋雨、柯云路、刘晓庆。

四

C版专题《动物同志》让我们大开眼界。动物是人类的朋友，人类应该关爱自然，保护动物。英国人彼得·辛格说："对其他生命的尊重正是对人类生命的关注；解放动物，就是解放人类自己。"可是我们在《动物同志》中看到的更多的是人类的欲望和动物的悲怆，以及由此引发出的种种思考。动物在人间像空气一样弥漫在我们的生活之中。我们的物质生活和精神生活，何曾能离开动物。我们有四大宠爱动物：狗、猫、鸟、鱼；有四大悲情动物：猪、马、牛、羊；有四大爱情动物：蝴蝶、白蛇、鸳鸯、天鹅；有四大吉祥动物：龙凤、喜鹊、乌龟、仙鹤；还有四大动物寓言故事："狼来了"、"龟兔赛跑"、"披着羊皮的狼"、"狗熊掰棒子"，从小就启迪着儿童的思想和心智。

今天，我们一方面视动物为宠物，一方面把动物当美味，珍禽异鸟、生猛怪兽尽为人间盘中餐，哪管它们属于国家几类保护动物。从《周刊》中我们可以看到一只普通狗经过多么残酷的折磨被制造成价值二三千元的沙皮小狗；我们可以看到一只在铁笼子里被关了整整十年的黑熊怎么样被人每隔几天就用插在肚皮里的铁管子把胆汁一滴一滴地吸了出来，供饕餮者饮用……

专题版中摘引了《人与动物的恩怨》中的一段话，可以引起我们对动物界和人类社会的关系的深层思考："动物是人类的一面镜子，动物的行为将激起人类心灵的共鸣、震颤和反省，使他们由兽性想到人性。有的'人类'和动物相比，仅仅是多了一块遮羞布而少了一条尾巴。"

《中国新闻周刊》的新闻版视角独特，体现了2000强力关注；《中国新闻周刊》的娱乐生活版选材超前，体现了2000世纪关怀；《中国新闻周刊》的专题版情趣并重，体现了2000极端关注。《中国新闻周刊》真是有看头。

2000年2月21日

一位真诚的共产党人

——从两次会议看刘舒侠同志实事求是的作风

　　刘舒侠同志从 1978 年 8 月到 1983 年 5 月担任中共山西省委宣传部部长，前后近五年时间。当时我在省委宣传部文艺处当干事。舒侠部长爱看戏。每逢有演出，他即使白天劳累了一天，晚上也要去看。我常常和文艺处的另一位干事宋达恩一起坐车去新建路太原市委领导住的简陋的平房宿舍接他。看完戏后，他很少上台接见演员，更不随便讲话、和演员合影，只是回家的路上在车上同我们议论几句，但所讲的看法往往很有见地，让我们受益匪浅。舒侠部长是充满书卷气的领导干部，喜欢戏剧影视，爱好金石书画，看戏当然是他不可少的活动了。不过给我印象最深的却是舒侠部长主持的两个会议。

　　党的十一届六中全会闭幕不久，1981 年 9 月 16 日至 22 日，根据省委指示，省委宣传部在晋祠宾馆召开"山西省文艺工作座谈会"，传达、学习中共中央〔1981〕30 号文件，即《邓小平同志关于思想战线上的问题的谈话》和《胡耀邦同志在思想战线问题座谈会上的讲话》。小平同志的谈话是同中共中央宣传部门负责同志讲的，主要是针对党对思想战线和文艺战线上出现的搞资产阶级自由化的现象存在着涣散软弱的状态，对错误倾向不敢批评的问题。参加会议的有省委宣传部正副部长，省文联正副主席，各协会主席或负责人，各地市委宣传部正副部长，各地市文联主席，省、市12家公开发行的文艺刊物和14家内部发行的文艺刊物的负责人，省直新闻、出版等单位文艺部门的负责人，部分中青年文学、戏剧作家，以及几位写过一些倾向不太好的作品的作者，共101人。

由于会议规模大，时间长，会议设立了办公室。办公室主任由刘江副部长兼，副主任有张庆贤、杜兰和贺新辉。张庆贤是部办公室副主任（主任是罗广德），杜兰是干部管理处副处长，贺新辉是文艺处副处长。文艺处的几位同志分别在办公室下设的几个组里工作。贺新辉、毋小红在会务组，曲润海、宋达恩在材料组，我在简报组。我们文艺处的五位同志全部出动。

会议由刘舒侠部长主持，副部长刘贯文、马烽、刘江、李玉明、张玉田都参加了。通过学习文件、大会发言和小组讨论，大家统一了认识。大家一致认识到，中央领导同志的谈话和讲话，是党的六中全会以后，党中央对思想战线工作的重要指示，对文艺界统一思想，改变作风，克服涣散软弱的状态和自由化倾向，正确地坚持解放思想的方针，有着极为重要的指导意义。

在会上，大家联系思想，联系山西实际，畅所欲言，各抒己见，使会议开得生动活泼，既解决问题，又心情愉快。大家认为，山西近几年的文艺工作基本上是坚持了党的三中全会精神，坚持了四项基本原则，坚持了毛泽东文艺思想，坚持了文艺的"二为"方向和"双百"方针。当然，我省文艺的领导方面也普遍存在着涣散软弱的状态，我省文艺界也存在着自由化的倾向，在文艺创作中，脱离生活、生编硬造的现象相当普遍。对于这些问题，我们都是采取批评与自我批评的方式，通过学习讨论统一思想。对一些问题的认识存在着分歧，允许各抒己见，不强求一致。如对于我省文艺工作的形势估价问题，对于文艺作品可不可以写"文化大革命"的问题，都有不同看法。还有的同志提出不要把揭露不正之风的作品统统说成"自由化"，否则，文艺创作很可能又会走到"无冲突论"或"三突出"的死胡同里去。对于这些看法不同的意见都允许存在。这一切同刘舒侠同志主持会议的指导思想和具体做法有着密切的关系。他在会上的讲话和批示，都很好地说明了这一点。

9月16日上午座谈会正式开始，刘舒侠部长在会上讲了话。他说："七月份中央召开了有各省、市分管文艺工作的书记及宣传部长参加的思想战线问题座谈会，这是六中全会的继续和必要的补充。会议结束后，省委认真听取了汇报，并进行了仔细的研究。我们这个会议就是根据省委指示召开的。"他说："我省思想文化战线上虽然还没有发现什么大的问题，但也不是说就没有问题，要通过这次座谈会，摆一摆思想文化战线上领导软弱涣散的情况，找一找原因，还要解决一些问题，作为我们从软弱到坚强的起点。"他特别强调说："这次会议要进一步深入学习中央30号文件，分析我们文艺战线的情况，统一认识，加强领导，由弱变强，在四项原则的基础上调动文艺工作者的积极性，繁荣创作。发表过不好作品的同志不要背包袱，检查总结了就算完了。要使缺点变成财富，变成前进的动力。"舒侠部长还指出："三中全会以后，我省的创作确实是繁荣了。文艺期刊全省就有26种，公开发行的12种，内部发行的14种。《汾水》、《晋阳文艺》、《太原文艺》三种刊物不仅向全国发行，还向世界发行。这些刊物在社会上有一定的影响，也培养了一批青年作者。这些成绩是应该肯定的。但也必须指出，我们有些刊物发表的一些作品，是违背四项基本原则的。从领导状况来说，对这种情况不敢进行批评。放弃了对错误的批评，就是为自由化倾向开了方便之门。不好的作品的出现，不能单怪作者，主要是领导对这些作者缺乏批评，缺乏帮助，缺乏疏导。这些东西的发表，也反映了我们编辑人员的观点和方法上存在的问题。思想解放绝不是自由化。"

　　舒侠部长最后说："对不良倾向要批评，但要采取'三不'主义，坚持思想问题要思想解决。不要因为一篇东西把人家搞臭，搞垮。就有缺点错误的同志来说，对自己要一分为二，要主动检查，这也是恢复党的优良传统。我们提倡批评与自我批评，也可以反批评。思想不通可以不检查，绝不要勉强。但也绝不允许错误的东西自由泛滥。"

　　9月16日上午，省委宣传部的几位部长与参加座谈会的部分作者进行了座谈，部领导再次向大家谈到召开这次全省文艺工作者座谈会的目的。舒侠部长说："这次邀请大家来，不是要把大家的积极性打下去，而是想怎么把大家的积极性更好地调动起来。每个人都可以畅所欲言。可以批评，也可以反批评，不同意见，绝不强加于人。否则，我们就会犯错误。但是发现了问题，比如自由化倾向，如果不及时指出来，是不负责任的，也是错误的。"他希望大家把这次会议作为一次很好的学习机会，通过这次学习，端正思想认识，写出更好的作品来。座谈会上，刘贯文、张玉田、马烽、刘江、李玉明副部长都指出，希望大家高兴而来，愉快而去。对任何检讨都欢迎，认识不了，也不强求。一个作品，写的时候有个过程；回头看，认识，也有个过程。

　　舒侠部长还在座谈会的简报上做了批示，指出，对文艺战线的"形势、成绩与缺点作出实事求是的评价，当然有些问题是属于资产阶级自由化倾向，有些不属于这个方面，但它是什么性质，综合之后得出全省性的结论，以说服那些对我们提出资产阶级自由化倾向持怀疑态度的人"。"青年作者如何健康的成长，需要在哪些方面注意，也要提出号召。"

　　在全省文艺工作者座谈会召开之前，1981年3月16日至26日省委宣传部还召开过一次"山西省省直文艺部门党员骨干学习会"。主要是学习贯彻中央工作会议精神，检查三中全会以来我省文艺工作的情况，进一步加强和改善党对文艺工作的领导。在3月16日学习会开始时，舒侠部长讲了话。他说："根据中央精神认真检查我们的工作，总结经验教训，不能走过场，要实事求是，不讲大话、空话、假话。要自我清理，自我检查，检查得不好，大家可以批评，但绝不能整人。"3月19日下午、20日上午，部领导听取了各组召集人的学习汇报。舒侠部长在会上讲了话。他针对大家在讨论中关注较多的反"左"还是反右的问题说："就文艺界总的情况讲，还是反极'左'的问题，但联系到具体问题时，应该有什么反什么，是'左'就反'左'，是右就反右。"他特别强调："这次学习绝不整人，整人这个教训够沉痛了。但是，一定要联系思想实际、工作实际。要解决问题，不能走过场。""这次学习的指导思想是实事求是，从实际出发。成绩、缺点都应是有多少说多少，忽视、扩大哪方面都是不对的，要全面看。""领导思想上一定要注意，这次学习不是针对某一个作者或某一个编辑，不是对人，而是要检查我们工作中存在的问题，责任应领导负。""不同的意见可以保留，不要强加于人。"

坚持四项基本原则，反对资产阶级自由化倾向，是当时党在思想战线上的要求。主要目的是正确地坚持解放思想、改革开放的方针，克服领导上的软弱涣散状态，加强思想政治工作，进一步调动广大文艺工作者的积极性，使我们的文艺战线不断取得新的胜利。作为省委宣传部的主要领导，贯彻中央精神和省委指示，是义不容辞的职责。难能可贵的是刘舒侠部长在这两次会议上，始终坚持实事求是的精神，一切从实际出发，所以两次会议都开得非常好，达到了预期的目的，收到了良好的效果。文中摘录的舒侠部长在两次会议上的讲话、批示，都是原文照录，未作任何删节处理，在二十六七年后的今天，并未发现有什么不妥之处，而是从这些讲话和批示中感到一位共产党人实事求是的精神，与人为善的态度，坚定的党性原则，以及对党的事业的无限忠诚。

舒侠部长离开我们整整八年了。我打开尘封的档案资料，重读舒侠部长亲切的讲话，重睹他那熟悉的笔迹，仿佛又回到1981年的那个早春和初秋，回到我尊敬的老部长的跟前，聆听他的教诲，享受春雨秋阳的滋润和温暖，感受一位共产党人的真诚的心灵和博大的襟怀，激起我对舒侠部长的深切的怀念。

2008 年 3 月 13 日

无法忘却的思念

——忆人民艺术家力群

人民艺术家力群先生离开我们已经两个多月了。这段时间，我找出了所有力群老送我的书翻看，而且都是力老的亲笔签名本。只有今年一月份力群老的儿子郝相寄我的一本力老的《余晖集》，没有他老人家的签名，因为这时力老已经住进了医院。后来书还没有收到，就传来力群老去世的噩耗。《余晖集》就永远不会有力老那端正有力的签名了。

这段时间，我常常想起这几十年来同力群老的交往，感受他永葆青春的精神和卓然不群的风采。我深深地觉得力群老是中国文化界的一座丰碑，一座宝库，有多少值得我们回忆、学习和研究的地方，包括他的人生道路、理想信念和创作成就，其中蕴藏着多么宝贵的精神财富，会滋养我们的民族文化。

2012年5月23日，是毛泽东同志《在延安文艺座谈会上的讲话》发表70周年；2012年12月25日，是中国当代版画大师力群先生的百岁诞辰。在这个值得纪念和庆贺的年份里，我想写一篇文章来纪念《讲话》发表和祝贺力老百岁生日，就拟了个题目"《讲话》70年和力群百岁"，可是还没有等我把文章写完，就接到了力群老辞世的消息，让我悲痛不已。

力群老，留给了我们许多宝贵的精神财富，还有无穷的思念。

我想起1992年力老80岁时中国美协和山西省文联为他举办的从艺60

年暨80华诞庆贺会；想起2002年力老90岁时省文联为他举办的作品展览会；想起2011年底力老百岁时省里为他举办的祝寿会；想起力老一个世纪生涯中的成就和贡献、奋斗和光辉。这一切都印象深刻，历历在目。

光辉的人生历程和创作道路

祖籍山西灵石的力群先生，是中国新兴木刻的开拓者和奠基人之一，是当代著名版画大师，也是卓有成就的文学大家。力老高寿，活了百岁，从事艺术事业就有80年，这在中国现当代文学艺术史上堪称凤毛麟角。力群老的百年人生，是一个有志者追求艺术事业、追求理想信仰、追求革命道路的卓越人生。

力群，1912年12月25日出生于山西灵石县郝家掌村。原名郝丽春，因觉名字过于女性化，遂自己改名为"力群"，意为"效力于人民群众"。1927年，力群15岁，考入太原成成中学，向美术老师赵缵之学习写生画、水彩画。成成中学的校训是"明德明理，成己成人"。力群一生的足迹心音是践行成成中学校训的最好典范。

1931年力群考入国立杭州艺术专科学校。1933年与同学曹白等组织进步学术团体"木铃木刻研究会"，从事鲁迅先生所倡导的新兴木刻运动，其木刻《采叶》《鲁迅像》等受到鲁迅先生的指导和鼓励。同年，参加中国左翼美术家联盟。

1936年力群创作的版画《鲁迅像》，由曹白寄给了鲁迅先生，受到先生的认可，鲁迅在回信中说："郝君给我刻像，谢谢。"这幅作品成为世界各国最多采用的鲁迅像。1936年10月19日，鲁迅先生去世后，力群还为先生画了遗像。

1938年力群加入抗敌演剧队第三队，从事抗日救亡活动。1940年初，他到延安鲁迅艺术文学院担任美术系教员，1942年参加延安文艺座谈会，奠定了他一生为人民的艺术道路。

新中国成立后，力群与高沐鸿等筹建山西省文联，担任省文联副主任和省美术家协会主席，创办《山西画报》，担任主编。后调北京，在首都美术界任职，担任过《美术》杂志副主编、《版画》杂志主编，北京人民美术出版社副总编。曾任中国版画家协会副主席，中国美术家协会党组成员、常务理事、书记处书记。曾任山西省文联、山西省老文艺家协会名誉主席。

力群老是中国新兴版画运动的奠基人和拓荒者之一。他之所以能够成为一代版画大师，得力于乡土文化和民族文化的孕育滋润，得力于鲁迅和毛泽东两位巨人的教诲和影响。他的作品源泉是人民生活，作品题材是现实斗争，作品风格是民族化、大众化。他的版画创作同中国的革命斗争实践紧密结合。他的农村题材版画作品构成中国农村风俗画的长卷。从他的作品我们可以感知历史的印记和时代的色彩。他的版画艺术提高了版画的表现力，构思精巧，技法高超，色彩明亮和谐，富有美感，有着很高的文化品位。

鉴于力群先生在艺术方面的杰出贡献，山西省委、省政府授予他"人民艺术家"称号。文化部、中国文联、中国美术家协会授予他"造型艺术成就奖"、"中国美术金彩奖成就奖"、"中国新兴版画杰出贡献奖"等终身成就奖。

力群先生的作品走出了国门，走向了世界。他的版画曾多次在苏联、法国、英国、德国、日本等50多个国家展出，并为美国、日本等多个国家的博物馆、美术馆收藏。

1940年在延安创作的版画《饮》，表现了劳动人民的勤劳、朴实和健美，是力群代表作之一，被英国博物馆收藏。同年创作的通过一位奶孩子的妇女正在聚精会神地听讲的形象，赞扬延安人民学习精神的版画《听报告》为澳大利亚国立美术馆收藏。1941年创作的版画《延安鲁艺校景》，诗人艾青称赞其"作品的表现手法是最生动的",为英国博物馆收藏。1957年创作的版画《北京雪景》入选"莫斯科·北京版画家作品展览会",《真理报》评论说:"艺术家力群在木刻中所表现的和暖的中国的冬天,迷人地童话般地印在人们的记忆中。"版画为俄罗斯艺术馆收藏。1980年创作的版画《林间》刻画了两只活泼可爱的小松鼠,表现了生命的欢悦,受到极高的评价,曾在6个国家展出,被法国国立图书馆收藏。

力群老不仅在版画创作上做出了突出的贡献,而且在中国画创作上也取得了很大的成绩。在杭州艺术专科学习时,他受教于国画教师潘天寿、李苦禅,这对他在紧握木刻刀的同时,拿起毛笔画中国画很有影响。他一生画中国画坚持不断,特别是到晚年随着年岁的增长就更多地画起中国画。力群老晚年住在京都燕山脚下香草堂村,98岁时画了一幅《邻家的花》的中国画,自言:"邻家墙下有此花余试画之以此为乐。"99岁时画《兰花》《明月松间照》,当为大师绝笔。这些国画作品都是力老精神、情趣和境界的绝妙融合。

力群老既重视美术创作,也重视美术评论,一生出版了三本美术评论集。第一本是《力群美术论文选集》,1958年由北京人民美术出版社出版;第二本名《梅花香自苦寒来》,1985年由四川美术出版社出版;第三本是《力群美术文学评论集》,2000年由北岳文艺出版社出版。与前两本不同的是这一本除美术评论外,还收了不少文学方面的评论文章。

力群老不仅是版画大师,而且是文学大家。早在20世纪30年代,他就接触到文学,走上文学创作的道路。他有多篇散文、杂文作品在上海发表在成仿吾主办的《立报》、茅盾主编的副刊《言林》和胡风创办的《七月》杂志上。他的木刻作品《收获》还作为胡风主办的《生活与学习》丛书的封面。他还在周扬主编的《文艺战线》上发表了小说《野姑娘的故事》。在延安力群同众多作家有过交往。他在"鲁艺"美术系任教,但喜欢到文学系旁听周立波的"名著选读"课，期间阅读了大量的中外名著。他在延安举办个人木刻作品展览时，黄钢、艾青等作家、诗人予以评论。他还与从西安来延安的茅盾先生结识，把自己的小说新作《父母》送给茅盾。茅盾先生读后对作品作了中肯的分析，提出了具体的修改意见，使他很受教益。

此后，力群老一直没有间断过文学创作，包括小说、诗歌、散文、评论等都有可观的收获。他出版有《力群诗选》，散文选有《我的乐园》《马兰花》，小说选有《野姑娘的故事》。在力群老80高龄的时候还撰写了反映自己生活和艺术道路的自传性质的著作《我的艺术生涯》。他还参与了1988年《山西日报》围绕小说《永不回归的姑母》展开的一场文艺论战。力群老到了晚年还编选出版了包括散文和评论的《晚霞集》和《余晖集》。

八十华诞庆贺会

1992年11月17至19日，中国美协、山西文联和山西美协在太原共同举办了"力群同志从事艺术创作60年暨80华诞庆贺会"。我当时主持省文联工作，组织了活动的筹备工作。会上邀请了省外的专家学者20余人，省内有30多位画家、评论家参加。开幕式隆重热烈，研讨会认真务实，活动搞得十分成功，力群老也很满意。

开幕式由省文联党组书记任国维主持,中国美协党组书记、常务副主席、著名版画家王琦致开幕词，省委常委、宣传部部长张维庆讲话。省文联副主席、省美协主席董其中作了"力群的版画创作道路"的主旨发言。蔡若虹、李桦、古元、李少言，以及北京鲁迅博物馆、中国美术馆、浙江美院、东北师大美术系、宁夏版画家协会等单位发来了贺电、贺信。《美术》杂志主编、著名美术评论家华夏向力群老献上了长达58句的四言诗，其中有句："郝翁力群，版画闻名，老农《饮水》，早期佳品"，"学习郝翁，艺为人民，奉献祖国，永无止境"，言简意赅，形象生动，表现了力老的成就和贡献。

研讨会上，大家认为力群老是我们的骄傲，因为他为中国的新兴版画艺术做出了突出贡献；大家认为力群老是我们的榜样，因为他的人品、文品和画品都堪称楷模。力群老在会上说："没有新兴版画运动就没有我力群；没有中国共产党就没有新兴版画运动。"所以，他60年坚持毛主席的文艺路线，矢志不渝，身体力行。

庆贺会上发布了《力群版画选》《力群散文选》和《力群传》三本书，印发了《力群年表及作品目录》，播放了山西电视台摄制的反映力群艺术生涯的专题片，还举办了"力群同志版画国画作品展览"。长达三天的活动在美术界形成了一个空前的"力群热"。

力群老虽然年已八十，但是他老当益壮，永葆艺术青春，对生活充满热情。力老的精神会上会下都给大家留下了深刻的印象。他说，自己的时间抓得很紧，日程排得很满，出差、开会、讲学，整天忙得不可开交，而打球、跳舞、骑自行车这些富有生命活力的运动，使他的工作精力更加饱满，工作热情更加焕发。就在会议的间隙，他还要阅读文章，修改稿件，时间得到了最有效的利用。岁月悠悠八十年，力群老的生命价值得到最好的体现。

九十高龄时的作品展

2002年，力群先生已是90岁高龄的老人。省文联为纪念《讲话》发表60周年专门举办了《人民艺术家力群作品展》。在展厅我见到了刚刚从北京回来的力群老。当他向我说起60年前，在"而立"之年参加延安文艺座谈会的情景时，仍然是心情激动，感慨万千，觉得真正找到了文艺为大众的方向。就在毛主席《讲话》发表不久，这位久负盛名的青年版画家，作品风格大变，由讲究黑白对比的欧化风格一改为中国老百姓所喜欢的中国风格。他在展厅举了几幅1942年前后的作品给我看，前期版画大都采用西洋的明暗法来表现人物的面部，老百姓不喜欢，后期则改用中国人物画的表现方法，人物面部清亮干净。力群认为他在《讲话》后的代表作是《丰衣足食图》，这先是一幅反映陕甘宁边区人民生活的新年画，之后又刻成套色木刻，因为群众喜欢带色彩的美术作品。

力群自30年代参加左翼文艺运动以来，从事新兴木刻创作，就立志要为中国的劳苦大众服务。但是，实践告诉他，欧化的作品劳苦大众并不喜欢。他想起毛主席在《讲话》中要求"我们的美术专门家应该注意群众的美术"，于是在继承中国新兴版画革命传统的基础上，加强对民间年画、雕塑、剪纸及民族传统绘画的学习、研究，并进行新年画创作。他认为，创作新年画本身就是对旧年画从内容到形式的改造和提高，于是就创作出他特别向我介绍的那幅由年画到套色木刻的《丰衣足食图》。

力群说，《讲话》提到的文艺为什么人的问题和普及与提高的关系，几十年来一直是我艺术行动的指南。我感到自古以来有良心的艺术家总是力求自己的作品为大多数人所欣赏，而不是所谓的"自我表现"、"孤芳自赏"。他说，我非常同意邓小平同志1979年讲的这句话："人民是文艺工作者的母亲。""人民需要艺术，艺术更需要人民。"而这句话正是体现了毛泽东文艺思想。力群沿着毛主席《讲话》指引的道路，一直走了70年，为人民创作了大量的优秀作品，并形成了自己版画和中国画创作的艺术风格。20世纪80年代，力群还不时地参与当代美术思潮中的一些论争，坚持文艺为人民服务的正确的文艺方向。

百岁寿诞为大师祝寿

去年12月23日，我随山西老文艺家协会主席王东满、副主席郭士星等乘车去看望力群老。

力群老原来住在省休干所宿舍，离我住的省文联宿舍仅是一巷之隔

（桃园南路西一巷），来往十分方便。我曾多次去力老家请教、拜访，受到他的热情接待。给我印象最深的是他家里养着的一对可爱的小松鼠。力老一生喜欢小动物，也画小动物，他的一幅很有名的版画《林间》就是刻画的两只小松鼠。二楼是他的画室，我也在楼上看过他画画。平时一出文联后门在小巷里也常常能碰到力老骑着车子过来。这时他已经80多岁了，可还经常骑自行车、跳舞、打网球。大家都说力老爱运动，所以身体好。我有时还邀请力老参加一些笔会，看他作画写字，同样是一种美的享受。在文联搞活动、开会，同力老见面的机会就更多了。给我最深的印象是，什么时候见到力老，都是面带笑容，非常亲切，充满了年轻人的朝气。力老性格开朗豪爽，热爱生活，有着老年人少有的童真童趣。后来，力老全家迁移到北京，就再也没有见过面。可是，力老一直没有忘了我，一有新作出版就给我寄来，而且在书的扉页上都是亲笔签名，写着"玉峰同志惠存"的字样，让我非常感动。

这一次去北京看望力群老，已经是几年没有见过面了，心中充满了喜悦和期待。

力群老家住北京昌平区崔村乡香堂村文化小区，离北京市区有50多公里。在小区纵横交错的小巷里我们找到力老的家。从门上贴的对联上的字一眼就看出这是力老所写，我们到了他的家。力老半躺在一个长沙发上，脸色红润，精神矍铄，根本不像是一位年已百岁的老人。我走到力老跟前，他一眼就认出了我，就问："你是韩玉峰?"我说："是的。"他接着问我的话是："《永不回归的姑母》小说的作者叫什么名字?"原来力老一直记着1988年3月30日《山西日报》副刊上刊登的力老的一篇文章《我与作家的对话》，因为批评作家王祥夫的小说《永不回归的姑母》而引起的一场文艺论战。因为力老听力困难，我在他家特地准备的一块写字板上写了作者的名字。老人笑着点了点头。力老逝世后，王祥夫写了一篇

《我与力群先生》充满感情的怀念力老的散文，发表在《山西日报》、天津《今晚报》等报刊和网站上。这真是在一场文艺论战中，一位文坛老人和一位青年作家成了莫逆之契的忘年交。

王东满向力群老念了他写的一首《敬贺力群老师百岁诞辰》的七律。我从中摘句集成一副对联："文坛宗师风骨铮铮扬正气，艺苑楷模襟怀坦坦倾天河"，倒也能表达出对力群老崇敬的心情。

力老到北京后出版了多部著作，有小说集《野姑娘的故事》、散文集《晚霞集》、《力群诗选》、《力群中国画选集》，以及《论力群文学艺术集》。其中的《晚霞集》是力老在90岁高龄时自己编选的，收入作者80至90岁时所写的散文和评论。此后，力老又自己编选出版了《余晖集》。他在这本书的"前言"中说："这本《余晖集》是继《晚霞集》之后的最后的一本文集了，因为我今年已96岁，不可能再有什么写作。"这是现在能够见到的力群老留给我们的最后的文字。

力群老在北京把他出版的新书大都寄给了我，对此，我特别感激。我在写字板上写了感谢的话，力老只是笑了笑，没说什么。

惭愧的是，力老送了我那么多的书，我除去2004年5月写的一篇《〈在延安文艺座谈会上的讲话〉和从延安来的山西文艺家》一文中有一段专门写力老的"力群的延安情结"外，竟未写过任何有关力老的文字，即使这段稿子也不知道力老生前看到没有。如今我即使再写多少东西，力老也无从知晓了。我的内心受到无形的自我谴责。我没有专门去研究我最尊敬的当代大艺术家和我心目中的长者。这成为我永远无法弥补的遗憾。

我们来看力老，他的家人还送给我们每人一本《力群画传》和刚刚由中国美协编印的《力群百岁画集》，力老都签上自己的名字。在送给我的那本《力群画传》的扉页上老人工工整整地写了"玉峰同志惠存"几个字，这是力老最后给我写的字。临别时，力老同我们合影留念。我紧握他的手，我觉得老人的手是那样有力。我期盼着有机会再到北京看望他老人家，谁能想到这一次见面竟成永别！

12月25日，力老的生日。省文联、省美协等单位在昌平为力老百岁诞辰祝寿。寿宴上许多领导、宾客祝词致贺，力老耳背，他听不到谁在讲话，几次要站起来致答谢词。据在场的同志说，力老声音洪亮，讲的话仍然是强调："我坚持的方向就是文艺为人民服务的方向，我走的道路就是文艺民族化、大众化的道路。"我们的力群老念念不忘的还是延安和《讲话》。

回到太原后，我检点力老送给我的书，发现就缺一本力老最后出版的《余晖集》，于是请郝相给我寄书。可是书还没有收到，2月9日晚上11点40分，却收到郝相的一个短信，说："老爷子情况不好，我们开始忙了。"我十分震惊，我的心一下子就沉下去了！第二天上午，在三晋文化研究会开《力群的生活及文学世界》出版座谈会，我不敢提昨晚收到郝相短信的事。会上力群老的女婿赵二湖说了力老正在北京抢救的情况。二湖说完就走了，可能他要赶到北京去。我在会上说起去年12月在昌平看望力老的情况，说到力老当时的精神相当好，祝愿他老人家能尽快转危为安，恢复健康。我还说希望能再去北京看力老，这话赢得了大家的掌声，说明大家都在关心力老，希望他能度过这一关。但是，想不到当天晚上10时10分力老就真的走了。离我们最后见到他还不到两个月！力群老为什么竟这样匆匆离去，急急上路！我泪水盈眶，心情沉重，我最尊敬的长者就这样匆忙地走了。我翻看在昌平香堂村力老家里，我站在他身边的一张照片，我觉得力老显得比我还年轻，还精神，怎么说走就走了呢？我真是不敢相信。

2012年4月28日

典型堪作后人师

——怀念寒声老

2012年6月15日，我的长辈、邻居寒声先生走了。19日，我到龙山园为老人送别。但是他好像没有走，我常常想起这位慈祥亲切、笔耕到老的老人，想起他严谨的治学态度，想起他老骥伏枥、忘我工作的精神。寒老是我尊敬的前辈，是我敬重的师长。我内心中常常以寒老为榜样，要学而不怠，笔耕不辍，绝不虚度光阴。我从1992年5月搬到省文联三号楼宿舍，与寒老同住三层，我家在东，寒老家在西，东西相连，门挨着门，是为近邻。直到我2006年8月迁走，同寒老为邻共度了14个春秋。

我同寒老是近邻，为了请教问题就常常登门拜访。不论严冬酷暑，还是白天晚上，我什么时候去他家，都见到寒老伏案写作，辛勤笔耕。他好像不知道自己年事已高，也不在乎自己身体多病，就像一个年轻人一样地在那里奋力拼搏。我看到这一切，只能是自愧弗如。寒老谈起他的学术计划，更是神思飞扬，滔滔不绝，他有着做不完的课题，研究不完的项目。

与寒老做邻居，最为楼内住户称道的是，每年过年我们两家贴的是一副春联。由于我们的房屋结构是门挨门，所以写好的对联，就把上联贴在寒老家门框的右边，下联贴在我家门框的左边，两个横批分别贴在两家门框的上方，两家门框的中间贴一个大"福"字。每年写对联、贴对联的程序是：寒老起草联语，征求我的意见，他的古典诗词基础好，我看了大都满意，于是他就动笔书写，写好后交给我，由我负责张贴。就这样，十多年了，我们两家合作贴春联。春联的内容记不清了，大都是在两家的姓氏上做文章，语多喜庆，且涉时政，赞美社会主义好日子，等等。可惜的是，这些对联我都没有抄下，无法再见寒老当时的所思所写，想起来真是遗憾。

我们文联三号楼的"楼长"是热心公益的董耀章先生。我是"楼长"工作的坚定支持者。为了维护楼道整洁，我们楼上楼下8户人家，定了个不成文的规矩，每家负责打扫一个月的楼道卫生，还制作了一个卫生值班牌依户传递。8户人家，12个月，一年轮下来最多两次，负担不重，但是楼道经常保持得干干净净，成了全文联宿舍的模范。在三号楼，除去单元门外两侧的李束为、郑笃两位人民艺术家是独自的门户外，单元内住户就数寒老年纪最长。但是每逢他家轮值，除去他的儿子、儿媳打扫外，寒老也常常是自己动手。他带着一个小水壶，拿着一把大笤帚，一边喷水除尘，一边打扫楼道阶梯，干得十分认真，一丝不苟。我常常在楼道碰到他正在打扫，就劝他休息休息吧，不要累着；他总是说，不要紧，能行。

寒老的儿子寒鸿是一个非常好的年轻人。我家的孩子不在身边，家里有什么事情，特别是水电、门锁之类非常麻烦但又是十分紧要的事，就找到寒老家，寒老马上让寒鸿过去帮忙。寒鸿人品好，又热心，专攻美术，但对电器之类的东西也很精通，每次都是有求必应，帮助修好，让我好生感动，更体会到"远亲不如近邻"这句老话的实在和温暖。

这是我眼中的近邻，生活中的寒老，在事业上他最大的成就是他在戏剧创作和戏剧研究方面的贡献。

寒声老，是从太行老区来的革命文艺家。他编创刊物，组织剧团，编写剧本，研究戏剧理论，当过刊物主编、剧团团长、文化局长、剧协主任、文联委员等职，是山西文化界、戏剧界的前辈和旗帜。

寒老本来是搞美术的。后来他由专业美术转向戏剧编导、戏曲音乐和戏曲史论研究，成果丰硕，取得了突出的成绩。

寒老一辈子爱戏，看戏、写戏、研究戏，"戏"是他终生的事业。即使在他耄耋之年，一有新戏出来，就一定去看。我也爱看戏，常常在看完戏后搭他的车一起回家。山西电视台办了个"走进大戏台"的栏目，他还去当评委，为参加竞赛的年轻的戏曲演员和票友们点评鼓劲。

寒老一生写了13部戏，其中有一部是寒老1982年春天创作的，由雁北文工团演出的大型民族歌舞剧《晋水咽》。剧本的题材是让"倾城四十宫娥像，笑语嘤嘤立满堂"（郭沫若诗）的晋祠圣母殿里长年锁宫中、默默不得语的侍女们再现在舞台上，使观众目睹她们当年动人的芳姿和悲惨的遭遇。我看了这台戏，很受感动，就写了一篇《此恨绵绵无绝期》的剧评发表在《山西日报》上，后收入《中国戏剧年鉴》1982年卷。

最令人赞叹的是在寒声老80岁高龄的时候，创办并主编了大型学术刊物《黄河文化论坛》。《论坛》由山西省建设文化强省规划研究中心主管，由山西省文联和山西省老文艺家协会主办，从1998年下半年创办，到2008年3月，共出版了16辑。《黄河文化论坛》是一部立足黄河流域，研究中华上下五千年文明，跨学科、跨地域的"大文化"综合性的学术理论研究丛书。这部丛书，不仅是为理论学术界提供的国内外学术交流的窗口，而且为有知识、有见解、敢于探索的理论学术精英提供了施展才华的园地，出版后受到国内外有关学者的欢迎和好评。著名戏剧家曲润海先生在谈到这部丛书时说："《黄河文化论坛》并不是一个地域文化刊物，而是一个纵贯历史、横跨地域的中华文化学术园地。它既重视历史，又关注现实，因此它的一些文章对当代的文化建设，具有一定的理论参考价值。"这话说得很中肯，给予《黄河文化论坛》以应有的评价，也是对把一生中最后的心血倾注在这套丛书里的寒声老的赞誉。

　　进入21世纪，我常常见到不少作家、艺术家出版的文集。我觉得以寒老的资历、学术成就以及年龄都应该尽早编辑出版文集，为社会留下宝贵的精神财富。每当我和寒老说起此事，他总是说不忙。这一是说明他对出文集的事确实不太上心，另外也是因为他手头上需要完成的课题太多，而且他还要主编每年出两辑的《黄河文化论坛》，这可是众多国内外学者所关注的大事，一刻也不敢放松。就这样，原计划出版的《寒声文集》10卷，虽然都已编好，但他只看到了4卷。《寒声文集》第一卷是2004年10月出版的，一出版寒老就签名送给我。今年春天，第二卷上、下两册出版了，寒老记着我，又把他的签名本送给我，这是寒老给我留下的他最后的手迹。

　　《寒声文集》10卷本，400百万字。文集在编选时，寒老自己定了一个标准，就是那些反映政治运动、应景式的文章一律不收，只收那些有学术、研究价值的文章和论著。所编选的每一卷，前面有专家、学者写的序言，后面有寒老自己写的编后记。这两部分是研究寒老论著的极有价值的资料。

　　我先后看到《寒声文集》的1至4卷。第一卷收的是总题为"中世纪华夏戏剧新论"的学术论文，寒老的好友、戏剧家郭汉城先生作序。第二卷上、下两册，收入的是一部长达90万字的学术专著《中国梆子声腔源流考证》，属于全国艺术科学"十五"规划课题。这部著作从2001年到2008年，前后用了7年多时间。寒老自己说是"本课题以多维视角和系统论探讨中国梆子腔的源流"。曲润海先生在本书序言中认为："《中国梆子声腔源流考证》一书之价值已经突破了课题本身，是一个独特的重大收获。"第三卷收入的同样是一部学术专著《晋剧声腔音乐史稿》，是为晋剧音乐写史。寒老在完成这部著作时，已经是93岁的老人了。由著名戏剧家刘厚生先生作序，他认为："这本专谈晋剧声腔的书，其意义与价值决不仅仅限于晋剧和山西。"因为在戏曲发展中，最具剧种特色、最专业又最需要发展提高的是音乐。这一命题显然是不受剧种和地域限制的。第四卷是戏剧作品选，收入寒老在20世纪40年代至80年代创作的13个剧本，包括晋剧《打金枝》、大型民族歌舞剧《晋水咽》，还有歌剧、秧歌剧、话剧、北路梆子、上党梆子等，可见作家在戏剧形式上涉猎之广。《打金枝》于2008年由中国戏曲学会收入《中国当代百种曲》一书中。

我看到的《寒声文集》仅仅4卷，就觉得如登戏剧艺术殿堂，只觉琳琅满目，美不胜收，还有尚未出版的其余6卷，其恢宏的内容更可期待。巨著10大卷，洋洋400万言，论质论量，寒声老在中国戏剧史论方面的巨大贡献就难以估量了。

听寒鸿说，今年3月，寒老住进了院。他在住院期间通读了文集第八卷的校样。5月下旬，他第二次住院前，把最后一卷，即第十卷的稿子全部整理好，整整齐齐地放在他的写字台上。当第三、四卷由三晋出版社出版后，出版社的同志马上把样书送到医院，这时寒老已经不能说话。寒鸿和他的弟弟寒冰、妻子柴锦秀把书打开一页一页地翻给他看。寒老看着这两卷刚刚印好的文集，点点头，笑了。这位终身辛勤耕耘、成果卓著的人民艺术家无悔无憾地笑了。

2012年7月25日

附：寒鸿的来信

韩老师：

您好！我在整理我父亲的笔记等文稿时，发现他老人家很仔细地在每年的笔记中还有咱们两家每年过年时，他拟的春联的文字。我整理集中了一下，给您发去，算是对您回忆家父文章的补充吧。想起我们两家做邻居的日子，还是很温馨的。代我问候王老师，您年纪也大了，千万注意身体，有需要我做什么事情，还是和以前我们做邻居时一样，尽管打招呼，不要见外。

整理的春联附后，题目也是我父亲笔记中写的。

秋安

寒　鸿

2012.10.13

附：与邻居韩玉峰合璧春联

1994甲戌年

你府过年我家过年，年年互祝人康泰

东邻姓韩西舍姓寒，韩寒音同字不同

1995乙亥年

几通腊鼓播寒声鼓来瑞气

满天飞雪积玉峰雪兆丰年

1996丙子年

思维常新灵台春华永艳

情志深邃文苑秋实充盈

1997丁丑年

祥和团结为九七春节高歌华夏正气

伟略宏谋雪百年国耻喜迎香港回归

1998戊寅年

寅虎生风吹彻华夏春回弘扬正气

老牛奋蹄奔向金光大道不甘后尘

惜时如金　自强不息

1999己卯年

迈向文坛跨世纪岁月

开创人生第二个春天

神怀永茂　自强不息

2000庚辰年

龙腾华夏登高远望

燕舞阳春展翅飞翔

2001辛巳年

苍龙醉吟铸就青苍岁月

金蛇狂舞再创流金年华

2002壬午年

乘赤县龙驹奔向新世纪

迎钧天彩凤飞来万姓家

与日俱进　开拓创新

2003癸未年

奔向全面小康任重道远

建设文化强省戮力同心

实事求是　解放思想

2004甲申年

电脑龙芯思接千载

火眼金睛视通万里

花甲岁首　六合同春

2005乙酉年

　　新岁喜拓新思路

　　鸡年厚结鸡黍谊

2006丙戌年

　　天星在斗对天心辽阔

　　地支归戌踏地步有声

　　金狗年华　旺旺狗年

温幸一年祭

一

真想不到我在电脑上会敲出"温幸一年祭"这样的几个字!

去年10月6日,我听到温幸主席病逝的消息十分惊愕、悲痛。10月2日,我刚从外地回来,就准备去看他,没有想到他竟这样急匆匆地走了!我和温幸主席最后一次见面,是去年5月18日省老文艺家协会在老干部活动中心召开的纪念毛主席《在延安文艺座谈会上的讲话》发表70周年座谈会上。那时视力不好的温幸已经很少到外面参加活动,但是,纪念《讲话》他来了。因为他对党、对毛主席有着极其深厚的感情。他在省委宣传部主管文艺工作期间,每年"五·二三"都要组织纪念活动已经成为一种惯例,而且大都由他主持。今年,是毛主席《讲话》发表70周年,是个大庆的日子,他来了。我请温幸上主席台就座,他不肯,就坐在会场前排的一把椅子上,一个人低头不语。因为他看不清楚,不能同大家打招呼。大家看到他来了,都非常高兴,跑到他跟前问候,话题还是关心他的身体。没有想到,这成了我见到温幸主席的最后一面。我再见到他的时候,竟是10月10日在"永安"的告别厅!大厅里温幸安卧在丛丛鲜花中。在人生道路上奔波了一辈子的温幸终于可以歇下来安稳地入睡了!告别大厅内外布满了挽联和花圈,挤满了向他告别的亲友,大家眼噙泪水要来送送这位好人上路,因为他这一生为大家办了多少好事啊!此情此境,温幸主席，你可知晓？

温幸小我三岁，我真想不到他竟先我而去了。这虽然说不上是白发人送黑发人，但总觉惋惜。人生如过客，总有一别时，但又何必如此匆匆！在我的印象中，温幸的身体一直很好，年轻时爱锻炼，爱打篮球和乒乓球。只是后来知道他得了糖尿病，对付得也还好。直到糖尿病并发症侵犯到他的眼睛，大大影响了他的视力。一个终身离不开书报书写的人，这是多么的残酷！我去看他时，他说书报不能看了，字也不能写了，只能用毛笔写大字。

二

温幸是我的领导。1983年他被任命为省委宣传部副部长，分管新闻和文艺，我被任命为宣传部文艺处处长，正好在他的领导下。1998年温幸到省文联当主席，我已经退休，仍然属他管。

在部里时，温幸部长对我的工作非常支持。对于全省的文艺工作，温幸部长布置的任务，我会全力以赴地去完成。对于我的工作建议，他如果认为合适，就给予大力支持，让我放手大胆地去干。所以我们在工作上配合得好，合作得非常愉快。我作为文艺处的老处长，对于我的工作安排，温幸部长更是操心，通过部里和省委要尽量安排好。

温幸更是我的朋友，我们多年相处，亲如兄弟，共事多年，从未红过脸，更不要说是闹别扭、争吵。我只记得有一次我俩闹得不太愉快。那时我们都还是干事。温幸是新闻处干事，我是文艺处干事。有一次部里让出墙报，所谓墙报就是用毛笔把稿件书写在几张大纸上，然后拼起来贴在墙上。温幸毛笔字写得好，就由他来负责编排书写。稿件由各个处室提供，我负责提供文艺处同志写的稿子。温幸书写时我在一旁看。他排的第一篇稿子是刘克文的，刘是新闻处的老干事，古文基础很好；排的第二篇稿子是梁衡的，梁当时也是新闻处的干事，爱写诗歌、散文。我看到这一连两篇都是新闻处的，有点不乐意，就问他你安排的稿子怎么都是新闻处的，我们文艺处的稿子怎么就上不去？温幸一听急了，说："玉峰，你怎么能这样说，我根本就不是这么想的，会专门偏向新闻处！"我没有再吭气，看来是错怪温幸了。当然接下来排的就是文艺处的稿子。要说我俩如果有过点小冲突，就此一次，以后再未发生过。

三

同温幸相处多年，友情甚笃，往事如烟，留下的众多记忆挥之不去。我印象最深的是温幸对党的感情，对老一辈革命家的敬重，特别是对周恩来总理的热爱。1976年1月8日，人民的好总理周恩来去世了。天崩地裂，山呼海啸，全国人民陷于巨大的悲痛中！但是，"四人帮"倒行逆施不允许组织悼念周总理的活动。这时在府西街省委大院里干部群众自发地搭起灵棚，悬挂总理遗像，敬献花圈，书写挽联，大家前来吊唁。这时只是宣传部新闻处干事的温幸自觉地担任司仪，主持一拨拨群众的吊唁活动。在阵阵哀乐声中，温幸一次次地主持，一次次地陪着吊唁的群众鞠躬、流泪。近一个多月的时间，他就陪伴在总理的身边！

四

温幸是一位对工作、对同志极其负责的人。在他的权力范围内，他尽可能地要多为下面的同志办实事、办好事。20世纪80年代，文化系统除去省里办的几个有刊号在全国公开发行的刊物外，各个地市文联大都办有刊物，但只有太原和大同的刊物是有刊号公开发行的，其他多数是内部发行，都希望要一个公开发行的刊号。当时，省委宣传部就有批准的权力。在温幸主持的一个文艺刊物座谈会上，他听到大家的意见，回到省委大院组织、宣传二部所在的7号楼前时对我说："地市文联的刊物咱们都给他们批了吧。"我马上说："好。"就这样全省各个地市文联的刊物都有了在全国公开发行的刊号。办刊号的事，当时好像也没觉得有多难，可后来知道批一个全国刊号是多么不容易！几年后，由于编制、经费或管理等方面原因，以及国家新闻出版政策的调整，好几个地市文联刊物的刊号被撤销了，再加上新增设的地市，现在全省11个地市级文联，只有太原的《都市》、大同的《小品文选刊》和忻州的《五台山》有全国刊号，其他拿的都是"山西省内部资料准印证"。事情虽然后来有了变化，但是当时温幸部长的胆识和魄力，为下面办的好事，是为大家所敬重和感激的。

再有一件事，就是文艺界评专业职称的事情。这事关系到广大文艺工作者的前途和待遇问题，自然为大家所关注。20世纪80年代全省开始评职称。温幸担任全省作家系列和艺术系列高级专业职称评审委员会主任，我作为他的助手担任副主任。艺术系列高评委副主任还有省文化厅的两位厅长，鲁克义和郭士星；评委有力群、苏光、王爱爱、田桂兰等大家。温幸还是全省新闻出版系列高级专业职称评委的主任。

评职称最重要的是指标，有指标才能评聘。在每一次评职称前，温幸都要同省职称办的负责同志协商、沟通，尽量能要到更多的指标。在评审会上，温幸常常请省职改办的同志参加，请他们听听大家的意见。有几次评审会，就是因为有省职改办的领导在场就当场拍板给增加指标的。温幸特别是对一些老同志非常同情，常说某某干了一辈子了，也有水平，连个高级职称都上不去，太说不过去了。有一次会上，因为指标有限，几个应该上的同志上不去，评委觉得十分为难。上，没有指标；不上，又觉得可惜。这时温幸说："上。指标我下去要。"就这样，一批批的同志评上了高级职称。

我记不清我们为全省的文艺工作者评了多少个正高和副高职称，就是一级作家、二级作家、一级演员、二级演员……给这些取得一定成就、做出重要贡献的作家、艺术家们以应有的荣誉和待遇。许多同志都感谢温幸，说我们是在温部长的手里评上高级职称的。

温幸特别爱惜人才，重用人才。梁衡是新闻处干事。当他了解到梁衡的爱好和才华时，极力推荐和支持他调任光明日报社驻山西记者站站长。后来梁衡调到北京在国家新闻出版总署和人民日报社担任要职，成了全国著名的散文大家。当他了解到华而实同志的创作才能后，就想办法把他调到省京剧团，创作了不少京剧好戏。华而实成了全国著名的剧作家。省群众艺术馆馆长薛麦喜同志编著了多部有关山西文化艺术的大书，温幸给予大力支持。他说："薛麦喜是生产力，我们要发挥他的长处。"

温幸非常关心人才培养，以适应党的干部要实现"四化"（革命化、年轻化、知识化、专业化）的要求。当时部里提出要办学培养干部，批准办了两所学校。温幸依托山西日报社创办了山西业余新闻学院，还支持我创办山西文化进修学院（后更名为山西职工文学院）。这两所学校经省政府批准建立后，我俩一同去中宣部和国家教委办理审批备案手续。这两所学校毕业的学生现在大多是新闻、文艺系统的领导骨干，有的还是厅局级干部。

温幸对宣传部干部的升迁去留特别关心。他多次和我说过，他整理了一个宣传部干部变化的名单，哪些同志调出去了，安排在哪里；哪些同志去世了——他都一一记载。现在谁会在温幸手写的这个名单上加上他的名字！

五

温幸热爱家乡故土，同家乡有着割不断的血肉联系。他是文水人。从小离家生活在太原，后来还在北京上过中学，但是他一口文水话从未变过。同家人、朋友交谈是如此，讲话、发言亦是如此，乡音不改，使人听起来觉得十分亲切。

温幸为家乡刘胡兰烈士纪念馆的整修竭尽全力，向省里要钱，配合县里，把刘胡兰纪念馆整修一新。温幸是文水同乡会的会长，每年都要组织大家在一起聚会，好像在省里工作的文水人都团结在他的周围了，因为他热心为家乡办事，真心同家乡人相处。

温幸为人低调，不爱张扬，不讲排场。记得20世纪80年代，我俩骑着自行车到并州路省歌看节目，当时既没有让部里派车，回来时省歌也没有找车相送。在骑车回省委的路上，我们觉得有点饿，就下车在路边的一个小饭摊上买了几个鸡蛋充饥。现在想起来这真是一种幸福，因为我们当时都还年轻。

我多次随温幸部长到下面调研，包括在部里和到了文联以后，温幸都是耐心地倾听大家的意见，然后说说自己的看法，提点建议和希望。在温幸担任省文联主席期间，我曾同他到各地市文联调研。到运城时正赶上第二天上午关公文化旅游节开幕，运城文联的同志请我们参加开幕式，在主席台就座。温幸说不去了，我们不是来参加关公文化节的，就不打扰了。他就是这样的自觉和低调。

我同温幸相识相知，交往多年，有多少值得共同回忆的事情难以说完。记得2011年春节期间，同是从宣传部出来的老朋友曲润海从北京回来，我俩一同去看温幸，我们三个都是宣传部的老人，忆旧人，说往事，谈起来兴致甚浓，不知不觉已近黄昏。温幸夫人侯雅君专门安排，在省老干部活动中心请我们吃饭。那顿饭吃得很高兴，我至今记得有几道菜十分可口，其实是心情使然，老友相聚情绪好，当然一切就都是美好的了。

我写《温幸一年祭》其实是自说自话。本来这些话应该是同温幸两人共同品茗忆旧，他说他的文水话，我讲我的同普话（大同普通话），方才有趣。如今阴阳两隔，音讯难通，独自言语，无人倾听，更觉无奈和悲伤！人生如此，徒唤奈何！

2013年9月6日

血脉、泪水和伟力

——写在四川汶川大地震全国哀悼日

　　我常常想起伟大诗人艾青的两句诗："为什么我的眼里常含泪水，因为我对这土地爱得深沉。"在我们伟大祖国的这片土地上曾经发生过多少事情，有的气壮山河，有的惊天动地，有的蒙受屈辱，有的扬眉吐气，到如今，不少事情成为历史的记忆。可是发生在这片土地上的汶川大地震又一次给我们带来了巨大的震撼。我们的土地在颤抖，在塌陷，在断裂，数以万计的同胞瞬间被埋在一片废墟里，突如其来降临了一场巨大的灾难！从那时起，我们在屏幕前，看着"抗震救灾，众志成城"的一幕幕悲怆的景象，看着我们的人民军队、武警战士、公安干警，以及来自全国各地的志愿者们，不怕疲劳，夜以继日奔赴抗震第一线，不顾个人安危，不言放弃，竭尽全力抢救每一个生命的身影；听着党和国家领导人"只要有一线希望，就要全力抢救"的急切的命令——我们深深地被打动了。我们敬爱的温总理安慰失去父母的孩子不要哭，"你要活下去，好好地活下去"，他自己却哭了。在电视机前的我们都哭了。这些天来，亿万人民的心里在滴血，眼里在流泪，我们在忍受着巨大的痛苦，我们的祖国在遭受着磨难，在经受着考验。这使我再一次想吟诵艾青的诗句："为什么我的眼里常含泪水，因为我对这土地爱得深沉。"

　　这几天在新闻媒体上出现了许多我们常用的词语。"血脉相连，情同手足"，书写的是民族的情义；"风雨同舟，和衷共济"，反映的是人民的心声；"万众一心，众志成城"，表达的是中华民族顽强不屈的斗志。这些耳熟能详的词语，在今天有了生动的内容、形象的诠释，富有了时代的意义。

汶川大地震使我想起发生在 32 年前的唐山大地震。那是 1976 年 8 月 27 日凌晨，一场大地震把整个唐山夷为平地。就是在那个 1976 年，我们敬爱的周恩来总理和朱德委员长相继离开了我们。我们的毛主席正在重病中，他得知唐山大地震的消息，流下了伤痛的眼泪。32 年前的唐山大地震，32 年后的汶川大地震，唐山、汶川，祖国的山和川，为什么先后会遭受到这么大的灾难！"苍天无情人有情，人在青山在"，今天的新唐山就是未来的新汶川，不断的灾难会迸发出无穷的民族伟力，这就是历史的铁证。

抗震救灾中涌现出来的无数英雄感动了中国，中国感动了世界。"贫贱忧戚，玉汝于成"，中国向世界昭示，无论多么大的灾难都不会压垮中国人民，都无法阻挡伟大中国的前进步伐！

2008 年 5 月 19 日

太钢 TISCO：中国的脊梁　山西的骄傲

　　红五月的一天，太钢的公众开放日，我有幸随省文联的老艺术家们走进太钢、感受太钢，圆了我的太钢梦。

　　太原人说，南有"富士康"，北有"不锈钢"，这是太原工业的两大品牌。"不锈钢"指的就是太钢的不锈钢园区，绿色发展，名播天下，我向往久矣，但一直未能造访。今走进太钢，夙愿以偿，怎能不倍感兴奋。我在55年前就来过太钢，今日又到太钢，此时此景，唤起我对尘封往事的回忆和久埋心底的太钢情结。

55年前的太钢印象

　　那是1958年，全民大炼钢铁。我正在山西大学读书，作为一名大学生也就成了大炼钢铁队伍中的一员，但是能干啥，干了点啥，恐怕连我自己也说不清楚。

　　当时号召"全党全民为争取全年钢产量翻一番，生产1070万吨钢而奋斗"。山西的目标是"为保证完成全年生产生铁110万吨、钢70万吨的任务奋斗"，号召开展"小土群"（即小高炉、土法炼钢、群众运动）的大炼钢铁运动。这巨大的任务主要落在了太钢身上，同时也发动群众到太钢大炼钢铁。我们这些根本不懂炼钢出铁是怎么回事的文科大学生坐着太钢的大卡车来到这十里钢城。其实太钢领导和工人师傅们也不会考虑我们能帮上什么忙，只要不添乱就行。当时学校对我们的要求是苦战三昼夜，

72小时不休息。我们就坐在大卡车上，在钢城里跑来跑去，好像是干了些装卸材料之类的活儿。三天三夜不睡觉，困了就打个盹。现在想想，这样的生活倒也很幸福，因为我们当时正年轻。

那时的太钢厂区好像到处都堆的是材料，有焦炭矿石，有铁块钢材，还有路边到处建的小土炉。这些星罗棋布的小土炉，有的熊熊燃烧，炉火正旺；有的炉前堆着刚出炉的成品，看起来好像是被烧得扭结在一起的一团团铁丝，或是炼在一起的家用铁器如锅铲瓢勺之类的东西，虽然是经过了冶炼，但原形犹存，与想象中炼好的铁块相距甚远。我当时也怀疑这就是炼好的铁？但也不敢胡言乱语。至于厂区那真是烟囱林立，烟雾缭绕，卡车疾驰而过，火车鸣笛穿行，人来车往，声音轰响，好不热闹。当时太钢给我的印象一是大，跑了三天三夜，也辨不清个东西南北；二是乱，人多车多材料多，好像很难找到一块空地。

就在1958年这一年，我们在太钢大战三天三夜后，又被拉到西山西铭乡采矿，这也是为了给太钢准备矿石原料。姚奠中教授和我们班的同学一起上山采矿。我们是在一座废弃的矿井里劳动，探寻、挖掘、背运，虽然十分危险但也确有所获。

姚奠中先生是诗人、书法家。他在采矿劳动之余写诗多首，其中有《太原西山七首》，题注是："1958年10月，山西大学师生分批到西山开矿炼铁。我随中文系大队前往。"其中第七首是：

> 文弱书生真可嗤，生活生产两无知。
>
> 何当锻炼如钢铁，创造未来庶可期。

姚奠中先生对他的学生责之甚严、期之亦高的爱心让人感动。

姚奠中先生还作《西山炼铁用毛主席〈送瘟神〉韵二首》，其二曰：

人民六亿心一条，日颂有虞天颂尧。

秦岭太行开隧道，黄河江水压长桥。

稻粱入廪山堆积，钢铁翻身地动摇。

好乘卫星观故国，熔炉千万正燃烧。

这表达的是一位知识分子的爱国之情。诗中离不开的词语"钢铁"和"熔炉"，同样是那个火红年代的记忆。

我的老师姚奠中教授对太钢也有着很深的感情。太钢书法协会成立时，他还赋诗书写致贺：

十里钢城路，喜闻翰墨香。

精神与物质，比翼共翱翔。

在太钢，在西铭，我接触到许多太钢人。他们热情，淳朴，勤劳，厚道。他们关照我们，爱护我们，怕我们在喧闹的工地和厂区稍有闪失。他们同样是我们最好的老师。我记不住他们的名字，我想他们大都年逾古稀，或近耄耋。我衷心祝愿他们健康幸福。

55年后的太钢观感

55年后，2013年5月10日，太钢派来豪华大轿车到省文联接我们。这和当年到山大接我们的大卡车相比真是不可同日而语。我们来到绿树成荫、花团锦簇、喷泉吐玉、道路宽阔的厂区，看到门前悬挂的"太原钢铁（集团）有限公司TISCO"的大牌子。

知道我们到了，太钢领导出来接待我们。我不是写新闻报道，不需要一一提到这些领导的名字，但是我还是想提到他们，因为他们给我留下了深刻的印象。他们身着同太钢所有员工一样的蓝色工装，只是在上衣口袋上用红色印着他们的职务和姓名。我想这是为了让群众好认识他们。让我想不到的是太钢领导竟有好几位认识我。太钢党委书记杨海贵和副书记王新平都认识我，见面十分亲切。原来在20世纪80年代我在省委宣传部文艺处当处长时，杨海贵书记在省委组织部工作，我们同在省委大院里。当时他很年轻，时隔多年，今天偶然相见，我一下子没有认出他来，杨书记却认出了我，这让我很是高兴，更觉得亲近了许多。

陪同我们参观的还有太钢党委宣传部副部长苏福斗，太钢工会主席王继光、工会宣传部部长李新立，太钢文联秘书长王志刚，他们一路给我们介绍情况，使我们走近太钢。太钢安排的导游姑娘虽然同样身着工装，不施粉黛，但形象靓丽，亲切热情，介绍厂里情况如数家珍，娓娓道来，受到大家的好评。

我们参观了渣山公园，见到了全国劳模李双良，参观了炼铁、热轧、冷轧车间和污水处理中心，知道了什么叫产业延伸，什么叫绿植企业，什么叫循环经济。当我们在炼铁车间参观时，一位陪同参观的同志告诉我们，炼铁所产生的废渣、废气、废水，甚至我们在车间里所感到的热，所有的固态、液态、气态废弃物都能回收循环利用，在这里什么都是宝。

太钢是绿色企业，今日目睹芳容，确实是实至名归。厂区花红柳绿，车间洁净如洗，我们戴着白手套摸在不锈钢产品上不会沾上一点灰尘。这真是"厂在林中，路在绿中，人在景中"。车间里生产在有序运行，但是我们见不到几个工人，只能在一间大屋子里看到有几位员工坐在电脑前凝神关注着生产运行，其情景就像我们在电视上看到的我国发射宇宙飞船时的指挥大厅。

半个世纪过去，太钢变了，变得我几乎找不到它过去的半点影子，真是十里钢城尽朝晖，沧桑巨变换新颜。

山西的骄傲，中国的脊梁——我们的太钢

太钢，山西的骄傲。这座全国特大型钢铁联合企业，在国内外获得过不少荣誉。它是全国最大的特殊钢生产基地，是全球最大的不锈钢企业。它获得过国家工业企业综合评价最优和多个按照不同指标要求如净资产、销售额、利税额等排序的全国"500强"称号。说是"500强"，其实这几项太钢在全国排名均在前50位。

由太钢我想到"信义，坚韧，创新，图强"的山西精神。我觉得这同样是太钢精神，体现了太钢独具特质的人文内涵和太钢人秉持的精神品格。"信义"即明礼诚信，舍生取义。太钢几十年来以信义立身立业，坚持"质量兴企"的核心价值观，高度重视产品质量，赢得社会信誉和市场份额，为业界所敬仰。"坚韧"即吃苦耐劳，执着无畏。以"当代愚公"李双良为代表的几代太钢人，不论遇到什么艰难险阻都无所畏惧，敢于担当，艰苦奋斗，攻坚克难，不达目的不罢休的精神代代相传。"创新"即勇于进取，敢为人先。太钢有一支高水平、能创造的科技研发队伍。他们发挥自身优势，开展冶金新工艺、新技术、新材料和新装备的开发和成套技术出口，形成高效、节能、长寿型绿色产品集群，建成全球最具竞争力的不锈钢企业。"图强"即自信自强，追求卓越。太钢人心中有大志，身上有干劲，奋发有为，不甘人后，不断进取、不断成功的追求，是太钢不断前进、勇攀高峰的思想保证和精神动力。到2015年太钢的营业总收入要达到2000亿元人民币，成为国内一流、世界驰名的大型企业集团。

太钢，中国的脊梁。富民强国，振兴中华，实现民族伟大复兴的中国梦，需要钢筋铁骨的支撑，需要太钢和太钢人。太钢不是已经被国家命名为"中国的脊梁"500强的国有企业了吗！太钢就是名副其实的"中国脊梁"！

杨海贵书记告诉我，太钢现在年产1000万吨钢，其中不锈钢就有300万吨，营业收入连续5年超过1000亿元，为国家创造了巨大的财富。太钢

的钢材产品有 4000 多种规格，以优质钢材为主，在优质钢材中以特殊钢材为主，产品广泛用于国防和国民经济各个部门，并向境外包括美、德、法、英、日、韩、澳大利亚等 80 多个国家和地区出口。石油化工、电力机械、城市轻轨、汽车船舰、高速铁路、航空航天等维系国家生存命脉的重点领域都同太钢的产品有关。

太钢的产品同我们的日常生活也密切相关。市场上流通的呈钢白色的一角硬币是用太钢的不锈钢铸造的。我们许多日常生活用品是用太钢的不锈钢制成的。在太钢不锈钢园区超市里，我们看到的考究的成套餐具、茶具，精美的成套厨具、洁具，各种各样造型美观的室内外装饰品，还有工艺精巧的戒指首饰等都是用太钢的不锈钢制作的。太钢的不锈钢钢材说大可真是大，有高强度超厚超宽的不锈钢，也有能薄到 0.02 毫米、厚度仅相当于头发丝的 1/3 的高强度超薄的不锈钢。这样高强度超厚或高强度超薄的不锈钢用来制作我们上面所说的那些琳琅满目的日用产品岂不是随心而为，不在话下。

尤其让我振奋的是太钢的不锈钢不仅和我国的经济发展、民用生活密切相关，而且对国防建设的贡献尤为巨大。我们的"天宫一号"目标飞行器、"神舟"系列载人飞船、"长征"系列火箭、"嫦娥"探月工程用钢都是太钢生产的不锈钢。我每每想到"天宫""神舟""长征""嫦娥"，这些包含中国文化元素、体现国家富强、象征民族伟大复兴的词语，就不禁心情激荡、豪情满怀。这些词语里有太钢人用钢铁写下的重重的一笔。

太钢，确实是让山西引以为豪的祖国的脊梁。

"长风破浪会有时，直挂云帆济沧海。"太钢——这艘中国的巨型钢铁航母，正背负着亿万人民的希望，驶向浩瀚远洋，为实现伟大的中国梦奉献自己的力量！

2013 年 5 月 12 日

范亭中学和电视剧《拔剑长歌》

应范亭中学太原校友会王祥生会长的邀请，参加"弘扬范亭精神，振兴人文范中，新春研讨会"，我感到非常高兴。我想说说我对范亭中学的印象和对电视剧《拔剑长歌》的评价。

我对范亭中学的印象

过去我认识范亭中学是由于两个人，一位是我在山西大学读书时的同班同学康昭铭，他就是范亭中学的学生。山大毕业后他又回到范中执教。一位是我在省委宣传部的同事和好友曲润海，他也是范亭中学的学生，后来上了北京大学，毕业后在山西省委工作。我俩都在省委宣传部文艺处当干事，一块儿工作，一起写文章。1983年润海担任了省文化厅厅长，后来又调到文化部和中国艺术研究院担任要职，多年来我们一直有着密切的交往。曲润海、康昭铭给我的印象是人品好、业务强，为人厚道，作风朴实，我想这就是范亭中学为国家培养出来的优秀人才的代表。

去年，王祥生会长送了我一本印刷精美、装帧讲究的大型画册——范亭中学系列丛书之一的《范亭中学师生书法美术摄影作品集》。我打开一看，惊奇地发现原来我所熟悉并且有过交往的几位书画家都是范亭中学的毕业生。他们是王镈、陈巨锁、王建华、亢佐田。他们都是省内一流、全国知名的艺术家。此外，还有我的老友、原忻州市文联主席杨茂林，山西日报社高级编辑赵如才，他们不仅是作家，而且在书法上也有一定的造诣。我熟悉的还有参与策划、出版这部书的范亭中学太原校友会会长王祥生、原省旅游局局长杨建峰、山西日报社高级记者王宪斌，他们都是范亭中学的毕业生。翻阅会上发的《范亭中学往事》一书，得知李国正、高芸香、彭图这些我熟悉的文艺界人士，也都是范亭中学的毕业生。这真是太让人惊叹了，范亭中学建校以来为国家培养了这么多的优秀人才。当然我提到的仅仅是范亭中学建校以来培养出来的三万多名学生中的几位。他们是真正践行了续范亭亲自为范亭中学制定的校训"勤奋、朴实、团结、创新"的优秀学生。人们说，山西名校"南有康杰，北有范亭"，真是实至名归，名不虚传。范亭中学是山西学子的幸运，是山西人民的骄傲，山西教育界当以拥有一所范亭中学而感到无比自豪。

我对重大革命历史题材电视剧《拔剑长歌》的评价

25集重大革命历史题材电视剧《拔剑长歌》是省委宣传部委托我和几位专家一起审读的。从2010年10月我看到的30集的《续范亭》，到2013年11月看到的25集《拔剑长歌》，前后三年，看了五稿，去年11月看的是第九稿。我作为省委宣传部重大革命历史题材作品审读组成员，看过的电视剧、电影剧本有几十部，但是没有一部是看过两次以上的。唯一的是描写抗战时期山西牺盟会的《晋阳秋》看过两稿，其他的都是一次，只有《拔剑长歌》我看了五稿。每一次我都是认真地读，读后写出详细的意见，而创作组的同志都是听取我们的意见，一次次地进行修改。我没有见过有哪一个创作组和编剧是这样的认真，这样的负责，这样的广泛听取、虚心接受各方面的意见。但是，我们的电视剧编剧得尼先生做到了，我们的电视剧出品人王祥生先生做到了，我也因此结识了他们二位。从审读剧本中，从同他们的交往中，我也学习到许多好的东西，那就是使我走近了续范亭，走近了范亭中学校友会，了解到他们是以续范亭精神、以范亭中学的革命传统和人文精神来抓《拔剑长歌》这部电视剧的，所以他们取得了成功。

《拔剑长歌》是以爱国将领续范亭将军为主人公的人物传记类的长篇电视剧。它描写了续范亭将军光辉战斗的一生。剧本从1912年续范亭19岁写起，到1947年9月续范亭55岁去世，写了续范亭37年的斗争历史，表现了续范亭将军拥戴共和、坚持抗日、向往革命的叱咤风云的一生。《拔剑长歌》题材重大，结构宏伟，情节曲折，故事好看，成功地塑造了续范亭以及续西峰、赵承绶、邓宝珊、杨虎城、南汉宸、孙中山、毛泽东、贺龙、阎锡山、徐永昌等历史人物，塑造了李曼贞、许玉侬、崔锦琴、李林，以及续磊、邓友梅等女性形象。这些人物都各具个性，栩栩如生。

《拔剑长歌》在创作上为我们提供了许多宝贵的经验。

1. 抓电视剧，首先要抓剧本。剧本剧本，一剧之本。剧本是一台戏、一部电影还是一部电视剧的基础和根本。抓住了根本，就能抓出好作品。《拔剑长歌》创作组就是花大力气，下大功夫，狠抓剧本这个根本。原来这个剧本是为纪念辛亥革命100周年而创作的。但是，在剧本还不成熟的时候，他们不急于求成，不赶纪念时间，而是继续打磨，九易其稿，精益求精。这种精神令人敬佩。

2. 作为革命历史题材电视剧，它坚持了大事不虚、小事不拘的创作原则，体现了历史真实和艺术真实相结合的要求。编剧对于重大历史事件和重要历史人物的描写，都是建立在充分占有资料和严格尊重历史真实的基础上的。如剧中写到"西安事变"后，中国共产党制定了建立抗日统一战线的政策，毛泽东决定由"东渡黄河，反蒋抗日"的方针调整为"回师西渡，逼蒋抗日"，都是符合历史真实的。《拔剑长歌》在创作方法上是"以史带人"还是"以人见史"？它采用了"以人见史"。剧中出现的重大历史事件，不是为了表现事件的来龙去脉，而是通过这些事件反映对人物人生道路的影响，表现人物的思想、性格、精神、情感的发展历程，而达到更好地塑造续范亭这一典型人物的目的。如剧中出现的维护帝制还是复辟帝制的斗争，团结抗日还是妥协投降的斗争，以及剧中涉及的续西峰任总司令的山西讨袁护国军，于右任任总司令的陕西靖国军，冯玉祥任总司令的包括一、二、三军的国民军，冯玉祥任总司令的国民联军的活动，以及之后发生的蒋冯阎军阀大战等，都是为了通过这些重大事件和重要人物来写续范亭的。在一系列跌宕起伏、惊心动魄的斗争中把人物推到风口浪尖上。

3.作为一部长篇电视剧，一定要有好看的故事、动人的情节和生动的细节，一定要有独具个性的人物对话。相对于主要依靠镜头和画面来表现故事的电影来说，人物对话在电视剧中更为重要。《拔剑长歌》这部戏既有历史厚度，也有情感元素，达到了思想性、艺术性和观赏性的统一，使其成为一部基础甚好、比较成熟，可以投入拍摄的电视剧文学剧本。

王祥生先生说，《拔剑长歌》问世的目标是在明年，2015年，在纪念世界反法西斯战争暨中国人民抗日战争胜利70周年之际，把《拔剑长歌》推出去，同广大观众见面。时间仅有一年。对于一部大戏的建组、开机、后期制作的流程来说，时间已经是相当紧迫的了。当需以范亭精神，抓紧抓好。我们的期望是，只有快马加鞭，才能马到成功。

2014年2月16日

从未到任的省作协秘书长

党的十一届三中全会后，山西文艺界的第一件大事就是1980年4月召开的第四次文代会。第三次文代会是在1963年11月召开的，到开四次文代会相隔已经快17年了。这是"文化大革命"后全省文艺工作者的第一次大会师。大家劫后重逢，欢聚一堂，充满了团结、喜庆的气氛。出席大会的代表多达1180名，会议时间长达半个月。会中套会，文代会期间有作协、剧协、美协、音协、摄协等4个协会换届，影协、曲协、舞协和民间文艺研究会成立。

4月3日，大会在长风剧场隆重召开。王谦、罗贵波、阮泊生、武光汤等省四大班子的领导同志全部出席。省委书记贾俊在开幕式上讲话。省委宣传部部长刘舒侠在文代会全体党员会议上讲话。省总工会副主席杨子平、团省委副书记崔光祖、省妇联副主任高首先、省军区副政委冀敬先分别代表各自单位致祝辞。王玉堂同志致开幕词。马烽同志在会上做了题为"继续解放思想，繁荣文艺创作，为四个现代化服务"的工作报告。西戎、贾克、苏光、洪飞、陈铿、龚书身、尹晓寒、张焕、高鲁等同志分别在作协、剧协、美协、音协、摄协、影协、舞协和民研会的会员代表大会上做工作报告。高沐鸿、贾桂林等作家、艺术家在各自的会员代表大会上发言。郑笃同志致闭幕词。文艺界的各路领军人物齐聚省城，真可谓一代风流，群贤毕至，文坛艺苑，一片春意。令人感慨的是，33年过去，弹指一挥间，这些文艺界前辈大多已经作古，留在我心里的是他们栩栩如生的音容笑貌，写在历史上的是他们在各个艺术领域里的重要贡献。这一切如在昨天。四次文代会闭幕后，《山西日报》发表了题为"人民需要艺术，艺术要鼓舞人民"的社论。省四次文代会在山西文艺史上写下了重要的一页。

四次文代会筹备工作繁重，由马烽和胡正同志总负责。起草文代会报告就是其中的重要工作之一。我当时在省委宣传部文艺处当干事，马烽同志指名让我负责起草文代会的工作报告。经部、处领导同意后，我就住在省文联、作协大院小南楼上的一间房子里，算是借到文联工作。每天除去午饭和晚饭时下楼到灶上吃范师傅做的老不变样的刀削面外，就是关在房子里看材料、写东西。

文代会工作报告，我没有写过，请教马烽同志。老马谈了他的想法。他提出主要写两个部分。一部分是历史的回顾，要回顾新中国成立30年来我们的文艺工作所走过的艰难曲折的道路，其中包括十七年文艺、"文化大革命"十年对文艺工作的摧残，以及党的十一届三中全会后文艺工作面目发生深刻变化的三年。第二部分讲今后的任务。这是老马确定的文代会报告的总体思路。老马不仅在报告总体思路上提出了自己的意见，而且在具体表述上也讲了自己的看法，比如关于短篇小说的特征问题，关于"山药蛋派"的问题。他谈到山西的短篇小说大都具有新（反映新人新事）、短（形式简短明快）、通（语言质朴通俗）的特点。他谈到流派时说，山西有一个以赵树理为代表的文学流派，有人把它贬为"山药蛋派"，但山药蛋也是一种食物，同样富有营养，作为一种流派也没有什么不好。老马的这些话，我几乎是原话写进报告里了。文代会报告初稿出来后，老马看过后很满意，稍加修改就定了稿。4月3日，马烽同志在长风剧场省四次文代会上报告后，代表们反映很好。给领导人起草讲话、报告，对一个当干事的来说是平常事。领导人自己谁也不会有意地去说这个讲话是哪一位秘书或干事替他起草的。可是老马在文代会前后，会上会下，一提起文代会报告，就说"这是韩玉峰起草的"。这实在是愧不敢当。其实，报告的主导思想和整体框架是老马定的，报告中不少语言是老马自己的话，我只不过是把他的想法变成文字而已。后来这个报告在当时的《汾水》杂志上全文发表了。有一天，老马的夫人杏绵给我送来了稿费，一共70多元，我当时的月工资才67元。我说这是老马的署名文章，我怎么能要稿费。杏绵说，报告是你起草的，老马让把稿费给你。她执意让我收下，我只好恭敬不如从命了。

在与文代会同时召开的省二次作代会上，我进入了作协理事会。老马还同老西商量，决定任命我为作协秘书长，调作协工作。由于部里领导不同意，我这个作协秘书长一天也没有干过。但令人感动的是马烽、西戎同志对我的信任和关爱，让我难忘的是马烽同志博大、高尚的胸怀。

1988年12月，我被省委任命为省文联党组副书记、常务副主席，任国维同志任党组书记。我俩搭班子。我在省文联工作了一两年，省作协党组书记焦祖尧同志有一天来家找我。

我同焦祖尧同志很熟悉。我在省委宣传部文艺处当处长时，他在大同市文联当主席，创作很勤奋，写了不少有影响的煤矿题材的作品。每有新作问世总会给我。再加上我是大同人，往来就更密切了些。后来他调到省作协，在1988年11月召开的第三次省作代会上当选为主席，12月被省委任命为党组书记。焦祖尧在作协任职正和我在文联任职是同一个时间。

这一天，这位温文儒雅的南方籍的作家用一个白色的塑料袋装着几个水果来到我家。略事寒暄后，他说希望我去作协担任党组副书记，协助他工作，因为我对文学界也比较熟悉，去作协也合适。我感谢焦祖尧书记的信任，说让我考虑考虑。我把此事告诉了文联党组书记任国维同志。此事后来也就不了了之，焦祖尧同志亦再未说起。

我虽未去省作协任职，但我一直同省作协的领导和作家们有着密切的交往和深厚的友谊。

2013年4月

大同方言和家乡情结

　　一个偶然的机会，我看到马文忠先生写的一本书《大同方言实用手册》。我对马先生不太熟悉，仅仅是2001年1月我回到我的故乡——大同，在"柴京云、柴京海大同数来宝学术研讨会"上听过他的发言，得知大同有这样一位学术造诣很深的大同方言研究专家，真是难得，甚感敬佩。这次读了马先生的大作，又读了柴京云先生为这本书所写的序言，使我对马先生有了一些了解。马文忠先生研究大同方言，其实他并不是大同人，而是河北蔚县人。蔚县是我母亲的故乡，是冀西的贫困山区县，当年做姑娘的母亲随着我的外祖父母和舅父母一起从蔚县来到大同求生。这样说，我同马先生倒是有几分乡谊。

　　马文忠先生研究大同方言40年，期间的寂寞与枯燥可想而知。如今马先生人已作古，但是他在大同方言研究方面所做的贡献将使我们永世受益。《大同方言实用手册》以简明的语言论述了大同方言的概况，以生动的选例介绍了大同方言的分类特色词语和常用词语，让我这个久别家乡的大同人读后倍感亲切。那耳熟能详的词语，唤起我儿时的记忆，也使我仿佛置身于乡亲们之中，倾听那声韵特殊、声调舒缓的大同家常话。

　　《大同方言实用手册》主要是讲外地人怎样听懂大同方言和大同人怎样学好普通话。这使我找到了我这个大同人为什么始终讲不好普通话的原因。

　　我出生在大同城里，是一个地地道道的大同人。小时候讲的是一口纯粹的大同话。记得六七岁时随母亲到北京看病，把玉米说成"玉荬儿"（读为"玉角儿"）惹得北京人大笑。十五岁离开大同到内蒙古上学，脱离了家乡的语境，学说"普通话"。十八岁当"志愿军"去了朝鲜。在一次执行任务时，一位铁路上的志愿军军代表，听我的话音，说我是"上海人"，我心里觉得美滋滋的，心想我这个大同人竟被人当成了上海人。当我说明自己不是上海人而且从未去过上海后，他又猜想，"那你是内蒙古人"。这可真叫人泄气，一下子从"上海人"变成了"内蒙古人"。不过这使我确信了一点，我这个"普通话"是名副其实的"南腔北调"，任人解读。后来随部队到了北京，语言环境变了，部队文工团又招了些北京学生，耳濡目染，我的"普通话"也的确长进不少。再往后上了大学，读的是汉语言文学专业，开设有现代汉语课程，还专门学过汉语拼音方案，考试成绩也还不错，按说普通话该过了关吧，其实不然。

　　有例为证。我主持会常常把"开会了"说成"开坏了"，这会还能开好；到饭店点菜把"烧茄子"叫成"烧钳子"，这菜谁还敢吃！惹得老伴经常讥讽挖苦我，其实她是在太原长大的。一个太原人居然要做一个大同人的普通话教师。难道她这个太原人说普通话就比我这个大同人说普通话说得标准？我觉得我这个"普通话"说得就够"普通"的了，还让人家挑出不少毛病，想想，心里也真够别扭。

　　读了马先生的《大同方言实用手册》，我找到了自己普通话讲不好的问题所在，那就是没有掌握"大同人怎样学好普通话"的基本要领。就我来说，问题主要出在大同话韵母和普通话韵母的区别上。如：读不准 ai 和 ei，就区别不了"埋了"和"霉了"的读音；读不准 uai 和 uei，就区别不了"坏了"和"会了"的读音；读不准 ian 和 ie 的读音，就区别不了"钳子"和"茄子"读音；读不准 in 和 ing，就区别不了"金银"和"经营"

的读音，如此等等，举不甚举。特别是在电脑上打字，常常因为分不清 in 和 ing 而打错返工。的确，大同人学普通话碰到的困难真不少，要解决学习普通话的声母、韵母和声调问题，还要解决改读大同话的入声字问题。看来，要想学好普通话，还是读读马先生的书好。

不过，从我的体验来说，这些问题解决得再好，也解决不了大同人说普通话所带有的特殊韵味的问题。我想这是由于母语的基因在起作用。我也觉得这种说法不科学，但确实存在这个问题。大同人说普通话说得再好，让大同人一听就听出来了，这是大同人说的普通话，或者是带有大同特色的普通话，叫大同普通话，简称"同普话"。柴京云、柴京海兄弟，都是著名的曲艺家，以创新大同数来宝这一曲艺形式闻名全国，他们的普通话已经讲得相当标准了，偶然也带点乡音的味道，但我听了感到十分亲切。大同人杰地灵，出的人才多，特别是文艺人才，在省城文艺团体就有众多的艺术家是大同人。这些省城文艺界的大同籍知名人士在外面都讲普通话，但是都多多少少带着大同味。当大同老乡聚在一起时，我倒喜欢听他们讲地道的大同方言，那个韵味，那个腔调，那个节奏，听起来格外亲切，真是美不过乡音，深不过乡情，割不断的是家乡情结。不过，这是属于社会民情、方言文化问题，与推广普通话无关。

我离家已久，家乡母语也忘得差不多了，只会说从娘胎里带来的"同普话"。有时面对那些"乡音未改鬓毛衰"的老者，觉得自己简直是家乡的"不肖子孙"。到如今，乡音已改，普通话也没有说好，看来永远也说不好了，因为去不掉的是母语基因。就让它这样吧，这会让我记得自己是个大同人，也会在众多讲带有乡音的普通话的人中找到自己的乡亲和知音。正是"众里寻他千百度，蓦然回首，那人却在灯火阑珊处"，因为我们都是讲"同普话"的大同人。

2007年11月8日

我怎么起了这么一个俗气的名字?

　　韩玉峰,我这个名字叫了一辈子,但是我始终觉得它很俗气。这个名字是我从15岁时叫起的,自作自受,是我自己起的。15岁前,我有一个名字,叫韩占魁。我怎么就有了这么一个更俗不可耐的名字? 这得从我的出生年月日说起。

　　我出生在山西大同。母亲是河北蔚县人,父亲是山西大同人。生我时,父亲21岁,母亲20岁。我是头胎老大,此后母亲又生了几胎,都没有存活住。我出生的那一天,是民国二十二年阴历二月二十二,一下子占了五个“二”,这可把家里、亲戚和邻居们都轰动了。年月日,五个“二”极不容易,也不知道多少年才会出现一次。人们认为在这个吉祥日子出生的孩子应该是“贵人”出世,得起个配得上这个好日子的好名字。也不知道哪位长辈的提议,就给我起了个真是了不起的小名“状元”。科举时代的儒林士子需要经过多少次考试,迈过多少个关卡,才能登上顶峰,戴上“状元”的桂冠,而我呱呱坠地,一生下来就戴上了“状元”这顶帽子,真是不可思议,而这一切都是自己不能决定的。

　　在上小学前,我只有这个“小名”而没有“大名”,也就是“官名”,人们一直都叫我“状元”。

　　七岁上小学时,还没有“大名”,爸妈说上了学请老师给起个名字吧。上课的第一天,代课的女马老师(学校还有一位男老师也姓马,为了区别，我们就叫她"女马老师"，她不让这样叫）问我，叫什么名字？我说："没有名字，姓韩，小名叫状元。"老师想了想说："那就叫韩占魁吧。"天哪，就这样一个适宜于行伍军人的大名加在了一个七岁孩子的头上，跟了我快十年。

我十几岁时，父母先后去世。1948年，我15岁，离开大同到内蒙古读书。趁这个机会，我想改自己的名字。我曾想过叫"韩柳"，意思是自己少时离家，到处颠簸，但要像柳树那样栽到哪里活在哪里。又想，单名不好，最好是两个字，就想起我的表姐妹和表弟们的名字中都带着一个"玉"字，我与他们排序也就用了一个"玉"字，就有了这个用了一辈子的名字"韩玉峰"。至于原来想到的"韩柳"后来便作了笔名，只是很少用。有时想起没有用"韩柳"作为我的正式姓名，实为一生憾事。"韩柳"可以理解为有不择水土到处都适宜生存的活力，也可以理解为对散文大家韩愈和柳宗元的仰慕和崇拜。后来时时想起我熟悉的著名诗人李杜，不是就闻其名而想到中国的双子星座、大诗人李白和杜甫吗？心想，诗人李杜这个名字起得实在好。我如果叫"韩柳"与李杜结为忘年交，李杜、韩柳并称，也不失为一段文坛佳话。

话再说回来，韩玉峰，这个名字虽然跟着我走了一辈子，我还是觉得它俗气得很。不过，事情看怎么理解，就一个人的名字或褒或贬，也可以做出许多文章。我的一位好友，著名书法家张一先生曾用我的名字写成了一副嵌字联："玉洁风清无俗韵，峰为千仞伴云霄。"省文联主席，著名诗人、书法家、画家李才旺先生也给我写了一副嵌字联，与张一先生所撰联不同的是把我的名字置于五言联的最后："日久树成玉，山高人为峰"。树久成玉，山高为峰，此乃自然造化之功，但同我的名字"玉峰"联在一起，实觉难以承受，愧不敢当。人都爱听好话，我也未能脱俗。张一、李才旺先生书嵌字联相赠，当然倍感欣慰，必精心珍藏之。如此看来，在两位大家的笔下，我始终感到俗气的名字，又何俗之有？

2012 年 6 月 25 日

我爱我家丽华苑

2003年5月，一个草长莺飞、鲜花盛开的季节，"非典"过后的初夏，省政府打造的丽华苑小区破土动工。为了拥有一个休闲读书的好环境，我幸运地成了小区三千住户之一，开始编织自己美丽的梦。我关心着丽华苑的建设就像关心着一个襁褓中的婴儿怎样一步步地茁壮成长。丽华苑成了我魂牵梦绕割不断的情结，成了我的最爱。

三年来，我同妻子背着相机有时间就到工地转一转，看看工地日新月异的变化，感受工地热火朝天的气氛。从桩基到基础，从主体到装饰，从绿化到道路，我拍摄了数百张照片。在我的镜头里，有堆满好像刚刚出土的兵马俑式的打桩工地，有钢筋密布、管道纵横的基础工程，有高耸入云、铁臂摇空的工地吊塔，有节节升高、拔地而起的高层住宅，有环状布局、坚实宽阔的小区道路，有错落有致、色彩缤纷的绿化景观，有喷珠吐玉、碧波荡漾的元宝湖，有松柏、国槐、银杏、垂柳等多种经济林和名贵观赏树……指挥部办公室的姚建平主任从我拍摄的照片中挑选了几张收在《龙城地标丽华苑》这个画册里，也算是我对丽华苑表达的一点心意。

几年来，我拍了工地的景，也认识了工地的人，有指挥部的领导，有机关处室的干部和标段的施工技术人员，还有看大门的南屯村的郭师傅、郑师傅。他们一见我们如见亲人，向我们述说工程的进度和工地的新闻。我很羡慕他们日夜守卫着丽华苑，看着丽华苑的成长，而我只能作为一个匆匆的过客隔三岔五地来工地看看。可如今丽华苑建成了，我成了这里的住户，却再也见不到他们的身影。郭师傅、郑师傅以及建成丽华苑又离开丽华苑的上万名建筑工人，成了我的难忘和丽华苑的见证。

在丽华苑工地，指挥部的领导们、机关处室干部和标段施工的技术人员，他们没有节假日，没有休息天，迎着困难上，顶着风浪走，在工程紧、任务重、困难多、压力大的情况下，以超常的斗争意志和辛勤努力，如期完成了丽华苑工程建设。他们在实践中建立健全了一百多项管理制度，形成了具有丽华苑特色的管理模式，为房地产、建筑界的专家和同行们所重视。

常务副总指挥、党支部书记王奇英是我在工地上结识的最好的朋友。这位身材高大的汉子，无论我什么时间去丽华苑，总能在工地上碰到他。夏天冒着酷暑，冬天顶着严寒，晴天一身土，雨天一身泥，王书记什么时候看去都是风尘仆仆，充满激情。一顶安全帽，一身工装服，和普通工人没有什么两样，只有从他那高大的身躯和不时通话的报话机，才能看出他是一位领导。他操心着工地的一切，质量、进度、环卫、安全、材料……丽华苑工地打出了温泉，他高兴得像个孩子，带着我们去看，还打了一盆水让我们试一试泉水的温度。王书记没有星期天，没有上下班，白天督促检查，晚上安排部署，掌握着整个工程的进度。他病了，白天照常工作，晚上在工地输液，为的是不耽误时间。他白天战斗在第一线，晚上看书学习，因为要与时俱进，更新知识。夜以继日，争分夺秒，是王奇英的过硬作风，也是丽华苑建设者的共同特点。王书记每天睡不了几个小时，就是睡着了，也还想着工地。王奇英是丽华苑工程的指挥者，还是一位很有悟性的诗人。他的一首诗让我动容："躺在床上，犹如睡在火车上，几十台钻机的震荡，仿佛车轮在钢轨上飞转。夜间显得格外铿锵，工地闪烁的光亮，好似列车驶进了一个个车站，又加足马力奔向了远方。金属撞击声的分贝，高出在家睡觉的几倍，担心此情、此景、此音，不能使我进入梦。但一天不停的劳作，使这催眠曲般的隆隆机声，伴我不觉不眠……"诗是生活的提升，是情感的喷发，诚哉斯言。王书记太累了，累得他有一个《奢望》："有人想吃一顿美餐，有人想喝一杯佳酿，有人想穿名牌，有人想戴金银。我，现在来说，啥也不想，就想，到海滩，到草原，到没人干扰的地方，美美地睡上一觉，睡他三天三夜，睡得不想再睡。这，就是我最大的奢望。"现在，丽华苑落成了，王书记，您能睡个好觉了吧？我看，未必。恐怕大功告成之日，所有丽华苑的建设者们，都会是"今夜无人入睡"。

2006年5月，又是一个姹紫嫣红、鲜花盛开的季节。长风桥西、汾河岸畔，由一座座雄姿伟岸的高层建筑所组成的一个现代化住宅小区——丽华苑横空出世，凸现在人们的面前，成为一道靓丽的风景线和一部凝固的交响乐。丽华苑，这个省内最大的、一流的、智能化和生态园林式的住宅小区，是省政府确定的山西省现代化小区的样板工程，是太原市政府确定的优化发展环境的试点工程，是太原市"南移西进"城市发展战略最早取得成果的标志性建筑。丽华苑以她的建筑规模、建筑品格和建设速度，成为山西地产界、建筑界的精彩和奇迹，成为丽华苑人的骄傲和光荣。丽华苑以"充满活力、环境优良和适宜居住"的评价荣获"国际花园社区综合类大奖"和"中国地博会中国十大名盘综合大奖"。

著名诗人、书法家李才旺在丽华苑开工时，曾为工地大门写了一副对联："把盏谈天听飞瀑流泉当其时试问君置何处，推窗望水赏丽花异草居此苑几疑住在江南"，格律讲究，声韵和谐，充满了诗情画意，细细品味，真是未饮人先醉。今年春节，在小区东门又贴了一副对联："三晋崛起第一苑荣获国际大奖誉三晋，万人建设丽华苑造福省级机关上万人"，构思工巧，语言质朴，倒是对丽华苑三年建设的生动概括。

丽华苑作为一个小区，我期待着她文明和谐、温馨安全；丽华苑作为一个品牌，我希望她丰姿永驻、魅力无限；丽华苑作为一种精神，我祝愿她根深叶茂、发扬光大。

我爱我家丽华苑！

2006年5月23日

丽华五年：一个住户眼中的小区风景

丽华苑小区，2003年5月23日开工奠基，2006年8月22日落成竣工。当年所说的"三年建成"的承诺如期兑现，这就是住宅中心员工"言必信，行必果"，坚守诚信的作风和精神。

从丽华苑建成到现在又是五年，也是我入住小区的五年。五年时光，寒来暑往，目睹小区的变化，感受小区的冷暖，只觉得小区满眼皆风景，有自然的，更多是人文的。所以，我以"丽华五年：一位住户眼中的小区风景"为题写这篇文章，献给山西省省级机关公务员住宅建设服务中心和为近三千住户热诚服务丽华物业公司的员工们。

丽华苑美景似画

丽华五年，小区变了，院内秩序好了，周边环境好了。

我家是2006年9月入住丽华苑的全小区第一批住户。当时，房子能住了，但一切都在完善、磨合之中。小区内车辆满院，道路不畅，因停车占地和车辆出入小区时有纠纷。小区四周只有南面是可以畅行的长风西街，而东面无路可走；西面是一条晴天尘土飞扬、雨天泥泞难行的坑坑洼洼的土路；北面与在建的西山煤电宿舍楼相望，中间是一条大深沟。就这样小区处于行路难、出入不便的困境。但是，曾几何时，住宅中心和物业公司领导和员工运用自己的智慧和魄力，放眼长远，统筹安排，修建了4万平方米大的停车场，进出停泊，科学规划，解决了院内随意停车、出入困难的大问题，小区内车有车道，人有人路，安全和谐，井然有序。特别是西面的泥泞路成了商店林立的丽华西路，北面的大深沟成了有绿化带和照明灯的主干线——丽华北街，而东面由无路到有路，北行过步行桥可进汾河公园，南行可达长风商务文化区。宽阔的长风西大街，快速的滨河西路，以及新开辟的丽华西路、丽华北街，成为环绕小区、方便出行的周边环境。

小区周边建起五福造型、镂空见绿的围墙。早晚散步，不出大院，院内有东面的林荫大道和众多曲径通幽的林间小路；出了大院则可绕行外墙一周，大约4里，沿途可见绿色掩映的公园景色，可以远眺商务文化区造型各异的文化殿堂，可以漫步在丽华西路的商业街上，或到丽华北街的各个小饭店里品尝美酒佳肴。真可谓大院内外处处皆风景。

丽华五年，小区变了，草长莺飞，花木成形，6万平方米的绿化景观成了气候。丽华苑的初春、盛夏、深秋、寒冬都有不同季节的景象。迎春花绽放，玉兰花吐艳，桃红杏白报告着丽华春天的信息。牡丹、芍药、月季、丁香、木槿、碧桃……用各自不同的花期竞相怒放，装扮着丽华夏日的娇艳。火红的枫叶，金黄的枝条，果木树上结下的累累果实——柿子、苹果和红枣，展现着丽华秋日的迷人。红装素裹，冰挂雾凇，丽华冬天也是别有一番情趣。

与名花异卉互为衬托的是各种珍奇树木。苍劲的古槐，长青的松柏，阿娜的垂柳，挺拔的银杏……尽显各自的绰约风姿。乔木高耸的林荫大道，红绽绿垂的灌木曲径，姹紫嫣红的花团锦簇，葳蕤芳菲的绿篱草坪，使小区四季常青，处处见绿。一栋栋红色高楼掩映在绿色的海洋中，真可谓："生态芳园碧柳高楼相映趣，人居佳境红梅宝湖共生辉"，"谁不说俺小区美"！

最吸引人们眼球的是，小区中心的元宝湖周边成了老人和孩子们的乐园。在这里，我见到多少年轻的妈妈推着坐在婴儿车里的宝宝；可是转眼之间宝宝已经坐上了自己可以骑行的儿童车；又转眼之间在湖边见不到这些孩子们了，原来他们已经从"小不点"变成了大娃娃，一个个都上了幼儿园……一批批丽华苑的孩子在这里出生了，长大了，演奏着铺满阳光和鲜花之路的生命交响曲。

小区的清晨到处是动人的风景。在幽静的湖边，在鸟语花香的路旁，在各个健身广场，晨练的人们在悠扬悦耳的音乐伴奏下，有的在打太极拳、舞太极剑，有的在做健美操，还有的在走路……小区月上柳梢头的傍晚别是一番景象，老人们在小亭子里下棋，楚河汉界，杀得不可开交；年轻的妇女们在广场上跳舞，随着音乐的节拍尽显自己的风采；儿童们在广场上追逐嬉戏，尽情地表露着孩子们的天真无邪。即使是烈日照耀下的健身广场白日里也不得闲，这里成了武警战士们的演兵场，有时还是大酒店员工们的军训地。战士们威武矫健，姑娘们英姿飒爽，常常吸引着人们驻足观看，为我们的健儿靓女自豪赞叹。

丽华苑一年一度的消夏晚会更是丽华人欢乐的节日——我们自己的"嘉年华"。无论是业主，还是住宅中心和物业公司的员工，都可以在这里展现自己的才艺，畅抒自己的情怀。微风拂面，歌声悦耳，这时既是观众又是演员的人们是多么的舒畅和惬意。

丽华苑丰富多彩的文化生活，加深了大院里住户彼此之间、住户与物业员工之间的友谊。不少人在这里结识了自己的好邻居、好棋友、好伙伴。我们同在一片蓝天下，同在一个丽华大院里，增加了理解，促进了和谐，建设好我们的文明小区。我曾为丽华苑编写了一副春联："文明大院春常在春回大地春光好，和谐小区福先临福满乾坤福气多。"可作为这段文章小标题"丽华苑美景似画"的人文诠释。

丽华苑情暖如春

丽华五年，小区变了。丽华苑的变化离不开我们的住宅中心和物业公司。

丽华物业公司以智能化的管理系统和标准化的服务体系，以业主为本的服务理念，高起点、严要求、讲实效，竭尽全力，尽职尽责，以一流的服务、一流的管理，赢得了大家的信任，得到了大家的支持。我深深地感到在小区时时刻刻有一支忘我工作、无私奉献的队伍在关心着小区设施的完善、小区环境的改善、小区的安全和谐、小区住户生活的方便。他们就是丽华物业公司的员工们。

丽华苑像个大观园。在这个大观园里，不同工种的员工在不同的岗位上为大家服务，做出了自己的贡献。

每逢下雪天，扫雪的除去保洁工外，首先出来的就是住宅中心和物业公司的领导和员工们。他们顶风冒雪要为人走车行扫净一条条大道小路，免得泥水滑、路难行，使大家出行安全。

大院大，事情多，因为水电或管道出了问题需要立即抢修的事经常发生。这对物业公司的员工来说，时间就是命令，不管上班还是下班，不管白天还是黑夜，他们立即出动，进行抢修。前几天的一个星期五，4号楼一个单元的热水主管道出了问题，二处从主任到楼长和工人师傅冒着酷暑，一起动手，从上午到晚上，不吃饭，不休息，一直干了十多个小时方才修好。他们说，明天是双休日了，大家要洗澡，需要尽快修好。为了住户们能够及时洗上热水澡，而他们却是汗流浃背，疲惫不堪，我看到这里不由得感到一阵阵的心痛。

说到丽华苑的物业，我不能不想到住宅中心主任王英奇和副主任、总工程师任智邦。

王奇英主任从丽华苑筹建、动工、落成，到整修周边环境、完善管理制度，把自己最好的年华献给了这个小区。在丽华苑工地上，我们经常看到他高大的忙碌的身影。他几年来没有节假日，没有休息天，没有上下班，以小区工地为家，为小区建设夜以继日，呕心沥血，透支着自己的健康和生命。小区建成后，他的担子没有卸下来，他为小区的供水供电供暖，为小区周边的道路环境，为小区院内栽种的大树，为小区引进超市，等等，费尽了心思，竭尽了全力，做了许多默默无闻的工作，使小区有了今天的规模和环境。

王奇英主任在丽华苑抓大事，抓难事，但小事也不放过。在小区建设期间，我发现小区里一座楼下的人行道上缺少一块方砖，走路不妨碍，但看着不舒服，便告诉了王主任。他亲自去查看，为了补上这块砖，他多次督促承建单位，直到补上。

任智邦总工程师在小区是有口皆碑，人人说好。小区的业主们说他好，小区的保洁工们也说他好，大家都说任总是丽华苑的一个大好人、大忙人。任智邦是一位领导，恐怕在办公室里很难找到他。我们见到他的地方，原来是工地，现在是小区，26万多平方米的大院，经常能见到他匆忙的身影。他常常是骑着一辆破旧的自行车，哪里有事就往哪里跑。不骑车子时也是一路小跑。在大小工程中，在各项抢修活计中，他不仅是指挥员，而且往往是身先士卒、带头苦干的战斗员。我曾见到任总一根根地往地下室扛木料，一袋袋往地下室背沙石，因为地下室有维修工程。作为住户在小区住得久了，就对小区有了感情，珍惜着小区的一砖一石，一草一木。有一次我看到一个凉亭底座条石被什么车辆碰掉了大片的边角，十分心疼，正好遇到任总，我就指给他看。他用手轻轻地摩挲着那被碰坏的条石边角，眼睛里流露出一种既痛惜又无奈的表情。任总的动作和表情成了我心头上永远抹不掉的记忆。

在小区和住户接触最多的是物业公司相关科室、部门和三个服务管理处的员工。他们是物业公司与数千住户密切交往的纽带和桥梁。他们实行24小时值班制度，建立了随时为业主排忧解难的客服热线。他们以微笑服务和诚信待人换取了业主们的信任，赢得了业主们的支持和理解，以快捷、高效、优质的服务使丽华苑小区被评为全国物业管理示范住宅小区。

在小区，住户一时都离不开的是水暖电工师傅。我们在小区里随时都能见到他们来去匆匆的身影。照明、电梯、供水、供暖、维修，等等，时时刻刻、日日夜夜，他们都在紧张地忙碌着。他们的工作都是争分夺秒，刻不容缓。他们用勤劳、灵巧的双手给我们带来了光明、带来了温暖，保证着整个小区科学、有序的正常运转，保证着几千户人家和谐、温馨的美满生活。

在小区还有身着绿色工装的园艺工人。种植、锄草、间苗、浇灌……他们用自己勤劳的双手装点着小区的美丽家园。

在小区有穿着黄色工装的保洁员工。他们是小区中人数最多的服务队伍。在小区纵横交错的道路上，在住宅单元层层楼道里，在大家休憩、锻炼的活动场地上，都能看到他们朝夕忙碌的身影。他们是小区的美容师，是他们的辛勤劳动使我们生活在一个舒适、干净的环境里。

在小区还有维护、管理小区公共秩序，保证住户安全的保安人员。不论是盛夏酷暑，还是严寒隆冬，不论是电闪雷鸣，还是风霜雨雪，他们坚守岗位，日夜巡逻，做好安全防范工作，履行自己神圣的职责。他们协助公安、消防部门和广大住户，做好防盗、防火、防爆、防灾害事故工作，管理车辆出入、停放，营造小区和谐、安全的居住环境，使住户们在这里生活得安心、舒心、放心。小区还有保安们驾驶的在大院内循环运行的蓝色电瓶车。我们叫它是为业主们购物提包提供方便的接送车也好，还是叫它是老人和孩子们乘坐观光的游览车也好，成了丽华苑一条流动的风景线。

丽华苑，三晋明珠、龙城地标，是小区住户共同的美丽家园。五年的辛勤劳累，五年的热忱服务，五年的日夜相处，使我们忘不了住宅中心和丽华物业公司的科室职工、水暖电工、绿色园丁、保洁员工和保安人员。我们和衷共济，志同气合，共同建设着一个平安和谐的丽华大家庭，展现出一种独具魅力的丽华大文化。建设这个大家庭、构建这种大文化的是我们所有的丽华人。

2011 年 7 月 28 日

"这是我们应该干的"

今天是"6·12"，不是"3·15"（消费者权益保障日），我却得到了比"3·15"还要令人高兴的来自太原电信局的优质服务。事情很简单，从昨天起我家里的电话就不知道出了什么毛病。打进来的电话只听到"嘟嘟"、"嘟嘟"两声，拿起听筒却了无声息。往出打电话，倒是行，只是噪音大作，让人难以忍受。两大毛病，同时作怪，一而再，再而三，过了一夜，也无好转。今天一大早，我只好拨通"112"障碍台，根据语音提示，按了若干个数码键，静待佳音。怎奈人机对话，说不清，道不明，问题也没解决。我只好按照"112"的语音提示重新操作了一番，要到了代码为"8"的人工服务台。服务台姑娘听了我的诉说，答应马上给查看检修。过了不久，电话铃声畅通了，障碍排除了，服务台姑娘来电话询问通话情况，我表示满意和感谢。到了中午，又有一位服务台姑娘来电话问情况。她们为用户这样认真负责的精神使我深受感动。不料，过了一会儿，又有一位男同志来电话询问是否修好，这就使我大为感动了。这位师傅告我是"112"台指派他维修的。我以为师傅进了我们大院，就问他现在在什么位置，师傅说他是负责迎泽中心区的，我再次表示感谢。师傅说："这是我们应该干的。"一句话说得我心头一热，十分激动。一事三反馈。在我的一个电话后面，有多少人在投入，我想一定有一套科学有序的为用户服务的网络在运转。

家里安电话有十多年了。电话故障也时有发生，但都得到了热情又及时的处置，只是这一次印象更为深刻。不光是修电话，太原电信局的其他服务也都十分热情周到。在"5·17"国际电信日期间，我办了两项电信"新业务"，一是上网，一是办理"来电显示"。优惠是使人高兴的，但更令人高兴的是有关人员良好的服务态度。

围绕电话一事我遇到了多少好人，但是我不知道他们都怎么称呼，甚至连他们姓什么都不知道。我只是感到他们的优质服务，带给用户的不仅仅是排忧解难后的好心情，而且还体现了整个社会对人民群众的一份关爱。

"这是我们应该干的"这句话，我不光是今天从电信工人师傅这里听到的，也从其他人的口里听到过。他们大都是普通群众，他们的工作也希望得到别人的承认，但他们面对别人的肯定和赞扬，只是觉得这是自己应该干的。"这是我们应该干的"这句话朴实无华，但它分量很重，确实做到也并不容易。以"为人民服务"根本宗旨的各级官员更应该这样做，因为他们是人民的公务员。令人遗憾的是，我们从他们口里听到讲"这是我们应该干的"这句话的人并不多。我们有不少好干部是这样说的也是这样做的，如焦裕禄、孔繁森等，所以他们受到人民的尊敬和爱戴。同时，我们也有不少干部不是这样说的更不是这样做的。在"这是我们应该干的"这一点（这是最起码也是最根本的一点）上，我们的各级干部——人民的公务员是不是也应该向人民群众学习。这算是一句题外话。

2000年5月12日

香港印象

四月初，我曾到香港一游。在"港澳游"已经火了这么多年之后，我第一次踏上祖国南端的这块宝地，领略"东方之珠"的靓丽风采，自然有所见闻，亦有所感悟。

光影璀璨、彩幻映江的维多利亚港镌刻着香港银幕巨星的手印和牌匾，记载香港电影百年史的"星光大道"，以闪耀夺目的"永远盛开的紫荆花"雕塑为中心、见证香港回归祖国的金紫荆广场，矗立于大屿山上雄伟肃穆的全球最大的户外青铜坐佛——天坛大佛，横跨马湾海峡、气势磅礴的全球最长的行车及铁路悬索桥——青马大桥，鸟瞰港岛高楼林立、风光旖旎的太平山顶，香港岛上珠光宝气、名店林立的"购物天堂"铜锣湾，九龙半岛摩肩接踵、熙熙攘攘的商业街区"油尖旺"（油麻地、尖沙咀、旺角）……皆是游人光顾之处，且有不少文章述及，读者早已耳熟能详，无须我再多言。我想说的是感觉新鲜、令人难忘的几点印象。

印象之一：香港不言"老"

从罗湖口岸通关后，乘港铁途经12站到达尖东，即九龙半岛的南端，维多利亚港的北岸，香港最繁华的文化商务区之一。出站处有不少商店，在十分醒目的地方摆放着《香港欢迎您》中英文对照的旅游地图和简体字版《香港旅游锦囊》小册子，都是免费提供，任意拿取。一册在握，一图在手，为初次访港的游人提供了极大的方便。香港历史地理简介、公共交通、观光景点、购物餐饮、电话索引、温馨提示等各种实用资讯应有尽有，一下子使游人有宾至如归的感觉。香港免费赠阅的旅游地图不是一版定终身，而是如杂志形式定期刊制，不断吸收新的资讯，不断更新内容，绝不会陈旧过时。

在观光景点的收费处，对于不同的人群均有一定的优惠照顾。我发现，对老年人一律写作"长者"以示尊重，对儿童称"小童"以表亲切，对残疾人称"伤健人士"，意思是健康受到损伤的人以表同情。公交车厢内在画有轮椅的图标旁写有"请把座位让给有需要者"的提示。在香港对老年人不言"老"，残疾人不提"残"，使老年人忘掉自己的"老"而以快乐的心情面对生活，使残疾人不想到自己的"残"而像健全人一样放飞自己的理想，都是对人的心理慰藉和感情温暖。在地铁站手扶电梯旁，常有"顾长幼，安全呦"的大字提示，提醒要照顾长者和小童上下电梯的安全，真是点点滴滴，润物无声，体现了深刻的人性关怀。

香港不少公众场所如商店、公园等均设有轮椅、童车的专用通道，在洗手间也有专为"伤健人士"安装的无障碍设施。有些巴士上还有专停轮椅的空间。

附带一提，香港的大型公众场所、交通转换枢纽，以及沿街路旁，多有洗手间，以解行人之急需。所有洗手间虽然不标明星级，但都设施先进，十分干净，手纸、洗手液、纸巾等配置齐全。公共卫生场所已经是地明如镜，一尘不染，但是保洁人员仍然在不停地擦洗、拖刷。需要说明的是，这样的公共卫生设施一律是免费的，从无如厕收费之说。

印象之二："望左"、"望右"

香港的公共交通极为便利，有港铁、渡轮、山顶缆车、电车、的士、巴士等多种交通工具可供行人选择，而且车况好、车辆多、车距短、乘坐十分方便。其中尤以单层巴士和双层巴士行走于香港岛、九龙及新界各区，是交通工具之大宗。香港市区道路大都很窄，且多山，又多为左右各有一个车道的双向行车线。坡度大、弯道多、路面窄，往来车辆却车速很快，风驰电掣，擦肩而过，而且是左侧行驶，从内地来的游客坐在这样的车上难免心悸，平生出几分紧张，但司机专心致志，技术娴熟，乘客无须多虑。

香港大的交叉路口有红绿灯，而大多数小街小巷的路口只有斑马线，没有红绿灯。在路口的两侧路面上写着"望左，Look left"或"望右，Look right"的大字，提醒行人横穿马路时要注意从你的右侧或左侧驶来的车辆。车从你面前右行，你就得"望左"；车从你的面前左行，你就得"望右"。字虽简单，可谓用心良苦。

大的十字路口有红绿灯，不仅有灯光的显示，而且有声音的配合。绿灯放行时响起急促的连续的长铃声，仿佛是叫"快快快"；红灯出现请行人止步时则是短促的间歇的铃声，好像是说"等等等"；红绿灯交替时是间歇的长铃声。同红绿灯相配合的铃声是对过往行人的提醒，但主要是对盲人的提醒。至于盲道更是有道必设，特别是必须保证盲道的通畅，绝不允许随意侵占，成为有名无实的点缀。

在香港的公众场所的台阶上大都刷有一条醒目的黄线，以免人们踩空。笔者高度近视，眼神不好，就有把两个台阶当作一个台阶下的经历，大庭广众之下十分尴尬，且有跌倒摔伤之虞。在手扶电梯的出口处，都铺有突起的小丘状的防滑带，以减弱行人步出电梯时由于惯性而前冲滑倒。

在香港难见交通警察，也不见堵车现象，各种车辆都按照规定的路线行驶，各行其道，即使左右出现空道，也绝不抢道串道。整个交通运行就像是一部由不同声部、不同音色构成的都市风情交响曲，而那个看不见的指挥者是严格的交通管理制度和文明的社会道德秩序。在香港任何一个站台前，等待乘车的人总是排着队，车来了依次登车，绝无一拥而上、挤个一塌糊涂，壮硕者捷足先登、"长者"、女士、小童和"伤健人士"望车兴叹、徒唤奈何的景象，当然也不会有首都北京把11月11日设为"排队日"的启蒙教育式的举措。

在地铁站台上，每一节车厢的停车位前画有三个箭头，中间的箭头朝向站台，供乘客下车，左右两侧的箭头朝向车厢，供乘客排队上车，先下后上，鱼贯而入，绝不会挤成一团，不得进出。

印象之三："No Smoking"，"禁止吸烟"

"smoking"这个词，年少学英文时接触过，因为它的汉语音译意思不雅，所以学过的其他英文词语大都忘掉，唯独"smoking"这个词至今牢记在心。

香港特区政府通过立法会制订《禁烟条例》，实行的是全面禁烟。《条例》规定，所有工作及公众场所，包括餐饮场所、街市及公众游乐场地等范围均严禁吸烟。在公众场所大都悬挂着"此场地全面禁烟"的横幅。在饭店用餐也就不会看到那种醉眼懵懂、吞云吐雾、吆三喝六的不雅景象。公共洗手间同样禁烟，使那些"瘾君子"们无处可去。不仅是室内禁烟，而且室外的公众场所也禁烟。笔者住的酒店后面是一个居民小游园，面积很小，牌子很大，叫作"荷里活道公园"，照样挂着"全面禁烟"的牌子。在各种公交车上都在醒目的地方张贴着"禁止吸烟，No Smoking"的标志，并指出"最高罚款5000元（港币）"。大街上虽然未见处处都标示禁烟，但很少见到有人在街上吸烟，几日游港，笔者仅见两例。

香港街头巷尾、公众场所各种提示多多，但用语温馨，非"请"不言。唯独对吸烟一事则毫不留情，明令禁止，十分严格，违犯者会被检控，绝不说"请勿吸烟"这样的客气话。究其原因，就是印在烟盒上的那句话：香港特区政府忠告市民吸烟有害健康。

香港一游，来去匆匆，走马观花，留下三点印象，归结为一，就是：以人为本，关注民生，处处彰显中华民族之传统美德。

2009 年 4 月 29 日

新、马掠影

初冬季节，赴深圳看望孩子。在女儿的陪伴下，我参加了新加坡、马来西亚组团五日游，实现了下南洋的夙愿。

从太原登机出发时身着冬装，一下飞机就好像又回到了夏季，见到深圳的人们大都穿着短袖衬衣，女孩子们更是裙装飘曳，婀娜多姿，色彩斑斓。及至到了新加坡和马来西亚更觉炎热难当。这里属热带雨林气候，没有春夏秋冬四季之分，只有晴雨两种气象之别。天晴时阳光照射强烈刺眼；转阴时雨水骤然而至，又瞬间停息，就像小孩子的脸说变就变。从太原到南洋可谓初冬盛夏两重天。

新加坡的华人世界

出国到新加坡好像没有出国，因为到处是中国人的面孔、中国牌匾的商店，特别是众多的中餐馆、中药店悬挂着中文榜书的招牌，更是展示着悠久的中华文化在海外的影响。新加坡时间是北京标准时间，中文书写印刷用的是简体字，华人讲的是普通话。更有趣的是晚上在酒店看电视，打开一看正好是用中文标识的"晚间新闻"，主持人用纯正的普通话播中国新闻，而飘的字幕用的是中文简体字。这真是出门逛大街，回店看电视，盈耳满目皆中文，好像还是在中国。

新加坡人口530万，华人占75.2%，马来人占13.6%，印度人占8.8%。我们的新加坡导游何遗申先生祖籍福建莆田，从祖父辈就定居新加坡。何先生自我介绍，他是1957年出生的，今年57岁，这么大年纪还出来工作，他说这在新加坡是很普遍的，因为这里缺乏劳动力。何先生做导游月薪5000新元（新元1元可兑换人民币5元），合人民币25000元。在新加坡做环卫工月薪也有1500新元，合人民币7500元。何先生的夫人是印尼华侨，有两个孩子，都已20多岁。新加坡的官方语言是英语。他要求孩子们在家必须说中文，至于在外面说什么语就管不着了。

我们用餐都在中餐馆。有一次在一家叫"源和祥"的饭店吃饭，我看到店里挂着"吉祥如意"的横幅和写着一个大"福"字的中堂，供着福禄寿三尊像，俨然是一个典型的中国饭店。

重视环保的花园城市

新加坡是一座花园式的城市，到处林木葱茏，绿茵遍地，城市十分洁净。市内街道不宽，车辆也不多，道路畅通，少见拥堵。新加坡出于环保考虑，不鼓励买车，为了方便市民出行，建成了包括公交、轻轨、地铁、出租等完善的公共交通体系。新加坡购车要用10万新元先购买一个拥车证，再凭证购车，加上纳税，一辆最便宜的车也需5万新元，加起来就是15万新元，合人民币75万元。车辆行驶10年必须报废。而住房则有很大优惠。居民购买120平方米的房子只需30万新元，政府还给予补贴。对于35岁以上、月薪6000新元的单身户，政府售给40平方米的一套住房，只需2万新元。

新加坡是一个在公共场所严禁吸烟的国家，更严禁携带香烟入境，携带香烟出境不论数量多少都不限制。海关查出旅客携带一包香烟入境需纳税8新元，如隐报闯关会被罚200新元。禁止入境的除香烟外还有酒、口香糖和水果。在新加坡不准在户外嚼口香糖，因为口香糖的残渣不易清除。这一切都是从人民群众的身体健康和城市环保整洁考虑的。

马来西亚一瞥

马来西亚导游林荣华先生是我们由新加坡进入马来西亚后结识的。这是一位还没有结婚的年轻人。祖籍福建惠安，他在马来西亚已经是第三代。马来西亚人口2900万，马来人占60%，华人占25%，印度人占10%，在马来西亚伊斯兰教、佛教、印度教三大宗教同样得到尊重，寺庙、教堂建筑宏伟，游人可自由进入拜谒、参观。不同宗教信仰的各族人民和谐相处，共同创造了独具特色的马来文化。

我们从新加坡乘大巴进入马来西亚后，车行6小时，到达首都吉隆坡。沿途尽见橡胶树、椰子树、油棕树、菠萝树，以及榴莲、山竹、芒果、火龙果，还有据说味道是酸甜苦辣俱全的爱情果等繁盛茂密的热带树木和大片的芳草绿地，很少见到城镇人家。在靠近马六甲市我们在一家华人开的"肥李海鲜酒家"就餐。店内中堂上书"海鲜之家"四个大字，左右挂着一副楹联："奇珍来海国，异味备天厨"，充满了浓厚的中国文化气息。

林荣华先生作为华侨对祖国有着很深的感情。他感慨中国的巨大变化。他说很想回中国看看。他想去的地方有三个，就是家乡福建惠安，还有广州和北京。

为了解除旅途疲劳，林先生在车上用十分诙谐的语言教了我们几句马来语，如"女士们"、"先生们"、"欢迎光临"、"请用餐"，等等。他按马来语的发音直译为相对应的汉语，说出来让人忍俊不禁，捧腹大笑。不过这些汉语音译听起来大都不雅，不便引用。马来语"谢谢"我们一次也没有说过，也不敢说，需要向对方表达谢意时，只好用中文说一声"谢谢"，大概他们都能听得懂。

经过一两天的交往，林先生成了我们大家的好朋友，尤其对我帮助甚多。我们在马六甲参拜一座水上清真寺，是林先生独自带我一人去的。他还带我穿过游客稠密的休息区寻找洗手间。当我们从马来西亚的新山市沿长堤渡过柔佛海峡进入新加坡时，导游本来是要送我们到边界的，我以为林先生会来，但是我左等右等，没见他来，我无法同他再见一面，心中怅然若失，只好请另外一个旅游团的导游小卢代为告别。我还不忘那位陪了我们一路的大巴司机。他是马来西亚人，身材瘦小，但精力充沛。我们虽然语言不通，但是他的笑容和热情使我们如同故友。马来西亚气候多变，不时下雨，他常常是打着一把大伞把我们一个个接上车。到了住地他给大家取行李箱，出发时又给大家装行李箱。可敬的马来司机以及我们接触到的众多马来西亚人是多么友好、善良，让人难忘。

马六甲拜谒郑和像

从吉隆坡南行，我们来到了马六甲。我向往马六甲，一是因为它是和马六甲海峡联系在一起的，二是因为它是和我国明代航海家郑和联系在一起的。马六甲海峡是从太平洋进入印度洋的必经之地，是欧、亚、澳、非洲之间的海运重要通道，长约800公里，可通行20万吨的巨轮大船。马六甲市是马六甲海峡的重要港口，华人聚居区。马六甲一条街上尽是中国店铺。这里的华人在郑和的福佑下生活得安详幸福。

郑和（小字三保），回族，明永乐三年（1405年）率领水手、官兵27800余人，船舰62艘下西洋（当时称今加里曼丹至非洲之间的海洋为西洋），就途经马六甲，两年而返。此后又屡次航海，前后28年，7次远航，经30余国，最远曾到达非洲东岸、红海和麦加，促进了中国和亚非各国的经济文化交流。郑和下西洋比西方哥伦布等的航行早半个世纪以上，舰队规模与船只之大都超过他们几倍。

郑和率船队在马六甲停留过，他为当地群众做了许多好事，留下了三保庙、三保井、三保山等多处遗迹。三保庙里有郑和的塑像。我在远离祖国的马六甲，向这位航海先驱者鞠躬致敬，感谢他为中国的航海事业所做的伟大贡献。我们正在为建设海洋强国破浪前进，想起600多年前就率船队远洋航行的中国伟大的航海家郑和就倍感骄傲、备受鼓舞。"长风破浪会有时，直挂云帆济沧海"，相信终有一天我们会实现伟大而美丽的中国梦。

2013年12月6日

省委宣传部的一台黑白电视机

——尘封的碎片之一

谈到改革开放后的生活，不少人谈到电视机的变化，由黑白电视到彩电，再到背投、等离子、液晶，直到今天的大屏幕、高清晰的平板电视，还有高档的"家庭影院"，等等，真是更新换代，日新月异。

还是随着时光的隧道返回到40多年前。我第一次看电视是在1961年暑假。那时刚从山西大学毕业等待分配，在一间教室里放着一台山西大学物理工厂生产的黑白电视机，由物理系的一位应届本科毕业生管开机调试，教室里挤了不少同学。我怀着惊喜的心情，瞪着大眼看电视里播出的节目。

到20世纪70年代，黑白电视机慢慢地进入比较富裕的家庭。我曾在北京的一个朋友家里，看到他们家有一台9英寸的黑白小电视。全家4口人正坐在小板凳上看电视，乐陶陶地兴味盎然。朋友说，这台小电视机200元，劝我也买一台。这可吓了我一跳。我那时一个月的工资才60多元，怎么买得起！

后来在省艺干校柳淮南校长家里看到了一台他自制的"彩电"。原来是在黑白电视机屏幕上贴了一个三色薄膜。上面是蓝色，中间是红色，下面是绿色，看起来就有蓝蓝的天空、红红的脸蛋和绿绿的草地的效果。可电视画面是室内室外，远景近景，阴晴昼夜，千变万化，那有一个三色场景演到底的情况。不过，有彩总比没彩好，看起来也颇觉惬意。后来又在一个朋友的家里，看到在电视机前摆了一块大玻璃，原来那是一面放大镜，从放大镜里看电视，小尺寸的就变成大尺寸的电视机了。

这些都是有关看电视的闲话。

我想说的是省委宣传部曾经有过的一台黑白电视机的故事。大约是20世纪70年代中期，省委宣传部有一台大概是12英寸的黑白电视机，放在会议室里。这台电视机不知是什么年代的，也不知是什么牌子的，反正是破旧不堪，收看效果极差。每次启动都得进行调试，什么调频、调幅，还有天线，总得鼓捣半天，才能有了图像，出了声音。可是关机后第二天再启动时，它又旧病复发，图像忽明忽暗、闪烁不定，声音忽高忽低、时有时无，还得重新调试。我喜欢鼓捣新东西，每天启动、调试电视的任务好像就非我莫属了。我成了开电视的"技师"，当然也享受"技师"的待遇，紧靠电视机的一把椅子成了我的专座。每天看电视时，我在虚位以待的专座上坐下后，在大家的期待中，面对那几个旋钮，东转转，西扭扭，还得拍打几下，瞎鼓捣一顿，倒也管用，因为鼓捣得多了，记住了一些门道，不一会儿图像、声音就出来了，大家看得倒也津津有味。其实，我根本就不懂得什么叫"调频"、"调幅"，到现在也不懂，只是瞎碰，真是应了那句话："无知者无畏也。"就是这样的一台破电视机，因为它是省委大院里唯一的一台电视机，也就吸引了大院里的不少人，特别是孩子们。常常是人满为患，甚至挤破了门。所以，每天开电视前，大家都是争先恐后，就怕去晚了进不去。这种状况延续了很长一段时间，后来听说彩电出来了，大家就更紧张了，如果有了彩电，还不挤破了头。部里让我去后小河省广播局买彩电。因为彩电数量有限，计划分配，由鲁兮局长特批，照顾省委宣传部，卖给了一台。我兴冲冲地搬回了彩电，摆放调试后，准备迎接大院孩子们的冲击，可奇怪的是从彩电买回来后，就再也没有人来宣传部看电视了，因为彩电很快就普及了。有了新的彩电，那台黑白电视就也没人看它了，而且它也彻底坏了，不管你怎么鼓捣它，它都是毫无反映。新的彩电进了会议室，旧的黑白电视机无处放，又舍不得扔掉，我就把它搬到文艺处，作为摆设，以显示文艺机关的气派。后来这台黑白电视机就不知所终了。

2008 年 11 月 5 日

书架、书柜和书房

——尘封的碎片之二

我从小喜欢看书，工作后有了条件喜欢买书和藏书。书多了就想有个地方放起来，看着舒心，用时方便。

最早的想法是有个小书架，把不多的几本书放起来。上了大学，六个人一间宿舍，三张高低床，一张小桌子，一个小书架，没有凳子，学习、开小组会，大家都坐在床沿上。小书架有六层，六个同学一人占一层，自己放自己的书，不够放的话，就只好把书放在床上枕边了。当时书不多，也就凑合放下了。当了研究生，条件有了改善，两个人一间宿舍、配备一个小书架，就能放更多的书了。上大学，又读研究生，前后六年时间，书也就攒得不少了。半个小书架怎么放得下，大部分书就只好放在纸箱子里塞到床底下。那时要找一本书，需要从床下拖出箱子，再一个个地打开，找到书再把箱子整好塞到床底下，那个不方便的劲儿就可想而知了。

20世纪70年代末，我从山西大学调到省委工作，先是住集体宿舍，后来分到了房子。当时是计划经济时代，干部住房包括室内的家具都由单位管。单位不仅给分配了住房，还给配备了家具，当然都是旧家具，除了床板、桌子，还有两个小凳子和一个小书架。这时我就真正拥有一个自己的小书架了。不久，省政府办公厅行政处把配备给干部的宿舍家具折价出售给个人，价钱极其优惠。我家里的9件家具共折价42.30元，其中一个小书架4元，最后缴款时又打了9折，实缴38元，比我半个月的工资稍多一点。时间是1986年9月13日，收款人是徐玉梅。我觉得这件事体现了组织上对于干部的关心，所以至今保存了这张用粉红色纸印制的"省委、省政府机关宿舍家具折价收据"，编号是001536。

一个小书架当然解决不了我日渐增多的藏书量。书，有我自己买的，有机关发的，有别人送的，也有向别人要的，书的数量不断地膨胀，特别是订了几种杂志，每年下来就是一大摞，怎么也没地方放。于是我开始买书柜，一个、两个，一直买了四五个，书还是放不下。书常常是堆在书柜前面，桌子底下，杂乱无章。

有了书架想书柜，有了书柜想书房，想拥有一间书房成了我最大的愿望。随着住房条件的改善，我拥有了自己的书房，不仅一间，而且是两间。我把书分门别类地放在不同的书柜里，用时十分方便。电脑桌、写字台都放在书房里，真正是"坐拥书城"，足不出户，可以尽知天下事，潜心读书、写作了。

从书架，到书柜，直到书房，我个人生活几十年的变化，又何尝不是反映了社会几十年的变迁和国家几十年的进步！每念及此，更觉欣慰。

2009年8月12日

一张稿费支出单

——尘封的碎片之三

　　1981年2月在山西人民出版社编辑张成德同志的支持下，《赵树理的生平与创作》出版了，由时任省委秘书长，赵树理的老同学、老战友和老乡，德高望重的史纪言同志作序，赵朴初先生题写书名，印数13000册。作为"赵树理研究丛书"第一种的这本书是由我、杨宗、赵广建和芶有富共同撰写的。杨宗是我在山西大学时的同学，在山大时我们就成立过一个"赵树理研究小组"，也出过一些成果。赵广建是赵树理的女儿，熟悉他爸爸的生活、创作情况，掌握了不少第一手资料。芶有富在晋东南地区工作，四川人，但热心研究赵树理，尤其对赵树理的戏剧创作有较深入的了解。就这样，我们四个人志同道合，在张成德同志的关心和策划下，共同研究章节，分头编写，最后由我执笔统稿，统一体例，加工润色。其间，张成德同志作为责任编辑多次审阅全书，提出修改意见。所以，这本书是我们几个人共同努力的成果。

　　书出版后不久，出版社给发了稿费，1173.42元。我1950年参加工作，到此时30多年从来没有见过这么一大笔钱。我当时的月工资是67元，这笔稿费几乎等于我一年半的工资。怎么处理，我们商量了一下，决定大头四人平分，小头一起吃个饭，由我负责具体操办，于是就有了下面的一张稿费支出清单。

作者4人，每人250元，共1000元，剩下173.42元。为了对出书表示祝贺，并答谢出版社有关同志，我在晋阳饭店包了两桌饭，酒水饭费共140元，买了4包烟，牌子记不清了，一包0.79元，共3.16元。史纪言秘书长为书作了序，又不肯来吃饭，送去稿费20元。四位作者我和杨宗、广建都在太原，参加了聚餐，只有芍有富同志在长治，没有来，我想不能亏待人，就通过邮局汇去10元，作为他没有参加聚餐的补偿。因为当时近20个人总共吃了140元，每人平均不到10元，所以就寄了10元，邮费0.10元。各项开支总计173.26元，净余0.16元，无法再行分割，就只好据为己有了。

我这个人心细，爱收集各种有用的资料，也常常保存一些有用无用的东西。这笔稿费的开支单我是记在一个旧信封上的，几次都想扔掉它，但终觉可惜，因为这些数字好像能说明什么，说明当时社会风气的纯正，说明当时物价的低廉，说明当时人与人之间的友谊，还说明我的过分迂腐。也许只是一堆过时的无用的数字，什么也说不明。但是，我每每看到它，心里总是酸酸的，也苦苦的，觉得有点可以怀旧的意思，就这样，一个记载着几行数字的信封竟被我保存了28年。

2009年8月11日

一分钱的故事

——尘封的碎片之四

三中全会前，干部、职工工资长期不动，大家生活的拮据可想而知。当时的大学本科毕业生月工资是54.5元，研究生是60.5元。我是1970年11月从山西大学调到省委宣传部的，带过来的工资介绍是1961年9月在山大定的高教11级，月工资67元。这个工资延续了近20年。三中全会后，1980年11月第一次提工资，增加到74.5元，增幅是7.5元，我高兴得不得了。

与工资长期不动相应的是干部的职级也是长期不动。当时干部领导职务还是终身制。有一位为革命事业奋斗了一生的领导同志讲，干革命就要一直坚持在工作岗位上，直到生命的最后一息，当然年轻干部也就很难提拔上来。那时省委宣传部文艺处只有一位副处长贺新辉，主持工作。处里的干事有曲润海和我，新闻处的干事有温幸、梁衡。当时，我们这些人大都年逾"不惑"，都当了十多年干事，工资都是五六十元。20世纪80年代，邓小平同志提出要使干部队伍年轻化，逐步废除领导职务终身制，建立干部退休制度。在这种大形势下，我们这些老干事都得到了安排。1983年，我被任命为文艺处处长；温幸被任命为省委宣传部副部长，分管新闻和文艺，成了我的直接领导，又是知己好友，后来多年我在温幸同志的领导下抓全省的文艺工作；曲润海被任命为省文化厅厅长。温幸和曲润海都是越级提拔的，从干事一直提到厅级领导干部。曲润海后来调任文化部艺术局局长、中国艺术研究院党委书记、常务副院长，成为全国著名的戏剧专家。梁衡调到光明日报驻山西记者站当站长，后来回到光明日报社，不久又先后担任了国家新闻出版总署司长、人民日报副总编辑，是全国著名的散文家。我也于1988年12月被省委任命为省文联党组副书记、常务副主席。我们的工资当然也随着职务的变化增加不少。这都是得益于三中全会后党的干部实行"四化"的好政策，要不然我们这些老干事就可能终身做老干事，直至退休。所以梁衡当时戏说咱们成立一个"老干事协会"吧。

还是回到三中全会前我延续了近20年的月工资67元的老话。我的工资，当时在省委机关的一般干部里，应该说也不算低，但是养家糊口，还要买点书，常常是入不敷出，囊中羞涩，身无分文，难免就会遇到一些尴尬事。

有一次，家里一点钱也没有了，又等着买粮买菜。我只好找了一摞旧报纸，夹在自行车的后座上，去找经常光顾的收废报纸的一个小店。事又凑巧，小店关门，我只好骑着车子把报纸再带回来。失望，无奈，辛酸……真说不清是一种什么样的心情。

还有一件事，记不清是在哪一年，我骑着花了十块钱从机关买来的一辆日产"僧帽"牌的旧自行车，去并州饭店找在那里开会的省委宣传部办公室李纪明主任（原省新闻出版局局长李锐锋的父亲）请示工作。并州饭店的存车处要收费，而且是先交费后存车。钱倒不多，一次三分。我摸了半天口袋，只找出二分钱，还差一分，和管存车的师傅商量，我上楼找到人后出来再交，那位大妈勉强同意了。可是事又碰得巧，李纪明主任偏偏不在饭店。我只好怀着忐忑不安的心情下楼取车，说没有找见人，只有两分钱，看行不行。那位大妈把手一摆，没好气地说，算了，算了！我十分狼狈地推走了自己的车子，心想，这真是应了那句老话"一分钱难倒英雄汉"。我根本算不上是什么"英雄"，但起码可以说是"一分钱难倒男子汉"。

当时大家都很穷。同在文艺处工作的曲润海同志家里孩子多，生活就更困难一些。他曾感慨地说，什么时候每月能挣上一百块钱就好了。对我们来说这只能是个美好的奢望，要知道在那个时候只有13级以上的"高干"才能挣上一百多元。

三中全会后，国家不断地调整工资政策，个人收入有了大幅度的增加。我们月收入百元的愿望早已超额实现。但是，过去的事还是不断地涌上心头，挥之不去，总想说一说，诉说过去的尴尬，表达今天的欣慰。

改革开放30年，人的大半生，历史的一瞬间。回眸往事，感慨良多，浮想联翩，有大事，也有小事，无论大小事情，反映的都是30年的阳光雨露，30年的巨大变化。我也愿意以此凡人小事作为对中国改革开放30年的纪念。

2008年11月24日

饥饿的日子

——尘封的碎片之五

从 1957 年到 1963 年，我在山西大学学习六年，包括大本四年，研究生两年。六年的大学生活留下了许多美好的印象，当然也有不少辛酸和苦涩。忍受饥饿，成了我几十年来难以忘却的记忆。20 世纪 60 年代，我正年轻，但是我和祖国一起在接受着苦难的考验。山大的同学们都处于饥饿之中。按说大学生的粮食定量也不算少，只是年轻胃口好，老觉得吃不饱。每次打饭回来，我们先把菜用开水泡成菜汤，灌饱了肚子，再慢慢地品尝馒头，心里觉得十分惬意。有时候菜吃光了，我们只好干脆喝酱油汤。有一次李广林同学在学生大饭厅帮灶，我用省下的一张饭票请他帮助打了一份饭，两个馒头一碗菜，吃了个心满意足。就这样饥一顿，饱一顿，没过多久，我两腿浮肿，医生检查是患了急性肝炎，住进了隔离宿舍。当时同班同学杨宗也患了肝炎，我俩住在了一起。我们都上了当时专门为病号同学开的一个病号灶。当时上病号灶的同学还有韩振玉。

上灶的同学同舟共济，互相关爱，为了搞好伙食，我们还成立了伙食管理委员会，大家让杨宗和我负责。我们配合病号灶的张师傅，千方百计地为大家改善伙食，被大家称为"红管家"。就这样还是吃不饱，老觉得饿。杨宗就去大食堂捡烂菜叶，用他的一个军用饭盒煮一煮，放点盐，我俩一块吃。学校院里有个小饭店，我们实在饿得不行，就跑去花两角钱吃一碗炖茄子菜，算是改善伙食。

当时太原市粮、油、副食、棉布都实行的是凭票定量供应制。除去粮票、油票、布票和副食证外，还有每人每月供应一斤点心的点心号，当然要有配套的粮票才能购买。买点心在山大买不到，还得进城。为了方便大家，我们决定集中去买。由我和韩振玉把大家的粮票和点心号收齐，推着病号灶的一辆小平车，走十多里路，到广场五一大楼副食部去买。时间是冬天，天短，走到五一大楼，天就要黑了，也没敢休息，买好点心，拉上车就往回走。一路上我俩轮换着拉，又饿又累，也没有吃一块点心，因为这是大家的东西。拉回学校一看，由于一路颠簸，有些点心已经破了，成了一堆碎皮。我们给大家称的是完整的点心，我和韩振玉称的是点心皮。毕业多年了，我一直想着韩振玉，但是几次同学聚会都没有见到他，这是一位多么好的同学。

1961年8月，我们57级同学毕业。我同朱宝真、杨成福、初季明、曹保富五同学留校，进入山西大学研究部古典文学研究班学习。当了研究生，住宿条件改善了，两个人一间宿舍，我和宝真住一屋。我们每天大量阅读指导教师指定的图书，时间抓得很紧。当时影响情绪的仍然是饥饿。每天早饭是红面糊糊，学生叫"洪湖水，浪打浪"；午、晚饭是红面扣糕，学生叫"西施扣糕"，还有经常吃的与粮食平起平坐的红薯，这叫"瓜菜代"。这些东西营养少，数量也不多，仍然老觉得饿。宝真身材高大，他的饭盒足有一个小的洗脸盆那样大，但是每天早上的一大盘红面糊糊仍然吃不饱。我也一样。我们常常想，如果能够喝上两份红面糊糊，那够多美。我们围着被子坐在床上看书，看到深夜，饿得肚子直叫唤。宝真说，如果每天窝头管饱吃，那够多好啊！这成了我们最奢侈的愿望。

山大的老师在和同学们一起挨饿。当研究生后，我在教工食堂吃饭。有一天我竟发现一位教师在食堂卖饭的窗口抢了一把饭票夺门就跑。当然，他跑不出去，被抓了回来，要忍受饥饿与"耻辱"的双重打击。"不为困穷宁有此，只缘恐惧转须亲"（杜甫诗），当时我真想上去安慰一下我那可怜的老师。

1962年实行"调整，巩固，充实，提高"的政策，形势逐渐好转，供应也有所改善，大家都很高兴。就在这一年的元旦，中文系召开教师座谈会，挂的会标就是"一年更比一年好"。系里给每人送了一份新年礼物，是一小口袋红枣、核桃和柿饼子。教师们感动得吟诗诵词，纷纷赞颂大好形势。从此，我们告别了饥饿，但是我总也忘记不了那饥饿的日子，以及和我共度饥荒的同学和老师。

2013年7月

可怜的小麻雀
——尘封的碎片之六

　　1958年大跃进、大战钢铁，还加上了个"除四害"。由于是全民运动，自然是人人参加。我们这班同学，可以说是生逢其时，什么都赶上了，也就什么都参加了。

　　且说"除四害"，包括麻雀在内。每个班都有指标，必须消灭多少多少只。当时校院内外，直到全太原市，已经无雀可捕，要想有所获，必须向近郊出击。其时，我是班上的学习委员，杨晓风是生活委员，于是我俩组成二人战斗小组，向我们下过乡的榆次鸣谦乡的一个村子进发。晓风军人出身，言语不多，为人朴实，我们相处甚好。他借了一支猎枪，携带若干发子弹，我们乘坐火车奔向榆次。到达村里，这里的麻雀也早已成为惊弓之鸟，难觅踪影。我们仔细搜索，终于在一个农家院子里发现了一只漏网的麻雀，可怜它在劫难逃，被晓风一枪击中，从空中坠落。小麻雀不甘心束手被擒，挣扎着钻进院里窗台下的一堆砖头里。我们只好一块一块地清理砖头，直到把一堆砖头都清理完了，才发现了那只已经毙命的可怜的小麻雀。我们撇下了麻雀的两条腿，作为"战利品"，又坐着返太原的火车，回到学校交差。一路上我们怎么也高兴不起来。我常常想，那只可怜的小麻雀也许是从太原飞到榆次乡下避难的，但它终也没有逃脱了我们的枪口。我们这算干了些什么呢？事情过去50多年了，我什么时候想起来心里都隐隐作痛。麻雀也是一条生命，我们应当善待生命啊！

2013 年 7 月

第一次坐飞机

——尘封的碎片之七

　　1983 年中央发布了第二个一号文件。中共中央在 1982 年至 1986 年连续五年发布以农业、农村和农民为主题的中央一号文件，对农村改革和农业发展作出具体部署。这一年的 4 月，省委宣传部组织部里的干部，兵分几路，下乡调查了解一号文件贯彻落实情况。晋东南这一路，由宣传处处长郝存义带队，我和苗和平是队员。我们从太原坐长途汽车来到襄垣县。我和苗和平都是干事，和平很年轻，只有 20 多岁，我和郝存义年龄稍大些。

　　襄垣县是抗日根据地，南部多平川盆地，而北部尽是丘陵山区。县里为了照顾我们工作、生活方便，让我们到平川的一个公社。苗和平就是襄垣人，他提出去北面的强计公社。强计公社是山区，是八路军总部后勤部的所在地。和平的父亲是老革命，曾在这里工作过。强计沟壑纵横，耕地很少，发展农业更为困难，了解这里落实中央一号文件的情况更有现实指导意义。和平提出后，郝处长和我都同意，县里也就按照我们的意见让我们去了强计公社。这里交通不便，生活艰苦，但是干部和群众都十分朴实、热情。公社领导带着我们爬山过沟跑了几个村子，访问座谈，调查了解，掌握了不少第一手材料，写成了报告，完成了任务。

　　来时我们坐的是长途汽车，180 公里的路程从早上到下午走了大半天，中途还在子洪口打尖吃了饭。由于来时劳累、费时的旅途经历，我们就考虑怎么回太原。这时从长治到太原已经有了飞机。我们三人都没有坐过飞机。于是我向和平提出，咱们坐飞机回吧，和平满口同意。同郝处长提出坐飞机的事，他说"坐不坐吧"，毕竟坐飞机有风险。就在我们这次想坐飞机的前些日子，听说长治到太原的飞机就曾经遇到了麻烦，好在是有惊无险，平安落地。这就更增加了他对坐飞机的疑虑。好在郝处长为人随和，见我俩执意要坐，也就不再说什么，于是就有了这第一次坐飞机的经历。

坐飞机，首先得从襄垣坐车到长治。第二天一早，再从长治城里坐汽车到由原航校的一个军用机场改造的民航机场。在机场等了一个多小时，要登机了，飞机是安2型的小飞机，只能坐十几个人。登机口离地面很低，只有几个台阶，登上凳子就能进入机舱。一位身着普通服装的空姐站在登机口给大家一人发了一包水果糖。空姐发完糖后就走开了，并不同大家一起登机。上了飞机，见飞机上有一位着装普通的男子招呼大家就座，也不对号，有空位随便坐。后来有的乘客上来没有座位了，他说给找个小板凳让这位坐下。后来见人来得差不多了，他就说："还有没有人？没人就走了！"于是把飞机门一拉，对驾驶员说："起飞吧！"我心想怎么坐飞机和坐公共汽车差不多，拉上门就能起飞！想是想，毕竟飞离了地面，第一次在空中鸟瞰大地，看着地面的山川河流慢慢掠过，飞机飞越山区来到一望无际的平川上空，我们十分兴奋。飞行不到一小时就落地太原，到了太原还不能马上进城，还得等进城的班车。又等了一个多小时，方才坐上机场班车进了城，这时天已经快黑了。为了节省坐长途汽车回太原的时间，改坐飞机，结果坐飞机比坐长途车还费时间，当然这是为了过一把坐飞机的瘾。

这事过去30多年了，前几天同苗和平说起，我们都觉得很有趣，因为这毕竟是第一次坐飞机。

2014年11月13日

出差北京

—— 尘封的碎片之八

20世纪七八十年代，我在省委宣传部文艺处工作，经常有到北京出差的机会，主要是看演出，看展览。那时候，太原供应紧张，主副食品都很缺乏，去北京就要捎带着买些吃的东西回来，主要是挂面和糖果。买挂面还得在北京亲友处找到面票。当时我们的工资都很低，五六十元，出差费也很少，去一趟北京，只能领取一百元，包括往返火车票钱和住宿费。所以到北京出差常常是把带去的几个钱花得个一干二净。同行的有的同志把钱花光了，就不再上街，在旅馆里睡大觉。有几次从北京回来，下了火车，我们每个人身上只剩下几毛钱用来买票坐公共汽车。

不过这只是钱紧，我至今记得的还有住店时遇到的怪异事。有一次，文艺处副处长贺新辉带着省美工室的梁栋云和我一行三人赴京看展览。我们住在前门外的一个小旅馆里，三人住一屋，都是木板床。房间倒是很干净，但奇怪的是房间里的设施。屋里玻璃窗户上没有窗帘，晚上一开灯，院里看屋里，一目了然；门上没有插销，晚上睡觉不能插门，上锁的搭扣安在门外；电灯没有开关，控制电灯开关的拉线吊在门外头——客人的一切行动都在"大妈"级的服务员的掌控中。我们白天跑累了，躺在床上很快就安然入睡，倒没有发现过半夜被拉开灯或被推开门的情况。当然，这些都是在过去那个特殊年代里发生的事，只是一想起来心里就觉得不舒服，很别扭。

　　旅馆只能住宿，吃饭得到外面去找。我们常去的地方就是旅馆附近的小饭铺，吃的是豆浆、烧饼、炒疙瘩等北京的大众饭。一天，新辉同志提议，咱们三个去吃烤鸭吧，各出各的钱，一起去吃一顿。当时还没有"AA制"的说法，也就是这个意思，我的老家大同叫"打平伙"。吃烤鸭是多少年来人们来北京的期待。我还从来没有吃过，也真想一尝，但是摸摸自己的口袋，囊中羞涩，就对新辉说："我不去了，你们去吧。"他俩相跟着出去了，吃没吃烤鸭，他们回来没说，我更不好意思去问。

2013 年 4 月 10 日

舌尖上的记忆

"民以食为天",饮食是人类赖以生存的最基本的需求。人的一生在饮食上会有多少难以忘却的记忆,愉快的、欢乐的、尴尬的、伤感的……从饮食上更能展现历史的沧桑、时代的变迁,以及民情、民风、民俗的变化。今套用当代最时髦的话语之一"舌尖上的……",说几件有关饮食的笔者亲历的小事,集结为一组"舌尖上的记忆"。

会议伙食标准

会议伙食标准是一个官方用语。办会的人要制定伙食标准,以便做预算,请领导批示。参会的人也想知道一下会议伙食标准,看看能不能一饱口福。人们参加公私宴请或婚礼酒席,面对丰盛的饭菜,往往也想问一声这桌饭是什么标准。这么多年过去了,会议伙食标准一变再变,一升再升,时至今日标准之高简直令人难以置信。

20世纪七八十年代,我在省委工作。作为工作人员有机会参加省委在迎泽宾馆召开的相关会议。当时省委和省政府召开的会议伙食标准是每人每天一元,厅局级单位的会议伙食标准是每人每天八角。这两个标准在迎泽宾馆怎么掌握?其实很简单,就是一元的标准多一只鸡,摆在一桌菜的中间,而八角的标准没有鸡,其他菜看完全同于省级会议。当时菜也不多,大概是4个凉菜,4个热菜,一盆汤。而菜类绝无生猛海鲜、鱼翅燕窝之类,更无酒水果盘之说。主食是米饭、馒头,有时也上一盆面条,再无其他花样。就这样大家都吃得津津有味，大快朵颐。

时至今日，30多年过去了。我早已退休，吃会议饭的机会也就少了。只是今年6月在迎泽宾馆参加省文艺界的一个重大活动，吃的是自助餐。听办会的同志讲，在会上住宿早餐免费，午晚餐每餐的标准是90多元，当然饭菜丰盛，种类繁多，绝非昔日可比。

这样算下来，会议伙食标准竟提高了一二百倍，这说明什么？当然是物价涨了，生活好了，更能说明的是时代的变化。也许这样的比对是不科学的，但是想一想也很有趣，便辜妄记之。

根据地餐厅

解放路百货大楼斜对面有一个坐西朝东的小饭店叫"根据地餐厅"。别看它门脸不大但历史很长。我不清楚它最早是哪年开张的，可我20世纪70年代在省委工作时它就存在了，这样算起来起码有四五十年的历史，在太原的餐饮行里也算是个老字号了。

时间倒退回半个世纪前，那时候我常常光顾它。因为有时外出办事，赶不上在省委食堂吃饭，就跑到这个小饭店随便吃点东西。这个小饭店当时叫"晋北饭店二部"（一部在东缉虎营，专营馄饨），主要经营以面食为主的家常饭菜，客人要的最多的是刀削面。一碗刀削面要二两粮票、一角五分钱。在收款台上交钱和粮票，然后给你一张像火柴盒大小的取面的小票。拿上小票到另一个长桌上交票取面。长桌上放着一个大水盆，服务员收票后随手把票扔进水盆里，然后给你一碗面。山西人爱吃醋，吃面更是离不开醋。饭桌上也没有醋壶，只是放着一大盆醋让客人自己去舀。让人感到不舒服的是当时竟有个别人用自己的搪瓷缸子装满醋带出门去。饭店里倒是有几张桌子和一些方凳子，但奇怪的是凳子都用铁链子拴在桌腿上，以防丢失。多少年过去了，这里就餐的环境、饭店的设施、取面的方式我至今难忘。

买面给小票，服务员收票扔进水盆里的办法当时并非晋北饭店一家，可能是由于它的适用、方便在小饭店里很是流行。记得20世纪七八十年代，坐长途车到长治出差，200多公里的路程要走一天。早上从太原出发走上60多公里到达祁县子洪口，就要停车吃饭。子洪口的几个饭店挤满了吃饭的人，因为停车时间短，吃饭要速度快，所以吃的都是刀削面。交钱、给票、收票、扔进水盆、端面，一应程序亦如太原解放路的晋北饭店。

半个世纪过去，最近又去晋北饭店。饭店依在，店名已变，叫作"根据地餐厅"。这起名的老板大概也有些怀旧的心情，不忘几十年来饭店定位于为老百姓服务的宗旨，故起此名——"根据地餐厅"。店内早已变样，餐桌、靠椅焕然一新。餐桌上摆着醋壶、辣椒筒和抽纸盒，以及用玻璃纸包装的消过毒的餐具（收费一元）。店内悬挂着国旗，也供着关公像。饭菜仍继承着家常大众饭的传统，而品牌菜肴是大骨头。来吃饭的客人多以中老年为主。我想知道一点这个饭店过去的历史，问起年轻的服务员们，她们都是一脸茫然。由"晋北饭店"到"根据地餐厅"，一个店名已改、店址依旧的小饭店留下了多少沧桑记忆。

"穷人吃饺子"

这个题目有点怪，但这是我们当年说这句话时的共同感觉。

饺子是中国的传统美食。幼儿时听到大人说的第一个谜语："山上下来一群羊，扑通扑通跳下河"，谜底就是煮饺子。中国人逢年过节、宴请友朋大都吃饺子。有子女或亲友远方归来的接风饭是饺子，以示欢迎，而送行时吃的是面，表示情谊长存、绵延不断。年轻时在部队工作，最为高兴的事是逢年过节吃饺子。当时按科室领回饺子馅与和好的面，大家围坐一起，说笑话，包饺子，然后端到伙房在大锅里煮，那个高兴劲真是难以言说。但吃饺子也遇到过让人难以下箸的尴尬事。

1965年我在山西大学中文系当助教，随系党总支书记张诚斋同志到原平县南白公社搞"四清"（清理账目、清理仓库、清理财物、清理工分），要求实行"三同"（同吃同住同劳动），到农民家吃派饭。一天，我同张书记被派到一位老大娘家吃饭。我们一进门看到笸子上摆的是一排排白面饺子，这让我们大吃一惊。当我们揭开大锅里的蒸笼，看到里面放的是几个糠窝窝。尽管大娘一再要煮饺子让我们吃，我们怎么忍心吃得下。我们同大娘拉家常，说闲话，耐心地做工作，大娘说了实话。原来是她家里一点粮食都没有了，听说有工作队来她家吃饭，便向邻居借了点白面包了饺子。我们知道了都很心酸。张书记说要向大队反映，尽快解决困难群众的口粮问题。这顿派饭，饺子我们一个也没有动，同大娘一起吃的是糠窝窝。

　　话说得远了，回到"穷人吃饺子"这个话题。那是20世纪90年代，中国毛泽东思想研究会在北京举办学习班。我当时在省文联任党组副书记，就同文联文研室主任王智才、晋中市作协主席高厚，还有一位是榆次经纬纺织厂的宣传干部一行4人前去学习。我们住在北京一所中学的宿舍里，一间宿舍放着两张高低床，我们4个人正好住一屋。每天上午听课，下午讨论，学习日程排得很紧，吃饭就到附近的小饭店。我们大多时候是花几元钱买一盘水饺，算有菜有面，蘸点醋吃起来十分爽口、便捷，然后要一碗面汤，就解决了问题。如果吃米饭，那就得点菜，花费自然就高了。于是我们自我调侃："穷人吃饺子。"

　　一周的学习，每顿饭都吃饺子也觉乏味，也想换换口味改善一下。正好我在北京有一个朋友，得知我来，请我吃饭，我就带上他们三位一起去。我们在一家比较像样的饭店就餐，我那位朋友点的菜虽然不多，但很精致，味道也好，大家吃得很是高兴。这时我见到一位衣着整洁的外国小伙子，心想这个小饭店还有外国人光顾。后来看到那个小伙子不是来吃饭的，而是为客人服务的，一了解原来是来北京打工的一个法国青年。这真是时代变了，外国人还要来中国打工。现在这样的情况很普遍，但当时在我们眼里还真是新鲜事。

天价"猫耳朵"

前两年，在太原长风文化商务区举办一个美食节，在商务区广场上搭起了几排食棚。我同老伴去闲逛，走到食棚处看看能吃点什么，说着想着就走到一个专门卖"猫耳朵"的饭摊，我们就停了下来。我是山西人，向来喜欢吃面食，尤其是"猫耳朵"。究其原因，大约是因为"猫耳朵"系手工制作，而非机器生产，而出自手工的食物皆比出自机器的可口。这时我向服务员打问一碗"猫耳朵"的价格，因为不问价是不敢贸然要的。那位招呼客人的小姑娘说："一碗40元。"我吓了一跳，怀疑听错了，再问还是"40元"。我就问那位小姑娘，为什么这么贵？她解释说，我们用的面是用小石磨磨的，又说我们的"猫耳朵"是手工做的。不管小姑娘怎么说，我都觉得价格高得出奇，无法接受。即使面粉是用小石磨磨的，"猫耳朵"是用手工做的，也不能这样贵啊！当然价格是老板定的，与这位小姑娘无关，只是觉得做买卖追求利润很正常，但不能没有谱。再看看这家卖的"猫耳朵"竟无一人品尝。用市场调节的道理来看，没有顾客只能歇业，一味追求利润的最大化，结果只能是适得其反。隔天，我们再路过那个"猫耳朵"饭摊，还是无人光顾，就连那位向我们推销"猫耳朵"的小姑娘也不见了。

2013 年 9 月 26 日

附录：

山西文联五十年

　　从 1949 年 12 月至 1999 年 12 月，山西省文学艺术界联合会（简称山西省文联），整整走过了半个世纪的路程。在这世纪之交的光辉时刻，它迎来了自己的 50 华诞。

　　山西文联 50 年，与人民共和国同步，为共和国的繁荣富强做出了自己的贡献。在文联 50 年前进的道路上，虽然风风雨雨，历经坎坷，但毕竟有了很大的发展，取得了长足的进步，在山西的文艺史上写下了辉煌的一篇。抚今思昔，感慨万千，虽然有若干的历史经验值得总结，但更应该感到的是自信和欣慰。因为，作为党所领导的专业性人民团体，作为党和政府联系广大文艺工作者的纽带和桥梁，我们通过 50 年所走过的道路，体现了自己的宗旨，实现了自己的价值，完成了时代与人民所交付的历史使命，确立了自己在社会主义革命和建设事业中的应有地位。

　　山西文联 50 年，召开过六次文代会，承前启后，继往开来，实现了历史的传承和交替。山西省文联成立于 1949 年 12 月，但是，我们不能忘记，早在 20 世纪三四十年代，在山西的各个革命根据地里，就有了文联这样的群团组织。所以，我们在回顾山西文联 50 年的时候，不能不追本溯源，探寻一下前辈们在开创文联工作方面所留下的足迹。因为今天是从昨天走过来的。

一、抗战烽火中的号角和鼓手

——山西革命根据地的文联组织

（一）文武两条战线和山西的新文化运动

早在1942年5月，毛泽东同志《在延安文艺座谈会上的讲话》中就说过：在中国人民的解放斗争中，有文武两条战线，即文化战线和军事战线。"我们要战胜敌人，首先要依靠手里拿枪的军队。但是仅仅有这种军队是不够的，我们还要有文化的军队，这是团结自己、战胜敌人必不可少的一支军队。"从党领导中国人民进行革命斗争的那一天起，一支不拿枪的文化军队就同拿枪的军队并肩战斗，取得一个接着一个的胜利。战斗在山西各个革命根据地的革命文艺工作者就是这支文化军队中的重要成员。

20世纪初叶，在五四新文化运动的影响下，山西的一批进步的文学青年高君宇、高长虹、石评梅、李健吾、高歌、高沐鸿、冈夫（王玉堂）等也在为发展山西的新文化努力奋斗着。他们发表的新诗、散文、小说、戏剧等成为展示山西新文化的最早的成果。他们建立的文学社团成为推动山西新文化发展的重要力量。20年代中后期，山西大学的曙光社、山西省立国民师范学校的文学研究会，以及高长虹、高沐鸿等组织的狂飙社，都是当时涌现出来的重要的文学社团，其中狂飙社更是在全国新文化运动中有着广泛的影响。

1930年初，中国左翼作家联盟成立。山西的文学青年赞同上海兴起的革命文学主张，尤其推崇"左联"倡导的面向大众的"普罗文学"。1932年8月成立了中国左翼作家联盟山西分盟，简称山西左联，书记王书良。同年9月又成立了山西文化总同盟，简称山西文盟，刘丹顿、李舜琴、安紫西、任弼绍先后任党团书记，吸收山西社联、山西左联、山西教联以团体会员资格加入。

（二）文艺界抗日统一战线的形成

"九一八"事变后，全国的抗日救亡运动蓬勃发展。1936年春，红军抗日先锋军渡河东征，山西的抗日救亡运动更是日益高涨，民族革命统一战线逐渐形成。群众性的牺牲救国同盟会组织广泛建立。大批东北流亡学生与北平进步青年涌向太原，集会、结社、培训、办刊，积极宣传抗日。太原成为全国抗日救亡运动最活跃的城市之一。当时比较重要的进步文艺社团有西北电影公司、新生剧院、海风艺术研究会、榴花社、太原青年文学研究会、太原青年文学工作者学会、太原拓荒社等，以及山西各地牺盟会中心区的文艺宣传队伍，形成了文艺界广泛的抗日民族统一战线，推动并影响着抗日救亡运动的开展。

　　"七七"事变后，中国工农红军改编为国民革命军第八路军北上抗日，先后创建了晋绥、晋察冀、晋冀豫（后发展为晋冀鲁豫）抗日根据地，同时也带来了红军时代的革命文艺传统。各个抗日根据地都活跃着一批学者名流和青年文艺工作者，如晋东南有李伯钊、徐懋庸、陈默君、蒋弼、高沐鸿、王玉堂、阮章竞、赵树理、罗工柳、常苏民、海啸、高咏、寒声等；晋西北有亚马、卢梦、马烽、西戎、孙谦、李束为、胡正等；晋察冀有丁玲、田间、周巍峙、王亚平等。他们的作品，包括小说、报告文学、诗歌、木刻、活报剧、独幕剧、歌剧、话剧、戏曲、音乐等标志着山西抗战文学的兴起。

　　与此同时，文艺界以抗战为宗旨的群众团体也相继建立。重要的有：1939年3月至1940年4月先后建立的中华全国美术界抗敌协会晋察冀分会、中华全国戏剧界抗敌协会晋察冀分会、中华全国音乐界抗敌协会山西分会。这些全国性的艺术界的抗敌协会在晋东南、晋西北等地也相继建立了分会。作为全国各艺术界抗敌协会的总会的中华全国文艺界抗敌协会（简称"全国文协"）也在山西各地建立了自己的分会，重要的有：1939年11月于武乡建立的晋东南分会，简称晋东南文协，先后由李伯钊、徐懋庸等任常务理事；1940年7月建立的晋察冀边区分会，简称晋察冀文协，由沙可夫任主席。也有的地方的文化界不挂靠全国文协直接建立了自己的抗日救国组织，如1940年5月于兴县建立的晋西文化界抗日救国联合会，简称晋西文联，负责人为亚马、卢梦、伍陵等。晋西文联下属文协、剧协、音协、美协和记协，办有机关报《文化导报》、演出团体"人民剧社"，可谓已形成一定规模的文联系统。在晋西南也成立了第二战区文化抗战协会。

以上这些文艺界统一战线性质的抗日救国组织，在团结文艺界共同抗战，推动敌后文艺运动蓬勃发展，促进前方和后方的文化交流等方面做了大量的工作，为宣传群众、组织群众、打击敌人做出了自己的贡献。这些组织还办了不少报刊，如：文艺期刊《文化哨》、《抗战生活》、《华北文艺》、《文化动员》、《华北文化》、《西北文艺》、《边区文化》、《西线文艺》、《黄河文艺》等，以及《黄河日报》副刊《山地》，《新华日报》（华北版）副刊《新地》、《戏剧》，《抗战日报》副刊《文艺之页》、《吕梁文化》，《抗战报》副刊《海燕》，《晋察冀日报》副刊《晋察冀艺术》等。这些文艺期刊和报纸副刊，对于培养和造就山西的抗战文艺队伍，推动抗战文艺的繁荣，发挥了重要的作用。

（三）根据地文联组织的建立

抗日战争胜利后，1946年4月在河北邢台成立了晋冀鲁豫边区文联，范文澜为理事长，陈荒煤为副理事长，张磐石、赵树理、张秀山、朱穆之、任白戈、王春等为常务理事，并聘请边区政府主席杨秀峰、军区副政委张际春为名誉理事长。在抗战期间建立的各地文协组织在抗战胜利后，也大都改称文联，如晋东南文联、晋冀豫边区文联、晋察冀边区文联、晋绥边区文联、太原区文联等。后来晋东南文联随着晋冀鲁豫边区的建立，分为太岳区文联和太行区文联两个文联组织。

新中国成立前，山西各地文联组织的建立和活动的开展，为新中国成立后山西省文联的建立，从思想上、理论上、组织上、干部上和实践经验上打下了坚实的基础，创造了良好的条件。新中国成立后，1949年12月山西省文联的诞生就成为适应时代需求和广大文艺工作者的意愿，瓜熟蒂落、水到渠成的事了。

二、全省各路文艺队伍的大会师
——1949年12月召开的第一次文代会

（一）全国第一次文代会的召开

1949年7月2日至19日在北平（今北京）召开的中华全国文学艺术工作者第一次代表大会，揭开了新中国文学艺术发展史的第一页。朱德代表党中央向大会致祝词。周恩来作了政治报告。毛泽东主席亲临大会祝贺并讲话。郭沫若作了题为《为建设新中国的人民文艺而奋斗》的总报告。周扬和茅盾分别作了关于解放区文艺运动和国统区革命文艺运动的报告。出席大会的代表共842人，包括平津、华北、西北、华东、华中、南方和部队共7个代表团。

山西境内的文艺工作者随华北代表团参加大会的有副团长高沐鸿，代表阮章竞、王玉堂、王聪文、李涛、洛林、高介云、张万一、寒声、赵枫川、赵子岳、关守耀。随西北代表团参加大会的有副团长周文，代表力群、亚马、西戎、李束为、张一然、马烽、景炎、墨遗萍、常苏民、卢梦、李少言、林山。随平津代表团参加大会的有赵树理、贾克、郭兰英等。

大会产生了全国文艺界的组织——中华全国文学艺术界联合会，选举郭沫若为主席，茅盾、周扬为副主席。我省赵树理、力群、周文当选为全国文联委员，马烽为候补委员。全国文联当时同总工会、共青团、全国妇联一起，被称为我国四大群众团体，是中国人民政治协商会议的发起单位。

（二）山西省文学艺术界联合会宣告成立

全国文联成立后，我省文艺界开始积极筹划召开省首届文代会，以便建立自己的统一组织。晋西北、晋西南、太行、太岳、晋察冀、晋中等解放区的文艺工作者和原在太原地区工作的文艺工作者，会师省城，进行筹备。1949年10月8日成立了中华全国文学艺术界联合会山西分会筹委会，陶鲁笳、高沐鸿、力群等16人为筹委会常委。

经过近两个月的筹备，1949年12月3日至16日，山西省第一次文学艺术工作者代表大会在太原召开。大会代表共340人。这次大会是在中华人民共和国成立后的伟大时期召开的，是革命根据地和阎统区、农村和城市的文艺工作者在毛泽东文艺思想旗帜之下的大会师，是全省文艺工作者富有历史意义的空前团结的一次盛会。

大会由高沐鸿致开幕词，并作工作报告。卢梦致闭幕词。中共山西省委副书记赖若愚在大会上作了政治报告。山西省政府副主席裴丽生到会讲话。力群传达了全国首届文代会精神，介绍了大会盛况。全国文联主席郭沫若，副主席茅盾、周扬致信祝贺。赖若愚在报告中要求文艺工作者要坚持文艺为工农兵服务的方向，要从过去较多地描写战争和土改的创作转向今后需要更多地反映生产战线的创作，以适应时代发展的需求；要在运用文艺新形式的同时改造和利用旧的形式，以为广大群众所接受。赖若愚在报告中分析了当前文艺战线的形势后，提出要坚持文艺界的统一战线，要求文艺战线上的共产党员学习马列主义、毛泽东思想，在毛泽东思想的基础上求得统一战线的巩固。赖若愚同志的政治报告与周恩来同志在全国首届文代会上的政治报告精神是一致的，都是着重强调了两个问题：一个是文艺队伍的团结和发展广泛的统一战线的问题；一个是文艺为人民服务、为工农兵服务的问题。这是党对当时文艺工作的总要求和为文艺工作确定的总方向。

大会期间，高沐鸿作了题为《我们的几点历史经验和今后任务》的工作报告。报告分3个部分。第一部分介绍和总结了自毛泽东《在延安文艺座谈会上的讲话》发表以来，山西境内各个解放区文艺运动的概况及其成绩。第二部分总结了5点主要历史经验：1. 文艺必须与人民斗争紧密结合才有前途，从抗日战争到解放战争，从土改到生产，文艺运动完全证明了这一点；2. 要想文艺为人民大众所喜闻乐见，必须注意运用和改造民间固有的地方形式；3. 文艺工作者必须学习理论与政策，同时还要向实际学习；4. 必须重视群众自己的文艺活动；5. 新旧文艺工作者必须紧密团结，互相学习。报告的第三部分提出了山西今后文艺工作的方针和任务，要求全省文艺工作者，团结起来，建立统一与联合的组织，巩固文艺界的统一战线，同人民大众相结合，全力开展今后山西的人民文艺运动。

大会通过了《向毛主席、朱总司令致敬电》，通过了《山西省文学艺术工作者第一次代表大会宣言》、《山西省文学艺术工作者第一次代表大会决议》和《给全省文艺工作者的一封信》，通过了《山西省文学艺术界联合会章程》。大会选举产生了第一届文联委员会，选出文联委员49名，候补委员18名，常务委员17名；选举高沐鸿为主任，力群、卢梦为副主任。大会历时15天，于12月16日胜利闭幕。山西省文学艺术界联合会正式宣告成立。

（三）首批团体会员的诞生

省第一次文代会期间，产生了4个文艺家协会，即：中华全国文学工作者协会山西分会，简称省文协，王玉堂为主任，李束为、郑笃为副主任；中华全国戏剧工作者协会山西分会，简称省剧协，洛林为主任，赵子岳、墨遗萍为副主任；中华全国美术工作者协会山西分会，简称省美协，力群为主任，赵枫川为副主任；中华全国音乐工作者协会山西分会，简称省音协，洪飞为主任，张沛为副主任。省文联拥有了首批4个省直团体会员，地、市文联建立后，亦相继成为省文联的团体会员。

三、二十七年的历史回顾
——第二、三次文代会的前前后后

（一）20世纪50年代先后召开的全国和山西的第二次文代会

经过3年的国民经济恢复和一系列重大的社会改革，从1953年起，我国进入社会主义改造和有计划的经济建设时期，党提出了过渡时期的总路线和总任务。在这样一个新的历史时期与人民事业一同前进的文学艺术运动，也面临着新的历史使命。文学艺术应该有新的发展、新的高度，以满足过渡时期广大人民群众不断增长的文化生活的需求，促进总路线和总任务的实现。就是在这样的时代背景下，全国文学艺术工作者第二次代表大会于1953年9月23日至10月6日在北京召开。大会代表共893人。大会总结了全国第一次文代会以来文学艺术事业所取得的成绩，也清理了文艺运动中存在着的一定的思想混乱，纠正了文艺领导工作中的一些"左"的或右的偏向。在全国第二次文代会上讨论的中心问题就是：总结经验教训，按照艺术规律办事，倡导社会主义现实主义的创作方法，强调用爱国主义和社会主义精神教育人民，塑造好新英雄人物的典型形象。周恩来总理到会作了政治报告。周扬作了题为《为创造更多的优秀的文学艺术作品而奋斗》的报告。郭沫若再次当选为主席，茅盾、周扬连任副主席。全国第二次文代会的突出成就，不仅在于确定了文学艺术在社会主义改造时期的新任务，而且在于对"左"倾教条主义在文艺上的影响进行了新中国成立以来的首次批判，初步清算了文艺创作上的概念化、公式化及其他反现实主义的倾向，初步清算了文艺批评上的简单化、庸俗化的倾向以及文艺事业组织领导上的行政命令作风等。

全国第二次文代会召开3年之后，1956年8月19日至26日，山西省文学艺术工作者第二次代表大会在太原召开。太原市文学艺术工作者第一次代表大会与省文代会同时召开，出席大会的代表共731人。高沐鸿致开幕

词，副省长邓初民到会讲话，省委宣传部副部长梁晋平向大会致祝词。

李束为代表上届文联常委会在会上作了题为《为繁荣我省文学艺术创作而努力》的工作报告。李束为在《报告》中回顾了1951年的文艺整风、1954年的反对胡风文艺思想的斗争，以及清理资产阶级文艺思想的影响等运动之后的文艺界形势，总结了在文艺创作方面的成绩和缺点。他指出，我们的文艺为政治服务，同群众斗争相结合，坚持社会主义现实主义的创作原则，贯彻"百花齐放，百家争鸣"的方针，取得了很大的成绩，在整个社会主义事业中发挥了积极的作用。在我们的文艺创作中也存在着不少缺点。首先是题材的狭窄和样式的单调；文艺创作中的政策加故事、主题加形象的公式主义；人物塑造缺乏个性化。李束为在《报告》中提出，文联今后的主要工作任务是组织文艺创作，文联的一切工作都要以此为中心。为此，第一，发动和组织文艺创作干部深入生活；第二，组织社会创作力量从事创作；第三，培养新生力量，提高青年创作者的思想水平和艺术水平；第四，开展学术讨论，推动文艺创作；第五，加强厂矿、机关、学校中业余创作的组织工作。

作为李束为《报告》的补充，西戎、寒声、洪飞、程曼分别就省第一次文代会以来文学创作、戏曲舞蹈工作、音乐创作、美术创作等方面的情况和问题，作了专题发言。

大会做出了《关于通过大会报告的决议》、《关于通过省市文联分别申请参加全国文联的决议》、《关于省市文联分别申请参加中苏友协的决议》。大会通过了经修订的《山西省文学艺术工作者联合会章程》，原采取的团体会员制改为个人会员制，原"山西省文学艺术界联合会"更名为"山西省文学艺术工作者联合会"。大会选举产生了第二届文联委员会，选出文联委员63人，候补委员29人，常务委员22人；选举李束为为主任，马烽、西戎、姚青苗、郝汀为副主任。大会历时8天，于26日闭幕。马烽致闭幕词，省委宣传部部长黄志刚到会讲话。

省二次文代会期间，中国戏剧家协会山西分会召开了第一次会员代表大会，选举贾克为主席，丁果仙、高凤岐、郭沐林、张一然、张万一、寒声、杨威为副主席。

（二）20世纪60年代先后召开的全国和山西的第三次文代会

1960年7月22日至8月13日，全国文学艺术工作者第三次代表大会在北京举行。大会代表共2444人。山西代表团42人，团长江萍。陆定一代表中共中央和国务院致祝词。郭沫若致开幕词。周扬作了题为《我国社会主义文学艺术的道路》的报告。8月13日大会结束，选举郭沫若为主席，茅盾等15人为副主席。山西的丁果仙、赵树理当选为文联委员。

全国第三次文代会召开3年之后，1963年11月5日至21日，山西省文学艺术工作者第三次代表大会在太原召开。参加大会的代表637名。5日上午，大会开幕，中共山西省委书记处书记、省长卫恒，候补书记王大任，省委秘书长史纪言，副省长王中青，省委宣传部副部长江萍，以及中共中央华北局宣传部部长黄志刚，中国作家协会书记处书记、剧作家陈白尘，作家赵树理，中国美术家协会书记处书记、版画家力群，中国音乐家协会书记处书记、音乐家王元方，音乐家瞿希贤等出席了开幕式。西戎致开幕词，王大任代表省委讲话，陈白尘代表全国文联和所属9个全国文艺家协会向大会致辞。6日下午，省委宣传部部长李琦作了政治报告。8日上午，李束为作了题为《高举毛泽东思想红旗，为繁荣社会主义的新文艺奋勇前进》的报告。

李束为的《报告》分5个部分。第一部分，概述了上次文代会以来我省文艺事业在斗争中发展的情况。第二部分，总结了我省文艺工作者在党的领导下遵循文艺为工农兵服务、为社会主义事业服务的方向所取得的成绩和经验。第三、四部分，详尽阐述了党的"百花齐放，百家争鸣"、

"推陈出新"的文艺方针政策；文艺的民族化、群众化问题；革命现实主义和革命浪漫主义相结合的创作方法问题，以及如何培养、提高文艺工作者的队伍问题。第五部分，向全省文艺工作者提出了6项要求：1.努力学习，加强思想改造；2.深入生活，参加阶级斗争和生产斗争；3.进一步贯彻党的"百花齐放，百家争鸣"和"推陈出新"的文艺方针；4.面向农村，向农民群众进行社会主义教育；5.辅导群众文艺活动；6.努力艺术实践。最后，李束为希望大家在毛泽东思想的指导下团结起来，永远做一个彻底革命的文艺战士，鼓起革命干劲，为繁荣社会主义的民族的新文化而努力。

大会期间，卫恒省长、王中青副省长分别到会讲话。中共中央华北局第一书记李雪峰接见了出席文代会的部分代表。接见时，李雪峰对于7年多来山西文学艺术工作的成就给予很高的评价，勉励全体文学艺术工作者在党的领导下，继续贯彻执行党的文艺路线和文艺方针，在目前特别要参加农村社会主义教育运动，同劳动人民密切结合，改造思想，锻炼自己，创作出更多更好的文学艺术作品，充分发挥文艺武器的战斗作用。中共中央华北局书记处书记解学恭，中共山西省委第一书记陶鲁笳，以及郑林、王大任、李琦、江萍等领导同志陪同接见。

21日，大会通过《决议》和经修订的文联《章程》，决定恢复"山西省文学艺术界联合会"名称和团体会员制。大会选举产生了第三届文联委员会，选出委员99人，常务委员35人；选举李束为为主任，马烽、西戎、刘江、林菁华、贾克、苏光、郝汀为副主任。

省第三次文代会期间，有5个团体会员分别举行了会员代表大会，进行换届选举或宣告成立。其中：中国作家协会山西分会召开第一次会员代表大会，选举马烽为主席，西戎、孙谦、胡正、郑笃、高鲁为副主席；中国戏剧家协会山西分会召开第二次会员代表大会，选举贾克为主席，丁果仙、张一然、张健、杨威、张万一、高凤岐、郭沐林、朱东为副主席；中国美术家协会山西分会召开第一次会员代表大会，选举苏光为主席，赵钻之、娄霜、张柯南、程曼、药恒为副主席；中国音乐家协会山西分会召开第一次会员代表大会，选举洪飞为主席，郭荣昌、曹克、冯灿文、史掌元为副主席；文代会期间筹建的中国摄影学会山西分会也同时召开了第一次会员代表大会，选举陈铿为主席，毛松友、赵贵保为副主席。至此，文联有了5个省直团体会员。

省第三次文代会是在1962年9月党的八届十中全会之后召开的。八届十中全会着重讨论了阶级斗争问题，提出阶级斗争要"年年讲，月月讲，天天讲"。全会之后，"左"倾错误在政治和思想文化方面，特别是在文艺战线上，又有新的发展。后来通过党的文艺政策的调整，"左"的错误逐步得到纠正。

从1961年到1962年，在党的"调整，巩固，充实，提高"方针的指引下，在周恩来同志的密切关怀和领导下，文艺领导部门主持召开了多个重要会议，发表和下发了一系列的重要文章与文件，对党的文艺政策进行调整。其中重要的有：1961年6月中共中央宣传部在北京召开的全国文艺工作座谈会和全国故事片创作会议；1962年3月在广州召开的话剧、歌剧、儿童剧座谈会；1962年8月中国作家协会在大连召开的《农村题材短篇小说创作座谈会》；经过周恩来同志审阅和党中央批准下达全国各文艺团体试行的《关于当前文学艺术工作的意见》（即《文艺八条》）；为了纪念毛泽东同志《在延安文艺座谈会上的讲话》发表20周年，《人民日报》于1962年5月23日发表的题为《为最广大的人民群众服务》的社论等，都体现了党对文艺政策的调整，对文艺战线"左"的错误的初步批判。这些调整有力地调动了文艺工作者的积极性，出现了文艺创作繁荣、理论空气活跃、"双百"方针有所恢复的新的局面。在这种形势下，迎来了我省第三次文代会的召开。

省第三次文代会在贯彻党的八届十中全会精神的同时，也强调贯彻党的"双百"方针和"推陈出新"的方针；既提出把文艺的教育作用放在首要地位，提倡多创作反映现实生活的重大题材的作品，同时也不排斥其他题材的作品；对历史文化遗产，既不能全盘接受，也不能一概排斥，既不能割断历史，也不能抱残守缺，必须实事求是，避免简单粗暴；要识别人民内部矛盾和敌我矛盾，等等。总之，省第三次文代会后，强调遵循文艺创作规律，强调贯彻"双百"方针，文联工作和文艺创作处在一种比较正常的政治空气和艺术氛围之中，广大文艺工作者也处在一种比较宽松和谐的创作环境之中。

（三）17年成就和10年灾难

从1949年10月1日中华人民共和国成立，到1966年5月"文化大革命"开始，整整17年。从1966年5月到1976年10月，是"四人帮"制造的灾难时期，又是整整10年。在这前后27年中，山西的文艺工作同全国一样走过了一条艰辛而曲折的道路。我们取得了一定的成绩，也遭受过严重的挫折，有过深刻的教训，在斗争实践中积累了正反两方面的经验。

新中国成立后，我们进入了从战争环境转入和平建设，从农村转入城市这样一个新的历史时代。新的时代对文艺工作者提出了新的课题：我们的文艺由为新民主主义革命服务转而为社会主义革命和社会主义建设服务；我们的服务对象也比过去更加扩大、更加广泛了。广大文艺工作者经受了这次新的考验，适应了这次大的转变，努力同新时代的群众相结合，使文学艺术沿着社会主义的轨道前进。17年来，文联和各协会发扬了党的文艺工作的光荣传统，坚持了文艺为工农兵服务的方向，进行了许多新的探索和努力，使文学艺术这种意识形态与社会主义的经济基础相适应。我们创作了大量的作品，广泛而深入地反映了社会主义时期人民群众丰富多彩的生活和斗争，对满足群众日益增长的文化生活需求，推动社会主义事业的蓬勃发展，做出了应有的贡献。

文学方面，17年我省的作家们创作了不少在全国有影响的优秀的长、中、短篇小说。这些作品对我国人民的革命历史和现实斗争作了广泛的描绘和艺术概括，反映农村伟大变革的作品更是取得了突出的成就。其中，赵树理的《三里湾》被周扬称为反映社会主义农村生活的"一个优秀成果"。这些作品，特别是短篇小说，大都具有新（反映新人新事）、短（形式简短明快）、通（语言质朴通俗）的特点，在艺术上有鲜明的个性。各个作家通过多年的创作实践和艺术探索，逐渐形成了自己的风格。一些风格相近的作家，也就逐渐形成了以赵树理为代表的一个文学流派——"山药蛋派"。作为文学流派，它有自己的特点：一是作品的主要读者对象和描写对象是农民；二是在艺术表现形式上的民族化和大众化；三是采取革命现实主义的创作方法，作品的真实性和政治性达到比较好的统一；四是有浓厚的地方色彩。

17年，在诗歌、散文、报告文学、儿童文学的创作，以及民间文艺的搜集整理方面都取得了一定的成绩。在文艺理论和文艺批评方面也出现了一些比较重要的著作。

戏剧方面，做了大量的工作。新中国成立初期，我省各个革命根据地的文艺团体，如太岳文工团、吕梁文工团、太行文工团、太行军区文工团，以及各个根据地县一级的剧团和剧社，把一批新歌剧、新戏曲带进了新解放区，使全省的戏剧舞台面目发生了崭新的变化，在社会上形成了争看新戏的风气，推动了整个戏剧事业的健康发展。17年，戏曲在正确处理继承与革新的关系上，取得了很大的成绩。许多优秀传统剧目得到了整理，还创作了一些新的优秀的历史剧、神话剧和现代戏。山西是多剧种之乡，大小剧种就有50多个。在17年中，除去四大梆子外，许多濒于灭绝的小剧种也都得到了恢复和发展。在木偶、皮影、曲艺、杂技方面也取得了一定的成绩。

音乐方面，发扬了老根据地开展群众歌咏活动的传统，在各个不同时期都有一些比较好的创作歌曲在群众中传唱。在民歌的搜集整理、戏曲音乐的研究和改革方面也取得了一定的成绩。舞蹈方面，既重视山西民间舞蹈的挖掘整理工作，也重视新的舞蹈创作，涌现出不少优秀的舞蹈作品。

美术方面，新中国成立初期遵照文化部关于开展新年画工作的指示，大力进行新年画创作，取得了显著成绩。17年，除创作了大批为群众喜闻乐见的年画、版画作品外，在中国画、油画、连环画、漫画、雕塑，以及书法、篆刻等方面都涌现出不少比较好的作品。

摄影方面，广大摄影工作者发扬革命战争年代战斗在第一线的传统，深入生活，到工农兵群众中去，创作出不少优秀作品，从各个不同侧面反映了社会主义事业的蓬勃发展和广大人民群众的崭新的精神面貌。

在文艺刊物的出版上，也取得了一定的成绩。作协先后办了《山西文艺》和《火花》月刊，特别是《火花》作为文学杂志，以发表短篇小说为主，形成了自己的风格特色，在全国有一定的影响。美协先后办了《山西画报》、《天龙画报》、《群众画报》，对继承和发扬老根据地革命美术工作的传统，起了一定的作用。此外，《文化周刊》、《山西文化》、《山西戏剧》、《山西歌声》、《太原文艺》、《云冈文艺》等刊物都在群众中有一定的影响。

17年，在培养文化艺术人才方面也取得了可喜的成就。新中国成立后各个艺术领域培养出来的一批年轻的同志和一部分抗战以前，甚至在20世纪30年代就从事革命文艺工作的老同志，抗日战争和解放战争时期在三大革命根据地培养出来的一批骨干，以及工农兵群众中成长起来的许多优秀文艺人才，组成了一支庞大的文艺队伍。这支队伍在繁荣和发展山西的文艺事业中做出了巨大的贡献。

当然，17年中，我们的文艺工作也是有缺点、错误的，有些错误甚至是严重的。这些错误的产生主要是来自"左"的方面的影响。具体表现在三个时候：一次是1957年的反右派斗争，一次是1959年的反右倾运动，一次是1964年的批判"写中间人物"和文艺整风。在这三次，都有不少的作家和作品被错误地进行了批判，甚至受到不应有的组织处理。

1957年反右斗争的扩大化，文艺界的一部分同志也是首当其冲的受害者。1959年反右倾运动和整风学习中，曾错误地贯彻了原作协总会提出的"肃清各种右倾思想情绪，粉碎右倾活动；检查文学创作上的右倾思想"的精神，又错误地批判了一些作家和作品。

1963年和1964年关于文艺问题的两个"批示"的下达和由此而开展的文艺整风运动，以及1964年9月由《文艺报》发动的对"写中间人物"的群众性的大批判，再次使我省的许多文艺工作者受到打击。"写中间人物"的问题，本来是一次关于使人物多样化的文艺理论问题的探讨，竟变成了一场大规模的政治运动，使许多同志受到了不应有的指责，造成了理论上的混乱，并导致创作上的手足无措。

当然，1959年和1964年的批判运动，还没有超出人民内部矛盾的范围，还没有因为批判创作思想中的某些问题或某些作品，而否定了整个作家及其全部创作成就。但是，到了"文化大革命"开始，林彪、"四人帮"横行的时期，情况就完全两样了。

江青勾结林彪炮制的那个《部队文艺工作座谈会纪要》，把整个17年概括为"文艺黑线专政"，把所有的作家、作品都纳入了"文艺黑线"之列，我省的作家、艺术家们自然也无法幸免。山西被诬蔑为"写中间人物"的大本营。文联和各个协会被砸烂了，刊物停办了，活动停止了，队伍打散了。许多知名的作家、艺术家成了"专政对象"，精神受折磨，肉体被摧残。著名作家赵树理身陷囹圄，负冤屈死；著名表演艺术家丁果仙、阎逢春等备受折磨，迫害而亡；青年文艺工作者赵云龙重压之下，含恨以殁。广大文艺工作者普遍受到打击迫害。文联和各个协会的干部、职工绝大部分连同家属被下放。全省有三分之一的剧团被砍掉，二分之一的演员被迫改行。一个《三上桃峰》事件，使一大批文艺工作者和领导干部受到株连。在整个"四害"横行时期，伪造代替了事实，谎言代替了真理，文艺批评成为杀伐镇压、制造冤案的手段，整个文艺界遭受了一场空前的浩劫。

然而，历史的发展并不以某些野心家、阴谋家的意志为转移。林彪、"四人帮"的破坏也没有可能完全打断社会主义文艺发展的进程。我省的绝大多数文艺工作者没有在"四人帮"的淫威面前屈服。他们通过公开或曲折隐蔽的形式进行着斗争。我们的许多老作家宁肯放下自己手中的笔，也不肯追随"四人帮"去搞那一套"三突出"、"主题先行"之类的货色。许多文艺工作者虽然身处逆境，却毫不消极，仍在潜心构思自己的作品，默默地进行写作或做写作的准备。有不少同志忠实于生活，坚持现实主义的传统，在困难重重中也拿出了自己的优秀作品。

回顾这27年的历史，我们走过的道路是艰难曲折的，教训是深刻的，而且是付出了血的代价的。林彪、"四人帮"的10年灾难，以及我们在"文化大革命"前17年工作中的缺点错误，使我们从痛苦的经历中学到许多东西，应该吸取不少教训，归纳起来主要是：第一，在文艺思想斗争上，抹煞艺术是非与政治问题的界限，混淆两类不同性质的矛盾，破坏了"双百"方针的贯彻执行；第二，在文艺创作上，限制太死，干涉太多，违背了艺术创作的规律；第三，在文艺批评上，调子太高，棍子太多，扼杀了艺术上的民主。要坚持"双百"方针，要尊重艺术规律，要发扬艺术民主，这就是我们从历史的回顾中所得出的最基本的经验教训。

四、解放思想，拨乱反正，恢复文联和协会组织
——从三届二次全委（扩大）会议到第四次文代会

（一）1975年5月山西省文艺工作室的成立

随着党的文艺政策的调整和全国文艺形势的好转，山西的文艺组织在逐渐恢复，山西的文艺队伍在逐渐集中，虽然这个过程是十分缓慢的，但在这乍暖还寒的日子里，文艺事业总算是在经过10年萧瑟凋零之后，渐渐地复苏了。直到1976年10月粉碎"四人帮"，那才是文艺界真正的春天的来临。

1970年12月，山西省革命委员会文教委员会办公室成立了文艺创作组，由贾克负责，主要是抓戏剧创作。1971年3月，马烽、西戎、孙谦、胡正等作家、艺术家陆续从下放的各地调到文艺创作组。1975年8月，经省委批准，正式成立了山西省文艺工作室，马烽任主任兼党支部书记，程曼任副书记。

省文艺工作室成立之后，主要办了3件大事：一是访问、了解文艺队伍散失的情况，陆续调回太原，重新组织文艺队伍；二是创办文学杂志《汾水》，1976年1月正式出版（1981年12月26日改刊为《山西文学》）。原想恢复"文化大革命"前很有影响的《火花》杂志，但恐招来"复旧"的指责，才重起刊名《汾水》；三是要回太原市南华门东四条原文联旧址的房产，有了落脚和办公的地方。

（二）1978年5月召开的三届二次全委（扩大）会议

1978年5月18日至22日，省文联第三届第二次全体委员（扩大）会议，在太原召开。出席会议的文联委员和代表共330名。这次会议是在省第三次文代会召开近15年之后召开的。会议担负着恢复文联及所属各协会组织，学习新时期的总任务，揭批"四人帮"在文艺领域所散布的流毒，制定文艺创作规划等重大使命。广大文艺工作者历经劫难，重新相

聚，兴会无前，感到无限的快慰。这是一次大团结、大动员、大治文艺的会议，是文联历史上具有重要转折意义的会议。

省委对文艺界的这次盛会十分重视。省委第一书记王谦，省委书记王大任，省常委、省"革委"副主任贾俊，省委宣传部部长李慰和副部长刘舒侠等到会祝贺并讲话。王谦在讲话中指出，我国社会主义革命和建设进入了新的发展时期，开始了伟大的新长征。我们文艺工作者的责任，就是要把新长征中涌现出来的英雄人物、英雄事迹写出来，画出来，唱出来，教育广大人民群众为完成总任务而奋斗。王谦还鼓励大家放开手脚，大胆创作，拿出无愧于我们这个伟大时代的作品来。贾俊在讲话中指出，要认真落实政策，特别是落实老作家、老艺人的政策。对于下放、安置、改行、退休、退职了的老作家、老艺人，仍可从事文艺工作的，要帮助他们归队；不能再从事文艺工作的，也要妥善安排。贾俊还指出，繁荣社会主义文艺，关键在于产生一批高质量的作品和节目，为此要大抓创作，大抓练功，树立名家。

马烽在会上作了题为《更高地举起毛主席的伟大旗帜，努力繁荣文艺创作，为宣传新时期的总任务而奋斗》的工作报告。西戎、张万一、苏光、洪飞、陈铿分别代表作协、剧协、美协、音协和摄协等5个团体会员单位在会上做了报告。

马烽的工作报告分4个部分：第一部分是回顾15年来文艺战线上两个阶级的激烈斗争；第二部分是粉碎"四人帮"一年多来我省文艺工作的大好形势；第三部分是关于恢复省文联和各个协会的问题；第四部分是为宣传新时期的总任务而奋斗。这一部分的具体要求是：1.高举毛主席的伟大旗帜，努力学习毛主席的文艺思想；2.积极参加揭批"四人帮"的斗争；3.协助党委落实党的文艺政策，尽可能地调动一切积极因素；4.抓好创作；5.开展文艺理论研究和作品评论。

会议对文联和各协会的领导班子进行了调整充实。会议决定由马烽任省文联主席，增补力群为副主席；由西戎任作协主席；增补张焕、牛桂英、刘元彤、石丁、鲁克义为剧协副主席；增补张沛为音协副主席；增补钟信、王祥云、周树铭为摄协副主席。增补省文联常委11名、委员62名，各协会理事164名。

省文联三届二次全委（扩大）会议之后，主要是抓了文联及各协会恢复组织、重新开展活动和重新组织文艺队伍的工作，以及拨乱反正、落实政策、平反冤假错案的工作，其中，重要的有为晋剧《三上桃峰》平反，为著名作家赵树理平反。

1978年9月11日，中共山西省委在湖滨会堂召开4000人大会，揭批"四人帮"罪行，为晋剧《三上桃峰》彻底平反，为蒙受冤屈的所有演出团体和有关人员一律平反，剧目恢复演出。9月12日，文化部理论组在《人民日报》发表文章，公开为《三上桃峰》平反。

1978年10月17日，在北京八宝山革命公墓举行赵树理骨灰安放仪式。周扬主持，刘白羽致悼词。中组部部长胡耀邦、中宣部副部长朱穆之、中国作家协会主席茅盾、全国文联副主席巴金等送了花圈。全国人大常委会副委员长谭震林，政协全国委员会副主席宋任穷，中宣部部长张平化，文化部部长黄镇，副部长刘复之、周巍峙、贺敬之、王阑西、林默涵等领导人和首都文艺界知名人士，赵树理的生前友好张光年、谢冰心、曹禺、李伯钊、姚雪垠、臧克家、吴作人、蔡若虹等，以及中共山西省委书记王克文，山西代表武光汤、马烽、孙谦、刘江、贾克和赵树理的家属等参加了骨灰安放仪式。含冤逝世8年的赵树理得以彻底平反。

在文联机关也为错划为右派的同志，摘掉"帽子"，落实政策，重新安排了工作。

1978年10月25日至11月22日，省文联组织文联委员、协会理事等

160余人，先后赴西安、延安、长沙、韶山等地参观访问。这次访问延安革命圣地和毛主席故乡的活动，参加人数之多，组团规模之大，活动时间之长，在文联历史上可称空前。古都西安，圣地延安，橘子洲头，韶山冲里，处处闪烁着的中国历史文化和中国革命传统的光辉，使山西的文艺家们大开眼界，大长知识，起到了开阔视野，广交朋友，加深晋陕、晋湘文艺界之间的情谊和联系的作用。

1978年的后半年，文联工作有目共睹，短短数月，做了这么多的工作，真是大快人心，在文联历史上写下了虽然短暂却很光彩的一页。真正揭开新中国历史上的新篇章，令全国人民和文艺界欢欣鼓舞的是在这一年12月18日至22日在北京召开的党的十一届三中全会。

三中全会是新中国成立以来我党历史上具有深远意义的伟大转折。全会结束了1976年10月以来党的工作在徘徊中前进的局面，开始全面地认真地纠正"文化大革命"中及其以前的"左"倾错误。三中全会重新确立了党的马克思主义的思想路线，确定了"解放思想、开动脑筋、实事求是、团结一致向前看"的指导方针。三中全会重新确立了马克思主义的政治路线，做出了把工作重点转移到社会主义现代化建设上来的战略决策。三中全会还重新确立了马克思主义的组织路线。全会要求全党、全军和全国各族人民，必须同心同德，进一步发展安定团结的政治局面，为在20世纪把我国建设成为现代化强国而进行新的长征。

党的十一届三中全会之后，中国进入了历史发展的新时期。在三中全会精神的指引下，各条战线，包括文艺战线，发生了重大的深刻的变化。中国在走向繁荣富强。文艺也进入了繁荣发展的历史上最好的时期。山西文艺界翘首以待的是1979年10月召开的全国第四次文代会和1980年4月召开的省第四次文代会。

（三）1979年和1980年先后召开的全国和山西的第四次文代会

在党的十一届三中全会精神的指引下，中国文学艺术工作者第四次代表大会于1979年10月30日至11月16日在北京召开。第四次文代会是我国文艺史上具有特殊历史意义的盛会，也是在社会主义历史新时期重要关头召开的一次继往开来的大会。这次会议规模之大，会议内容之丰富，成为我国社会主义文艺发展史上的又一里程碑。大会代表共3160人。山西代表团45人，团长马烽。党和国家领导人叶剑英、李先念、邓小平等接见了全体代表。邓小平代表党中央、国务院向大会致的《祝辞》，成为我国社会主义文艺工作的纲领性文献。邓小平的《祝辞》对我国30年来的文艺工作做出了全面、正确的评价，对党的各项文艺方针政策做了明确的阐述，对文艺与政治的关系、文艺的使命、文艺家的学习与修养等问题做了精辟的论述。《祝辞》还阐述了我国在进入社会主义现代化建设的新时期以后所面临的主要历史任务，提出了我们要在建设高度物质文明的同时，建设高度的社会主义精神文明这一重要课题。周扬在大会上作了题为《继往开来，繁荣社会主义新时期的文艺》的报告。11月16日大会闭幕。大会推举茅盾为名誉主席；选举周扬为主席，巴金等11人为副主席。我省马烽、力群、牛桂英、贾克当选为全国文联第四届委员会委员。

20世纪80年代的第一个春天，1980年4月3日至16日，山西省文学艺术工作者第四次代表大会在太原召开。来自全省11个地市和省直9个协会以及军队共21个代表团的1180名代表和174名列席代表，肩负着广大文艺工作者的重托和全省人民的殷切期望，参加了这次盛会。与1963年11月召开的省第三次文代会时隔近17年的第四次文代会，是全省文艺大军的一次大会师。大会遵循党的十一届三中全会精神和全国第四次文代会所确定的方针任务，认真总结了我省文艺工作的经验教训，重点商讨了文艺如何为四化建设服务，并选举产生了省文联和各个协会的领导班子。

4月3日上午，大会开幕。省委、省人大常委会、省政府、省政协、省军区的领导同志王谦、罗贵波、阮泊生、武光汤、贾俊、朱卫华、郑林、王文章、王扶之、王绣锦、李布德、韩洪宾、焦国鼐、史纪言、郑效峰、张天乙、张健民、王中青、卫逢祺、潘瑞征、李志敏、安志藩、陶健、王定南、杨明葆等出席了开幕式，向文艺界代表表示热烈祝贺。开幕式由力群主持，王玉堂致开幕词。省委书记贾俊代表中共山西省委在大会上讲了话。

4月3日下午，马烽在大会上作了题为《继续解放思想，繁荣文艺创作，为四个现代化建设服务》的工作报告。报告分3个部分。第一部分"历史的回顾"，讲新中国成立以来17年文艺工作的成就和经验，挫折和教训，讲"文化大革命"十年文艺界所遭受的破坏。这是文联历史上最为曲折复杂，积累了正反两方面经验的27年。第二部分"丰收的三年"，讲粉碎"四人帮"以来，特别是党的十一届三中全会以来，文艺工作的面貌所发生的深刻变化，包括恢复文联和各协会的活动，拨乱反正，落实政策，平反冤假错案，以及在出作品、出人才方面所取得的成绩。第三部分"光荣的任务"，讲为了完成新时期赋予我们文艺工作者的光荣任务，提出的5个问题，并从理论和实践的结合上进行了翔实而深刻的论述，包括关于解放思想的问题，文艺为四化服务的问题，文艺创作要考虑社会效果的问题，文艺的独创性问题，深入生活和改造世界观的问题。

马烽在报告中指出："为了完成新时期赋予我们文艺工作者的光荣任务，我们必须行动起来，努力工作，多出作品，多出人才，用优异的成绩来迎接党的十二大的召开和建党60周年。"为此，他提出：首先，要积极发展各类文学艺术创作，提高思想和艺术水平；其次，坚持文艺为工农兵服务的方向，积极开展群众文化活动，使社会主义文艺进一步得到普及；第三，加强理论研究、文艺批评和遗产继承等方面的工作；第四，发现人才和培养人才。上述几项任务概括起来就是：抓创作、抓队伍、抓理论、抓群众文化，这应该是省文联、各协会和各地、市文联制订工作计划时可以依据的总的精神。

大会通过了《山西省文学艺术工作者第四次代表大会决议》和经修订的《山西省文学艺术界联合会章程》。大会选举产生了第四届文联委员会，选出委员132名；选举马烽为主席，西戎、孙谦、力群、贾克、胡正、王玉堂、苏光、李束为、郑笃（常务副主席）、洪飞为副主席。

4月16日，大会举行闭幕式，由贾克主持，郑笃致闭幕词。省委书记贾俊等出席了闭幕式。

省第四次文代会期间，有9个团体会员分别举行了会员代表大会，进行换届选举或宣告成立。其中：中国作家协会山西分会召开第二次会员代表大会，选举西戎为主席，王玉堂、孙谦、郑笃、胡正、韩文洲、焦祖尧为副主席；中国戏剧家协会山西分会召开第三次会员代表大会，选举贾克为主席，张万一、王秀兰、寒声、鲁克义、石丁、邓焰、张一然、杨威、张焕、贾桂林、程玉英、牛桂英、张健为副主席；中国美术家协会山西分会召开第二次会员代表大会，选举苏光为主席，力群、药恒、郝超、聂云挺、董其中、王暗晓、赵钻之为副主席；中国音乐家协会山西分会召开第二次会员代表大会，选举洪飞为主席，张一非、曹克、张沛、史掌元为副主席；中国摄影家协会山西分会召开第二次会员代表大会，选举周树铭为主席，赵贵保、吴宗校、韩宽晨、顾棣为副主席；中国电影家协会山西分会召开第一次会员代表大会，选举孙谦为主席，白纯瑞、杨威、龚书身、黎声为副主席；中国曲艺家协会山西分会召开第一次会员代表大会，选举燕云为主席，王易风、王怀德、尹晓寒、高培湖为副主席；中国舞蹈家协会山西分会召开第一次会员代表大会，选举张焕为主席，兰田、邱书芳为副主席；中国民间文艺研究会山西分会召开第一次会员代表大会，选举郝汀为主席，高鲁、郑笃、禹明、刘琦为副主席。至此，文联有了9个省直团体会员。

（四）新时期文联工作的八年

省第四次文代会后，文联工作以一种新的姿态和面貌出现，拨乱反正，落实政策，恢复活动，重组队伍，大大激发了广大文艺工作者的积极性，特别是党的实事求是、一切从实际出发的思想路线，促进了文艺思想的活跃，"百花齐放，百家争鸣"的方针得到了真正的贯彻。各个艺术领域都涌现出一批优秀作品。整个文坛艺苑呈现出一派繁荣景象。文联和各协会的工作在有序地进行。

文联、作协分设：1984年9月，根据中共中央中发［83］23号文件精神，经中共山西省委批准，省作协与省文联分设。根据省委决定，省委宣传部晋宣［1984］42号文件通知：马烽、西戎、孙谦、胡正、王玉堂5同志在作协，保留省文联主席、副主席名义，不再参与文联工作；力群、贾克、苏光、李束为、郑笃、洪飞6同志在文联。文联主席团工作由李束为同志主持。9月19日，省委宣传部副部长王挺来文联宣布了以上决定。从此，省作协正式升格为一级厅局单位，并经省委批准，建立了中共山西省作家协会党组。

发展县级文联，成立企业文联，创办经济实体：为了加强文联的基础建设，建立省、地、县3级文联系统，更好地发挥文联的作用，开创文联工作的新局面。新时期以来，特别重视县级文联的建设。"文革"前我省没有一个县级文联，至1988年底已建立县级文联49个。这些县级文联大部分是有人员编制、有办公场所、有经常活动的实体，成为团结全县文艺工作者的中心。为了进一步搞好县级文联工作，1987年10月在晋城市召开了全省地、县级文联工作现场会，推广晋城市县级文联工作的经验，对推动县级文联工作，促进县级文联的普遍建立，起到积极的作用。

与此同时，文联根据全党工作中心转向经济建设这一特点，加强文联与厂矿企业的联系，扩大文联在社会上的活动范围和影响，于1987年5月召开了全省企业文联工作会议，建立了"山西省企业文联联谊会"，后更名为"山西省企业文联联合会"，之后又更名为"山西省企业文学艺术团体联合会"，简称"山西省企业文联"，以团体会员的资格加入省文联。省企业文联建立后，充分发挥自己的经济基础较好、人才较多、便于进行场地活动的优势，开展以弘扬企业精神、展示企业形象、活跃企业文化生活为宗旨的各种有益活动，有力地推动了企业文艺事业的发展，培养了一批企业文艺人才，促进了企业改革，获得社会各界的好评。

为了开创文联工作的新途径，深化文艺体制改革，增强文联的经济实力，在"以文养文，多业助文"方面开展了一些尝试性的工作，先后创办了山西壁画雕塑研究院和山西美术实验公司（后改名为"晋宝斋"）两个经济实体，与中国音协合办了中国函授音乐学院。这些举措都取得了一定的社会效益，也有一些经济效益，虽然不大，但仍是有益的探索。

1987年5月，省政府办公厅批准成立的山西省城市雕塑规划领导组办公室挂靠在文联。这也是拓宽文联工作面的一个方面。

开展多种活动，加强对外文化交流：新时期以来，文联同社会各界结合，举办了多项有重大影响的活动。如1987年9月，由中国书法家协会、山西省文联、山西省书协主办的，由山西杏花村汾酒厂赞助的"杏花杯"全国书法篆刻比赛，就是其中的重大活动之一。参赛人数多达1.8万名，参赛作品2.5万件，规模之大，影响之广，在我省以至全国书法界都是少有的。

随着改革开放的深入，文联及各协会还加强了对外文化交流。如省文联、省作协与日本作家之间的交流，省美协与日本的美术交流，省书协与日本的书艺交流，省民协与国外民间文艺家之间的交流，等等。

图书报刊工作：1985年4月1日，经省委宣传部批准，文联原主办的文艺杂志《火花》复刊。10月1日，《火花》出版复刊号。《火花》从停刊到复刊，整整过了19个年头。同年10月1日，经省委宣传部批准，文联创办了自己的机关报《山西文艺界》，后改名为《山西文艺报》。同年，文联还设立了图书编辑部，为全省各地作者，主要是基层作者出书提供方便。至此，文联拥有了一报一刊一图书编辑部，在宣传贯彻党的文艺方针政策、加强信息交流和理论研究、繁荣文艺创作、组织队伍等方面，起到了一定的积极作用。

兴建办公大楼和宿舍，搞好为艺术家服务：文联成立后，一直没有独立的办公地点。20世纪80年代中期，在省委、省政府的关怀下，兴建文联大楼提到了议事日程。1984年4月，成立了文联基建办公室。同年7月，省计委下达《关于省文联建设文艺活动中心设计任务书的批复》。同年9月9日，省计委下达投资文件，确定省文联大楼地址在太原市迎泽大街62号，建筑面积为10484平方米，首批投资59万元。同年12月开始施工打桩。后停工待建。1989年9月，文联机关和部分协会搬入已建成的3层楼内暂行办公。

1983年5月，文联水西关住宅楼建成，面积3384平方米，共45套住房。1989年9月，文联迎泽大街宿舍楼2幢建成，面积5086平方米，共66套住房。这3幢宿舍楼的建成，基本上解决了文联机关和各协会职工的住房问题。

为了及时解决文艺家的职称问题，根据省职改办的部署，成立了省文联职称改革领导小组和初、中级艺术专业职务评审委员会，初、中级出版专业职务评审委员会，为有关人员评定了相应职称。

为了使文艺界的离退休同志发挥余热，丰富老同志的生活，1987年成立了省城文艺界老战士联谊会，开展了各种活动。

　　此外，在保障文艺家的权益方面，也做了一些实际工作，受到好评。

　　协会换届：自1980年4月省第四次文代会召开至1988年12月省第五次文代会召开，前后8年时间，有11个团体会员分别举行了会员代表大会，进行换届或宣告成立。其中：中国作家协会山西分会召开第三次会员代表大会，选举焦祖尧为主席，周宗奇、李国涛、田东照为副主席。中国戏剧家协会山西分会召开第四次会员代表大会，选举贾克为主席，鲁克义、王秀兰、文井、郭士星、王笑林、曲润海、梁枫、任跟心、邓焰、武承仁、牛桂英、程玉英、武俊英、彭一、胡国安、吴国华为副主席，聘请石丁、贾桂林为名誉主席。中国曲艺家协会山西分会召开第二次会员代表大会，选举王秀春为主席，王怀德、刘炳苓、胡经伦、彭化高为副主席，聘请燕云、尹晓寒、高培湖、王易风为名誉主席。中国民间文艺家协会山西分会召开第二次会员代表大会，选举刘琦为主席，王振佳、张余、宋振芳、曹振武、杨茂林、申双鱼为副主席；之后，中国民间文艺家协会山西分会召开第三次会员代表大会，选举刘琦为主席，王长发、王振湖、申双鱼、张余（常务副主席）、张志安、张恩忠、杨进升、胡世英、胡志毅、侯砚田、常嗣新、曹振武、曾声亮、谢庆荣、薛光运为副主席。中国电影家协会山西分会召开第二次会员代表大会，选举郑义为主席（1989年11月龚书身任主席），龚书身、白纯瑞、李镛德、严飞为副主席，聘请孙谦为名誉主席。中国摄影家协会山西分会召开第三次会员代表大会，选举王步贵为主席，马名骏为第一副主席，韩宽晨、狄森、董荣贵为副主席，聘请陈铿、周树铭为名誉主席。中国舞蹈家协会山西分会召开第二次会员代表大会，选举兰田为主席，邱书芳、冯玉梅、郑运通、金效平为副主席，聘请张焕为名誉主席。中国书法家协会山西分会召开第一次会员代表大会，选举郑林为主席，徐文达为第一副主席，朱焰、姚奠中、李之光、王善清为副主席；之后，中国书法家协会山西分会召开第二次会员代表大会，选举林鹏为主席，王朝瑞、陈巨锁、赵承楷、赵望进为副主席，聘请霍泛、郑林、阎武宏为名誉主席。中国杂技家协会山西分会召开第一次会员代表大会，选举程曼为主席，张九江、郭凤耀、金恒杰为副主席，聘请刘舒侠、张焕为名誉主席；之后，中国杂技家协会山西分会召开第二次会员大会，选举金恒杰为主席，郭凤耀、朱学利、金恒侠、郭春年为副主席，聘请刘舒侠、程曼、张焕为名誉主席。中国电视艺术家协会山西分会召开第一次会员代表大会，选举朱光耀为主席（1986年华而实任主席），华而实、王家贤、段成明、崔俊波、樊茂洲、马骏、张绍林、卢晓昭任副主席。山西省企业文联联合会召开第一次会员代表大会，选举陈其安为主席，侯湘楚、李永业、师春山、赵建信为副主席。至此，文联有了13个省直团体会员，加上11个地、市文联，共24个团体会员。

五、改革开放，繁荣文艺，开创文联工作新局面

——1988年12月召开的第五次文代会

（一）1988年先后召开的全国和山西的第五次文代会

中国文学艺术界联合会第五次代表大会，于1988年11月8日至14日在北京举行。为明确体现中国文联的团体会员制组织机制，故本次代表大会的会议全称做了改动，由以往的中国文学艺术工作者代表大会改称中国文学艺术界联合会代表大会。代表1500名。邓小平等党和国家领导人接见了全体代表并合影留念。大会选举曹禺为执行主席，才旦卓玛、马烽等9人为执行副主席。

1988年12月3日至5日，按照中国文联体现团体会员制组织机制的精神，山西省文学艺术界联合会第五次代表大会在太原召开。出席大会的有24个团体会员的代表380名，特邀代表33名。

省委书记李立功，省长王森浩，以及王茂林、张维庆、贾俊、赵雨亭、胡晓琴、冯素陶、张健民、刘砚青、吴达才、李修仁、杨明葆、马

烽、陈德贵等省五大班子领导出席了开幕式。力群致开幕词。省委副书记王茂林代表省委、省政府致祝词。中国文联，省工、青、妇等人民团体，省军区和驻晋部队，省文化厅等单位代表到会致贺词。一些兄弟省、市、自治区文联也向大会发来贺电。

王茂林在祝词中提出，繁荣社会主义文艺，进一步解放文艺生产力，首要的是作家、艺术家要充分认识自己的崇高使命，积极投身于改革开放和现代化建设的伟大洪流中去，与人民同呼吸，与改革共命运，运用多种不同的艺术形式来反映改革开放和社会主义现代化建设这一时代主题。繁荣社会主义文艺，进一步解放文艺生产力，必须保持文艺政策的长期稳定，切实贯彻执行"百花齐放、推陈出新、洋为中用、古为今用"的方针，保障文艺家的创作自由和评论自由，为作家、艺术家创造一个安定团结、民主和谐的社会环境。繁荣社会主义文艺，进一步解放文艺生产力，还必须加快和深化文联体制的改革，加强文艺队伍的自身建设，提高文艺工作者的思想和艺术素质；改善和加强党对文艺事业的领导。王茂林在祝词中希望我们的作家、艺术家，在20世纪的改革大潮中，在出巨人巨著的伟大时代里，奋勇攀登，乘胜前进，创作出无愧于我们的时代、我们的民族、我们的人民的杰出作品，以充满自信的姿态走向全国、走向世界。

李束为在大会上作了题为《解放思想，改革创新，努力繁荣社会主义文艺》的会务工作报告，对上次文代会以来8年来的会务工作做了总结，对今后文联的工作提出了建议。李束为在搞好文联自身体制改革的建议中，特别提出要建立职能明确、充满活力、能够独立自主地开展活动的新体制，把文联真正办成具有艺术和学术权威性、社会性、服务性、经营性的文艺家之家，通过自身的活动进一步解放文艺生产力。

12月5日，大会闭幕。王玉堂致闭幕词。大会通过了《决议》和经修订的《章程》。大会选举产生了第五届文联委员会，选出委员160名（后增至174名）；选举马烽为主席，张一非、韩玉峰、贺新辉、贾克、董其中、徐帆、王秀兰、王东满、刘琦、赵望进为副主席。省委决定，韩玉峰、贺新辉、徐帆、赵望进为常务副主席。新当选的10位副主席，除上届留任的一位副主席，其余9人全部在60周岁以下，实现了文联领导班子的年轻化。大会根据新修订的文联章程的精神，设置了由文联主席、副主席和各团体会员单位主要负责人组成的文联主席团，主席团委员20名（后增至25名）。大会主席团提名并经大会通过，聘请李束为为名誉主席，西戎、孙谦、力群、胡正、王玉堂、苏光、郑笃、洪飞为名誉委员（后增至46人）。

（二）十年成就可圈可点

从1988年12月召开省第五次文代会到1998年12月召开省第六次文代会，期间整整10年。这10年，是我国改革开放和社会主义现代化建设取得巨大成就的10年，是从传统的计划经济体制向社会主义市场经济体制转换的10年，也是我省加快改革开放和经济建设步伐，兴晋富民，取得巨大成就的10年。全省文艺工作者在时代的感召下，在省委、省政府的关怀和领导下，以邓小平理论和党的基本路线为指针，认真贯彻党的十三大、十四大、十五大精神，解放思想，开拓创新，振奋精神，积极进取，使山西的文学艺术事业出现了前所未有的繁荣局面。

晋军崛起势头不减，文学队伍日益壮大。山西作家群体依然在全国有着自己的地位和影响。影视创作异军突现，优秀作品不断涌起，"飞天"（广电部颁发的中国电视剧的最高奖"飞天奖"）、"星光"（广电部颁发的中国电视文艺的最高奖"星光奖"），相映生辉。戏剧战线好戏连台，新人辈出，问鼎"文华"（文化部颁发的优秀剧、节目和艺术人才的最高奖"文华奖"），摘取"梅花"（中国剧协颁发的中国戏剧表演的最高奖"梅花奖"），"文华"、"梅花"，珠联璧合，在中国戏剧舞台上展现出三晋儿女的动人风采，特别是28朵"梅花"竞相怒放，数量之多，为全国之冠。曲艺作品夺取"牡丹"奖，杂技节目荣获"银狮奖"，皆为本艺术门类的国家最高奖。音乐舞蹈创作，屡出精品，屡获殊荣，蜚声中外，走向世界。民间文艺争芳斗妍，收集整理，硕果累累。美术、书法、摄影创作佳作迭出，展览活动空前繁荣，在全国美展、全国书展、全国摄影展览中摘金夺银，成绩斐然。在中宣部精神文明建设"五个一工程"评选中，山西连续4年夺得"满堂红"，有多部电视剧、戏剧、广播剧、歌曲以及图书入选。10年时间，山西文坛艺苑，空前活跃，佳作纷呈，群星灿烂，为全国文艺界所瞩目。

10年来，文联和各团体会员，努力遵循"民主、团结、鼓劲、繁荣"的精神，积极履行联络、协调、服务的职能，按照文联章程的要求，做了大量的工作，取得了可喜的成绩。总的说来，文联工作的指导思想是：高举邓小平理论的伟大旗帜，坚持文艺"为人民服务，为社会主义服务"的方向，坚持"百花齐放，百家争鸣"的方针，弘扬主旋律，提倡多样化，调动广大文艺工作者的积极性，解放和发展艺术生产力。文联工作的中心是：抓好自身建设，团结和组织广大文艺工作者投身到改革开放、建设有中国特色社会主义这一场新的革命进程中去，开展形式多样、内容健康向上的各种活动，多出作品，多出人才，为改革开放和经济建设服务。

1.抓学习，增强执行党的基本路线和文艺方针政策的自觉性。积极引导和组织广大文艺工作者学习马列主义、毛泽东思想、邓小平理论，学习党的文艺方针政策，学习毛泽东《在延安文艺座谈会上的讲话》、邓小平《在中国文学艺术工作者第四次代表大会上的祝辞》和江泽民《在中国文联第六次全国代表大会、中国作协第五次全国代表大会上的讲话》。广大文艺工作者以党的基本理论和党的文艺方针政策来指导自己的思想和行动，增强了执行党的基本路线，沿着党的文艺方向开拓前进的自觉性。

2.抓创作，促精品生产。在抓精品生产的过程中，重视主旋律作品的创作，反映现实，紧贴时代，塑造当代英雄，向人民群众提供健康有益的精神食粮，并同中宣部精神文明建设的"五个一工程"接轨。重视弘扬民族优秀文化，振奋民族精神，求创新，求突破，使作品具有鲜明的时代精神、浓郁的民族风格和强烈的地方特色。重视发扬革命根据地文艺的传统，以赵树理、马烽等老一辈作家为榜样，坚持深入生活，密切联系群众，走现实主义的创作道路。重视作品题材、体裁、形式、风格的多样化，重视精神产品的艺术质量，不断提高自己的艺术素养和艺术技巧，把生产思想精深、艺术精湛、制作精良的佳品杰作，作为文艺创作的最高要求。所以，10年间在文学艺术各个门类都涌现出一批具有山西特色的优秀作品。仅在省内和全国性的文艺评奖中获奖的作品就有数百种；在全国产生重大影响，并走向世界的作品也有数十种。特别是青年作家张平长期坚持不懈地深入生活，坚定不移地反映现实，10年间创作出《天网》、《法撼汾西》、《孤儿泪》、《抉择》等一系列优秀作品，被改编成电影、电视剧，连连入选中宣部精神文明建设"五个一工程"，为山西争得了荣誉。

此外，在省委、省政府的支持下，文联配合省委宣传部为李束为等10位老文艺家编辑了一套《山西文艺家丛书》，第一批10种已出版；为庆祝新中国成立40周年编辑出版了一套《山西文学艺术作品选》，共9种11册；还编辑出版了《山西文学艺术界人才录》，收录省各文艺家协会会员5000余人，是我省第一部大型文艺人才工具书。由于重视为老文艺家解决出书难的问题，1997年省文联获得中国文联颁发的"晚霞工程"组织奖。

3.抓人才培养，不断发展和壮大文艺队伍。

（1）通过报刊园地培养人才。10年来，文联、部分文艺家协会，以及各地市文联和一部分县文联所办的报刊《火花》、《九州诗文》、《小学生习字报》、《山西民间文学》、《中外故事》、《黄河之声》等，都有自己明确的办刊方针，坚持了自己的办刊特色。通过报刊发现和培养本艺术门类或本地的文艺新人，对他们进行评介。不少有成就、有影响的作者，都是通过这些报刊成长起来的。

（2）通过举办培训班、讲习班、研讨会、笔会等形式，培养作者，加强队伍建设。文联多次组织文艺思想研讨会或文艺干部培训班，对干部进行马克思主义文艺观和毛泽东文艺思想、邓小平文艺理论的教育。为了使人才培养工作走向规范化、社会化，文联成立了艺术学校，不少协会结合专业特点，举办大专班、培训中心、函授班、业余学校等，培养了大批各类文艺后备人才。

（3）通过评比和推荐，不断扶植新人，使文艺人才脱颖而出。1991年，选拔推荐了15名青年业余文艺创作者参加了中国文联召开的全国青年业余文艺创作会议。从1995年起，文联同省委宣传部联合主办，各团体会员推荐，在全省范围内开展评比"山西省跨世纪文艺新星"活动。1995年到1997年3个年度，共评选出"文艺新星"67名。1998年，文联和视协联合组织了"十佳"电视文艺家的评选，与省教委联合组织了"小学生习字百佳"的评选。此外，还推荐了部分优秀艺术家参加中国文联和全国有关文艺家协会组织的评选活动。

4. 抓活动，展示创作成果，丰富人民生活。

（1）在重大的纪念、庆祝节日里，举办了一系列具有示范性、导向性的活动。其中影响比较大的有：《纪念中国共产党成立70周年山西省美术、书法、摄影展览》、《纪念毛泽东诞辰100周年"华杰杯"山西省首届合唱节》、《山西省纪念抗日战争胜利50周年书画作品展览》、《山西省迎接香港回归祖国千米书画长卷展》等。

（2）发挥文联和有关协会的专业优势，主办、联办或协办了上百项美术、书法、摄影等大型展览活动，坚持了高档次、高品位、高水平，展示创作成果，丰富了群众文化生活。其中重要的有：1991年9月我省举办山西对外友好交流周及山西国际锣鼓节、中国第二届民间艺术节（简称"一周两节"）期间举办的"山西文化艺术展览"；1995年6月，作为"山西省新创作文艺作品进京展览"活动中的"山西美术、书法、摄影展览"；1996年8月举办的"全国第十一届花鸟画邀请展"等。

（3）10年来，文联及各协会主办或参与了各项文艺评奖活动，以推出精品，鼓励创作。如在省委宣传部的领导下，参加了山西省第二、三届文艺创作奖评奖活动；各文艺家协会所举办的本艺术门类的评奖活动。

为了使艺术事业后继有人，文联和有关协会围绕"少儿"举办了不少大赛，影响大、涉及面广的有一年一度的乐器考绩，"晋宝斋"少儿舞蹈大赛，"融通杯"少儿临帖大赛，"五一杯"现场书画比赛等。

（4）在抓创作的同时，还重视作品研讨和文艺理论研究，以提高广大文艺工作者的思想和艺术水平。10年来，文联及各协会主办或联合有关单位共同举办的各种类型的文艺作品研讨会或理论讨论会有数十次。如首届《西厢记》国际艺术研讨会、华北地区文艺理论研讨会、山西省第二届革命史题材电视剧研讨会、傅怀珠曲艺作品研讨会、中国北方协作区首届民间文艺理论研讨会、山西省首届书学理论研讨会、山西省第一届青年摄影作品研讨会等。为了汇集研究成果，文联文研究室编印了《山西文艺理论评论集》（1995—1997）。文联文研室还完成了《山西通志·群团志》及《山西大典》、《山西大博览》的山西省文联部分的撰稿工作，较全面地概括地介绍了山西省文学艺术群众团体的活动和发展历程。

（5）通过经常性的深入生活活动，组织文艺家到改革开放和社会主义现代化建设的第一线，感受生活，认识生活，反映生活。早在1991年，就在我省一些工矿企业单位和农村，如西山矿务局、晋城市城区晓庄、山西铝厂、漳泽电厂等地建立了8个生活根据地，定期组织文艺家深入生活，收到成效。1995年5月，江泽民总书记给参加中国文联"万里采风"活动的文艺家们的一封信发表后，更加激起广大文艺工作者参加采风活动、深入社会生活的积极性。几年来，文联组织的深入生活和采风活动，规模较大、收效良好的有：多次组织文艺家到太旧高速公路工地、万家寨引黄工程现场，以及陵川县锡崖沟等地深入生活，同时进行慰问演出、文艺辅导、现场写字作画等活动；1996年配合中国文联采风团组织的山西铝厂、万家寨和晋城市郊区的采风活动；1997年结合省委组织的"三下乡"（科技、卫生、文化下乡）活动，全省省、地、县三级文联和书协组织的书协会员千余人下乡、下厂、下部队为群众书写春联数万幅的活动；1998年配合中国音协采风团组织的长治采风活动等。

（6）充分运用文联的特点，发挥文联的作用，显示文艺的力量，开展其他行业无法代替的活动。仅1998年重大活动就有3项。8月份，组织60名书画家赈灾义卖作品120多幅，收入23.6万元，通过省红十字会捐赠灾区；9月份，组织专家赴驻港部队军营为部队编排了威风锣鼓，国庆表演引起轰动；10月份，成立了省直机关干部合唱团，副处级以上干部近200人参加活动，省五大班子领导出任顾问。

5.抓改革，拓宽文联工作，加强文联建设。为了适应深化改革，扩大开放，加强经济建设，逐步建立市场经济体制的形势，文联工作初步进行了一些改革。在这方面，主要是拓宽文联工作的范围和渠道，完善文联在联络、协调、服务方面的职能，以便在体制上更能体现人民团体的性质，更有助于保护和调动广大文艺工作者的积极性和创造性，解放和发展艺术生产力。10年来，体现改革方向，具有开创性的工作主要抓了以下几项：

（1）1991年5月省文联同晋城市文联一起，配合中国文联在晋城市召开了中国文联组联工作经验交流会。来自全国30个省、市、自治区文联和全国性文艺家协会，以及20个县级文联的150多名代表出席了会议。会上就如何搞好组联工作以及整个文联工作进行了广泛的交流，进一步明确了文联的性质和任务，以及工作的方向和道路。这次会议对于打破我省文联工作保守闭塞的局面，让山西了解外地，让外地了解山西，是一个良好的开端。

（2）加强基层文联建设，一方面抓企业文联、行业文联工作，一方面抓县级文联工作，这是文联工作由面向各文艺家协会和地市文联、面向专业文艺家，向同时面向基层文联、面向广大业余文艺工作者和文艺爱好者的重大转变，是本届文联委员会工作的重要特色之一。

山西省企业文联是全国第一家省级企业文联。几年来，已发展成拥有电力、冶金、煤矿、煤炭运销、国防、铁路等行业文联和数以百计的厂矿企业文联的一个巨大的企业文联系统，成为整个文联系统的重要基础之一。近年来又相继成立了水利文协、林业文协、国税系统美术书法摄影协会、山西动画协会等。

县级文联得到稳定发展。全省县（市、区）级文联由1988年的49个发展到1993年的94个，占全省119个县（市、区）的78.9%。1990年9月召开了全省县级文联工作会议（屯留现场会），总结、交流县级文联工作的经验，表彰了屯留、晋城市城区等17个先进县级文联，制定了《山西省文联关于加强县级文联工作的意见》，推动了县级文联工作持续、健康的发展。

（3）随着改革开放的深入发展，文联、各协会及一些地市文联，积极创造条件，不断扩大国际或地区间的友好往来，开展多种形式的对外文化交流活动，开辟了文联工作的新途径。1989年以来，多次组织或参加民间艺术代表团、书画代表团、文化考察团出访多个国家，进行艺术交流活动。同时，文联和有关协会还多次接待来山西进行艺术考察和文化交流的外国朋友和海外专家、学者，共700多人次。

（4）改进文联机关工作，强化服务意识。制定了文联体制改革方案及文联职能配置、内设机构和人员编制方案，调整了机关处室，完成了所属11个协会的换届。按照省委的安排完成了扶贫任务。积极创办经济实体，建立和发展自己的文化产业。晋宝斋成为全省最大的国营文化企业，书画家与群众沟通的重要渠道，文艺界对外宣传的重要窗口，在注重社会效益的同时，也取得了一定的经济效益。山西文艺大厦胜利建成并于1995年8月投入使用，彻底改变了过去文联和各协会分散办公、设施简陋的状况，大大改善了办公和活动条件。山西文艺大厦的建成凝聚着四、五两届文联主席团和负责基建的有关同志的心血和劳动，体现了党对文艺工作的重视与关怀，对繁荣山西文艺事业有着重要意义。

10年来，在探索开创文联工作新局面的工作中，积累了一定的经验，感悟到许多有待继续研究和认真总结的问题。概括起来就是：加强理论学习，提高认识水平，是搞好文联工作的思想基础；出作品，出人才，繁荣社会主义文艺是文联工作的中心任务；强化服务意识，履行服务职责，是文联工作的根本宗旨；改革创新，激发活力，是文联事业持续发展的强大动力。

（三）协会换届

在省五次文代会召开期间和大会以后，至省六次文代会召开之前，省11个文艺家协会和企业文联先后分别召开会员代表大会，进行换届选举。

1988年12月3日至5日，中国美术家协会山西分会召开第三次会员代表大会，选举董其中为主席，杨建国、刘剑菁、张启明、姚天沐、王淳为副主席，聘请力群、苏光为名誉主席。

1988年12月3日至5日，中国音乐家协会山西分会召开第三次会员代表大会，选举张一非为主席，王盛昌、贾永珍、张沛、李崇望、李秉衡、刘建昌为副主席，聘请洪飞、曹克、史掌元为名誉主席。

1991年12月17日至18日，山西省电视艺术家协会召开第二次会员代表大会，选举华而实为主席，王家贤（常务副主席）、张绍林、马骏、李保彤、郭润田、史启发、陆嘉生、董育中为副主席。

1993年5月12日，山西省杂技艺术家协会召开第三次会员代表大会，选举金恒杰为主席，朱学利、聂计孩、秦树斌、张建明、杜进民为副主席，聘请程曼、张焕为名誉主席。

1994年12月27日，山西省电影家协会召开第三次会员代表大会，选举王东满为主席，李俊杰、杨茂林、卢若琰、张平、曲连模为副主席，聘请孙谦、白纯瑞、黎声为名誉主席。

1995年1月26日，山西省书法家协会召开第三次会员代表大会，选举赵望进为主席，田树苌（常务副主席）、文景明、王治国、陈巨锁、赵承楷、袁旭临、樊习一为副主席，聘请霍泛、阎武宏、姚奠中、林鹏为名誉主席。

1995年2月28日，山西省曲艺家协会召开第三次会员代表大会，选举王秀春为主席，刘殿春、于廷水、苏友谊、彭化高、柴京云、胡经伦、傅怀珠为副主席，聘请韩玉峰为名誉主席。

1995年3月6日，山西省民间文艺家协会召开第四次会员代表大会，选举刘琦为主席，王振湖、申双鱼、张余（常务副主席）、张志安、张恩忠、杨进升、胡世英、胡志毅、范金荣、常嗣新、曾声亮、潘小蒲、薛光运为副主席，聘请郑笃、郝汀为名誉主席。

1995年3月27日，山西省美术家协会召开第四次会员代表大会，选举姚天沐为主席，杨建国、王朝瑞、崔俊恒（常务副主席）、刘建平、张启明、王秦生、赵志光为副主席，聘请力群、苏光、董其中为名誉主席。

1995年4月11日至12日，山西省摄影家协会召开第四次会员代表大会，选举任国维为主席，王步贵为第一副主席，狄森（常务副主席）、王悦、马名骏、潘泉、司苏实为副主席，聘请郑社奎、陈铿、周树铭为名誉主席。

1995年5月5日，山西省舞蹈家协会召开第三次会员代表大会，选举冯玉梅为主席，王秀芳、王清涛、齐丕勇、金效平、段爱兰、樊志君为副主席，聘请兰田、张焕为名誉主席。

1995年5月23日，山西省企业文学艺术团体联合会召开第二次会员代表大会，选举陈其安为主席，侯湘楚、李永业、师春山、赵建信、田开德、侯亚君、张光玉、刘神锁为副主席。

1995年5月25日，山西省音乐家协会召开第四次会员代表大会，选举贾永珍为主席，李秉衡、李和平（常务副主席）、郝宗纲、王昌盛、刘铁铸、牛宝林、张枚同、赵越、孙志勇为副主席，聘请张一非为名誉主席。

1995年6月17日至19日，山西省戏剧家协会召开第五次会员代表大会，选举鲁克义为主席，文井、王颂、王爱爱、王笑林（常务副主席）、田桂兰、艾治国、冯捷、任跟心、刘佳斐、李英杰、吴国华、武承仁、赵景瑜、姚大石、郭士星、郭恩德、贾立业、梁枫、彭一为副主席，聘请贾克、石丁为名誉主席。

名协会换届的完成，为五届文联委员会的换届进行了组织上的准备。

六、跨入新世纪，迎接新千年，创造文联工作新辉煌
——第六次文代会和文联成立50年庆典

（一）1996年和1999年先后召开的全国和山西的第六次文代会

1996年12月16日至20日，中国文学艺术界联合会第六次全国代表大会和中国作家协会第五次全国代表大会在北京召开。出席文代会的代表1300余名。山西代表团32名，团长温幸。党和国家领导人江泽民、李鹏、乔石、李瑞环、朱镕基，刘华清、胡锦涛等出席了大会开幕式，并同全体代表合影留念。中共中央总书记、国家主席江泽民发表了重要讲话。

江泽民在讲话中指出："一个伟大民族的过去、现在和未来，都会有文艺的发展和繁荣相伴随。文艺是民族精神的火炬，是人民奋进的号角。""二十一世纪就在眼前。可以预料，这将是建设有中国特色社会主义事业取得新的辉煌胜利的世纪，也将是中国社会主义文艺更加群星灿烂、百花争艳的世纪。"江泽民的讲话给全体代表以极大的鼓舞。中国作家协会主席巴金发表了题为《迎接文学的新世纪》的书面致辞。在文代会上，高占祥作了题为《肩负新使命，迈向新世纪，为繁荣社会主义文艺而奋斗》的工作报告。12月20日大会闭幕。周巍峙当选为新一届文联主席，才旦卓玛等22人当选为副主席。我省任国维当选为中国文联第六届全国委员会委员，后进行更替，温幸、周振义为委员。马烽等33人被聘请为中国文联荣誉委员。马烽还同时当选为五届中国作协副主席。

1998年12月28日至30日，山西省文学艺术界联合会第六次代表大会、山西省作家协会第四次会员代表大会在太原召开。343名文代会代表和256名作代会代表欢聚一堂，共庆自己的盛大节日，同商文艺事业跨世纪的发展大计。承前启后，继往开来，在世纪之交开创我省文学艺术事业的新局面，是这次世纪盛会的主调。

省领导胡富国、孙文盛、刘泽民、卢功勋、郭裕怀、刘振华、武正国、纪馨芳、曹馨仪、王昕、赵凤翔等出席了开幕式。省委书记胡富国作了题为《肩负时代使命，共创文艺大业》的讲话。中国文联副主席李准、中国作协书记处书记施勇祥分别代表中国文联和中国作协到会祝贺并讲话。曹馨仪代表省总工会、团省委、省妇联、省科协、省社科联、省侨联、省残联、省贸促会在会上致祝词。省委宣传部副部长温幸主持了开幕式。中国作协副主席、省文联五届主席马烽致开幕词。人民作家、人民艺术家西戎、力群、胡正、贾克、寒声等应邀参加了大会。北京、上海、天津、河北、内蒙古、陕西、广东、新疆、四川等29个省、市、自治区文联、作协，以及中国社科院文学研究所等单位向大会发来贺信贺电。

赵望进代表文联五届委员会主席团作了题为《团结进取，开拓创新，为繁荣我省文学艺术事业而奋斗》的会务工作报告。报告分"十年耕耘，硕果满园"和"继往开来，再创辉煌"两个部分。在第二部分建议今后5年文联应重点做好5个方面的工作：1.牢记历史使命，讴歌改革开放，服务经济建设；2.塑造文联形象，切实发挥文联在社会主义精神文明建设中的作用；3.全面提高素质，建设一支德艺双馨、德才兼备的文艺队伍；4.强化精品意识，促进文艺工作的全面繁荣；5.重视自身建设，创造条件，增强文联组织的服务实力。赵望进在报告中最后说："我们正在向一个世纪的巅峰攀登。我们的视野将更加宽广，更加辽阔。我们的责任将更加重大，更加光荣。让我们携起手来，以'民主、团结、鼓劲、繁荣'的精神，为了我们文联工作的兴旺发达，为了我们文艺事业的繁荣发展，努力攀登，再攀登。"

12月30日，大会闭幕。大会通过了《决议》和经修订的《章程》，通过了由文代会和作代会共同向全省作家、艺术家发出的《倡议书》。大会还为我省跨世纪文艺新星及11个先进地市文联颁奖。大会选举产生了第六届文联委员会，选出委员93名（六届二次全委会上增加和调整为96名）；选举温幸为主席，周振义、赵望进、王东满、王爱爱、张平、冯玉梅、董育中、梁枫、董耀章、谢俊杰、金恒杰、狄森、李和平、王秀春为副主席；聘请马烽、力群、贾克为名誉主席，王秀兰、华而实、任国维、张一非、徐帆、韩玉峰、鲁兑义为顾问。

省第四次作代会同时召开，选举焦祖尧为主席，刘巩、张不代、周宗奇、王成一、韩石山、李锐、张石山、钟道新、秦溱、马骏、蔡润田、段崇轩为副主席；聘请马烽、西戎、胡正为名誉主席，韩文洲、田东照、李国涛、董大中为顾问。

（二）贯彻省第六次文代会精神的起步之年——难忘的 1999

1999 年，处于世纪之交，是中国历史发展进程中具有特殊意义的一年，也是贯彻落实省第六次文代会精神的起步之年。1999 年，迎来了新中国 50 华诞，迎来了澳门回归祖国，中华民族和全世界人民以新的姿态迎接新的世纪、新的千年。

这一年，大事喜事多，任务光荣艰巨。广大文艺工作者，高举邓小平理论的伟大旗帜，深入贯彻党的十五大精神，紧紧围绕省委、省政府的中心工作，唱响主旋律，打好主动仗，为促进全省文学艺术事业的全面繁荣而努力奋斗。文联工作在"任务重、活动多、难度大、要求高"的形势下，精心策划，团结协作，围绕大目标，建立大联合，形成工作合力，圆满地完成了年度计划，创造了文联工作的新形象、新水平、新局面。

抓思想建设，大兴学习之风。认真学习、领会江泽民总书记关于"学习、学习、再学习，实践、实践、再实践"的讲话精神，开展以"讲学习、讲政治、讲正气"为内容的"三讲"活动，搞好领导班子、领导干部的"三讲"教育，是加强党的建设工作的重中之重。文联党组对此高度重视，周密安排，精心部署，在省委"三讲"巡视组的指导下，切实抓紧、抓好，抓出了成效。通过"三讲"教育，使广大党员干部认清形势，明确使命，统一思想，振奋精神，增强了政治意识、大局意识和责任意识。

组织党员干部和职工声讨以美国为首的北约袭击我驻南联盟大使馆的严重侵略行径，激发了大家的爱国主义热情；揭批"法轮功"邪教的歪理邪说，深入进行马克思主义唯物论、无神论教育和科学精神教育，树立正确的世界观、人生观、价值观。

机关党委还组织了中央对台政策干部读本的学习和考试，组织了法律知识考试。

文艺采风。为纪念毛泽东《在延安文艺座谈会上讲话》发表 57 周年，4、5月份，在省电力局和省水利厅的支持与配合下，文联组织了文艺家采风团，分别由温幸和周振义带队赴阳城电厂和汾河由北向南沿线水利工地深入生活，参观学习。采风结束后，《山西日报》以专版形式发表了文艺家们在采风活动中创作的诗歌、散文、书画、摄影作品和纪实报道。

面向学生和少年儿童的两大活动。

《火花》杂志社与山西电视台联办了"'火花杯'山西省首届大中（专）小学生写作大赛"，收到来稿5万余件，评出一、二、三等奖及优秀奖，获奖学生近300人，举办了红火隆重的电视颁奖晚会。大赛反响热烈，参与者踊跃，受到广大师生的赞赏和社会各界的好评。著名作家、艺术家评阅稿件后，对参赛学生的写作水平和认真求知的精神给予很高的评价。

4月24日，是太原解放50周年。小学生习字报社和太原市教委、太原市总工会联合主办的"庆祝太原解放50周年少儿现场书画活动"在太原工人文化宫主会场和分设在太原各县区的17个分会场同时举行，5千余名少年儿童以浓墨重彩热情讴歌、精心描绘美丽的太原，隆重纪念太原解放50周年。这次活动评选出的一等奖和二等奖的部分作品还在碑林公园进行了展出。

杂技下乡。5月21日至29日，文联和中国杂技家协会共同举办了中国杂技金奖节目赴太行老区长治、黎城、榆社、左权、潞城等地的慰问演出活动。参加慰问演出的有：广州军区战士杂技团、成都军区战旗杂技团、广州市杂技团、天津市杂技团、铁建杂技团、铁路杂技团、河北杂技团、太原杂技团等单位。演出团所到之处受到老区人民的热烈欢迎。28日晚，在太原湖滨会堂举行了汇报演出。29日上午召开了座谈会。中国文联党组成员、书记处书记董良晖出席了慰问演出团出发式。

张平作品研讨会。6月25日至27日，文联同作家出版社、山西省高级人民法院在太原共同举行了"张平作品研讨会暨《十面埋伏》首发式"，参会者80余人，其中北京的知名人士30余人，山西的知名人士50余人。中国文联副主席李准，中国作协书记处书记陈建功，以及老作家马烽、西戎、胡正等到会。研讨会由文联主席温幸，文联党组书记、副主席周振义主持。

全国中老年健身舞蹈汇演。9月4日至9日，由中国文联、中国舞协、山西省委宣传部和山西省文联主办，由省舞协承办的"'99国际老人年汾酒·竹叶青杯全国中老年健身舞蹈汇演"在太原举行。来自全国23个省、市、自治区的73个代表队共1300余人表演的117个节目参加了比赛。5日晚在滨河体育中心举行的开幕式晚会《风景这边独好》，由"最美不过夕阳红"、"人说山西好风光"、"我们的大中华"3个部分组成，以特有的创意展现了山西这一方土地上的人们对老年事业的热情和关爱，受到各省参赛队及专家的好评。中国文联主席周巍峙等参加了开幕式。中国文联党组书记、副主席高占祥等出席了闭幕式。省舞协直接组织和培训了山西20个代表队312名队员参加了比赛，并取得了优异成绩。山西代表团是参赛人数最多、规模最大的代表团。这次"全国中老年健身舞蹈汇演"的举办，展现了文联群体作战的能力，受到各方面的好评。

摄影、书法、美术作品系列展。

9月15日至10月17日，由省委宣传部、省文联主办，省摄协、省书协、省美协承办的《庆祝中华人民共和国成立50周年山西省摄影·书法·美术系列展》在山西文艺大厦展厅举行。系列展按摄影、书法、美术的顺序先后举行。

9月15日至24日，举办了《历史的印迹——山西50年摄影作品展》。展览包括"解放太原"、"50年代"、"60年代"、"70年代"、"十一届三中全会以来"、"今日山西"6个部分，共280幅照片，真实地记录了历史的印迹。通过展览，广大观众可以直观地了解在中国共产党的领导下，半个世纪以来，特别是党的十一届三中全会以后，在邓小平理论的指导下，全省发生的翻天覆地的变化，从而更加热爱党、热爱祖国、热爱山西。

9月26日至10月3日由省文联、省书协与日本埼玉县书道人联盟联合主办了《中日书法交流展》，展出双方作品213件，充分反映了中日双方不同的书法风貌。山西参展的100件作品是我省当代老中青书法家整体水平的集中展示。日本驻华大使馆公使专程莅并参加开幕式典礼。以日本埼玉县书道人联盟会长野口白汀为团长的日方代表团一行93人出席了开幕式。开幕式后双方书法家举行了笔会交流。省书协组织的16位少儿的书法表演为开幕式增添了热烈的气氛。展览以作品的高水准、高品位受到广泛赞誉。全省各地有万余人参观了展览。这次联展活动，被省外事办称为"今年我省最大的一次外事活动"。

10月8日至17日，举办了《山西省美术作品展》，展出国画、油画、版画、雕塑、水彩、水粉、年画、连环画、插图、宣传画、漫画、漆画等作品共174件。这是山西美术界伴随共和国的步伐，走过半个世纪的风雨历程所取得的辉煌成果。其中大量具有时代精神和时代风貌的新作受到广大观众的喜爱和好评。

编辑出版50年艺术精品选。在省委宣传部的统一组织下，由文联及有关协会负责编辑的《山西省文学艺术创作50年精品选》的《戏剧卷》、《曲艺卷》、《电影卷》、《电视剧卷》、《歌曲卷》、《民间文学卷》、《美术卷》、《书法卷》、《摄影卷》共9种11册于国庆节前正式出版。这些图书选篇严谨、装帧讲究、印刷精美，受到各方面的称赞，特别是美术、书法、摄影三大画册的出版更是新中国成立50年来的第一次，弥足珍贵。

赴港辅导。应驻港部队邀请，省委宣传部委托文联派出由省舞协傅汉生、申林秀、刘海红和永济市文化局吴自创4位同志组成的赴香港艺术指导小组，圆满完成了对中国人民解放军驻港部队威风锣鼓队的艺术指导任务，组建和培训了一支200多人的广场表演队和一支80余人的剧场演出队，为我驻港部队威风锣鼓队的对外开放，如期参加香港国庆筹委会安排的庆典活动，做出积极的贡献，为展示中国人民解放军驻港部队文明之师、威武之师的良好形象，做出了应有的努力。在港工作期间，他们吃苦耐劳，勤奋工作，在短短的15天时间中，高标准、高质量地完成了艺术指导任务。在执行任务过程中，严格遵守外事纪律和香港驻军的规章制度，表现出高度的政治觉悟和良好的个人素质。他们为我省宣传思想战线增了光，为驻港部队的国庆庆典活动添了彩。为此，省委宣传部决定，对省舞协赴香港艺术指导小组全体同志的事迹通报全省，予以表彰。省委宣传部于1999年11月15日以晋宣字［1999］11号文件把这一表彰通报下发全省宣传系统的有关单位。

《山娃娃的歌》入选中宣部"五个一工程"。省音协推荐的歌曲《山娃娃的歌》入选第七届中宣部精神文明建设"五个一工程"。12月16日，省委宣传部主办、文联和省音协承办的"山西省精神文明建设'五个一工程'优秀歌曲演唱会——《多彩的旋律》"在山西电视台大演播厅举行，展现了我省近年来歌曲创作的成果。

扶贫工作见到成效。文联驻榆社县青峪村扶贫工作队，想群众所想，急群众所急，克服困难，努力工作，为青峪村的脱贫致富办实事，做好事，受到全村干部群众的一致好评。扶贫重在扶志，脱贫根在教育，工作队积极筹集资金，翻修了年久失修的青峪村小学，购置了全新的配套课桌100多套，有关协会还为学校赠送了图书、办公桌、文件柜等，大大改善了办学条件。工作队本着产业扶贫是脱贫的必由之路的精神，积极倡导科技兴农，大力推广农业科技项目，为村里购买3000多斤优良玉米品种，在榆社全县干旱、粮食大幅度减产的情况下，青峪村的玉米却每亩增产了200斤。工作队还把搞好基础设施建设，改善村民生活条件，作为自己的重要任务，安装、接通了全村的自来水，极大地方便了村民们的日常生活。农历兔年春节前夕，还组织省城书法家到青峪村扶贫点，给村民写春联送温暖，同时慰问了"五保户"和特困户。

机关党委还组织了给扶贫结对子的矿山机器厂的困难户写春联送温暖活动。

（三）文联成立50年庆典

1999年12月17日，在省京剧活动中心隆重举行"纪念山西省文联成立50周年暨山西省文艺界迎春联欢会"。出席文联六届二次全委会的委员，从事文艺工作50年的会员代表，以及文联机关和各协会的全体同志参加了庆典活动。省委副书记郑社奎，省人大常委会副主任王文学，副省长王昕，省政协副主席赵凤翔，以及姚奠中、力群、胡正、贾克、刘江、姚青苗等老作家、艺术家到会祝贺。省领导向全省从事文艺工作50年的538名会员的代表颁发了制作精美的荣誉证牌。

庆典活动由文联党组书记、副主席周振义主持。文联主席温幸讲话。文联党组副书记、副主席赵望进宣读了中国文联以及河北、云南、四川、广东、浙江、北京、天津、贵州、陕西、广东、广西、湖北、福建等兄弟省、市、自治区文联的贺信贺电。贾克代表老文艺家讲话。温幸在题为《回眸五十年继往开来，展望新世纪再创辉煌》的讲话中，概括地回顾了文联50年的历程，其中有成功的经验，也有值得记取的教训；有令人欣慰的成就，也有使人痛心的失误；有春风化雨中的繁花似锦，也有"文化大革命"10年的百花凋零。回首往事，感慨万千，同时也对光明的未来更加充满信心。在面临世纪之交的伟大时刻，温幸指出，我们工作的基本方针是：唱响主旋律，打好主动仗。唱响主旋律就是唱响祖国颂、社会主义颂、改革开放颂；打好主动仗就是凝聚力量，鼓舞士气，知难而进，自强不息。为此，一要加强理论学习，提高队伍素质，巩固"三讲"成果；二要加强思想政治工作，提高政策水平、思想素质；三要建立人才工程，团结和壮大文艺队伍；四要开发文化产业，壮大经济实力，为发展文艺事业提供物质保证；五要完善运行机制，强化管理意识，做好协调服务。温幸在讲话中最后说："五十年来，我们文联走过的道路可以说是波澜壮阔，令人荡气回肠的。今后，前景将更广阔，使命将更崇高，任务将更艰巨，成果将更巨大。希望大家互励共勉，迎接新世纪、新千年和文联工作的新辉煌。"

庆典最后，全体文联委员、老文艺家代表和领导一起兴致勃勃地观看了省城文艺家们表演的精彩节目。

文联50年画上了一个圆满的句号。

这个稿子可以说是一个"跨世纪"的产物，由1999年12月写到2000年1月，全文4万字，总算完稿。写"文联五十年"，实际上就是为文联写史；写史，资料是第一位的。在搜集资料期间，得到了文联办公室、文研室、组联部、《火花》杂志社、《小学生习字报》和有关协会的大力支持；得到了胡正、寒声等老前辈的大力支持，胡正同志为我提供了珍贵的省第二、三两次文代会的资料，寒声同志审阅了文稿第一章根据地文联组织的部分；还得到了范彪、张福玉、王智才、张海莺等同志的大力支持，文稿中参阅并引用了他们提供的有关资料。谨在此一并表示深切的感谢。

由于个人阅历所限，所撰文稿难免前粗后细，且多有讹误之处。敬请文艺界前辈及广大文艺工作者不吝赐教，以期今后有机会修订时得以纠错，从而将一个比较准确、可信的山西省文联50年的简史奉献给文艺界和整个社会。

2000年1月8日

参阅书目及资料

1. 中共中央党史研究室编. 中华人民共和国大事记. 北京：新华出版社，1982.

2. 郭志刚等. 中国当代文学史初稿. 北京：人民文学出版社，1980.

3. 中国艺术报，1996（10）（11）（12）.

4. 崔洪勋，傅如一主编. 山西文学史. 太原：北岳文艺出版社，1993.

5. 屈毓秀等. 山西抗战文学史. 太原：北岳文艺出版社，1988.

6. 王一民. 山西革命根据地文艺运动回忆录. 太原：北岳文艺出版社，1988.

7. 中国作家协会山西省分会编. 山西革命根据地文艺资料. 太原：北岳文艺出版社，1987.

8. 山西省第二次文代会纪念文集，山西省第三次文代会会刊，山西省第四、五、六次文代会文集.

9. 范彪整理. 山西文联四十年大事记.

后　记

　　我从1959年开始发表文艺评论文章，至今已有57个年头了。期间出版过3个评论集子，即1992年4月由北岳文艺出版社出版的《山西文谭百篇》，收文119篇；2005年4月由山西人民出版社出版的《山西艺谭》，收文115篇；2012年10月由三晋出版社出版的《韩玉峰艺术评论选》，收文80篇。这次由山西人民出版社出版的是我的第四个评论集子。这个集子叫什么，倒颇费心思。我想，我几十年来所写的评论文章大都是面向山西文艺界实际，评论山西的作品和山西的作家、艺术家。山西这块土地是我写作生涯的根脉，山西的作家、作品是我学习、研究的对象。我写作的任何东西都离不开山西这片沃土，离不开山西这个环境，离不开我几十年来在山西结交的众多良师益友。想来想去，即将出版的这本书的书名还是以不离"山西"二字为好，这与前面两个集子的书名也有所联系，于是把这个集子定名为《山西艺谭续编》。这里所说的"艺谭"当然是包括"文学谭"在内的。

　　《山西艺谭续编》所收文章的发表时间大致上是与《山西艺谭》所收文章的发表时间相衔接的，收的是2005年1月至2015年6月这十年半时间所发表的作品。这十年半发表的艺术评论，包括戏剧、曲艺、音乐、舞蹈、美术、书法、摄影评论以及少量的影视评论，都收在 2012 年出版的《韩玉峰艺术评论选》一书中。所以，收在《山西艺谭续编》这个集子里的文章主要是这十年半所写的文学评论和大部分影视评论，以及《韩玉峰艺术评论选》出版后所写的几篇戏剧、书法评论。书中所收除去以上所说的文学、艺术评论外，还有一部分散文随笔，主要是对已逝的文艺界长者的缅怀和对尘封往事的回忆。这些文章的内容大都还是在山西文艺界的人和事这个范围内。集子中也收了几篇在这十年半前所写的影评，评介当年很受观众欢迎的几部电影。全书的最后一篇是为纪念山西省文联成立 50 周年所写的《山西文联五十年》。当时在撰写这篇长达 4 万字的稿子时下了功夫，至今觉得有一定的资料价值，所以就一并收入了。

这样算下来，全书共收文章 116 篇，包括文艺一般 12 篇、文学评论 43 篇、艺术评论 34 篇、散文随笔 26 篇、附录 1 篇（《山西文联五十年》）。

诗人、书法家李才旺、张一、曲润海、王东满、钮宇大、徐炳林、王果发、张养浩先生和张梅琴、谢贞玲女士赠我多副条幅墨宝，对诸君褒扬之词，愧不敢当，今一并收入，谨以自励，做人做事均不敢稍有懈怠，亦可作为书法艺术作品供读者欣赏。

我编选这个集子，仿佛在翻阅一段历史，往事如烟，令人惆怅。在我的笔下留下了山西文艺界的多少人和事，留下了我众多的良师益友的言谈、身影和辉煌。如今，一些人如我的前辈或老师力群、姚奠中、寒声、郑笃先生已驾鹤西行，我的好友温幸、王家贤先生也离我而去。当收有我写他们的文章的书出版时，却无法同他们共享，思之不胜感慨，但人生如寄，徒唤奈何！

《山西艺谭续编》能够出版，得力于山西省文联名誉主席、著名诗人、书画家李才旺先生，山西省新闻出版广播电影电视局局长齐峰先生，山西人民出版社社长李广洁先生、总编辑姚军先生、副总编辑石凌虚先生的大力支持。省文联办公室主任岳云和吕文幸、魏太行、常玉莲、杨向吉、李君钊同志，山西臣功印刷公司董金金同志在打印稿件、提供照片、制作图片方面给予大力帮助。山西人民出版社责任编辑翟丽娟、薛正存同志在编辑、出版过程中尽心尽责，工作出色，让我感佩。在此一并表示衷心的感谢。

韩玉峰

2015年8月

图书在版编目（CIP）数据

山西艺谭续编/韩玉峰著.—太原：山西人民出版社，2015.9
ISBN 978-7-203-09252-0

Ⅰ.①山… Ⅱ.①韩… Ⅲ.①文艺评论—中国—当代—文集 ②散文集—中国—当代 Ⅳ.①I206.7-53 ②I267

中国版本图书馆CIP数据核字（2015）第211375号

山西艺谭续编

著　　者	韩玉峰
责任编辑	翟丽娟　薛正存
装帧设计	王聚金

出　版　者：山西出版传媒集团·山西人民出版社
地　　　址：太原市建设南路21号
邮　　　编：030012
发行营销：0351-4922220　4955996　4956039　4922127（传真）
天猫官网：http://sxrmcbs.tmall.com　电话：0351-4922159
E－mail：sxskcb@163.com　发行部
　　　　　sxskcb@126.com　总编室
网　　　址：www.sxskcb.com
经　销　者：山西出版传媒集团·山西人民出版社
承　印　厂：山西臣功印刷包装有限公司
开　　　本：787mm×1092mm　1/16
印　　　张：48.25
字　　　数：650千字
印　　　数：1-1400册
版　　　次：2015年9月　第1版
印　　　次：2015年9月　第1次印刷
书　　　号：ISBN　978-7-203-09252-0
定　　　价：80.00元（全二册）

如有印装质量问题请与本社联系调换